Kathinka Engel
Halte mich. *Hier*

KATHINKA ENGEL

HALTE MICH.

Hier

ROMAN

PIPER

Mehr über unsere Autoren und Bücher:
www.piper.de

Wenn Ihnen dieser Roman gefallen hat, schreiben Sie uns
unter Nennung des Titels »Halte mich. Hier« an *empfehlungen@piper.de*,
und wir empfehlen Ihnen gerne vergleichbare Bücher.

Von Kathinka Engel liegen im Piper Verlag vor:

Finde-mich-Reihe:
Band 1: Finde mich. Jetzt
Band 2: Halte mich. Hier
Band 3: Liebe mich. Für immer

Love-is-Reihe:
Band 1: Love is Loud – Ich höre nur dich
Band 2: Love is Loud – Ich höre nur dich
Band 3: Love is Wild – Uns gehört die Welt

MIX
Papier aus verantwor-
tungsvollen Quellen
FSC   **FSC® C083411**
www.fsc.org

ISBN 978-3-492-06172-8
3. Auflage 2020
© Piper Verlag GmbH, München 2019
Dieses Werk wurde vermittelt durch die
Michael Meller Literary Agency GmbH, München.
Satz: Tobias Wantzen, Bremen
Gesetzt aus der Legacy Serif ITC
Druck und Bindung: CPI books GmbH, Leck
Printed in Germany

Zelda

1 Eine blonde Perücke überdeckt meine leuchtend pinken Haare. Meine Sommersprossen sind unter einer dicken Schicht Make-up verschwunden. Ich habe meine Fingernägel in einem konservativen Dunkelrot lackiert und einen farblich passenden Lippenstift verwendet. Allerdings ist der Großteil der Farbe in einem Kosmetiktuch gelandet, damit ich nicht zu puppenhaft aussehe. Mit etwas Rouge belebe ich meinen vollkommen ebenmäßigen Teint. Jedes Mal erscheint es mir wieder seltsam, meine natürliche Gesichtsfärbung zu überschminken, um mir danach künstliche Röte aufzumalen.

Die junge Frau, die mir aus dem Spiegel entgegenblickt, hat mit dem Mädchen, das ich bis vor zwanzig Minuten war, nicht mehr viel zu tun. Perfekt. Wenn ich jetzt noch meine Persönlichkeit überschminken könnte, wäre ich der absolute Traum meiner Mutter.

Vorsichtig öffne ich die Badezimmertür. Ich will um jeden Preis vermeiden, dass mich einer meiner Mitbewohner so sieht. Die Luft ist rein, und ich husche schnell in mein Zimmer. Auf dem Bett liegt bereits das dunkelgraue Kleid, das vor ein paar Tagen mit der Post geliefert wurde und vermutlich ein kleines Vermögen gekostet hat. Das Oberteil ist aus Spitze und betont meine eher zierliche Figur, während der ausladende Tüllrock meine Beine noch dünner wirken lässt, als sie ohnehin schon sind. Ich entledige mich meines Bademantels, schlüpfe von unten in das Kleid hinein und zupfe es zurecht. Mit der rechten Hand schiebe ich den Reißverschluss am Rücken so weit hoch, bis ich mit der linken Hand von oben drankomme und ihn ganz schließen kann. Es wäre leichter, Leon oder Arush um Hilfe zu bitten, aber dieser ganze Aufzug ist mir viel zu peinlich.

Die farblich passenden Wildlederpumps, die zusammen mit dem Kleid angekommen sind, packe ich in meine Handtasche. Jede Minute, die ich meine Füße nicht damit malträtieren muss, ist ein Geschenk. Ich schlüpfe in meine Sneakers, ziehe mir einen schwarzen Blazer über und schleiche mich aus meinem Zimmer. Von der Kommode im Flur schnappe ich mir meinen Schlüssel, den ich zu den Pumps in meine Tasche fallen lasse. Als ich schon beinahe aus der Tür bin, rufe ich schnell ein »Tschüss, Jungs, bis morgen« in die Wohnung. Ohne eine Antwort abzuwarten, ziehe ich die Tür hinter mir zu.

Von Pearley, wo ich studiere, ist es eine einstündige Autofahrt nach Paloma Bay. Das Haus meiner Eltern liegt hinter dem idyllischen Badeort auf einem Hügel. Von dort hat man an klaren Tagen einen traumhaften Blick über die Bucht – eines der beliebtesten Motive auf den Postkarten, die jedes Jahr von Unmengen Touristen ins ganze Land geschickt werden.

Auf der Hinfahrt verzichte ich immer darauf, Musik zu hören, um mich in die richtige geistige Verfassung zu bringen. Das bedeutet: Ich male mir das Schlimmste aus, was an diesem Abend eintreten kann. Ich stelle mir die Situation plastisch vor. Ein uninteressanter Schleimbolzen in perfekt sitzendem Anzug versucht, meinen Eltern in den Allerwertesten zu kriechen, während er mir gleichzeitig durch seine erbärmlichen Fummelversuche unter dem Tisch zeigt, dass er keinerlei Respekt vor Frauen im Allgemeinen und vor mir im Besonderen hat. Wenn ich dann diese Vorstellung potenziere, weiß ich ungefähr, was mich erwartet.

Wäre ich nicht finanziell von meinen Eltern abhängig, hätten sie mich nicht komplett im Griff, würde ich mir diesen ganzen Käse gar nicht geben. Aber zu studieren ist teuer. Und die Studienzeit ist meine letzte Chance, ich selbst zu sein. Deshalb lasse ich mich beinahe jedes Wochenende von meinen Eltern in diese demütigende Rolle drängen, im Gegenzug für ein wenig Freiheit.

Ich nehme die Straße, die mich durch Paloma Bay führt, auch wenn die Umgehungsstraße mich schneller ans Ziel bringen würde. Allerdings steht ein frühes Ankommen ganz weit unten auf meiner Prioritätenliste. Ich fahre gern durch die kleine Stadt, in der ich aufgewachsen bin. Hier laufen die Uhren langsamer. Wenn es einen Ort der Entschleunigung gibt, dann ist es Paloma Bay. Neben Hotels in modernen Glaspalästen, vor denen Limousinen auf Gäste warten, gibt es hier vor allem hübsche kleine Strandbars und edle Fischrestaurants, deren Terrassen hinter der palmengesäumten Straße einen direkten Blick auf den Strand bieten. Die Hälfte davon gehört vermutlich meinen Eltern. Die Saison hat noch nicht angefangen, obwohl hier, direkt am Meer, eigentlich das ganze Jahr über angenehme Temperaturen herrschen. Die Promenade ist kaum bevölkert, und die Strandbäder – eine der sinnlosesten Erfindungen überhaupt – haben noch nicht einmal geöffnet. Denn nur Touristen zahlen in dieser Gegend Geld, um im Meer schwimmen zu gehen.

Gleich hinter dem Ortsausgang biege ich ab und folge einer schmalen Straße, die sich den Paloma Hill hinaufschlängelt. Hier und da sind beeindruckende moderne Villen in die Landschaft gebaut. Je weiter ich hinauffahre, desto einsamer wird es – bis ich an einem schweren Eisentor zum Stehen komme. Ich muss nur einen kurzen Augenblick warten, dann öffnen sich wie durch Geisterhand die beiden Torflügel. Ich weiß allerdings, dass es Rory, unser Pförtner, war.

Ich rolle langsam die Auffahrt zum Haus hinauf, das sich groß und mächtig gegen den dunkelblauen Himmel abhebt. Die weiße Fassade ist beleuchtet, und aus den meisten Fenstern im Erdgeschoss und im ersten Stock scheint ebenfalls ein kaltes Licht. Ich parke meinen Mini – ein Geschenk meiner Eltern zum Schulabschluss – vor dem Haus. Aus meiner Handtasche hole ich die Pumps und tausche Fußkomfort gegen blutleere Zehen. Etwas staksig steige ich aus. Sofort eilt Miloš, der Fahrer meiner Eltern, herbei, um mein Auto umzuparken.

»Guten Abend, Ms Zelda«, begrüßt er mich. »Schön, Sie zu sehen.«

»Nur ›Zelda‹, Miloš, wir haben darüber gesprochen«, korrigiere ich ihn. »Geht's Ihnen gut?«

»Danke, sehr gut«, sagt er und lächelt. »Allerdings fehlen Sie uns allen sehr.«

»Sie fehlen mir auch«, sage ich und meine es absolut ernst. Die Angestellten meiner Eltern waren für mich immer so etwas wie ein Familienersatz. Unter ihnen sind die besten Menschen, die ich je kennengelernt habe.

»Kommen Sie nachher in der Küche vorbei?«, fragt Miloš, als ich ihm meinen Autoschlüssel gebe.

»Wenn ich mich wegstehlen kann, auf jeden Fall!«,

verspreche ich. Ohne die Aussicht auf einen Kaffee mit den einzig sympathischen Personen im Haus wäre dieser Abend nicht auszuhalten.

Ich gehe auf die massive Eingangstür zu. Nach nur drei Schritten muss ich schon stehen bleiben, um das erste Mal meinen linken Schuh zurechtzurücken. Ich balanciere auf dem rechten Bein, was gar nicht so leicht ist, wenn man sein ganzes Körpergewicht auf einem Pfennigabsatz und einer verschwindend kleinen Schuhspitze verteilen muss. Seiltänzerin werde ich in diesem Leben nicht mehr. Das steht fest.

Plötzlich höre ich hinter mir ein Auto vorfahren. Ich will mich umdrehen, vergesse aber, dass mein linker Fuß noch keinen Halt im Schuh hat. Beinahe komme ich aus dem Gleichgewicht und kann mich gerade so an einer der großen weißen Säulen festhalten, die den Eingangsbereich zieren. Na toll, jetzt bin ich auch aus dem anderen Schuh rausgerutscht.

»Vorsicht«, sagt der Fahrer des Wagens, der in diesem Moment die Tür geöffnet hat. Er lächelt mich an. »Philip Englander. Ich glaube, ich bin deinetwegen hier?«

Ich beeile mich, meine Schuhe wieder anzuziehen. »Hi, ich bin Zelda«, sage ich.

Philip Englander kommt auf mich zu und streckt seine Hand aus. »Freut mich, dich kennenzulernen.«

»Die Freude ist ganz meinerseits«, sage ich und versuche, den ironischen Unterton, der sich bei diesem Satz immer automatisch in meine Stimme mischt, auf ein Minimum zu beschränken. Wenn ich ihn jetzt schon brüskiere, wird der Abend für mich unerträglich.

Miloš kehrt zurück, um Philips Wagen wegzufahren. Während ihrer Interaktion mustere ich mein Date für heute Abend das erste Mal. Er sieht nett aus – und intelligent. Das ist immerhin mal etwas Neues. Er hat rotblonde Locken, einen sauber getrimmten Bart und trägt eine runde Brille. Im Gegensatz zu den anderen jungen Männern, die meine Eltern an vergangenen Wochenenden eingeladen hatten, ist er nicht im Anzug erschienen, sondern in einer etwas legereren dunkelblauen Stoffhose, einem hellblauen Hemd und einer grauen Anzugweste. Mir fällt außerdem auf, dass er nett zu Miloš ist. Ich habe gelernt, dass Nettigkeit gegenüber Hausangestellten keine Selbstverständlichkeit ist, weswegen ich angenehm überrascht bin, als Philip sich bedankt.

»Also dann«, sagt er, während Miloš seinen Wagen parkt, »lasset die Spiele beginnen.« Er zwinkert mir zu.

»Du sagst es«, gebe ich zurück.

In dem Moment, da ich die Tür öffnen will, wird sie von innen aufgerissen.

»Ich wusste, dass ich etwas gehört habe«, ertönt die süßlich-überdrehte Stimme meiner Mutter. Nach hinten ruft sie: »Ich habe doch gesagt, sie sind da.« Wieder an uns gewandt: »Ich habe Agnes dreimal gesagt, sie soll nachsehen, aber anscheinend muss man hier alles selbst machen.« Sie lächelt betont gequält.

»Verzeihung, Mrs Redstone-Laurie«, hört man nun Agnes, die vermutlich aus der Küche herbeieilt, wo sie eigentlich alle Hände voll zu tun hat. Ich lächle ihr aufmunternd zu, als sie in die Eingangshalle kommt.

»Darf ich Ihnen die Garderobe abnehmen?«, fragt sie an Philip und mich gewandt, und wir händigen ihr unsere Jacken aus.

»Sie haben wirklich ein atemberaubendes Haus, Mrs Redstone-Laurie«, sagt Philip zu meiner Mutter. Er blickt sich in der Eingangshalle um, die mit den Augen eines Fremden wohl tatsächlich relativ beeindruckend ist. Der Boden ist ein Mosaik aus rotem, weißem und grünem Marmor, das in der Mitte unser Familienwappen zeigt: im Zentrum ein aufgebäumter Hirsch, um den herum sich Ornamente ranken, darauf ein Ritterhelm, der das Wappen krönt. Eine Galerie aus Porträts unserer Vorfahren schmückt links und rechts die geschwungenen Treppen, die in den ersten Stock führen. Von der Decke hängt ein riesiger Kronleuchter, der mit Sicherheit eines Tages irgendjemanden erschlagen wird.

»Wir nehmen einen Aperitif im Salon«, sagt meine Mutter. »Mr Redstone-Laurie erwartet uns bereits.«

Meine Mutter hat die nervige Angewohnheit, meinen Vater im Beisein von anderen »Mr Redstone-Laurie« zu nennen. Ich fand das schon immer furchtbar affektiert.

Wir gehen hinter ihr in den Salon. Philip, ganz Gentleman, lässt mir den Vortritt. Als wir eintreten, erhebt sich mein Vater von einem der antiken Sofas, die meine Eltern im letzten Herbst mit sündhaft teurer türkis gestreifter Seide haben neu beziehen lassen.

Mein Vater reicht Philip die Hand und sagt mit seinem autoritären Bariton: »Philip, wie schön, Sie zu sehen. Ihren Vater treffe ich regelmäßig im Club. Sie Sind wohl kein Golfer?«

Das ist typisch für meinen Vater: sein Gegenüber sofort einzuschüchtern. Beispielsweise mit einem höflich verpackten Vorwurf wie jetzt gerade.

»Nein, Sir. Mir bleibt neben dem Studium kaum Zeit für Hobbys«, sagt Philip gelassen und nimmt meinem Vater so jeden Wind aus den Segeln. Hut ab, Philip Englander.

Nun wendet sich mein Vater mir zu. »Zelda!« Seine Stimme klingt überschwänglicher, als er es meint, da bin ich mir sicher. Er täuscht einen Wangenkuss an. Sein Dreitagebart fühlt sich an meiner Haut an wie Schleifpapier.

Während mein Vater und Philip weitere Höflichkeiten austauschen, packt mich meine Mutter am Arm und zieht mich zur Seite. »Ist das eine Perücke?«, zischt sie mir zu, nachdem sie sich vergewissert hat, dass keiner Notiz von uns nimmt.

»Und wenn schon«, sage ich achselzuckend. »Ich habe keine Lust, jedes Mal meine Haarfarbe zu ändern, wenn ich zu euch komme.«

»Ich hoffe für dich, du hast sie gut befestigt. Wenn sie verrutscht, dann gnade dir Gott.«

Ihre Fingernägel schneiden schmerzhaft in meinen Oberarm, und ihr viel zu süßes Parfüm steigt mir in die Nase. Ich versuche mich an einem unbeschwerten Lächeln und schiebe ihre Hand von meinem Arm. Ich verstehe ihr Problem nicht. Die Perücke sieht täuschend echt aus. Die Einzige, die darunter zu leiden hat, bin ich. Denn meine Kopfhaut ist irrsinnig heiß. Aber sie ist natürlich diejenige, die ein Fass aufmachen muss. Sieht irgendjemand, dass ich mich beschwere und Fässer öffne? *I don't think so*, Mrs Redstone-Laurie. In ungefähr vier Stunden ist der Abend vorbei, und ich kann ins Bett gehen. Und vor dem Frühstück bin ich wieder auf dem Weg nach Hause. Mit einer – wie ich hoffe – relativ graziösen halben Pirouette drehe ich mich um und gehe zu meinem Vater und Philip zurück. Genau im richtigen Moment.

»Darf ich Ihnen etwas zu trinken anbieten?«, fragt Agnes in die Runde und hält uns ein silbernes Tablett mit Champagnerflöten entgegen.

Für einen kurzen Moment folgt mein Blick dem von Philip durch den Raum und bleibt am überdimensionalen Familienporträt über dem Kamin hängen. Es ist ein unsägliches Bild, aber meine Eltern haben ein Vermögen dafür ausgegeben. Auf dem Bild bin ich elf und trage ein abscheuliches gelbes Kleid mit rosa Schleife, weiße Spitzensöckchen und weiße Lackschuhe. Mein Vater sieht aus, als halte er sich für den Präsidenten höchstpersönlich, während meine Mutter im Hintergrund die perfekte Mischung aus schmuckem Anhängsel und stolzer Ehefrau und Mutter mimt.

Philips Lippen zucken kaum merklich nach oben, als sein Blick von dem Porträt zu mir wandert.

»Auf einen schönen Abend«, verkündet mein Vater, und wir lassen unsere Gläser aneinanderklirren, ehe wir Platz nehmen.

Auf dem Couchtisch – ebenfalls antik – liegen Untersetzer für unsere Gläser bereit. Philip und ich nehmen auf der einen Couch Platz, meine Eltern lassen sich gegenüber auf der anderen nieder.

»Ihr Vater hat erzählt, Sie studieren Jura, Philip«, beginnt mein Vater sein Verhör.

»Das ist richtig. Ich bin in Berkeley.«

»Sehr beachtlich, sehr beachtlich. Unser ältester Sohn Elijah hat dort auch seinen Juraabschluss gemacht, und Sebastian ist noch dort. Hervorragende Professoren. Finden Sie auch?«

»In der Tat.«

»Wann machen Sie Ihren Abschluss?«, fragt meine Mutter.

»Wenn alles nach Plan läuft, nächstes Jahr. Und dann steige ich in der Kanzlei meines Vaters ein. Das Ziel ist, so schnell wie möglich Partner zu werden.«

Ich nehme noch einen großen Schluck Champagner.

Diese Gespräche laufen immer gleich ab. Meine Eltern fragen den jungen Mann neben mir aus, der auf all ihre Fragen eine zufriedenstellende Antwort weiß. Bei diesen Abendessen gibt es keine Überraschungen. Philip unterscheidet sich allerdings insofern von seinen Vorgängern, als dass seine Ohren nicht vor Eifer rot glühen. Seine sind angenehm hautfarben.

»Berkeley hätten wir uns für Zelda auch gewünscht«, fährt mein Vater fort und lenkt das Thema auf das Unausweichliche: mein Versagen. »Aber ihre Prioritäten lagen andernorts. Wir unterstützen ihren Wunsch, einen Blick auf das einfache Leben zu werfen.«

Ich sitze unbeweglich auf meinem Platz, da alles, was ich tue, als provokante Reaktion gewertet wird. Meine langjährige Erfahrung hat mich gelehrt, dass es in solchen Momenten das Beste ist, einfach zu erstarren. Aber in mir brodelt es. Mein Vater ist ein verdammter Heuchler. Wenn ich mich an den Kampf erinnere, den ich ausfechten musste, damit sie mich nach meinem miserablen Schulabschluss überhaupt studieren lassen! Hätte ich nicht versprochen, in der Nähe zu bleiben und mich um meine »Zukunft« nach der Uni zu bemühen, hätten sie mich vermutlich sofort an irgendeinen reichen Erben verheiratet. Mein Herzschlag beschleunigt sich.

»Weißt du schon, auf was du dich spezialisieren willst?«, fragt Philip. Es ist das erste Mal, dass sich jemand direkt an mich wendet, seitdem wir uns gesetzt haben.

Ich atme tief ein, um etwas Passendes zu sagen. Doch als ich gerade ansetzen will …

»Bislang hat sie einfach noch nicht das Richtige gefunden«, antwortet meine Mutter an meiner Stelle. »Stimmt's, Schatz?«

»Messerscharf analysiert, Mom«, sage ich leise, weil ich mir sicher bin, dass meine Antwort ohnehin niemanden interessiert. Nicht zum ersten Mal frage ich mich, ob es wirklich so ungewöhnlich ist, mit achtzehn Jahren noch nicht das ganze Leben durchgeplant zu haben.

»Wir sind froh, dass Zeldas Brüder alle frühzeitig wussten, was sie aus ihrem Leben machen wollten. Glücklicherweise ist der Druck bei den jungen Damen ja nicht so groß. Natürlich möchte niemand eine ungebildete Partnerin, aber ebenso wenig soll sie schließlich ihren Mann übertrumpfen. Ist es nicht so?«, fragt meine Mutter an meinen Vater gewandt. Er nickt und tätschelt ihre Hand. Mir wird schlecht.

Ich nehme noch einen Schluck Champagner. Mein Glas ist beinahe leer, und ich sehe mich nach der Flasche um. Leider kann ich sie nirgends entdecken.

Meine Kopfhaut wird unter der Perücke immer heißer, und ich habe das Gefühl, dass mein Gesicht unter der dicken Schicht Make-up zu ersticken droht. Vielleicht bin es auch ich, die von der enormen Last dieser Familie zerquetscht wird. Jedenfalls wäre es gut, noch einen Schluck trinken zu können.

Als hätte Agnes meine Gedanken gelesen, taucht sie neben mir auf und schenkt nach.

»Danke«, flüstere ich und trinke einen tiefen Schluck.

Als ich mich wieder dem Gespräch zuwenden will, ist mein Vater gerade dabei, mit Philip die Vor- und Nachteile bestimmter Geldanlagen zu diskutieren. Meine Mutter blickt bewundernd von einem zum anderen und nickt eifrig, als hätte sie auch nur den Hauch einer Ahnung, worum es geht.

Ich bin erleichtert, als wir endlich mit einem leisen Klingeln ins Esszimmer beordert werden.

Die Tafel ist wie immer festlich gedeckt. Weiße Kerzen, weiße Blumen, weiße Stoffservietten, die nun, eine nach der anderen, auf dem Schoß ihres Besitzers verschwinden. Meine Mutter ist besessen von Farbkonzepten. Im Hintergrund läuft leise klassische Musik.

Der erste Gang – Frühlingssalate mit Forellentatar – wird aufgetragen. Dazu gibt es phänomenalen Weißwein, der meiner Erfahrung nach runtergeht wie Wasser. Es ist ein Ding der Unmöglichkeit, diesen Abend nüchtern zu überstehen. Aber ich muss etwas aufpassen, sonst kommt es zum Eklat. Alles schon da gewesen. *Been there, done that.* Deshalb zwinge ich mich, zur Vorspeise Wasser zu trinken.

Mein Vater und Philip sind inzwischen zum Thema Autos übergegangen.

»Ich sammle Oldtimer«, sagt mein Vater gerade. »Eine Leidenschaft, die ich mit meinem jüngsten Sohn teile. Doch seit er uns an die Brown University verlassen hat, kümmere ich mich allein um unseren Fuhrpark.«

Mit »kümmern« meint er »kaufen«, und ich würde so gerne meinen Kopf kratzen.

Zur Hauptspeise gibt es Kalbsfilet mit verschiedenem Gemüse, und ich erlaube mir ein Glas Rotwein. Aber nur eines – um die Gleichgültigkeit aufrechtzuerhalten.

»Wo wir gerade von ihm sprechen«, sagt meine Mutter, »Zachary lässt dich schön grüßen. Er hat einen begehrten Praktikumsplatz bei einer großen Unternehmensberatung ergattert, wo er den Sommer über arbeiten wird.«

»Schön für ihn«, sage ich mit vollem Mund, weil ich nicht damit gerechnet hatte, heute Abend noch mal direkt angesprochen zu werden. Was mein Bruder mit seinem Sommer macht, ist auf der Liste der Dinge, für die ich mich interessiere, ziemlich weit unten.

Es wäre schön zu erfahren, was auf dieser Liste ganz weit oben steht. Als meine Mutter gesagt hat, ich hätte das Richtige noch nicht gefunden, war das gar nicht mal so falsch. Ich wünschte, ich wüsste, was diese eine Sache ist, für die ich eine Leidenschaft habe. Denn wie soll ich meinen Eltern beweisen, dass ich gut in etwas sein kann, dass sie stolz auf mich sein können, wenn ich dieses »Etwas« nicht kenne?

Andererseits müsste ich mich früher oder später ohnehin davon verabschieden. Schließlich möchte kein Mann von seiner zu gebildeten Frau übertrumpft werden.

Stimmt's, Mom?, füge ich in Gedanken hinzu.

Zum Nachtisch gibt es Waldbeeren-Sorbet. Und ich weiß genau, was jetzt kommt. Denn die Auswahl der Speisen ist kein Zufall.

»Sorbet ist in unserer Familie ein viel diskutiertes Thema«, sagt meine Mutter, und ich verdrehe die Augen. *Here we go.* Das ist ihre Lieblingsanekdote. Ich bin mir sicher, sie serviert nur deswegen ständig Sorbet, um ein Gesprächsthema zu haben, bei dem sie sich sicher fühlt. »Meine jüngeren Söhne, Zachary und Sebastian, sowie ich selbst finden, es ist der perfekte Nachtisch nach einem üppigen Mahl. Während unser ältester Sohn Elijah und Zelda der Ansicht sind, geeister Fruchtsaft sei kein Nachtisch.« Sie lacht schrill.

Ich tue meiner Mutter den Gefallen und beteilige mich am Gespräch. »Ich finde einfach, wenn man sich schon die Mühe macht, einen Nachtisch zu servieren, sollte es der Höhepunkt des Dinners sein. Crème brûlée, Mousse au Chocolat, Millionaire's Cheesecake. Aber Sorbet?«

Das Lachen meiner Mutter wird noch höher. Gleich zerspringt irgendwo eine Kristallvase. »Sehen Sie, Philip, es ist ein heikles Thema. Was meinen Sie dazu?«

Er räuspert sich, wischt seinen Mund an der Serviette ab und legt sie auf den Tisch. »Ich meine, das war ein ausgezeichnetes Sorbet.«

Triumphierend blickt meine Mutter von Philip zu mir.

»Dessertwein?«, fragt mein Vater, dem dieses Schauspiel wohl inzwischen ähnlich peinlich ist wie mir.

»Gern, Sir«, sagt Philip und lässt sich von meinem Vater ein kleines Glas einschenken. »Ich könnte ein wenig frische Luft vertragen nach diesem wunderbaren Essen. Vielleicht hast du Lust, mir den Garten zu zeigen, Zelda?«

»Eine hervorragende Idee«, flötet meine Mutter. Sie hört schon die Hochzeitsglocken läuten.

Ich weiß allerdings ganz genau, worauf das hinausläuft. Er wird versuchen, mir an die Wäsche zu gehen, ich werde ihm eine scheuern. Ihm wird es peinlich sein. Mir wird meine Hand wehtun.

Ich stehe auf und bedeute Philip, mir zu folgen. Das Glas mit dem Dessertwein nehme ich mit.

Auf der Terrasse atme ich einmal tief ein. Die Nachtluft duftet gut nach Frühling und Leben. Ich habe das Gefühl, es ist der Geruch von allem, was ich gerade verpasse.

»Wollen wir ein paar Schritte gehen?«, fragt Philip, als wüsste ich nicht, was er damit bezweckt. Abseits der Beleuchtung am Haus sind wir unbeobachtet. Mir soll es recht sein. Ein weiterer Kandidat, den ich dann los bin.

Wir laufen die Stufen der Terrasse hinunter. Unten ziehe ich meine Schuhe aus, weil ich sie nicht auf der feuchten Wiese ruinieren will. Barfuß mache ich ein paar Schritte. Ich würde gern ein bisschen herumspringen, aber das ziemt sich nicht für eine Dame meines Standes. Das hat es vor zwölf Jahren nicht und tut es jetzt erst recht nicht. Ich drehe mich um, um zu sehen, ob Philip mir folgt. Er ist kurz stehen geblieben und betrachtet die Hinterseite unseres Hauses, das hell erleuchtet vor dem Nachthimmel erstrahlt.

»So ein Anwesen kann ganz schön einschüchternd sein, oder?«, fragt er.

»Du sagst es.«

Wir schlendern eine Weile schweigend nebeneinander her, weil ich keine Lust habe, in Himmelsrichtungen zu weisen und zu erklären, was die Skulpturen darstellen sollen, die meine Mutter aus Langeweile kauft und dann in den Garten stellt. Ich spüre das feuchte Gras zwischen meinen Zehen. Das Gefühl der frischen Halme beruhigt mich. Wir steuern eine Steinbank an, die links vom Haupthaus etwas versteckt zwischen zwei hohen Bäumen steht. Je schneller Philip versucht, mir seine Zunge in den Hals zu stecken, desto eher ist der Abend vorbei.

Ich lasse mich nieder, und Philip setzt sich neben mich.

»Also«, sagt er, »wie oft musst du diese Verkupplungsversuche über dich ergehen lassen?«

Seine Direktheit überrascht mich. Sollten wir nicht so tun, als wäre es Zufall, dass wir heute Abend hier zusammengekommen sind? Das ist definitiv gegen die Etikette.

»Beinahe jedes Wochenende«, antworte ich.

»Wow, sie meinen es also wirklich ernst, hm?«

Ich seufze. »Scheint so.«

»Nimm es mir bitte nicht übel«, sagt er, »aber ich bin nicht bereit, dich zu heiraten.«

Ich hebe meinen Blick und sehe ihn direkt an. Er lächelt freundlich. »Das trifft sich gut«, gebe ich zurück. »Denn ich bin sicher auch nicht bereit, dich zu heiraten.«

»Puh. Ich bin froh, dass wir das geklärt haben. Ich bin ja der Meinung, man sollte sich erst mal kennenlernen.«

Er gluckst. »Beispielsweise würde ich gern wissen, ob deine Mom dich wirklich vorhin gefragt hat, ob du eine Perücke trägst.« Er zupft leicht an meinen Haaren.

»Äh, ja, das hat sie«, sage ich. Er hat es also gehört. »Unter den blonden Haaren und dem Make-up bin ich so ziemlich der Albtraum meiner Eltern.«

Philip lacht. »Und wie sieht dieser Albtraum aus?«

Ich ziehe langsam die Perücke von meinem Kopf, und zum Vorschein kommt die pinke Farbe.

»Wow!«, sagt Philip. »Gefällt mir, ehrlich gesagt, besser so. Ich fand dich drinnen ein bisschen farblos.«

»Oh, vielen Dank für das Kompliment, Mr Ich-re-de-über-Geldanlagen-und-steige-in-die-Kanzlei-meines-Vaters-ein. Wann wirst du noch mal Partner?«

»Vielleicht hätte ich sagen sollen, dass ich nach dem Studium ein Jahr lang barfuß durch die Welt reisen will.« Im Zwielicht erkenne ich, dass er schelmisch grinst.

»Vermutlich war es so besser für uns alle.«

»Vermutlich.«

Wir sitzen einen Moment schweigend nebeneinander. Dann sagt Philip: »Ich finde übrigens auch, dass Sorbet kein Nachtisch ist. Wenn ich einen Smoothie will, kaufe ich mir einen Mixer.«

Als wir uns verabschieden und meiner Mutter zum dritten Mal versichert haben, dass wir Nummern ausgetauscht haben, flüstert Philip mir ins Ohr: »Hat mich gefreut, dich kennenzulernen. Auch wenn wir nicht heiraten.«

Er umarmt mich, und ich bin froh, dass mich Menschen doch noch überraschen können – und ich sie trotzdem nicht heiraten muss.

 *Malik*

2 Als ich am Sonntagmorgen die Tür von *Mal's Café* öffne, ist noch nicht viel los. Es ist zu früh, die Menschen schlafen ihren Rausch von letzter Nacht aus.

»Gut, dass du da bist! Du rettest mir echt den Arsch«, begrüßt mich mein Mitbewohner Rhys, der hinter dem Tresen steht und Tassen einräumt.

»Kein Problem, Mann. Wo soll ich anfangen?«

Rhys hat mich vor einer halben Stunde aus dem Bett geklingelt. Der Koch und Bäcker des Cafés hat sich spontan krank gemeldet, und es gibt weder Frühstück noch frische Muffins oder Kuchen. An einem Sonntag kommt das einer mittleren Katastrophe gleich. Also hat Rhys mich gebeten, einzuspringen. Ich fühle mich geehrt, dass er sofort an mich gedacht hat, weil es zeigt, dass er von meinen Fähigkeiten überzeugt ist. Das ist genau die Art von Zuspruch, die ich gebrauchen kann. Dass ich dabei noch ein bisschen Geld verdiene und durch die Arbeit in der Küche bis zum Nachmittag abgelenkt bin und keine Zeit für Nervosität oder Selbstzweifel habe, kommt mir auch sehr gelegen. Denn morgen beginne ich meine Ausbildung zum Koch in einem stinkfeinen Hotel. Das ist für mich ein riesiger Schritt, weil es bedeutet, dass ich meine Komfortzone hinter mir lasse und in eine mir bisher unbekannte Welt eintrete. Eine reichere Welt, die mit meinen Wurzeln wenig gemein hat. Wenn auch erst einmal nur als Lakai.

»Du musst dir keinen Stress machen. Im Kühlschrank sind noch ein Karottenkuchen und einige Cupcakes, mit denen wir hoffentlich eine Weile hinkommen.«

»Also, was brauchst du als Erstes?«, frage ich.

»Muffins. Schokolade und Blaubeere. Che hat außerdem das Rezept für seinen Erdbeer-Käsekuchen geschickt.« Rhys hält mir sein Handy hin. Das Display zeigt das etwas unscharfe Foto einer handschriftlichen Notiz.

»Den Käsekuchen kriege ich auch ohne Rezept hin. Wann fängt der Frühstücksstress an?«

»Stell dich darauf ein, dass ab neun Uhr Bestellungen eingehen. Wenn wir Glück haben, bleibt es noch etwas länger ruhig.«

Ich folge Rhys in die Küche. Während der Laden vorne in ein warmes Licht getaucht ist und mit Holzmöbeln, Zeitschriften, Büchern und gerahmten Bildern an der Wand eine gemütliche Atmosphäre ausstrahlt, ist hier hinten glänzender Edelstahl das vorherrschende Material. Ich fahre mit der Hand über die Arbeitsfläche. Sie ist angenehm kalt.

»Ich kenne mich hier nicht wirklich aus«, sagt Rhys. »Aber du solltest in den Schränken alles finden, was du brauchst.« Er öffnet alibimäßig ein paar Schranktüren und schließt sie wieder.

»Keine Sorge, ich komme klar.« Mit wenigen Blicken habe ich die Küche ausgelotet. Sie ist nicht sehr groß. Der Herd sieht aus, als hätte er schon bessere Zeiten gesehen, aber ihm gegenüber glänzt ein nagelneuer Ofen, der auf Brusthöhe in die Metallregale integriert ist. An der Stirnseite steht links vom Fenster ein überdimensionaler Kühlschrank. Die hüfthohen Regale daneben sind mit Lebensmitteln gefüllt.

»Noch mal danke, dass du so spontan einspringst. Ich weiß, dass du an deinem letzten freien Tag eigentlich Besseres zu tun hast.«

»Ach was, mach dir keinen Kopf. Ich freue mich über die Ablenkung.« Ich klopfe Rhys auf die Schulter. Er ist nicht nur mein Mitbewohner, sondern gleichzeitig mein bester – und einziger weißer – Freund. Ich würde ihn nie hängen lassen. »Und jetzt verschwinde, damit ich arbeiten kann.« Mit diesen Worten schiebe ich Rhys in Richtung Tür.

»Melde dich, wenn du Hilfe brauchst. Che sagt, er ist erreichbar.«

Als Rhys die Küche verlassen hat, atme ich einmal tief durch. Dann klatsche ich in die Hände und reibe sie voller Vorfreude aneinander. Ich öffne nacheinander alle Schränke und ziehe Rührschüsseln, Mixer, Messbecher und alles, was ich für die Muffins brauche, heraus. Als Nächstes widme ich mich den Lebensmitteln. Ich kenne Che, den Koch von *Mal's Café*, zwar kaum, aber ich hätte ihm nicht zugetraut, so ordentlich und organisiert in seiner Küche zu sein. Er wirkte auf mich immer wie ein ziemlicher Chaot. Glücklicherweise habe ich mich getäuscht und finde alle Zutaten sofort.

Als Erstes mache ich mich an den Teig für die Schokomuffins. Auf der Suche nach Zartbitterschokolade entdecke ich ein paar rote Chilis, und mir kommt eine Idee. Ich weiß nicht, wie experimentierfreudig die Gäste in *Mal's Café* sind, aber vielleicht haben die ein oder anderen ja Lust, mal etwas Neues auszuprobieren.

Nachdem ich die Muffinbleche mit Papierförmchen ausgelegt habe, verteile ich den Teig gleichmäßig darin. Die eine Hälfte wird zu klassischen Schokomuffins, die andere Hälfte habe ich mit ein wenig Chili so verfeinert, dass das Ergebnis zwar nicht zu scharf ist, sich beim Essen aber trotzdem eine leichte Hitze im Mund entfaltet. Ich schiebe alles in den Ofen und stelle die Gradzahl und die Backzeit ein. In zwanzig Minuten sollten sie fertig sein.

Dann mache ich mich an die Blaubeermuffins. Es sind die Lieblingsmuffins meiner kleinen Schwester Jasmine. Für sie können es nie genug Blaubeeren im Teig sein. Allerdings ist die Gefahr dabei groß, dass die Beeren zu viel Flüssigkeit abgeben. Es ist eine Gratwanderung zwischen zu matschigen und zu trockenen Muffins, die ich glücklicherweise im Schlaf beherrsche. Denn auch ich bin der Meinung, dass man mit Blaubeeren nicht geizen darf.

Da der Ofen noch von den Schokomuffins belegt ist, beginne ich schon mal mit dem Erdbeer-Käsekuchen. Der Boden ist schnell aus Keksbröseln und zerlaufener Butter gemacht. In die Füllung rühre ich frisches Erdbeermousse.

»Malik«, ertönt Rhys' Stimme. Er hat seinen Kopf zur Tür reingesteckt. »Einen Frischkäse-Lachs-Bagel und ein Thunfisch-Sandwich, bitte.«

»Kommt sofort«, sage ich.

Der Ofen beginnt zu piepsen, und ich schalte ihn aus. Die Muffins sehen toll aus, als ich sie herausnehme. Ich schiebe die vorbereiteten Blaubeermuffins hinein, programmiere den Ofen erneut – diesmal gebe ich dem Ganzen fünf Minuten länger – und mache mich an Rhys' Bestellung.

Ich arbeite wie im Flow. Jeder Handgriff hat einen Sinn. Das ist das Befriedigende am Kochen. Nichts passiert umsonst. Kein Handgriff ist verschwendet. Und am Ende macht man Leute nicht nur satt, sondern im besten Fall glücklich.

Während ich mit der einen Hand Pancakes brate und mit der anderen Hand Eier pochiere, ist auch die zweite Ladung Muffins fertig. Als Nächstes wandert der Käsekuchen in den Ofen.

Die Arbeit in der Küche hat beinahe etwas Meditatives für mich. Meine Hände sind so beschäftigt, dass mein Kopf nichts anderes tun kann, als ihnen Befehle zu geben, um dann ihren Bewegungen zu folgen. Mein Körper ist in völligem Einklang mit meiner Umgebung. Das Multitasking beim Kochen hat eine gewisse Ähnlichkeit mit einem Tanz. Doch statt eines Beats geben hier die gewohnten Handgriffe vor, was geschieht.

So vergeht Stunde um Stunde. Ich belege Bagels, brate Eier, toaste Brotscheiben, stampfe Avocado. Ich würze und schmecke ab, hacke, würfle, presse. Dazwischen schaffe ich in jeder freien Minute Platz, um dann von Neuem zu beginnen.

»Hey, Malik«, ruft Rhys schließlich in die Küche hinein. »Es ist zwei Uhr. Ich habe die Frühstückskarten abgeräumt. Du kannst dich entspannen.«

Ich drehe mich um und recke meinen Daumen nach oben. Dann wische ich meine Hände an der ehemals weißen Schürze ab.

»Danke, Mann. Das kommt wie gerufen.«

Ich hatte, ehrlich gesagt, gar nicht wirklich gemerkt, wie anstrengend die letzten Stunden waren. Aber jetzt, da ich durchatme, spüre ich, dass ich erschöpft bin.

»Lass die Schürze hier und komm mit nach vorne. Ich mache dir einen Kaffee«, sagt Rhys.

Dankbar nicke ich. Koffein ist genau das, was ich jetzt brauche.

Ich wasche mir meine Hände und das Gesicht und betrete den Laden. Drei der kleinen Tische sind besetzt. Alle haben zu essen. Meine Arbeit ist getan.

Als ich den Blick ein zweites Mal durch den Laden schweifen lasse, erkenne ich die beiden jungen Frauen an einem der Tische. In diesem Moment schaut eine der zwei auf und erblickt mich.

»Malik«, ruft sie. »Schön, dich zu sehen!« Es ist Tamsin, Rhys' Freundin, die einen nicht unwesentlichen Teil dazu beigetragen hat, dass es ihm heute so gut geht. Seine Geschichte gehört zu den unglaublichsten, die ich je gehört habe. Er saß sechs Jahre lang im Gefängnis, und zwar unschuldig. Nach seiner Entlassung dauerte es einige Monate, bis er sich an die Welt gewöhnt hatte. Ich kann gut nachvollziehen, wie er sich gefühlt haben muss, denn auch ich habe eine Vergangenheit im Pearley Juvenile Prison. Allerdings ist meine einzige Entschuldigung jugendliche Dummheit und eine Hautfarbe, die bei gewissen Institutionen nicht ganz so hoch im Kurs steht. Aber im Gegensatz zu Rhys musste ich nicht meine gesamte Jugend hinter Gittern verbringen.

Tamsin kommt auf mich zu und umarmt mich. Ich muss mich hinunterbeugen, weil sie um einiges kleiner ist als ich. Besser gesagt: Ich bin um einiges größer als sie. Mit meiner Körpergröße von zwei Metern kommen mir fast alle Menschen klein vor.

»Setzt du dich zu uns?«, fragt sie.

Rhys drückt mir einen Becher mit heißem Kaffee in die Hand, und ich folge Tamsin zu ihrem Tisch. Am Hinterkopf des Mädchens, das dort sitzt, erkenne ich, dass es sich um Tamsins Freundin Zelda handelt. Sie hat leuchtend pinke Haare und ist deswegen leicht auf Anhieb zu erkennen.

»Du erinnerst dich noch an Zelda?«, fragt Tamsin, und ihre Freundin wendet den Kopf. Was für eine Frage. Als könnte man Zelda je vergessen. Ich habe sie zwar erst einmal gesehen, aber schon bei unserem ersten Zusammentreffen sind mir ihre Unbefangenheit, ihre Quirligkeit und ihr seltsamer Humor aufgefallen. Sie ist witzig, aber auf eine sehr ungewöhnliche Art und Weise. Und sie ist wirklich niedlich mit ihren Sommersprossen und ihren leuchtenden, frechen Augen.

»Hi, Malik«, sagt sie. »Wie geht's?«

»Sehr gut. Und dir?«

»Ich bin schlecht gelaunt.«

»Frag besser nicht«, sagt Tamsin und lacht.

»Was ist los?«, will ich trotz der Warnung wissen.

»Ich hatte keinen Nachtisch«, sagt Zelda und schiebt in gespielter Traurigkeit die Unterlippe nach vorn. »Und ich fühle mich fremdbestimmt.«

»Das sind zwei ... äh ... gute Gründe für schlechte Laune. Wovon fühlst du dich denn fremdbestimmt?«, frage ich grinsend.

»Werbung, Determinismus, such dir etwas aus.« Sie verdreht übertrieben die Augen. »Aber dass ich keinen Nachtisch hatte, ist schlimmer.«

»Das können wir ändern«, sage ich. »Was darf es sein? Schoko-Chili-Muffins? Käsekuchen? Blaubeermuffins?«

»Kann ich alles haben?«, fragt sie. »*Garçon?*« Sie schnippt mit dem Finger in Rhys' Richtung. »Einmal alles mit Zucker, bitte.« An mich gewandt, schiebt sie hinterher: »Vielleicht wird das ja doch noch mit mir und diesem Tag.«

Nach ein paar Minuten kommt Rhys mit Muffins und Käsekuchen. »Wer kriegt was?«, fragt er.

»Ich kriege alles«, sagt Zelda und zieht die Teller, die Rhys einen nach dem anderen in die Mitte des Tisches stellt, vor sich.

»Beeindruckend«, sagt Rhys und nimmt sich einen Stuhl. Die anderen Gäste haben soeben gezahlt und sind gerade am Gehen, sodass er erst einmal nichts zu tun hat.

Zelda beginnt, den Käsekuchen in sich hineinzuschaufeln. Ihr Gesichtsausdruck wird dabei immer fröhlicher.

»Mmmmh, das war genau das, was ich gebraucht habe. Kein Nachtisch! Das muss man sich mal vorstellen. Hast du das gebacken, Malik?«

»Damit habe ich meinen Morgen verbracht.«

»Che sollte öfter krank sein.«

»Sag das nicht«, schaltet sich Rhys ein, »ab morgen ist Malik nicht mehr verfügbar. Dann gibt es gar keinen Käsekuchen mehr, wenn Che krank ist.«

»Ich fange morgen meine Ausbildung zum Koch an«, erkläre ich – nicht ohne Stolz in meiner Stimme.

»Dann bin ich bei dir an der absolut richtigen Adresse«, sagt Zelda. Als sie meinen fragenden Blick sieht, erklärt sie: »Es geht um die großen Fragen des Lebens. Als Experte, was würdest du sagen: Ist Sorbet Nachtisch oder nicht?«

Ihre Frage verblüfft mich, so wie das meiste an ihr. Es scheint, als würde ihr Kopf unentwegt zwischen Gedanken hin und her springen. Ich frage mich, ob es anstrengend ist, so zu sein. Langweilig hat man es mit Zelda sicher nie. Das ist mir schon bei unserem ersten Treffen aufgefallen.

»Ich würde sagen, Sorbet ist ein fabelhafter Zwischengang für Menschen mit kleinem Magen«, sage ich.

»Ha! Ganz genau! Kannst du mir das schriftlich geben?«

Ihre Begeisterung wirkt echt, auch wenn ich nicht so ganz verstehe, warum sie meine Antwort so euphorisiert. Sie reicht mir ein abgerissenes Blockblatt und einen Kugelschreiber.

Ich, Malik Capela, bin der Ansicht, dass Sorbet ein Zwischengang ist, schreibe ich auf den Zettel. Ich unterschreibe und datiere den Zettel, falte ihn und reiche ihn an Zelda zurück. Sie liest, was ich geschrieben habe, und nickt zufrieden.

»Ich danke dir, Malik Capela, Sorbet-Experte. Du hast mich sehr glücklich gemacht.« Bei diesen Worten beißt sie in den Schokomuffin und schließt kauend die Augen. »Das schmeckt einfach umwerfend.«

Ich grinse in mich hinein. Ihr Lob bestärkt mich nur noch einmal darin, dass ich mit der Ausbildung ab morgen den richtigen Weg einschlage.

»Jetzt ich, jetzt ich!«, ruft Esther und zerrt an meiner Hand. Ich habe meinen Eltern versprochen, am Nachmittag mit meinen Geschwistern auf den Spielplatz zu gehen. Obwohl ich nach den sechs Stunden im Café eigentlich zu müde bin, wollte ich nicht absagen. Sie können die Zeit zu zweit gut brauchen, und meine Geschwister freuen sich, wenn ich etwas mit ihnen unternehme. Und ich freue mich auch.

»Nein, du durftest länger!« Ellie krallt sich in meine Haare, als hätte sie Angst, ich könnte sie gleich von meinen Schultern werfen.

»Bis zur nächsten Straße noch. Dann tauschen wir wieder. Das ist fair«, sage ich in der Hoffnung, einen Streit zu vermeiden. Aber Esther schmollt trotzdem und weigert sich weiterzugehen. Sie hat ihre Arme vor der Brust verschränkt und schiebt die Unterlippe nach vorne. Im Gegensatz zu Zeldas gespielter Traurigkeit vorhin ist das hier kein Spaß.

»Hey, Theo, nimmst du bitte deine Schwester an der Hand?«, frage ich meinen achtjährigen Bruder, der ein bisschen zurückgefallen ist, weil er mal wieder vor sich hin geträumt hat. »Und kannst du ein bisschen schneller machen, Kumpel? Schau mal, wie weit vorne Jasmine und Ebony schon sind!«

Theo, der mit einem Stock auf den Gehweg klopft, blickt hoch und kommt dann auf uns zugerannt, um die Lücke wieder zu schließen. Er streckt Esther die Hand hin, doch sie schüttelt den Kopf und dreht sich weg.

»O Mann, sei kein Baby«, sage ich. »Du willst doch auch auf den Spielplatz.«

Kurz entschlossen schlingt Theo die Arme um Esther und hebt sie hoch. Sie ist viel zu schwer für ihn, aber es gelingt ihm tatsächlich, sie ein paar Meter zu tragen. Wobei – »tragen« ist vielleicht zu viel gesagt. Eher schleift er sie. Esther kreischt, inzwischen aber vor Vergnügen.

Als wir die Straße erreichen, lasse ich Ellie vorsichtig runter und hebe Esther auf meine Schultern. Ellie ist eindeutig die Vernünftigere von beiden. Ohne Widerworte läuft sie die letzten hundert Meter zum Spielplatz selbst. Vom Haus meiner Eltern ist es eigentlich kein weiter Weg. Wenn man allerdings zwei Dreijährige und einen Achtjährigen im Schlepptau hat, kann es sich ziehen. Auf dem Rückweg kümmere ich mich um Ebony, die mit ihren fünf Jahren leichter unter Kontrolle zu halten ist – soll Jasmine sich mit den Zwillingen rumschlagen.

Der Spielplatz ist seit einigen Monaten die Hauptattraktion im Viertel. Eine gemeinnützige Organisation hat ihn gebaut. Es sind ordentlich Spendengelder zusammengekommen. Sie wollten Kindern aus dem Süden von Pearley – oder »Poorley«, wie wir es nennen – einen Ort geben, der mehr bereithält als durchweichte Pappkartons und verbeulte Tonnen. Vorher waren versiffte Hinterhöfe das Aufregendste, was die Gegend zu bieten hatte. So schmutzig und rattenverseucht, dass ich mich nicht wundere, warum hier niemand eine Perspektive sieht. Warum die Hälfte der jungen Männer eine Knast-Vergangenheit und -Zukunft hat. Mal sehen, wie lange der Spielplatz noch so neu und gepflegt aussieht. Am Abend ist er jedenfalls jetzt schon Treffpunkt für Dealer und User. Ma hat mir erzählt, dass Esther vor ein paar Wochen eine Spritze im Sand gefunden hat.

Ellie und Esther rennen sofort auf das Karussell zu. Ebony sitzt schon drin.

»Schubst du uns an?«, fragt Ellie ihren älteren Bruder. Theo ist mal wieder auf halbem Weg stehen geblieben. Irgendwas hat ihn von seinem Ziel abgelenkt. Jetzt erinnert er sich aber wieder daran, wo er ist. Und natürlich schubst er seine Schwester an.

Ich setze mich zu Jasmine auf eine Bank.

»Puh«, stöhne ich. »Auf dem Rückweg kriegst du die Zwillinge.«

»Vergiss es«, sagt Jasmine. Sie tippt auf ihrem Handy herum. »Ab nächster Woche bin ich eh alleine mit ihnen.«

Beim Gedanken an morgen muss ich lächeln. Für mich fängt ein neues Leben an. Der erste Schritt auf dem Weg zu meinem Traum. Meine Sozialarbeiterin Amy hat mir die Stelle besorgt. Ich habe im Gefängnis mit dem Kochen angefangen. Ohne die Knastküche würde ich jetzt wahrscheinlich nicht hier mit meinen Geschwistern sitzen, grinsend.

»Bist du aufgeregt?«, fragt Jasmine.

»Ein bisschen. Aber auf eine gute Art.«

»Aber du hast dann viel weniger Zeit, oder? Du kommst bestimmt nicht mehr so oft vorbei.«

Ich lege den Arm um meine fünfzehnjährige Schwester. Jasmine und ich haben uns immer gut verstanden. Und seit ich wieder draußen bin, hängt sie sehr an mir. Und ich an ihr. Ich liebe alle meine Geschwister. Manchmal macht es mich traurig, dass ich schon so viel Zeit mit ihnen verpasst habe. Aber genau deswegen ist es so wichtig, dass ich jetzt endlich alles richtig mache. Einen ordentlichen Job. »Routine« nennt Amy das. Und ich will tun, was Amy sagt, um nicht noch mehr Zeit zu verlieren.

»Ich komme zu euch, so oft ich kann.« Aber natürlich hat Jasmine recht. Mit der Arbeit und der Fahrerei werden meine Besuche sicher weniger.

»Ich wünschte, du würdest wieder bei uns wohnen. Dann könnten wir uns wenigstens sehen, wenn du nach Hause kommst«, sagt Jasmine und lehnt ihren Kopf gegen meine Schulter.

Während ich im Gefängnis war, sind die Zwillinge zu Theo gezogen, sodass dort kein Platz mehr für mich ist. Ebony und Jasmine teilen sich schon länger ein Zimmer.

»Soll ich vielleicht bei dir im Bett schlafen? Oder mir irgendwo auf dem Boden was freiräumen? Ehrlich gesagt bin ich ganz froh, dass ich jetzt mein eigenes Zimmer habe.«

»Ich hätte auch gern ein eigenes Zimmer. Vielleicht sollte ich auch eine Tankstelle überfallen.«

Mir wird ganz heiß, als sie das sagt. Um Himmels willen. »Sag das noch mal, und ich vergesse mich!« In meiner Stimme schwingt Panik mit. Es ist meine größte Angst, dass eins meiner Geschwister den gleichen Scheiß durchmachen muss wie ich. Ich hoffe, mein Beispiel war abschreckend genug. »Und du weißt ganz genau, dass ich die beschissene Tankstelle nicht überfallen habe«, presse ich noch zwischen den Zähnen hindurch.

»Komm mal wieder runter. Das war ein Scherz.«

»Ich will nicht, dass du darüber Witze machst. Schon gar nicht vor den Kleinen. Im Ernst, Jas, das ist wichtig.«

»Ja, ist ja gut.«

Ich merke, dass ihr die dumme Aussage peinlich ist. Aber sie muss verstehen, was sie damit anrichten kann. »Ich hatte einfach verdammtes Glück, dass ich in Amys Programm reingerutscht bin und noch mal eine Chance bekomme. Ich bin ihr wirklich verflucht dankbar. Aber jede Sekunde im Knast war eine zu viel. Ich habe meine Lektion gelernt. Und ich hoffe, ihr auch. Haltet euch fern von Leuten, die euch in solche scheiß Situationen bringen.« Sofort sehe ich vor meinem inneren Auge meinen Cousin Darius und seine Kumpels, Andre und Xavier. Möchtegern-Gangster auf Dope oder härteren Sachen. Falsche Vorbilder in jeder Hinsicht. Hätte ich das schon damals gewusst, als ich ein dummer Teenager war, hätte ich meiner Familie und mir einiges erspart.

Ich sehe Jasmine direkt an, und sie verdreht die Augen. Ihr Verhalten ist wirklich uncool.

»Du klingst schon wie Pop. Tu nicht so erwachsen. Ich hab' einfach nur einen Witz gemacht.«

Einen Witz, vielleicht. Aber darüber lachen kann ich nicht. Es kann sogar sein, dass sie recht hat. Kann sein, dass ich wirklich nicht so erwachsen bin, wie ich es von mir selbst erwarte. Aber das liegt vor allem daran, dass ich seit meiner Entlassung keine negativen Gefühle mehr zulasse. Den dunklen Nebel, der mir nach meiner zweiten Festnahme die Luft abgeschnürt hat und mich fast gekillt hat, habe ich ein für alle Mal vertrieben.

»Ich *bin* erwachsen«, ermahne ich meine Schwester trotz des leisen Zweifels und gebe ihr einen leichten Klaps auf den Hinterkopf. Die Unterhaltung ist beendet, das weiß ich. Ich weiß auch, dass sie begriffen hat, dass es für mich kein Spaß ist.

Zurück bei meinen Eltern, bringt Jasmine die Zwillinge ins Bett. Sie haben auf dem Rückweg nur noch gejammert und sind am Küchentisch beinahe über ihren Sandwiches eingeschlafen. Sie hatten nicht einmal mehr die Kraft, sich darüber zu beschweren, dass Ma die Kruste des Weißbrots nicht abgeschnitten hat.

Meine Eltern sitzen eng aneinandergekuschelt auf einem der Sofas. Ich lasse mich ihnen gegenüber auf einem alten Cordsessel nieder.

»Danke, dass ihr mit den Kleinen rausgegangen seid«, sagt Ma. »Wir brauchten wirklich mal ein bisschen Ruhe.«

Pop drückt ihr einen Kuss auf den Kopf. Meine Eltern sind seit der Highschool ein Paar. Ma war siebzehn, als sie mit mir schwanger wurde, und nur ein paar Monate später haben sie geheiratet. Sie sind jetzt seit fast einundzwanzig Jahren zusammen und wirken immer noch glücklich wie am ersten Tag.

»Hast du für morgen alles, was du brauchst?«, fragt Pop.

»Ich denke schon.« In meinem Magen kribbelt es vor Aufregung und Vorfreude.

»Ich bin mir sicher, dass du das ohne Probleme meistern wirst. Ich bin stolz auf dich, dass du so weit gekommen bist, Sohn«, sagt er.

»Jetzt übertreib nicht. Es ist ja nicht so, als hätte ich bisher eine Bilderbuchkarriere hingelegt.« Ich fahre mir beschämt mit der Hand über den Hinterkopf. Ich weiß, dass meine Eltern meinetwegen viel durchmachen mussten. Deswegen versuche ich jetzt die beste Version von mir zu sein. Die Version, die nichts mehr verkackt, die nicht wieder und wieder Chancen vermasselt. Ich könnte es nicht ertragen, zu wissen, dass Ma noch mal meinetwegen weinen muss. Würde Pops enttäuschten Blick nicht noch einmal aushalten. Der Anblick meiner Eltern, als ich zum zweiten Mal in einem Polizeiwagen abtransportiert wurde, hat sich für immer in meine Erinnerung eingebrannt. Nie wieder. Nie wieder tue ich meiner Familie das an.

»Du weißt, dass wir dir nie etwas vorgeworfen haben, Malik. Und das bleibt auch so. Egal, was du aus dir machst, du bleibst unser Sohn«, sagt Ma.

Ich schlucke schwer. In meinem Hals hat sich ein Kloß gebildet. Wir haben noch nie offen über die Dinge gesprochen, die in meiner Vergangenheit schiefgelaufen sind.

»Du warst zur falschen Zeit am falschen Ort«, sagt Ma. »Du warst gerade mal ein Teenager.«

Aber selbst wenn. Ich weiß genau, dass ich einfach hätte abhauen sollen, als der bescheuerte Darius und die anderen auf die Idee kamen, eine Tankstelle auszurauben. Ich wusste auch als Jugendlicher, dass es falsch war. Und doch glaubte ich, meiner Familie einen größeren Gefallen zu tun, wenn ich das Fluchtauto für meinen Cousin fuhr. Immerhin war ich bei dem Überfall an sich nicht beteiligt. Darius sitzt immer noch.

»Das zweite Mal war natürlich einfach nur dämlich«, sagt Pop jetzt und lacht.

Das zweite Mal. Damit meint er den Ladendiebstahl. Ich wollte Jasmine zu ihrem Geburtstag ihren größten Wunsch erfüllen, hatte aber kein Geld. Und dann war es, als würde mein Gehirn für einen kurzen Moment einfach aussetzen. Das Frisierset verschwand unter meinem Pulli. Und ich verschwand daraufhin für fast ein weiteres Jahr im Pearley Juvy, weil ich gegen meine Bewährungsauflagen verstoßen hatte. Als Afroamerikaner aus ärmlichen Verhältnissen darf man sich so etwas nicht erlauben. »Dämlich« trifft es also nicht einmal im Ansatz.

»Aber du bist ein guter Sohn, Malik. Das sollst du wissen.«

»Habt ihr was geraucht?«, frage ich und versuche, das leichte Beben in meiner Stimme mit einem Kichern zu verbergen.

In diesem Moment kommen Ebony und Theo in ihren Schlafanzügen nach unten, um Gute Nacht zu sagen. Sie reiben sich die Augen.

»Bleibst du heute hier, Malik?«, fragt Ebony mit ihrer hohen Mädchenstimme. Die drei Zöpfe, die Jasmine ihr geflochten hat, stehen beinahe im Neunzig-Grad-Winkel von ihrem Kopf ab.

»Das geht nicht, Süße. Ich muss heute Nacht gut schlafen, damit ich morgen für die Arbeit fit bin.«

»Okay«, sagt sie und klettert auf meinen Schoß. Sie kuschelt sich in meinen Arm und schließt die Augen.

Theo setzt sich zu meinen Eltern und wickelt sich in eine Decke. Die Kleinen schlafen oft auf dem Sofa ein, während wir uns noch unterhalten. Später wird Pop sie in ihre Betten tragen. Ich lege meine Arme um Ebonys kleinen Körper. Sie riecht nach Geborgenheit und Familie. Schon bald geht ihr Atem regelmäßig.

Jasmine kommt nach unten, holt sich aus der Küche eine Limonade und setzt sich vor mich auf den Boden. Sie lehnt ihren Kopf an mein Knie und öffnet mit einem Zischen ihre Getränkedose.

»Die Zwillinge sind schon wieder in meinem Bett eingeschlafen«, sagt sie. »Ich will endlich ein eigenes Zimmer. Wenn ihr mir erlauben würdet …«

Hier unterbricht Pop sie, denn diese Unterhaltung haben meine Eltern mit Jasmine in den letzten Wochen zur Genüge geführt. »Nichts da. Du machst die Schule fertig. Dann kannst du arbeiten, wo du willst. Meinetwegen auch in diesem Nagelstudio. Aber solange wir für dich verantwortlich sind, wird zur Schule gegangen.«

Unsere Eltern sind nicht sonderlich streng. Aber in diesem Punkt geben sie nicht nach. Zum Glück. Manchmal wünschte ich, sie hätten auch mir weniger Freiheiten gelassen. Ich würde ihnen deswegen nie einen Vorwurf machen. Aber als ich anfing, nach der Schule immer weniger nach Hause zu kommen, um mit Darius, Andre und Xavier in Parks abzuhängen und mich wie ein Gangster zu fühlen, hätten sie vielleicht besorgter sein sollen. Ab und zu frage ich mich, ob dann alles anders gekommen wäre.

Jasmine stöhnt genervt auf. »Das ist gemein.«

»Das Leben ist gemein«, sagt Ma.

Ich unterdrücke ein Lachen, um Ebony nicht aufzuwecken.

Dies ist einer der Momente, die mir im Gefängnis am meisten gefehlt haben und die ich nie wieder in meinem Leben missen will. Zu sehen, wie meine Geschwister aufwachsen, ein Teil dieser Familie zu sein – das ist für mich das Wichtigste. Für sie will ich für immer der fröhliche große Bruder sein. Sie sollen mich ansehen und wissen, dass sie alles schaffen können. Für sie werde ich etwas aus mir machen.

Zelda

3 Nachdem ich mein Wochenende mit solch lebensverändernden Fragen wie *Heirate ich diesen Fremden?* und *Ist Sorbet Nachtisch?* (Antwort: Nein und Nein) verbracht habe, sitze ich heute schon seit zwei Stunden in der Bibliothek und schreibe an einem Essay über Moralphilosophie. Oder besser gesagt: Ich sitze in der Bibliothek und *sollte* an meinem Essay schreiben. Aber meine Gedanken schweifen dauernd ab. Den letzten Satz habe ich vor ungefähr zwanzig Minuten geschrieben, und bei nochmaligem Lesen muss ich sagen, dass er absoluter Schrott ist. Aber ich lasse ihn stehen, damit ich wenigstens so tun kann, als hätte ich etwas geleistet.

Ich finde meinen Philosophie-Kurs nicht uninteressant. Im Gegenteil. Aber je länger ich mich mit verschiedenen Philosophen und Strömungen beschäftige, desto weniger leidenschaftlich werde ich. So geht es mir eigentlich mit allem. Ich brenne für nichts. Manchmal denke ich, es liegt an mir. Vielleicht bin ich zu oberflächlich? Oder zu faul? Manchmal bin ich mir sicher, dass es an meinen Brüdern liegt. Sie sind allesamt so besessen davon, Erfolg zu haben, dass ich versuche, so anders wie nur irgend möglich zu sein. An wieder anderen Tagen mache ich meine Eltern dafür verantwortlich. Denn ich weiß ganz genau, selbst wenn ich etwas finde, für das ich brenne, muss ich es bald wieder aufgeben. Vielleicht ist auch mein komischer Kopf schuld, der sich weigert, bei einem Thema zu bleiben, und von einem Gedanken zum nächsten springt. Am Ende ist es wohl eine Mischung aus all diesen Faktoren.

»Hey«, flüstert jemand in mein Ohr.

Ich drehe mich um und blicke in Tamsins Gesicht.

»Hey!« Meine Laune hellt sich augenblicklich auf. Es ist unmöglich, Tamsin zu sehen und nicht zu lächeln. Sie hat ein Gesicht, das Menschen froh macht.

»Hast du Lust, mit mir nach draußen zu kommen? Das Wetter ist so schön, und ich habe eine Freistunde.«

»Das hier wird ohnehin nichts mehr«, flüstere ich und klappe meinen Laptop zu.

»Schhhhhhh«, ertönt es vom Eingang. Der Streber hinter dem Tresen nimmt seinen Job viel zu ernst. Aber selbst er brennt für etwas – auch wenn es nur absolute Stille in der Bibliothek ist.

Auf dem Rasen vor der Uni sitzen Studenten allein oder in kleinen Gruppen. Zwischen Platanen und jungen Kiefern lesen sie und trinken Kaffee aus Pappbechern. Ich studiere gern in Pearley. Ich mag die studentische Atmosphäre, die Kneipen und Cafés im Univiertel. Der Campus ist lebendig, die Gebäude sind genau das richtige Maß an beeindruckend und ehrwürdig. Besonders das Hauptgebäude, das die Bibliothek beherbergt und aus dem Tamsin und ich gerade herausgetreten sind. Es ist ein roter Ziegelbau mit eckigen Türmen zu beiden Seiten. Weiße Zierornamente schmücken den gesamten Bau und unterbrechen die rote Fassade. Um das Hauptgebäude herum dehnt sich der Campus weiter aus. Allerdings sind die Gebäude hier moderner. Die Ziegeloptik wurde aber beibehalten, sodass sich die Gebäude nahtlos ins Gesamtkonzept einfügen.

Wir setzen uns auf die Wiese.

»Und? Hast du das Trauma von Samstag überwunden?«, fragt Tamsin. Ich habe sie in die Machenschaften meiner Eltern eingeweiht. In ihr habe ich wenigstens eine Verbündete.

»Maliks Backkünste haben Wunder gewirkt«, sage ich.

»Es ist wirklich erstaunlich, wie du mit der Situation umgehst. Ich meine, ich könnte keine Witze drüber machen.«

»Ich habe ja nicht wirklich eine Wahl. Zumindest, solange ich ihnen nicht bewiesen habe, dass ich zu mehr tauge als zur braven Ehefrau. Und zu Hause sitzen und in mein Kissen weinen – das ist nicht meine Art.«

»Glaubst du denn, sie würden dich in Ruhe lassen, wenn du so erfolgreich wärst wie deine Brüder?«

Ich zucke mit den Schultern. »Es ist die einzige Chance, die ich habe, oder? Es sei denn, ich breche mit ihnen und gebe den Traum vom Studium auf. Die Gebühren könnte ich mir nie leisten.« Nach einer kurzen Pause schiebe ich noch hinterher: »Und ich weiß nicht, ob ich es schaffen würde. Einfach so zu verschwinden. Wirklich keine Familie mehr zu haben.«

Tamsin nickt, und einen Moment lang sitzen wir schweigend nebeneinander.

»Kommst du mit deinem Essay voran?«, fragt Tamsin dann.

»Erinnere mich nicht daran. Wenn es etwas gibt, das noch deprimierender ist als der Heiratsmarkt, dann meine mangelnden Fähigkeiten, mich für die Themen zu begeistern. Du hast die Literatur. Malik hat das Kochen ... Rhys hat immerhin dich.« Ich weiß, dass das gemein war, aber mein Frust muss irgendwo hin. »Entschuldige, das war nicht fair.«

»Ist schon in Ordnung. Es stimmt ja. Er hat mich. Zu zweit ist alles einfacher.«

Ich nicke und kaue auf meiner Unterlippe herum. »Ein Grund, sich auf die Ehe zu freuen.«

Tamsin legt den Arm um meine Schulter und zieht mich an sich.

»Das wird schon. Ich weiß, das sagt sich leicht, aber irgendwo lauert sicher ein reicher Kerl, der dich umhaut.«

Ich lache. »Und dann entdecke ich das Papierschöpfen für mich!«

»Oder das Batiken. Was auch immer. Sag mal«, fährt sie fort, und ihre Stimme wird wieder ernster. »Wirst du nächstes Wochenende auch verkuppelt, oder kriegst du mal eine Pause?«

»Nächstes Wochenende haben meine Eltern Hochzeitstag. Jackpot. Sie verbringen die ganze Woche auf Hawaii. Dafür muss ich übernächste Woche zu einer Charity-Veranstaltung meiner Mom, sie möchte mir ›jemanden vorstellen‹.« Ich zwinkere ihr übertrieben zu. »Du verstehst. Warum fragst du?«

»Rhys und ich würden gern mal rauskommen. Wir haben ein kleines abgelegenes Häuschen gemietet. Nach all der Aufregung der letzten Wochen tut uns das sicher gut. Einfach mal alles hinter uns lassen, weißt du?«

Ich nicke. Die letzten Wochen waren für die beiden weiß Gott nicht leicht. Erst hat Rhys erfahren, dass seine Mutter, die er seit Jahren nicht gesehen hatte, gestorben ist. Dann hat er seine kleine zehnjährige Schwester Jeannie zu sich geholt – allerdings ohne es mit ihrem kriminellen Vater zu bereden, sodass alle Angst hatten, er könnte wegen Kindesentführung eingesperrt werden. Glücklicherweise hat sich seine Sozialarbeiterin Amy eingeschaltet, Jeannie zu sich genommen und die vorübergehende Vormundschaft übernommen.

»Das habt ihr euch wirklich verdient«, sage ich. »Gibt es denn eigentlich schon etwas Neues von Jeannies Vater?«

»Nein, der Penner hat sich kein einziges Mal gemeldet. Wenn das so bleibt, stehen die Chancen gut, dass das Gericht zu Jeannies Gunsten entscheidet. Amy hat schon gesagt, dass sie bei ihr bleiben kann.«

»Amy ist echt cool«, sage ich mit Bewunderung in der Stimme. »Einfach so ein fremdes Kind aufzunehmen ist nicht gerade selbstverständlich.«

»Ganz und gar nicht«, erwidert Tamsin. »Ich weiß nicht, ob ich sonst jemanden kenne, für den es eine solche Selbstverständlichkeit ist, zu helfen. Egal, wie unbequem es wird.«

»Hoffentlich wird es nicht *zu* unbequem.«

»Bislang sind die beiden ein echtes Dreamteam. Weswegen Amy gesagt hat, es sei kein Problem, wenn wir uns mal ein Wochenende für uns nehmen wollen.«

»Zurück zum Thema«, sage ich grinsend.

»Ich glaube, dir würde es auch guttun, mal den Kopf freizukriegen. Hast du Lust, mitzukommen?«

»Oh, wow, Tamsin, das ist echt lieb von dir. Aber ich will euren Pärchen-Trip nicht stören«, sage ich. Ich bin gerührt, dass sie an mich denkt, aber ich würde mich nur wie das fünfte Rad am Wagen fühlen.

»Würdest du nicht. Malik kommt auch mit. Ich möchte, dass Rhys einfach mal ein bisschen Spaß hat. Das geht leichter, wenn wir uns nicht zu zweit ein Wochenende lang tief in die Augen blicken und romantischen Blödsinn von uns geben.«

Ich muss lachen. »Also übernehmen wir das reihum?

Dann bin ich dabei. Ich wollte Rhys schon immer romantischen Blödsinn ins Ohr säuseln. Hat er irgendwelche Vorlieben? Lieber Dirty Talk oder ganz klassische Komplimente?«

»Untersteh dich!«, sagt Tamsin, grinst aber breit. »Also bist du dabei?«

»Und ob!« Ich bin begeistert. »Das ist genau das, was ich brauche.«

Eine Stunde später sitze ich in meiner Vorlesung über betriebswirtschaftliche Grundlagen und langweile mich tödlich. Das Gespräch mit Tamsin war mit Abstand das Highlight des Tages. Ich kaue auf meinem Stift herum, starre aus einem der Fenster des Vorlesungssaals und hoffe, dass die Doppelstunde heute schneller vorbeigeht als sonst. Der Professor, ein durch und durch grauer Mensch – außen wie innen, da bin ich mir sicher –, beginnt gerade seinen Vortrag über das Marktgleichgewicht herunterzuleiern.

»Marktgleichgewicht bedeutet, dass die Menge des Angebots gleich der Menge der Nachfrage ist. Je niedriger der Preis ist, desto höher die Menge der Käufer. Je höher der Preis, desto niedriger die Menge der Käufer. Gleichzeitig gilt, je niedriger der Preis ist, desto weniger Anbieter gibt es. Analog, wie Sie sich denken können, gilt das Gegenteil bei höherem Preis: Die Menge der Anbieter steigt.«

Ich merke, wie meine Augen schwer werden. Ich versuche mitzuschreiben, aber abgesehen von ein paar Stichworten wie »Gleichgewichtsmenge« und »Marktpreis« bleibt mein Blatt leer. Ich bin mir zu neunundneunzig Prozent sicher, dass die Betriebswirtschaft nicht meine Leidenschaft ist. Aber für den unwahrscheinlichen Fall, dass sie es doch wäre, würde ich es in dieser Vorlesung niemals merken.

Ich blicke mich um. Die anderen Studenten, die mit mir in dem vollen Hörsaal sitzen, schreiben alle eifrig mit. Es wäre wohl ratsam, einen von ihnen kennenzulernen, damit ich mir für die Klausur die Aufzeichnungen kopieren kann.

Als es um mich herum plötzlich laut wird, erwache ich aus meiner Trance. Anscheinend ist die Vorlesung vorbei. Ich packe meine Sachen zusammen und mache mich auf den Weg zu meiner zweiten Veranstaltung an diesem Tag. Es ist glücklicherweise die letzte für heute, sodass mir am späten Nachmittag noch etwas Zeit für meinen Essay bleibt.

Die Übung »Politische Systeme« ist so ziemlich das Gegenteil von der Wirtschaftsvorlesung. Die Dozentin, eine junge, motivierte Frau, die wir Miranda nennen dürfen, erwartet unsere Mitarbeit. Je hitziger die Diskussionen werden, desto besser, sagt sie. Ein paarmal fand ich mich selbst mitten in einer solchen Diskussion wieder, obwohl ich das gar nicht beabsichtigt hatte. Aber einige der Typen, die mit mir in der Übung sitzen, bringen mich mit ihren arroganten Kommentaren dermaßen auf die Palme, dass ich meine Klappe einfach nicht halten kann. Es sind Sprüche, die ich sonst nur von meinen Eltern oder meinen Brüdern kenne. Unreflektiert, auf den eigenen Vorteil bedacht, mit Vorurteilen und der Angst vor allem Fremden gespickt. Es ist ein kleines Wunder, dass ich mich von diesen Meinungen freimachen konnte. Vor allem habe ich das meiner Englischlehrerin in der achten Klasse zu verdanken. Sie war nur ein halbes Jahr an meiner Schule, danach wurde sie vom Elternbeirat rausgemobbt. Aber ihre Botschaften an uns haben etwas in mir ausgelöst. Seither weiß ich, dass mit großen Privilegien auch große Verantwortung einhergehen sollte. Dass Vorurteile genau das sind: Vor-Urteile, die nichts mit der Wahrheit zu tun haben müssen. Und dass Offenheit und Nettigkeit die Welt zu einem besseren Ort machen – selbst im Kleinen.

Als ich in den Seminarraum komme, sind alle anderen schon da. Ich muss jedes Mal vom Hauptgebäude auf die andere Seite des Campus laufen, und wenn die Vorlesung wie heute länger dauert, komme ich ein paar Minuten zu spät. Miranda weiß das und hat kein Problem damit.

Ich setze mich leise auf den einzigen noch freien Stuhl an der Stirnseite der großen Tischinsel in der Mitte des Raums. Ich will gerade meinen Notizblock aus meiner Tasche holen, als ein unsympathischer Typ namens Jason den Faden wiederaufnimmt. »Was ich gerade sagen wollte, bevor Zelda hier reingeplatzt ist: Meiner Meinung nach sollte man natürlich Politik für alle machen. Das Problem ist aber, dass die meisten Menschen leider zu dumm sind, um zu begreifen, was die wesentlichen Themen sind.«

»Und was wäre also deine Idee?«, fragt Miranda.

»Fakt ist doch, dass die wenigsten unserer Mitmenschen die geistigen Kapazitäten haben, um zu entscheiden, was gut für sie ist. Ein Kleinkind übernimmt ja auch nicht die Haushaltsplanung der Familie. Ich sage, gebt den Leuten Macht, die klug genug sind.«

Ich kann kaum glauben, was er sagt. »Wie bitte?«, frage ich einigermaßen entsetzt. »Du vergleichst mündige Bürger mit Kleinkindern und willst ihnen das Recht absprechen, politisch mitzureden? Schaffst du jetzt unsere Demokratie ab?« Ich merke, wie sehr mich seine Überheblichkeit ankotzt. Mir steigt Hitze ins Gesicht.

»Wäre das denn so schlecht?«, fragt er und wirkt dabei so selbstgefällig, dass ein paar andere kaum merklich den Kopf schütteln.

Miranda blickt mich auffordernd an. »Ja, das wäre schlecht. Natürlich wäre das schlecht. Mal abgesehen davon, dass deine Idee ziemlich arrogant ist – aber wo ziehst du die Grenze? Und wer entscheidet, wo du die Grenze ziehst? Werden Menschen ohne Highschool-Abschluss ausgeschlossen? Ohne Studienabschluss? Willst du alle Amerikaner zu einem Intelligenztest zwingen?«

»Das wäre eine gute Idee«, sagt Jason.

Mir platzt gleich der Kopf bei so viel Dummheit. »Ich bin mir nicht sicher, ob du das weißt«, sage ich, »aber Intelligenz zu messen ist etwas anderes, als deine Körpergröße zu messen.«

Ein paar Leute lachen. Und ein Kommilitone klatscht in die Hände und ruft laut: »Genau!«

»Es fängt ja schon dabei an, dass du Intelligenz definieren musst«, sage ich. »Bei IQ-Tests werden immer nur Teilbereiche erfasst. Willst du dann kreative Intelligenz oder soziale Intelligenz einfach leugnen?«

»Nein, das müsste man natürlich auch testen«, sagt Jason, ist aber schon um einiges leiser als vorher.

»Wusstest du, dass man IQ-Tests üben kann?«, frage ich jetzt und gebe ihm damit den Rest. »Je mehr du davon absolvierst, desto ›intelligenter‹ wirst du also, ohne dass sich wirklich etwas verändert. Sehr aussagekräftig, wie ich finde.«

»Ja, gut, vielleicht ist der IQ-Test nicht die beste Lösung«, gibt er zu.

»Nichts, was du von dir gibst, ist die beste Lösung«, sage ich bissig, denn ich komme gerade erst in Fahrt. »Weißt du, wie viele grausame Menschen es gibt, denen man nachsagt, sie seien hochintelligent? Ich möchte nicht, dass deren Stimme mehr ins Gewicht fällt als die einer alleinerziehenden jungen Mutter, die sich keine höhere Bildung leisten konnte, weil sie mit sechzehn angefangen hat, sich um ihre Familie zu kümmern. Im Zweifel würde ich ihr mehr vertrauen, eine gute Entscheidung zu treffen.«

»Amen!«, ruft ein Mädchen, das mir gegenübersitzt.

»Wir halten fest, Jason denkt noch mal über seinen Ansatz nach«, sagt Miranda und zwinkert mir zu.

Ich lächle. Die Aussicht auf ein Wochenende mit Freunden, ein Sieg über Jason – es könnte mir schlechter gehen, finde ich.

 *Malik*

4   »*Souschef, Commis de Cuisine, Chef de Partie, Demi Chef de Partie, Saucier, Gardemanger, Hors-d'œuvier, Entremetier, Légumier, Poissonnier …*« Bei jeder dieser Bezeichnungen zeigt die junge Frau, die mich herumführt und deren Namen ich zusammen mit all den anderen Namen wieder vergessen habe, auf einen der weiß gekleideten Männer, die an Edelstahl-Kücheninseln stehen und arbeiten. Der jeweils Angesprochene blickt kurz auf, hebt die Hand zum Gruß und widmet sich dann wieder seinen Aufgaben.

Es ist laut. Zwischen Blubbern, Zischen, Klappern, Rufen und Fluchen fällt es mir schwer, den Überblick zu behalten. Die Temperatur im Raum ist gefühlt kurz vor dem Siedepunkt, und Schweißperlen bilden sich augenblicklich auf meiner Stirn. Der erste Eindruck ist der von maximaler Überforderung. Aber dann sind da die Gerüche. Intensiv und frisch und anders. Es ist eine Mischung aus Rotwein, Sellerie, Zwiebeln und so vielem, das ich nicht identifizieren kann. Mir läuft das Wasser im Mund zusammen.

Ich bin der einzige Afroamerikaner, der hier arbeitet, und wahrscheinlich der Einzige, der nicht fließend Französisch spricht. Während mir zig Namen genannt wurden, fiel mein Name bei der Vorstellungsrunde kein einziges Mal. Es ist mir unangenehm, so respektlos ausgegrenzt zu werden. Das Gefühl, nicht dazuzugehören, ist beinahe übermächtig. Aber mir ist klar, dass ich keine Wahl habe. Ich muss hier durch.

»Am Anfang wirst du Alec, dem *Légumier*, unterstellt sein«, sagt die junge Frau.

Alec, ein hagerer Mann Mitte vierzig, nickt mir zu. »Messer, Brett, Karotten«, sagt er und deutet auf den vorbereiteten Arbeitsplatz. »Als *Brunoise* schneiden.«

Noch ein unbekanntes französisches Wort. Ein dicklicher, rotgesichtiger Junge, der mir gegenüber Kartoffeln schält, blickt auf und sieht meinen verzweifelten Blick.

Als Alec sich wieder abwendet, sagt er: »›*Brunoise*‹ bedeutet, dass du die Karotten fein würfeln musst. Maximal zwei Millimeter.«

Ich nicke. »Danke.«

»Keine Ursache. Es dauert ein bisschen, bis man das Küchenfranzösisch versteht. Ich bin übrigens Lenny«, schiebt er noch hinterher.

»Malik«, sage ich. »Bist du schon lange hier?«

»Seit zwei Monaten.«

»Weniger reden, mehr arbeiten«, meldet sich Alec wieder, und ich mache mich sofort daran, den Berg Karotten zu schälen, der vor mir liegt.

Es ist eine ermüdende Arbeit, aber ich bin fest entschlossen, sie so gut wie möglich zu machen. Nach und nach verliere ich völlig das Zeitgefühl. Ich arbeite konzentriert vor mich hin, versuche, schnell zu sein und die Karotten trotzdem gleichmäßig zu würfeln.

»Karotten *brunoise*?«, brüllt der Mann, von dem ich glaube, dass er Clément, der *Souschef*, ist.

»Ich bringe sie Ihnen«, rufe ich und fege mit der Hand eine weitere Ladung Karottenwürfel von meinem Schneidebrett in eine Schüssel. Clément kommt auf mich zu.

»Neuling, du bist langsam«, sagt er und fasst mit den Fingern in die Schale, die ich ihm entgegenstrecke. »Was soll das sein? Karottenstaub? Was soll ich damit?«

»*Brunoise?*«, frage ich unsicher.

»Genau, *brunoise*. Nicht Pulver. Idiot. Kann jemand dem Neuen zeigen, wie man *en brunoise* schneidet?«, ruft Clément über das allgemeine Chaos hinweg. Dann lässt er die Schale auf den Boden fallen. Einfach so. Ich erstarre. »Husch, husch, noch mal machen.«

»Sorry, ich dachte wirklich …« Ich knie mich auf den Boden, um die Karottenreste mit meinen Händen zusammenzufegen.

»Interessiert das hier irgendjemanden? Los jetzt. Beeil dich mal ein bisschen. Du willst doch nicht, dass ich mit meinen Vorbehalten dir gegenüber recht behalte, oder?« Mit der Spitze seines Schuhs kickt er die Metallschale auf die Seite und wendet sich theatralisch ab.

Es ist nicht so, als wäre dies das erste Mal, dass sich jemand mir gegenüber auf eine derart widerliche Weise benimmt. Es wäre übertrieben zu sagen, ich sei es gewohnt, aber es ist nichts Neues. Und dennoch verkrampft sich mein ganzer Körper. Hitze steigt mir ins Gesicht, und ich habe Lust, auf etwas einzuschlagen. Aber ich schlucke meinen Stolz herunter und mache weiter.

Während ich die Karottenwürfel in die Schüssel zurückfege, befühle ich sie mit der Hand. Sie sind fein, ja. Aber ich habe sie doch nicht pulverisiert.

»Hey«, sagt eine Stimme neben mir. Es ist Lenny, der mir zur Hilfe geeilt ist. »Mach dir nichts draus. Er ist zu allen so. Mach es einfach noch mal. Es geht nicht darum, dass du etwas falsch gemacht hast, er putzt einfach gern Leute runter.«

»Danke für den Hinweis.« Ich versuche mich an einem Lächeln.

Er nimmt eine Handvoll Karottenwürfel auf. »Die sind perfekt, wenn du mich fragst«, sagt er leise.

Seufzend kippe ich den Inhalt der Schale in den Mülleimer. Ich nehme mir eine weitere Ladung Karotten, schäle sie und mache mich wieder daran, sie *en brunoise* zu schneiden.

Als Alec auf mich und Lenny zukommt und verkündet, unsere Schicht sei vorbei, wir sollten zusehen, dass wir nach Hause kämen, würde ich am liebsten einen Luftsprung machen. Aber meine Füße sind angeschwollen, und mein Rücken ist völlig verkrampft, sodass ich mich kaum rühren kann. Die Arbeitsplatte ist für meine Körpergröße eindeutig zu niedrig, sodass ich immer leicht gebeugt stehe. Vom vielen Schneiden habe ich Blasen an meinen Fingern. Erst jetzt, da ich das Messer abgelegt habe, merke ich, wie sehr meine Hände pochen. Aber ich bin fest entschlossen, mir nichts anmerken zu lassen. Ich werde mich durchbeißen, koste es, was es wolle. Und eines Tages werde ich anfangen, hier etwas zu lernen. Ich muss nur lange genug beweisen, dass ich es will.

Ich folge Lenny in den Mitarbeiterraum.

»Du hast den ersten Tag überlebt«, sagt er. »Zeig mal deine Hände.«

Ich strecke meine Handflächen aus.

»Wow, nicht schlecht! Keine Sorge, es tut nur die erste Zeit weh. Die Blasen müssen ein paarmal aufplatzen, damit sich Hornhaut bilden kann. Pass nur auf, dass es nicht während der Arbeit passiert.«

Ich schlucke und betrachte meine Blessuren.

»Am besten, du stichst sie zu Hause auf und desinfizierst sie. Dann verbindest du deine Finger mit Tape. Das ist elastisch genug, um arbeiten zu können.«

»Danke für den Tipp, Mann.«

Mein Körper ist so müde, dass ich kaum in der Lage bin, mich mit Lenny zu unterhalten. Ich habe das Gefühl, erst einmal verarbeiten zu müssen, was heute geschehen ist, bevor ich wieder wie ein normaler Mensch reagieren kann.

Wir holen unsere Wertsachen aus unseren Spinden und verlassen das Gebäude durch den Mitarbeitereingang. Das Hotel ist ein beeindruckender Bau direkt an der Promenade des malerischen Badeorts. Der Eingang wird von aufwendig geschnittenen Buchsbäumen eingerahmt. Schwarze Limousinen warten in der Zufahrt auf Gäste. Der gesamte Eingangsbereich strahlt Eleganz und Moderne aus. Ich frage mich, wie viel es wohl kostet, eine solche Glasfassade so sauber zu halten. Bestimmt beschäftigt das *Fairmont Hotel* eine ganze Armee an Fensterputzern. Und bestimmt haben auch die französische Namen.

Auf dem Mitarbeiterparkplatz, der rechts neben dem Gebäude von hohen Hecken abgeschirmt wird, verabschieden wir uns bei Lennys Auto.

»Dann bis morgen«, sagt er.

»Bis morgen«, erwidere ich.

Er wirft seinen Rucksack auf den Beifahrersitz und steigt ein. Ich bin ganz froh, dass er meinen verbeulten alten Ford nicht zu sehen bekommt.

Als ich in meinem Wagen sitze, lasse ich den Kopf auf das Lenkrad sinken und atme tief durch. Was für ein Tag! Einatmen, ausatmen. Ich stecke den Schlüssel ins Zündschloss und lasse den Wagen an. Aus den Boxen ertönt laut *MC's Act Like They Don't Know* von KRS-One, doch der

Hip-Hop-Beat, der mich auf der Hinfahrt gepusht hat, ist mir jetzt zu viel. Nach dem Lärm in der Küche brauche ich gerade absolute Ruhe.

Mr Brentford, der Psychologe aus dem Pearley Juvy, fällt mir ein. Er empfahl mir, für solche Momente – Momente, in denen ich mich schwach oder deprimiert fühle – positive Tauschgedanken parat zu haben. Im Gefängnis waren das Bilder meiner Familie. Ihre glücklichen Gesichter. Gemeinsame Abendessen, lauter Trubel. Es funktionierte nicht wirklich. Meistens machte mich die Erinnerung an meine Familie nur noch trauriger.

Ma, Pop, denke ich. *Jasmine, Theo, Ebony, Ellie und Esther.* Für sie.

Ich biege auf die Straße ab, die am Meer entlang führt und mich nach ein paar Meilen auf die Schnellstraße Richtung Pearley bringen wird. Heute Morgen habe ich den Anblick des Ozeans, der Palmen, die im leichten Wind hin und her schwankten, und der Sandstrände in meiner aufgeregten Vorfreude regelrecht aufgesogen. Jetzt will ich nur noch nach Hause und ins Bett. Meinen Rücken durchstrecken, meine Hände in Eiswasser legen. Allerdings ist der körperliche Schmerz, den ich empfinde, nichts gegen die krasse Unsicherheit, die ich den ganzen Tag über verspürt habe und die mich auch jetzt nicht loslässt. Cléments Demütigungen, die Tatsache, dass ich die Hälfte der Ausdrücke nicht kenne, das Desinteresse der anderen, all das hat mich verunsichert. Und wie war das? Cléments »Vorbehalte mir gegenüber«? Was meinte er damit? Passe ich nicht in diese Welt? Traut er es mir nicht zu? Ich schüttle den Kopf. Es ist unsinnig, so zu denken. Bevor ich die Großküche im *Fairmont* betreten habe, wusste ich, dass ich das Richtige tue. Ich habe mich nicht verändert. Mein

Ziel hat sich nicht verändert. Warum also zweifle ich auf einmal?

Als wären Clément, Alec und all die anderen die ersten Menschen, die mich schlecht behandeln. Und wenn ich Lenny glauben kann, geht es nicht nur mir so, sondern allen, die im *Fairmont* neu anfangen. So oft passiert es mir nicht, dass ich in einem vollkommen weißen Umfeld nicht anders behandelt werde als die anderen. Ich sollte es vielleicht als Sieg verbuchen, dass sie zu mir genauso scheiße sind wie zu ihresgleichen.

Entschlossen schalte ich die Anlage meines Autos wieder ein. Der Beat und KRS-Ones kräftige Stimme ertönen, und ich nicke mit meinem Kopf im Takt. Der Rhythmus beruhigt mich, ruft mir in Erinnerung, wer ich bin und wer ich nicht mehr sein will. Nie wieder sein will. Ein Spielball meiner Herkunft. Opfer meiner eigenen Dummheit. Umgeben von einem dunklen Nebel, der mir jede Energie nimmt und mich zu verschlucken droht. Ich habe mir fest vorgenommen, nicht mehr mit mir selbst zu hadern. Meine Familie soll nichts als stolz auf mich sein. Und deswegen bin ich hier. Entschieden.

Die Zweifel lösen sich langsam auf, und zurück bleibt der Wille, zu kämpfen und es allen zu beweisen. Ich jage die Schnellstraße entlang, meine Finger trommeln im Takt auf das Lenkrad. Beschäftigung für die Hände ist die beste Ablenkung. Die Verspannungen in meinem Rücken beginnen sich etwas zu lösen.

Den Wagen parke ich direkt vor dem Haus. Es ist ein frei stehendes, heruntergekommenes Mehrfamilienhaus, dort, wo Poorley langsam in den wohnlicheren Teil der Stadt übergeht. Die ehemals weiße Fassade ist an einigen Stellen rissig. Eine der Wohnungen im Erdgeschoss steht schon seit Längerem leer, und die Fenster starren halb blind und schwarz auf die Straße.

Ich gehe die Treppen hinauf in den ersten Stock. Durch das Glas in der Eingangstür fällt Licht. Rhys ist also zu Hause. Eigentlich hatte ich gehofft, heute Abend die Wohnung für mich zu haben. Er verbringt oft die Nacht bei Tamsin oder isst mit Amy und seiner Schwester zu Abend.

Als ich die Tür öffne, schlägt mir der Geruch von … ist es Pizza? … entgegen.

»Hallo?«, rufe ich.

»Hey!«, erwidert Rhys aus der Küche.

Ich folge dem Geruch und seiner Stimme. In der Tür bleibe ich stehen. »Du hast doch nicht etwa …«, beginne ich, als mein Blick auf den gedeckten Tisch fällt.

»Ich dachte, du hast heute sicher keine Lust mehr zu kochen«, sagt Rhys und grinst. Er hat sich eine Schürze umgebunden. Seine Hände stecken in unseren angekokelten Ofenhandschuhen, mit denen er ein Blech aus dem Ofen holt.

»Ich hoffe, du hast Hunger.«

»Und wie«, sage ich mit großen Augen, auch wenn ich bis gerade eben keine Ahnung hatte, wie hungrig ich wirklich war. »Seit wann kochst du?«

»Gewöhn dich besser nicht daran. Aber ich dachte, nach deiner Rettungsaktion im Café gestern ist ein Blech Pizza das Mindeste, was ich für dich tun kann.«

Ich setze mich auf einen der wackligen Klappstühle, die um unseren Resopaltisch herumstehen. Aus dem Kühlschrank nimmt Rhys zwei Dosen Bier und wirft mir eine zu. Mit einem Zischen öffne ich sie.

»Auf dich!«, sagt Rhys und prostet mir zu.

»Danke, Mann.«

Rhys legt je ein Stück Pizza auf unsere Teller. »Erzähl, wie war's?«, fragt er.

»Gut«, sage ich mit vollem Mund. »Sehr interessant.« Ich versuche, sorglos zu klingen, und nehme einen großen Schluck Bier. Er hat sogar meine Lieblingssorte besorgt, obwohl er es für ungenießbare Plörre hält. Mich allerdings erinnert der Geschmack an meine Jugend, als noch alles gut war. An den ersten Rausch im Hinterhof von Mike Johnson, den ersten betrunkenen Kuss mit seiner Schwester Lakeisha, Garagenpartys bei Gabriel Freeman, Spritztouren mit Darius, Andre und Xavier. Die gute alte Zeit, bis alles anfing, den Bach runterzugehen.

»Nette Leute?«, fragt Rhys.

Ich würde viel lieber nicht über meinen Tag sprechen. Ich will nicht, dass Rhys merkt, wie schwierig der Start im *Fairmont* für mich war. Auch für ihn will ich stark sein. Er hat in der Vergangenheit so oft eine Verschwörung gegen sich und uns gewittert, dass ich ihm keinen Grund geben will, an seiner Welt zu zweifeln.

»Ja, nette Leute. Viele kenne ich noch nicht, aber ein anderer, der auch ziemlich neu ist, Lenny, hat mir schon nützliche Tipps gegeben.«

»Klingt gut«, sagt Rhys kauend. »Und was hast du heute gemacht?«

»Gemüse gewürfelt. Oder wie man im *Fairmont* sagt, *Légumes en brunoise* geschnitten. Dann kann man dafür nämlich von reichen Weißen den zehnfachen Preis verlangen.«

»Klingt schlau. Vielleicht sollten wir in *Mal's Café* Kaffee *Brunoise* anbieten.«

Ich beschließe, mir keine Gedanken darüber zu machen, wie fein gewürfelter Kaffee aussehen könnte, und nehme stattdessen noch einen Schluck Bier.

Nachdem wir aufgegessen haben und ich Rhys mehr als einmal versichert habe, dass seine Pizza fantastisch geschmeckt hat, bin ich am Ende meiner Kräfte. Ich kann meine Augen kaum noch offen halten.

Ich gönne mir eine ausgiebige Dusche, um meinen Schweiß und den Geruch der Großküche loszuwerden. Der heiße Wasserstrahl massiert meinen schmerzenden Rücken, und ich genieße das heilsam-brennende Gefühl des Wassers auf meinen Fingern. Ich fahre mit den schaumigen Händen über meine Brust, verteile die Seife auf meinen Oberarmen und meinem Nacken. Meine Augen sind geschlossen. Allmählich hat der Wasserstrahl die Seife von meinem Körper gespült, sodass ich die Dusche ausdrehe und mir mein Handtuch umwickle.

In meinem Zimmer steht mir die scheußlichste Aufgabe des heutigen Tages noch bevor. Bewaffnet mit Taschentüchern, einem Feuerzeug und einer Nadel, die ich zusammen mit Tape und Desinfektionsmittel auf dem Rückweg in einem Drugstore gekauft habe, setze ich mich auf mein Bett. Das alte Gestell knarzt und quietscht unter meinem Gewicht. Wie alles andere in meinem Leben ist auch die Einrichtung dieses Zimmers nicht auf meine Größe ausgelegt. Ich kann mich nicht mehr daran erinnern, wann ich das letzte Mal mit ausgestreckten Beinen geschlafen habe.

Ich behandle die Blasen an meinen Händen wie von Lenny empfohlen, sprühe Desinfektionsmittel darauf und umwickle die betreffenden Stellen mit Tape. Lenny hatte recht, es ist tatsächlich angenehm flexibel und sollte mich nicht bei der Arbeit behindern. Ich kann es trotzdem kaum erwarten, bis sich Hornhaut über den empfindlichen Stellen gebildet hat.

Als ich mich gerade auf meinem Bett zusammenrollen will, fällt mir ein, dass ich den ganzen Tag nicht auf mein Handy gesehen habe. Ich hole es aus meiner Hosentasche. Es scheint, meine gesamte Familie hat mir Nachrichten hinterlassen. Natürlich wollen sie wissen, wie mein erster Tag gelaufen ist. Ich antworte meinen Eltern und Jasmine. Außerdem habe ich eine Nachricht von einer unbekannten Nummer.

Hi, Malik, wie es aussieht, werden wir die Einzigen sein, die nächstes Wochenende nicht völlig liebeskrank sind. Kannst du mich mitnehmen? Ich leihe meinen Wagen Tamsin und Rhys, damit sie schon am Freitag fahren können. Würde mich dafür um Snacks kümmern. Irgendwelche Wünsche? Sorbet? Liebe Grüße, Zelda.

Obwohl mein Körper eigentlich für jede Mimik zu müde ist, zucken meine Mundwinkel unwillkürlich nach oben. Vor lauter Lärm und Hitze und Karotten habe ich den ganzen Tag über vergessen, mich auf nächstes Wochenende zu freuen. Rhys und Tamsin haben eine Hütte gemietet, und offensichtlich kommt Zelda auch mit. Umso besser.

Sorbet funktioniert sicher gut als Snack im Auto. Ich bringe die Kristallschalen mit, antworte ich, lege mich hin und schlafe im nächsten Moment ein.

Zelda

5 Jeden Mittwoch schaue ich mit meinen Mitbewohnern Arush und Leon einen extrem schlechten Film. Als wir zusammengezogen sind, haben wir mit guten Filmen angefangen, aber es wurde schnell klar, dass wir während des Films zu viel reden, als dass wir wirklich etwas davon gehabt hätten. Deswegen schauen wir seit ein paar Monaten nur noch schlechte Filme, bei denen wir nichts verpassen.

Heute bin ich mit der Auswahl betraut worden und habe mich für *Mission Azaad – der indische Zorro* entschieden – vor allem deswegen, weil Arush indische Filme nicht ausstehen kann. Arush und ich lieben uns heiß und innig. Wir stehen uns so nah, dass meine Eltern schon panisch wurden. Ich habe anfangs noch gedacht, es würde unserer Beziehung guttun, wenn ich sie an meinem Leben in Pearley teilhaben lasse. Doch stattdessen fingen sie an, über meine Verantwortung gegenüber der Familie zu sprechen – nämlich einen weißen Mann zu finden. Es war das erste Mal, dass sie es so offen ausgesprochen haben. Erst wusste ich nicht so recht, was ich dazu sagen sollte, schließlich waren Arush und ich ja nicht einmal ein Paar. Aber als sie anfingen, davon zu sprechen, dass man kaum noch blonde Kinder zu Gesicht bekäme, kriegte ich eine Gänsehaut und rechtfertigte mich nicht länger. Seither trenne ich meine beiden Leben noch schärfer voneinander.

Arush und ich lieben es besonders, uns gegenseitig zur Weißglut zu treiben. Indische Filme funktionieren da ganz wunderbar. Er sagt, es liege daran, dass er sein Leben lang Bollywood-Filme mit seinen Eltern schauen musste, um seine Wurzeln nicht zu verlieren. Dass er sich dadurch nur immer weiter von den Wurzeln seiner Eltern entfernen würde, konnten sie natürlich nicht ahnen. Er betont jedes Mal, dass es sich nicht um seine eigenen Wurzeln handelt, denn er ist in Amerika geboren und war noch kein einziges Mal im Land seiner Vorfahren.

Unser Trash-Mittwoch ist jede Woche mein absolutes Highlight. Ich mag es, wenn wir alle zusammenkommen und Zeit miteinander verbringen. Es erinnert mich an Familie. Nicht an meine Familie, aber das Konzept »Familie«, das der Disney-Channel und 90er-Jahre-Sitcoms propagieren. Man lebt zusammen, lacht zusammen, streitet sich, versöhnt sich und landet am Ende mit viel zu viel Eiscreme vor dem Fernseher.

Derjenige, der den Film aussucht, ist außerdem verantwortlich für Popcorn. Es gibt eine große Schüssel mit salzigem Popcorn und eine etwas kleinere mit süßem nur für mich. Deswegen stehe ich in der Küche und starre in die Mikrowelle – das zentrale Element in diesem Raum. Da keiner von uns kocht, sind wir nicht sonderlich gut ausgestattet.

Leon ist schon zu Hause und lernt in seinem Zimmer für seine Bachelor-Prüfungen, die im Mai auf ihn zukommen. Er ist zwei Jahre älter als Arush und ich. Arush sollte jeden Moment zu Hause sein. Er möchte Medizin studieren und braucht herausragende Prüfungsleistungen. Deswegen stresst er sich seit seinem ersten Tag als Student und verbringt jede freie Minute in der Bibliothek. Noch jemand, der für eine Sache brennt.

Ich kaue auf meiner Unterlippe herum. Das Dilemma, in dem ich mich befinde, beginnt mich ernsthaft zu belasten. Einerseits, sage ich mir, ist es ohnehin egal, womit ich meine Zeit verbringe, solange ich in ein paar Jahren männliche Erben aus mir herauspresse. Andererseits sollte ich die wenige Zeit, die mir bleibt, mit etwas verbringen, das ich liebe. Und das können ja wohl schlecht Nachtisch, Wodka oder Siege über Jason sein.

Ein Schlüssel wird ins Schloss gesteckt. Das muss Arush sein. Ich widerstehe dem Drang, aus der Küche zu laufen, um zu sehen, wie er auf meine Überraschung reagiert. Es ist subtiler, wenn er das Filmplakat zufällig entdeckt.

»Ich hasse dich!«, ruft Arush jetzt.

»Ich dich auch, Babe!«, sage ich. »Wie war dein Tag?« Meine Stimme gluckst.

Arush kommt in die Küche. Er schüttelt den Kopf und zwickt mich in den Arm. »Warum tust du das? Jedes Mal?«

»Ich nehme an, ich bin ein schlechter Mensch.«

»Das kannst du laut sagen.« Er sieht mich grimmig an. Doch er kann mir nie lange böse sein. Und tatsächlich sagt er gleich darauf: »Was gibt's zum Abendessen, Darling?«

»Schmorbraten.«

»Mmmh, gepoppt in der Mikrowelle. Genau wie ich ihn mag.«

Er wendet sich um und will die Küche verlassen, aber ich springe ihm von hinten auf den Rücken.

»Hossa«, ruft er überrascht, nimmt mich aber Huckepack. »Wo willst du hin?«

»Wo wolltest du hin?«, frage ich und schlinge meine Arme um seinen Hals.

»Auf die Toilette. Aber da nehme ich dich nicht mit hin. Vergiss es. Komm, wir holen Leon ab.«

Arush trägt mich zu Leons Tür. Ich klopfe, er öffnet. Leon sitzt mit dem Rücken zu uns an seinem Schreibtisch und brütet über Büchern.

»Bist du so weit?«, frage ich. »Ich habe Arushs Lieblingsfilm ausgesucht.«

»Eine Sekunde«, sagt Leon und dreht sich um. Als er Arush und mich erblickt, grinst er. »Ihr habt einen Knall.«

»Ich?«, sagt Arush mit gespieltem Entsetzen in der Stimme. »Sie ist die Irre hier. Kannst du mir bitte verraten, wie du es geschafft hast, dass sie deine geschlossene Tür respektiert?«

Ich schnippe ihm scherzhaft mit meinem Finger gegen das Ohr.

»Konditionierung«, sagt Leon und wirft ein Buch in unsere Richtung. *Einführung in die Verhaltenspsychologie* steht darauf.

»Sehr witzig«, sage ich. »Auf geht's, Arush, bring mich ins Wohnzimmer.«

»Aye, aye«, sagt er und trägt mich ins Nebenzimmer, wo er mich auf die Couch fallen lässt.

Zwanzig Minuten später sitzen wir alle im Wohnzimmer. Der Film läuft und übertrifft all meine Erwartungen. In regelmäßigen Abständen blicken Leon und ich Arush fassungslos und fragend an. Jedes Mal bewirft er uns mit einer Handvoll Popcorn, woraufhin Leon ihm die Putzdienste der nächsten zehn Jahre androht.

Gerade als die Geschichte des Films von einer Tanzeinlage in den Schweizer Bergen unterbrochen wird, fragt Arush: »Sag mal, Zelda, trägst du manchmal Perücken?«

Ich bin wie erstarrt. »Was?«

»Ich habe dich gesehen«, sagt Leon und boxt mich mit dem Ellenbogen in die Seite. »In Blond.«

»Was hat es damit auf sich?«, fragt Arush, der offensichtlich vermeiden will, dass einer von uns die alberne Tanzszene kommentiert. »Arbeitest du als Stripperin?«

»Sehr witzig«, gebe ich zurück. Ich überlege fieberhaft, was für eine Geschichte ich ihnen auftischen könnte. Es ist mir unangenehm, sie anzulügen, aber ich will nicht, dass sie mich plötzlich anders wahrnehmen – als das reiche Mädchen mit den bekloppten Eltern, das zu nichts anderem taugt als zur Ehefrau.

»Bist du ein Callgirl?«, fragt jetzt auch Leon.

»Geheimagentin?« Arush zieht eine Augenbraue hoch.

»Schön wär's.« In meinem Kopf beginne ich eine Erklärung zu formulieren. Eine ganz harmlose. So nah an der Wahrheit und gleichzeitig so wenig konkret wie möglich. »Der Grund ist wirklich ziemlich langweilig. Ihr hättet mich ruhig mal früher fragen können, bevor ihr euch solche Hirngespinste ausdenkt.« Das ist gut. Das klingt nach mir. Es wirkt souverän. »Meine Eltern machen in letzter Zeit so richtig auf Familie.« Ich verdrehe die Augen. »Ihr wisst schon, Abendessen am Wochenende, Dinnereinladungen mit Freunden. Meine Haarfarbe führt immer zu Diskussionen. Deswegen gehe ich seit Neuestem mit Perücke hin. Dann habe ich meine Ruhe.« Zufrieden blicke ich von Arush zu Leon. Glauben sie die Geschichte?

»Okay?«, sagt Arush. »Und warum machst du dann aus den Wochenenden so ein Geheimnis?«

Verdammt. »Eigentlich sind sie gar kein Geheimnis«, sage ich zögerlich. »Ich versuche nur, mysteriös zu bleiben. Ich habe irgendwo gelesen, dass man das als junge Frau tun soll.«

Diesmal trifft Arush mit dem Popcorn direkt in meinen Ausschnitt.

»Merke, Leon«, sagt er, »um Zelda machen wir uns keine Sorgen mehr. *Mysteriös bleiben.* Was für ein Blödsinn.«

Ich lächle beschämt und senke meinen Blick. Sie haben sich Sorgen gemacht. Ich bin eine dämliche Kuh.

»Ihr könnt euch sicher sein, dass ich euch sofort davon erzählt hätte, wenn ich eine Geheimagentin wäre. So ein cooles Geheimnis könnte ich nie für mich behalten. Keine Sorge.« Ich hoffe, das lockert die leicht angespannte Stimmung wieder auf.

»Was zeigt, dass du die schlechteste Geheimagentin aller Zeiten wärst. Also müssten wir uns doch Sorgen machen. Und als Mitwisser auch noch um unser eigenes Leben«, witzelt Leon.

Der Hausfrieden ist wiederhergestellt.

Die nächsten Tage vergehen, ohne dass irgendetwas Nennenswertes passiert. Alltagstrott *at its best.* Leon und Arush sind mit der Uni beschäftigt, Tamsin verbringt jede freie Sekunde mit Rhys und Jeannie, und nicht einmal meine Eltern stören die Langeweile durch Vorwürfe oder Druckaufbau, da sie in Hawaii wohl endlich einmal mehr mit sich als mit ihrem Sorgenkind beschäftigt sind.

Als das Wochenende endlich kommt, kann ich kaum glauben, dass diese Woche, die zäh war wie Naturkautschuk, mit etwas Leben gekrönt sein wird.

Malik holt mich in einer halben Stunde bei mir zu Hause ab. Es ist ein bisschen unheimlich, dass ich mit einem beinahe Fremden ein paar Stunden auf engstem Raum verbringen werde. Ich weiß so gut wie nichts über

Rhys' Mitbewohner – abgesehen davon, dass er wohl auch an diesem Resozialisierungsprogramm teilnimmt. Was das genau bedeutet, will ich mir eigentlich nicht ausmalen. Natürlich ist mir klar, dass er irgendwann mal eine falsche Abzweigung im Leben genommen haben muss, auch wenn es schwer zu glauben ist, wenn man ihn kennenlernt. Denn seine gut gelaunte, ruhige Art ist das Letzte, was ich mit einer kriminellen Vergangenheit in Verbindung bringen würde. Malik wirkt auf mich immer sehr nett. Höflich und normal. Er ist außerdem deutlich zugänglicher als Rhys. Ganz egal, was ich über Malik weiß oder nicht weiß, Tamsin vertraut ihm. Das ist eigentlich schon genug. Und trotzdem ist ein leichter Kitzel dabei, wenn ich mir vorstelle, dass ich mit ihm durch Kalifornien fahren werde. Beim Gedanken daran, was meine Eltern sagen würden, wenn sie wüssten, dass ich mein Wochenende mit einem afroamerikanischen Mann aus einem Resozialisierungsprogramm verbringe, muss ich breit grinsen. Ihre Vorurteile sind für mich eigentlich Grund genug, jede Sorge hinter mir zu lassen. Und da Malik mich gleich abholt, bleibt mir für Gedankenspielereien dieser Art ohnehin nicht mehr viel Zeit.

Ich bin nicht sonderlich gut im Packen, weil es mir schwerfällt, im Voraus zu wissen, was ich gerne anziehen möchte. Meine Klamotten sind Ausdruck meiner Stimmungen. Und die wechsle ich unglücklicherweise zurzeit öfter als meine Unterwäsche. Die Devise ist also, von allem etwas in meine Reisetasche zu werfen. Auch bei der Auswahl meines heutigen Outfits habe ich Probleme, weil ich in letzter Zeit nicht wissen kann, ob die Kleider, die am Morgen noch perfekt zu meiner Laune passten, am Abend noch die richtigen sein werden.

Als es an der Tür klingelt, bin ich gerade fertig angezogen. Da ich davon ausgehe, dass heute ein schöner Tag wird, habe ich mich für etwas Farbenfrohes entschieden.

Ich öffne mein Fenster, das zur Straße rausgeht, und sehe Malik neben einem roten Auto stehen.

»Ich bin in einer Minute unten«, rufe ich und winke ihm zu.

Malik hebt den Kopf. »Alles klar!«

Sein Lächeln strahlt bis zu mir nach oben und steckt mich sofort mit guter Laune an. Jeder noch so kleine Zweifel von vorhin ist auf einmal wie weggeblasen. An Maliks Gesicht ist nichts falsch oder verschlagen. Es ist einfach fröhlich und offen. Auf eine Art, die mich beruhigt.

Ich schnappe mir meine Reisetasche, schlüpfe in meine Doc Martens und ziehe die schwarze Vintagelederjacke über, die ich vor ein paar Wochen mit Tamsin in einem der coolen Secondhandläden gekauft habe, als es mit meinen Eltern gerade mal wieder unerträglich war. Dann sprinte ich in die Küche und öffne das Gefrierfach.

»Bereit für den großen Trip?«, fragt mich eine raue, verschlafene Stimme aus dem Flur. Es ist Leon, der gerade aufgewacht sein muss.

»Mehr als bereit!«, sage ich und umarme ihn zum Abschied.

Als ich schon fast zur Tür hinaus bin, fällt mir noch etwas ein. Ich gehe wieder zurück in mein Zimmer und stecke die beiden Fläschchen Nagellack, die auf meinem Nachttisch stehen, in meine Jackentasche. Ich habe eine seltsam enge Beziehung zu Nagellack. Nicht nur sind die Farben Ausdruck meiner Stimmungen, mit Nagellack fing irgendwie auch alles an. Meine erste Rebellion sozusagen. Seither gehe ich selten ohne ein paar Fläschchen aus dem

Haus. So habe ich die Möglichkeit, bei einem meiner spontanen Stimmungswechsel mein Aussehen anzupassen. Ein bisschen wie ein Chamäleon, das seine Farbe je nach Stimmung ändert.

Dann verlasse ich endgültig die Wohnung. Auf dem Weg nach unten sind meine Schritte leicht und federnd.

Malik

6 Zelda tritt aus der Tür und blinzelt einige Male in die Sonne. Dann kramt sie in ihrer Lederjacke nach etwas und setzt sich im nächsten Moment eine Sonnenbrille auf. Aber nicht irgendeine Sonnenbrille: Die Gläser sind regenbogenfarbene Herzen. Bei jedem anderen Menschen würden sie wohl albern aussehen, aber bei Zelda fügen sie sich seltsamerweise ins Gesamtkonzept ein, als wäre nichts dabei. Sie trägt schwarze, klobige Lack-Halbschuhe, die einen deutlichen Kontrast zu ihren dünnen Beinen bilden. Beinahe wirken sie in ihren gelben Nylonleggins zerbrechlich. Darüber hat sie schwarze Hotpants gezogen. Ihr Anblick macht mich auf seltsame Weise froh. Und ein wenig unschuldige Freude kann ich nach der ersten brutalen Arbeitswoche im *Fairmont* gut gebrauchen.

»Malik!«, ruft sie jetzt überschwänglich, winkt und kommt auf mich zu. »Hi!« Sie schlingt zur Begrüßung ihre Arme um meinen Hals. Weil sie so klein ist – und damit meine ich nicht klein im Vergleich zu mir, sondern wirklich klein –, muss ich mich nach unten beugen, um die Umarmung zu erwidern.

»Hi« sage ich mit der Nase in ihren pinken Haaren. Sie riecht gut.

Wir lösen uns voneinander, und sie sieht mich mit ihren von bunten Herzen eingerahmten Augen von sehr weit unten an.

»Hast du die Kristallschalen?«, fragt sie.

Ich muss lachen. »O nein, ich wusste doch, dass ich etwas vergessen habe!«

»Dann muss es so gehen«, sagt sie und zieht eine Packung Eis aus ihrer Reisetasche.

»Du hast wirklich Sorbet dabei?«, frage ich stirnrunzelnd. »Ich dachte, du machst Witze.«

»Über Sorbet mache ich keine Witze. Es ist eine ernste Angelegenheit, wenn nicht sogar eine tragische.«

Grinsend nehme ich Zeldas Tasche und stelle sie in den Kofferraum neben meine. Ich sehe, wie sie mein Auto mustert. Nicht abschätzig, eher interessiert.

»Amy hat mir den Wagen besorgt. Ein neueres Modell ist bei meinem Gehalt erst mal nicht drin«, sage ich entschuldigend.

»Ich finde ihn cool«, sagt Zelda. »Meine Jacke und dein Auto sind ungefähr gleich alt.«

Ich bin erleichtert, dass sie so locker ist. Wahrscheinlich hätte ich mir von Anfang an keine Sorgen machen müssen. Zelda ist wirklich unkompliziert. Sie ist ganz anders als andere Mädchen, die ich kenne. Oder, besser gesagt, kannte. Und das liegt nicht nur daran, dass sie weiß ist. Zelda wirkt so, als seien ihr Statussymbole jeder Art völlig egal.

Seit ich wieder draußen bin, haben sich meine Kontakte auf Rhys, Amy und meine Familie beschränkt. Von den Leuten, mit denen ich früher viel rumgehangen bin, versuche ich mich fernzuhalten. Ich habe keine Lust auf Drogen und Alkoholexzesse. Ich will nicht mitkriegen, wer schon wieder einsitzt und wessen Kinder ohne Vater aufwachsen.

Nachdem ich den Kofferraum fest zugeknallt habe, weil sonst der Schließmechanismus nicht funktioniert, gehe ich um den Wagen herum und öffne die Beifahrertür.

Zelda fängt an zu lachen und steigt ein. »Hast du mir gerade ernsthaft die Autotür aufgemacht?«, fragt sie.

Ich Trottel! Ich habe keine Ahnung, warum ich das gemacht habe.

»Na ja, ich nehme mal an, wer Sorbet mitbringt, hat keine andere Behandlung verdient«, sagt sie unter schallendem Gelächter. Mir wird ein bisschen heiß.

Als ich neben ihr auf dem Fahrersitz Platz genommen habe, hat sie sich wieder beruhigt, und ich will diese peinliche Episode schnell vergessen. Ich lasse den Wagen an und schlage den Weg Richtung östliche Umgehungsstraße ein.

»Wir müssen das Sorbet schnell essen, sonst haben wir gleich einen extrem zuckrigen Smoothie«, sagt Zelda und zieht zwei Löffel aus ihrer Jackentasche. »Ich habe einfach mal antizipiert, dass du das Silberbesteck auch nicht mitnehmen würdest.«

Aus dem Augenwinkel nehme ich wahr, dass sie grinst. Was ich nicht sehen kann, ist das Grübchen, das sich auf ihrer Wange gebildet hat, aber ich weiß, dass es da ist. Sie öffnet die Eispackung und beginnt zu essen. Mir hält sie auch einen Löffel hin, aber ich muss mich auf den Verkehr konzentrieren, deswegen lehne ich erst einmal ab.

»Was? Das geht nicht. Ich will das nicht allein essen. Ich habe extra die langweiligste Sorte gekauft, damit wir zusammen darüber lästern können. Zitrone.« Ich kann an ihrer Stimme hören, dass sie den Mund verzieht. »Pass auf, ich füttere dich.«

Ich weiß gar nicht, wie mir geschieht. Sie ist so schnell mit ihren Ideen, dass ich keine Chance habe, mich zu widersetzen. Schon habe ich den ersten Löffel Eis im Mund.

»Und?«, fragt sie, das Gesicht zu einer übertrieben angewiderten Grimasse verzogen. Ich finde, ehrlich gesagt, nicht, dass es so schlecht schmeckt, aber ich tue ihr den Gefallen.

»Ja, das ist ein wirklich langweiliges Zitronen-Sorbet.«

Sie gluckst vor Freude und nimmt sich noch einen Löffel.

Als wir an einer großen Kreuzung zum Stehen kommen, sagt Zelda: »Warte mal kurz«, öffnet die Beifahrertür und springt mitsamt dem Sorbet nach draußen. Ich will gerade ansetzen zu sagen, dass es Grün wird, aber da ist sie schon ein paar Meter gelaufen. Was um Himmels willen hat sie vor?

Von hinten hupen die ersten Autos, und ich bedeute ihnen mit einem Winken, dass sie an mir vorbeifahren sollen. Am liebsten würde ich im Boden versinken. Als Darius mir vor einigen Jahren eingetrichtert hat, dass ich mich von weißen Chicks fernhalten soll, weil die nur Ärger bringen, hat er das hier sicherlich nicht gemeint.

Auf dem Gehweg sehe ich Zelda im Gespräch mit einem Mann, der dort auf dem Boden kauert. Vor ihm steht ein einfaches Pappschild: Er ist Kriegsveteran und bittet um eine Spende. Zelda drückt ihm die Eispackung und einen Löffel in die Hand. Sein zahnloser Mund verzieht sich zu einem Lächeln, und er reckt den Daumen in die Höhe.

»Man hätte euch nie erlauben dürfen, einen Führerschein zu machen«, pöbelt plötzlich ein Mann in einem glänzenden weißen SUV zu meiner Linken.

»Entschuldigung, ich warte nur auf meine Freundin«, versuche ich die Situation zu erklären. Ich weiß, dass ich im Weg stehe.

»Auch noch eine von unseren flachlegen, oder was?«, sagt er und schüttelt den Kopf. In mir verkrampft sich etwas. Was fällt ihm ein? Wie kann er es wagen? Fast will ich sagen, dass ich Zelda nicht flachlege, aber darum geht es hier nicht. Und wenn ich sie flachlegen wollte, würde es ihn sicher nichts angehen!

In diesem Moment steigt Zelda, die beim letzten Kommentar anscheinend schon wieder in Hörweite war, wieder ein. »Hallo? Wir haben hier ein gutes Werk vollbracht, du Penner«, sagt sie an den Mann im Wagen neben uns gewandt. »Kein Grund, gleich auszuflippen.«

Ich umklammere mein Lenkrad fester, will mir nicht anmerken lassen, dass mich seine Aussagen getroffen haben. Ich weiß genau, was er damit gemeint hat. Noch weniger will ich allerdings, dass Zelda meine Kämpfe ausficht. Denn es sind offensichtlich nicht ihre.

»Was für unmögliche Leute es gibt«, sagt Zelda. »Dann kommt er eben zwei Minuten später zu Hause an. Na und? Andy da drüben hat sich sehr über das Eis gefreut.«

Für Zelda ist die Situation damit abgehakt. Wahrscheinlich hat sie gar nicht mitbekommen, dass beide Kommentare des Mannes rassistisch waren. Mir passiert so etwas andauernd, und auch ich versuche, mich davon nicht aus der Bahn werfen zu lassen. Aber trotzdem verknotet sich jedes Mal in meinem Inneren etwas. Mir wird schlecht, und ich kriege Lust, etwas kaputt zu schlagen. Das Schlimmste ist das Gefühl der Hilflosigkeit. Denn ich weiß, egal, was ich tue, ich mache es nur unangenehmer für mich selbst. Für die anderen hat es nie Folgen. Deswegen schlucke ich meinen Ärger hinunter.

Ich räuspere mich – der imaginäre Schlussstrich unter der ganzen Sache. »Du weißt schon, dass wir jetzt drei Stunden Fahrt ohne Snacks vor uns haben, oder?«

Sie lacht. »Du weißt schon, dass es ein bisschen frech

ist, vorschnell über die Snack-Bereitstellungs-Fähigkeiten anderer Leute zu urteilen?« Sie bückt sich und kramt in ihrer Tasche. Dann wirft sie mir nacheinander eine Tüte Gummibärchen, eine Packung Oreo-Kekse, eine Box Mini-Muffins und zwei Dosen Cola in den Schoß.

»Kannst du das bitte lassen? Ich muss fahren!«, schimpfe ich mit ein bisschen mehr Panik in der Stimme, als mir lieb ist.

»Wer jammert, wird beworfen. Eiserne Regel.« Nacheinander sammelt sie die Snacks wieder von meinem Schoß – und zwischen meinen Beinen – ein. »Okay, ich habe nicht bedacht, in was für eine heikle Situation mich das bringt«, gesteht sie grinsend, als sie mit den Fingern aus Versehen an einer ziemlich empfindlichen Stelle entlangstreicht. »Tut mir echt leid. Kommt nicht wieder vor.«

Mir steigt wieder Hitze ins Gesicht. Was gäbe ich für eine kleine Verschnaufpause!

Als hätte Zelda meine Gedanken gelesen, sagt sie: »Das war jetzt so peinlich, ich sage und tue mal eine Weile lang nichts mehr.« Sie schaltet meine Anlage ein. Es ertönt *Express Yourself* von N. W. A.

»Cool!«, sagt sie und schlägt sich gleich darauf die Hände vor den Mund. »Eventuell ist es schwieriger als gedacht, die Klappe zu halten.« Sie fischt aus ihrer Tasche ein Fläschchen Nagellack, schraubt es auf und beginnt ihre Nägel zu lackieren. Der Geruch erfüllt das ganze Auto. »Vielleicht solltest du etwas erzählen«, schlägt sie vor.

»Ähm.« Ich habe keine Ahnung, was ich sagen soll, aber die Vorstellung, dass sie für fünf Minuten nichts anstellt, ist zu verlockend. Also beschließe ich, ihr etwas über das Lied zu erzählen. »Kennst du den Song? Darin geht es um Radiozensur, die den freien Ausdruck beim Rap unmöglich macht. Denn Radiosender weigerten sich lange, Tracks zu spielen, auf denen geflucht wurde. Ein paar Zeilen richten sich an andere Rapper, die auf Schimpfwörter verzichten, um im Radio gespielt zu werden.«

»Also ist es richtig politisch«, sagt Zelda.

»Und es passt gut, dass sie Charles Wrights ikonischen Song dafür gesampelt haben. Dadurch wurde der Track massentauglicher.«

»Aber bedeutet massentauglich nicht auch, dass die Botschaft verwässert wird? Muss man nicht, um etwas zu bewegen, provozieren?«

Ich denke kurz nach. Es ist eine interessante Frage, die Zelda da stellt. »Ich schätze, man braucht beides, oder? Die knallharten Radikalen rütteln wach und bringen die Ideen ein. Die werden dann von der Popkultur aufgenommen und langsam salonfähig. Im besten Fall hat sich in dem Moment in der Gesellschaft schon etwas bewegt.«

»Stimmt. Denn um etwas zu bewegen, muss man ja auch Massen erreichen. Was nützt es, wenn die wichtigen Botschaften nur dort gehört werden, wo ohnehin schon jeder auf der richtigen Seite steht.«

»Warum sagst du ›auf der richtigen Seite‹?«, frage ich.

»Ja, okay, es kann natürlich auch die falsche Seite sein. Dann also völlig ohne Wertung: auf der gleichen Seite. Zufrieden?« Sie zieht ihre Sonnenbrille nach unten, sodass sie jetzt auf der Nasenspitze sitzt, und blickt mich über die Gläser von der Seite herausfordernd an.

»Ja, zufrieden.«

»Dann gönne ich mir jetzt einen Keks. Willst du auch einen?«

»Belohnst du dich selbst mit einem Keks?«, frage ich und lache.

»Sonst macht's ja keiner«, gibt sie zurück und steckt erst mir, dann sich selbst einen in den Mund.

Die restliche Fahrt vergeht wie im Flug. Zelda plappert vor sich hin und versorgt uns abwechselnd mit Snacks.

Nach ungefähr zweieinhalb Stunden Fahrt biegen wir vom Highway auf eine kleinere Straße ab. Zelda hat ihr Handy gezückt und navigiert uns.

»Jetzt musst du bald rechts abbiegen. Die Straße schlängelt sich dann so durch den Wald.«

Die Hütte liegt nordöstlich von Pearley in einem Waldgebiet. Auf der Karte sieht es so aus, als hätten wir sogar Zugang zu einem kleinen See.

Die Vegetation ist hier ganz anders als um Pearley herum. Dort ist es das ganze Jahr über relativ trocken, sodass die Hügel staubig und vor allem von kleinblättrigen Büschen und Bäumen bewachsen sind. Wir befinden uns jetzt weiter im Landesinneren, wo die Landschaft geprägt ist von Wäldern und grünen Hügeln. Dadurch, dass wir weiter nördlich sind, ist es weniger trocken.

Die Straße verengt sich von einer zweispurigen Teerstraße auf eine einspurige. Nach ein paar Meilen löst Schotter den Asphalt ab. Durch die offenen Fenster dringt moosiger Waldgeruch in den Wagen. Die Luft ist zwischen den Bäumen deutlich kühler. Vögel schreien in die Stille hinein, die der Motor des Autos viel zu unsanft stört. Nach einer Weile führt die Straße leicht bergauf. Sie windet sich noch einmal nach links, dann nach rechts, und wir kommen auf einer Lichtung zum Stehen. Vor uns steht eine ziemlich großzügige Blockhütte, zu deren Linken das Wasser eines kleinen Sees in der Sonne glitzert. Ein Steg führt ein paar Meter hinein. Es wundert mich nicht, dass

Tamsin und Rhys so früh wie möglich hierherkommen wollten.

Vor dem Haus steht ein Mini. Offensichtlich Zeldas Wagen, den Rhys und Tamsin sich geliehen haben. Also ist sie eigentlich doch anderen Komfort gewohnt. Meine Schrottkarre parke ich dahinter.

»Warte kurz«, sagt Zelda und öffnet die Beifahrertür. Sie rennt um das Auto herum und öffnet mir die Tür. »Gnädiger Herr«, sagt sie.

»Sehr witzig«, gebe ich zurück und steige aus. Ich strecke mich und inhaliere die frische Waldluft.

Das Motorengeräusch hat uns wohl angekündigt, denn im nächsten Moment öffnet sich die Tür der Blockhütte, und Tamsin kommt heraus. Sie ist barfuß und läuft auf Zelda zu, die sie gleich umarmt. Hinter ihr ist Rhys in die Tür getreten und hebt die Hand zum Gruß. Ich tue es ihm gleich. Als Nächstes ist Tamsin bei mir angekommen und schließt auch mich in die Arme.

»Ich freue mich, dass ihr hier seid. Ist es nicht wunderschön?«, fragt sie.

»Traumhaft«, erwidert Zelda.

Wir holen unser Gepäck aus dem Kofferraum und folgen Tamsin ins Haus. Der Eingang mündet direkt in ein großes Wohn- und Esszimmer mit offener Küche. Die Küchenmöbel im Landhausstil sind aus hellem Holz. Im Wohnbereich beherrschen warme Farben das Bild: rote Sofas und Ohrensessel, bunte Teppiche, ein Regal mit Büchern und Gesellschaftsspielen.

»Die Schlafzimmer sind oben. Neben unserem gibt es noch ein weiteres Doppelzimmer mit angrenzendem Bad. Im Dach ist noch ein sehr gemütliches Einzelzimmer. Ihr könnt euch darum streiten, wer welches nimmt.«

»Ich nehme das Doppelzimmer«, sagt Zelda sofort und grinst frech.

»Etwas anderes habe ich nicht erwartet«, erwidere ich. Mir ist es völlig egal. So friedlich, wie es hier ist, würde ich auch auf dem Sofa wunderbar schlafen. Ich schnappe mir meine Tasche und trage sie nach oben.

Zelda

7 Mein Schlafzimmer ist sagenhaft gemütlich. Das Bett in der Mitte des Zimmers ist aus dunklem Holz. Gedrechselte Verzierungen schmücken die Fuß- und Kopfseite. Ich lasse mich daraufallen. Die Matratze federt stark, und ich wippe leicht auf und ab und genieße die Bewegung. Eine dunkelrote Tagesdecke ist über das Bettzeug gebreitet und nimmt die Farbe der Vorhänge an den kleinen Fenstern wieder auf.

Ich tue es Tamsin nach und ziehe meine Schuhe und Socken aus. Dies ist ein Ort, um barfuß zu sein. Die Zehen grabe ich in den dicken Teppichboden und lasse mich nach hinten auf das Bett sinken. Hier ist es so ungemein friedlich. Man hat das Gefühl, es gebe nichts Schlechtes auf der Welt. Natürlich ist das absoluter Blödsinn, aber ich bin gewillt, dieses Wochenende alles Negative hinter mir zu lassen.

Bereits die Hinfahrt neben Malik war wie Urlaub. Es ist so einfach, mit ihm ins Gespräch zu kommen. Was auch immer er erlebt hat, es scheint ihm nicht geschadet zu haben. Neben ihm fühle ich mich wohl. Und er erträgt meine Spinnereien stoisch. Vermutlich sollte ich mich dafür noch bei ihm bedanken. Ich weiß, dass ich manchmal zu viel sein kann. Ich bin mir ja selbst manchmal zu viel. Aber in meinem Kopf springen die Gedanken hin und her, und ich möchte am liebsten alles gleichzeitig ausprobieren und erleben. Das ist wohl meine Art der Kompensation – für das Leben, das für mich vorgesehen ist.

Über mir höre ich Schritte. Malik geht in seinem Zimmer auf und ab. Ich stelle mir vor, wie sich sein großer Körper geschmeidig hin und her bewegt. Wie wohl die Welt aus seiner Perspektive aussieht? Er muss deutlich mehr von der Welt haben als ich, weil alles, was oberhalb meines Kopfs passiert, gewissermaßen unsichtbar für mich ist. Wie viel mir dadurch entgeht!

Es klopft an meiner Tür.

»Ja?«, sage ich.

»Hi.« Tamsin steckt ihren Kopf zur Tür rein. »Hast du Lust, mit uns spazieren zu gehen? Oder willst du erst mal ankommen?«

»Spazieren gehen!«, sage ich sofort. »Ich will jede Sekunde ausnutzen, die wir hier sind.«

Wir gehen ein Stück am See entlang. Zu unserer Rechten wächst hohes Schilf, links liegt der Wald. Nach einer Weile biegen wir auf einen Schotterweg ab, der uns in den Wald hineinführt. Hier ist es deutlich kühler, und die Geräusche sind viel intensiver als unter freiem Himmel, wo sie einfach in der Weite verschwimmen. Jeder rollende Kiesel, jeder knackende Ast, jeder Vogelschrei durchdringt mich völlig. Das Grün der Bäume wird durch die Sonnenstrahlen, die bis auf den moosigen Boden gelangen, noch verstärkt. Die feuchte, duftende Luft erfüllt meine Lunge, und ich atme tief ein. Es fühlt sich reinigend an. Eine natürliche Katharsis gewissermaßen. Ich kriege eine leichte Gänsehaut, so schaurig schön ist es hier.

Tamsin und Rhys laufen vorne weg. Malik geht ein paar Schritte vor mir. Ich bin langsamer, weil ich alles in mich aufsaugen will wie ein Schwamm: die Gerüche, die Geräusche, das Licht. Als mir auffällt, dass zwischen mir und Malik nun doch schon ein ziemlicher Abstand ist, laufe ich schnell die Lücke wieder zu.

»Warte auf mich!«, sage ich gespielt vorwurfsvoll zu ihm.

»Du bist wie mein kleiner Bruder. Der fällt auch immer zurück, weil er vor sich hin träumt.«

»Dann ist dein Bruder ein schlauer Kerl. Man muss vor sich hin träumen, wenn man die Schönheit der Welt verstehen will.«

Malik sieht mich mit seinen sanften, dunklen Augen an und lächelt. Es ist das erste Mal, dass mir bewusst wird, wie schön und elegant er ist. Meine Eltern kommen mir aus unerfindlichen Gründen in den Sinn, und mit ihnen ihre Kommentare zu blonden Kindern und vornehm blasser Haut. Ich würde gern ausspucken, um meiner Verachtung für sie Ausdruck zu verleihen. Stattdessen schiebe ich alles, was sie jemals zu diesem Thema gesagt haben, in die hinterste Ecke meines Gehirns. So weit weg, dass ich hoffe, es wird einfach hinten rauspurzeln.

»Erzähl mir von deinem Bruder«, sage ich, um die Gedanken wieder auf etwas Schönes zu lenken. Ich finde es spannend, mehr über Malik zu erfahren. Bislang weiß ich ja nicht viel über ihn.

»Er heißt Theo und ist acht. Seine Schwestern halten ihn ganz schön auf Trab. Ich schätze, deswegen zieht er sich gern zurück.«

»Wie viele Schwestern hast du?«, frage ich.

»Vier«, erwidert Malik.

»Vier! Wow. Dann seid ihr sechs Kinder? Das muss ja für deine Eltern ganz schön anstrengend sein.«

»Ach, weißt du, bei uns kümmert sich jeder um jeden. Wir packen alle mit an. Dann geht das schon.«

»Klingt schön«, sage ich und denke an meine Familie. An meine Kindheit. Meine Eltern haben sich nie groß um mich und meine Brüder gekümmert. Es gab immer Nannys, die das erledigt haben.

»Und was ist mit dir? Hast du Geschwister?«, fragt Malik.

»Drei scheußliche ältere Brüder«, sage ich. »Aber bei uns kümmert man sich nicht so sehr um die anderen. Jeder ist sich selbst der Nächste.« Ich will gar nicht, dass meine Stimme bitter klingt, aber so ganz kann ich meinen Unmut nicht verbergen.

»Würde man gar nicht denken, wenn man dich kennenlernt«, sagt Malik und grinst mich aus zwei Metern Höhe an. Sein Blick ist warm und tief, und sofort vergesse ich die Bitterkeit.

»Darf ich dich was fragen?«, sage ich. »Du darfst auch Nein sagen, das ist vollkommen okay.«

»Frag ruhig.«

»Darf ich mal auf deinen Schultern sitzen?« Die Worte kommen einfach so aus meinem Mund. Ich weiß, dass es aufdringlich ist und seltsam noch dazu. Aber genauso wenig, wie ich meinen Kopf bremsen kann, gelingt es mir manchmal, meinen Mund zu stoppen.

»Du willst, dass ich dich trage?«, fragt Malik amüsiert. »Warum?«

»Also erst mal«, sage ich, »weil ich es liebe, getragen zu werden. Und in meinem Alter hat man die Möglichkeit nicht mehr so oft. Aber ich habe mich außerdem gefragt, ob die Welt aus deiner Perspektive vielleicht ganz anders aussieht als aus meiner. Und ich finde es so traurig, dass ich das nicht beurteilen kann.« Ich sehe auf den Boden, weil ich merke, dass ich ein bisschen rot werde. Ich will wirklich die Welt aus Maliks Perspektive sehen, aber laut ausgesprochen klingt es dann doch ziemlich dämlich.

»Das sind zwei gute Gründe«, sagt Malik. »Also los.«

Er geht in die Hocke. Ich bin überrascht, denn ich habe nicht damit gerechnet, dass wir das gleich hier und jetzt machen. Aber ich klettere sofort auf seine Schultern. Er richtet sich ohne Schwierigkeiten wieder auf, als hätte er keinen kompletten Menschen auf seinen Schultern sitzen.

»Woohoo!«, rufe ich. Es ist ein bisschen wackelig hier oben, und ich traue mich nicht so richtig, mich irgendwo festzuhalten. Tamsin und Rhys drehen sich um und lachen, als sie uns sehen.

»Na? Wie ist das?«, fragt Malik und umfasst meine Waden. Die Berührung ist angenehm. Irgendwie beruhigend.

»Hoch!«, erwidere ich und blicke mich um. Der Wald sieht wirklich ganz anders aus von hier oben. Ganz anders und doch gleich. Der Boden ist so weit entfernt, dass ich die Kiesel nicht mehr einzeln zählen könnte. Dafür sehe ich viel mehr Baum.

»Du kannst deine Hände auf meinen Kopf legen. Das machen meine Geschwister immer, um mehr Halt zu haben.«

Vorsichtig lasse ich meine Hände auf seine kurzen, schwarzen Haare sinken. Sein Kopf ist warm, die krausen Haare sind fest und drahtig und gleichzeitig doch weich.

»Ist es so, wie du es dir vorgestellt hast?«, fragt Malik.

»Es ist noch viel besser!«, sage ich. »Eine neue Perspektive ist von Zeit zu Zeit wichtig, um die Umgebung besser einordnen zu können. Ich schätze, ich werde ab jetzt ab und zu mal auf einen Stuhl steigen.«

Malik lacht. »Das kann ich mir sehr gut vorstellen. Wie du in deinem Zimmer auf einen Stuhl steigst, um eine andere Perspektive einzunehmen.«

»Kannst du mal ganz nah an einen Baum herangehen?«, frage ich. »Ich würde gerne die Rinde so weit oben anfassen, dass ich auf jeden Fall die Erste bin, die das macht.«

Malik geht zu einem Nadelbaum, der am Wegesrand steht. Ich fahre in drei Metern Höhe mit den Händen über seinen Stamm. An einer Stelle läuft Harz heraus, und ich berühre die Wunde in der Rinde mit meinem Zeigefinger.

»Wie das duftet!«, sage ich, als ich am Harz schnuppere. »Riech mal.« Ich halte meinen Finger an Maliks Nase.

»Wow!«, sagt er. »Aber schmier es nicht in meine Haare. Das klebt!«

Ich wische meinen Finger an der Baumrinde ab, und Malik setzt unseren Weg fort.

»Wenn ich dir zu schwer werde, musst du es sagen«, rate ich Malik. »Denn von allein komme ich hier nicht mehr runter.«

Statt einer Antwort umfasst er meine Waden fester. Ich lege meine Hände zurück auf seinen Kopf. Ohne es wirklich zu merken, fahre ich mit meinen Fingern durch sein Haar.

»Das ist doch ein guter Deal. Du massierst meinen Kopf, und ich trage dich«, sagt Malik mit einem Glucksen in seiner tiefen Stimme.

»Erzähl mir von deinem neuen Job«, sage ich, während ich meine Finger über seinen Kopf gleiten lasse. Ein bisschen seltsam fühle ich mich dabei, aber das gilt für die meisten Situationen, in denen ich mich befinde.

»Was willst du wissen?«, fragt er.

»Alles!«, sage ich.

»Alles, wow. Also. Die Leute sind seltsam. Ich glaube, es dauert, bis man als Neuling von ihnen akzeptiert wird. Außer mir arbeiten nur Weiße da.«

»Fällt dir so was immer sofort auf?«, frage ich. Das finde ich interessant. Ich habe noch nie über Hautfarbenanteile nachgedacht.

»Na ja, das kommt ziemlich automatisch. Ich gehe in einen Raum und merke, dass alle anders aussehen als ich. Das ist im ersten Moment nichts Negatives. Aber ich bin mir dessen ständig bewusst.«

»Krass«, sage ich. »Aber das ergibt schon Sinn, schätze ich. Das ist etwas, worüber ich mir nie Gedanken machen muss.«

»Bist du dir sicher?«, fragt Malik. »Was ist, wenn du in eine Bar kommst, und da sind nur Männer? Hast du dann nicht das Gefühl, dass du ›anders‹ bist?«

»Hm.« Ich denke nach. »Doch, ich schätze schon.«

»Ich vermute, das ist ein ähnliches Gefühl«, sagt er.

Ich bin ein bisschen perplex, wie reflektiert er ist. Nicht, dass ich ihm das nicht zugetraut hätte. Aber vor diesem Wochenende habe ich Malik eigentlich nur als Rhys' Kumpel wahrgenommen, der sich kumpelmäßig benimmt und kumpelhafte Sachen sagt. Dass er jetzt überhaupt nicht so ist, verwundert und begeistert mich gleichermaßen.

»Und was hast du bislang bei deiner Ausbildung gelernt?«, frage ich, weil mich die Tiefe unseres Gesprächs ein bisschen überfordert. Der Druck, den Maliks Hände auf meine Knöchel ausüben, ist mir auf einmal nur allzu bewusst.

»Französisch«, sagt er.

»Wie bitte?«, frage ich, weil ich mir sicher bin, dass ich mich verhört habe.

»Die Sprache«, sagt Malik und lacht. »Nicht, was du denkst.«

»Ich hab gar nicht …«, beginne ich, muss aber auch lachen, als mir klar wird, auf was er anspielt. Ich ziehe leicht an seinem Ohr. »Keine Obszönitäten, wenn man eine Dame auf den Schultern trägt«, schelte ich ihn.

»Du hast angefangen. Ich habe nur auf deine Frage geantwortet. Und Fakt ist, ich habe Französisch gelernt. In der Küche gibt es für alles französische Ausdrücke. Für die Art des Anrichtens, die Schnittweise, einfach alles.«

»Sag mal ein Beispiel«, fordere ich ihn auf.

»Siehst du diese großen Kiesel?«, fragt er. »Die sind grob zerkleinert. Das heißt ›concassée‹.«

»Concassée«, wiederhole ich und versuche, meine Stimme tief und sexy klingen zu lassen.

»Und die kleineren Kiesel dazwischen könnte man als fein gewürfelt bezeichnen. Das ist ›Jardinière‹ oder, wenn es noch kleiner ist, ›Brunoise‹.« An seiner Stimme kann ich hören, dass er grinst.

»Jardinière, Brunoise«, sage ich auf die gleiche rauchige Weise.

»Diese Stöckchen, die aussehen wie dünne Streifen, sind ›Julienne‹.«

»Julienne!«

Malik erhöht kurz den Druck an meinen Knöcheln, als würde er mich sanft spielerisch kneifen.

»Mach dich nur lustig«, sagt er. »Du kannst dir vermutlich ausmalen, wie vornehm die sich alle vorkommen.«

»O ja, das kann ich«, sage ich. Er hat keine Ahnung, wie gut ich es mir vorstellen kann.

Als wir auf dem Rückweg wieder an den kleinen See kommen – ich bin inzwischen wieder selbst zu Fuß unterwegs –, habe ich eine Idee.

»Wollen wir unsere Füße ins Wasser hängen?«, frage ich. Ich bin schon dabei, meine Schuhe auszuziehen. Tamsin macht sofort mit.

»Ein ›Bain-Marie‹ für die Füße«, sagt Malik und lacht. Erklärend schiebt er hinterher: »›Wasserbad‹ in der Sprache der *Haute Cuisine*.«

»Ein *Bain-Marie* für meinö Füßö«, sage ich mit französischem Akzent und laufe lachend in den See.

 *Malik*

8 Am Abend stehe ich mit Zelda an der Kücheninsel, von der aus man einen Blick ins Wohnzimmer hat. Rhys und Tamsin, die die Lebensmittel mitgebracht haben, wischen den Esstisch, während ich mit Zelda koche. Ich kümmere mich um Pasta und Soße, und Zelda schnippelt Gemüse für einen Salat.

»Wie nennt man das?«, fragt sie und hält mir einen mittelgroßen Karottenwürfel hin.

»*Jardinière.*«

»Und das?« Sie streckt mir einen größeren Würfel hin.

»*Macédoine.*«

»Und das?« Von einer Gurke hat sie einen Streifen abgeschnitten.

»*Aiguilette.*«

»Und so?« Sie zerteilt den Streifen in viele kleinere.

»*Julienne.* Und wenn du sie noch dünner machst, heißt es ›*Chiffonade*‹.«

»Gibt es für jede Form einen Namen? Was ist hiermit?« Sie hält mir ein kreisrundes Stück Paprika hin.

»Das heißt ›Zelda braucht für alles ewig‹.«

Ich rühre die Arrabiata um und probiere. Eine Handvoll Kräuter fliegt in die Soße, und ich pfeffere noch ordentlich.

»Darf ich auch probieren?«, fragt Zelda.

Ich puste auf den Kochlöffel und halte ihn ihr hin. Sie spitzt ihre Lippen. Schöne Lippen. Rosig.

»Mmmh«, macht sie, nachdem sie gekostet hat.

»Ich bin am Verhungern!«, sagt Rhys, der Teller und Besteck aus den Schränken holt. »Wie lange dauert es noch?«

»Es kommt darauf an, wie viele Schnittarten Zelda noch ausprobieren will«, sage ich. »Die Pasta braucht noch fünf Minuten.«

»Der Salat ist längst fertig«, sagt Zelda und hält mir triumphierend die Schüssel unter die Nase.

Sie sieht mich mit ihren frechen blauen Augen direkt an. Es ist eine Herausforderung, ihrem Blick standzuhalten, so unerschrocken und offen, wie sie ist. Mir fällt ihr Gewicht auf meinen Schultern ein. Das angenehme Gefühl der absoluten Erdung. Als wäre ihr Körper genau das Gewicht, das mir gefehlt hat. Ihre kleinen Knöchel in meinen Händen, das Gefühl ihrer Finger in meinen Haaren. Es war das erste Mal, dass ich einem weißen Mädchen so nah war. Und überhaupt ist es ohnehin lange her, dass ich irgendeinem Mädchen so nah war, dass irgendein Mädchen mir so nahgekommen ist. Es ist nur Zelda, und es ist einfach ihre Art, mit Menschen umzugehen, aber trotzdem habe ich ihre Aufmerksamkeit genossen. Ihre ehrlich interessierten Fragen nach meiner Familie und meiner Arbeit.

Sie streicht sich eine pinke Haarsträhne aus ihrem blassen, sommersprossigen Gesicht und grinst mich vergnügt an. Da ist das Grübchen auf ihrer linken Wange. Ich starre sie an und merke, wie mein Gesicht ein bisschen warm wird.

Ich räuspere mich und wende mich ab. Was zur Hölle soll das? Hat der Anblick von Rhys und Tamsin als glückliches Paar meinen Kopf vernebelt? Erneut richte ich den Blick auf Zelda. Sie wendet den Salat. Alles in Ordnung. Meine Gedanken bewegen sich wieder in vertrauten Bahnen, meine Temperatur ist zurück auf ihrem Normalstand.

Zum Essen trinken wir Rotwein. Ich bin eigentlich mehr der Bier-Typ, aber heute Abend erscheint es auch mir festlicher, mit den anderen Wein zu trinken. Ich verstehe noch nicht viel davon, aber er schmeckt voll und warm. Zeldas Wangen sind von einem halben Glas schon gerötet, was mit dem Pink ihrer Haare ein bezauberndes Bild ergibt. Auch Tamsin sieht im Kerzenschein umwerfend aus. Rhys ist wirklich ein verdammter Glückspilz, eine solche Frau gefunden zu haben. Fröhlich, selbstbewusst, durch und durch gut. Wenn ich erst einmal meine Ausbildung abgeschlossen habe, hoffe ich, auch eine Frau kennenzulernen, die zu mir passt. Mit der ich eine große Familie haben kann. Aber noch nicht jetzt. Noch ist zu vieles im Ungewissen.

Erstaunlicherweise ist selbst Rhys heute Abend redselig. Er erzählt von seiner Schwester und ihren Erfolgen in der Schule.

»Sie ist ja noch nicht lange in der neuen Klasse. Aber ihre Lehrerin sagt, dass sie sich schon gut eingelebt hat. Sie hat wohl noch einige Probleme, auf andere Kinder zuzugehen, aber man erholt sich eben auch nicht einfach so von zehn Jahren Vernachlässigung.«

Tamsin nimmt seine Hand und drückt sie. Sie sieht ihn an und lächelt sanft. Plötzlich spüre ich, wie auch jemand *meine* Hand nimmt. Es ist Zelda, die neben mir sitzt und mich mit ebenso schmachtendem Blick ansieht. Mir wird ganz heiß. Was soll das? Was macht sie da?

Sie muss meinen erschrockenen Gesichtsausdruck gesehen haben, denn mit einem Prusten lässt sie meine Hand wieder los. »Du seufzt ja gar nicht! Du musst seufzen, Malik.« Sie deutet auf Rhys und Tamsin, die beide knallrot anlaufen und ebenfalls anfangen zu lachen.

»Sorry, Leute, wir machen mal den Abwasch«, sagt Tamsin und räumt die Teller zusammen.

»Und ich sehe mir die Gesellschaftsspiele an. Vielleicht ist etwas Gutes dabei!«, sagt Zelda.

Ich lasse mich auf der Couch nieder. Zelda hat sich mit dem Rücken zu mir im Schneidersitz vor das Regal mit den Brettspielen gesetzt. Ich betrachte ihren zierlichen Rücken. Ihre kinnlangen Haare hat sie zu einem kurzen Pferdeschwanz zusammengebunden, sodass der Blick auf ihren schmalen, blassen Hals frei ist. Er erscheint mir auf einmal seltsam vertraut. Als wüsste ich, wie sich die zarte Haut und der weiche Haarflaum anfühlen. Ich fahre mir mit den Händen über das Gesicht. Bin ich zu einsam gewesen in letzter Zeit? Hätte ich mich nicht ausschließlich auf meine Familie konzentrieren sollen, sondern stattdessen auch mal unter Leute gehen müssen? Ich bin es einfach nicht mehr gewohnt, in der Gesellschaft von Menschen zu sein, mit denen ich nicht blutsverwandt bin. Seit ich in Amys Programm bin, versuche ich mich von den Kreisen fernzuhalten, die mich schlechte Entscheidungen treffen lassen. Und bis auf Rhys und Tamsin habe ich keine neuen Leute kennengelernt. Ich fühle mich sicherer, wenn die Menschen in meiner Umgebung wissen, wer ich bin und was war. Es ist nicht so, dass ich mich für mich selbst schäme. Ich habe Fehler gemacht, aber ich habe auch dafür gebüßt. Und ich habe daraus gelernt. Aber in diesem Moment bin ich mir nicht mehr sicher, ob es sinnvoll war, sich vor der Welt zu verschließen. Und ich bin mir nicht sicher, ob ich es noch länger will. Aber Zelda? Ein weißes Mädchen aus einer Welt der Sorbets und Mini Cooper?

»Na, das klingt doch gut!«, ruft sie in diesem Moment begeistert und reißt mich damit aus meinen Gedanken. »Hört mal. ›Tiefe Gespräche, schöne Wahrheiten. Was du schon immer von deinem Gegenüber hören wolltest. Nach diesem Spiel ist nichts mehr, wie es war.‹ Was meint ihr?«

»Ich weiß nicht, ob das mein Ding ist«, sagt Rhys, der gerade einen Teller abtrocknet. »Klingt ganz schön ... hm ... nach Seelen-Striptease.«

»Ach, komm«, bettelt Tamsin. »Ich finde, es klingt toll. Lass es uns ausprobieren. Malik? Bist du dabei?«

»Ich habe nicht das Gefühl, dass ich eine Wahl habe«, sage ich, bin aber tatsächlich neugierig, wie das Spiel funktioniert.

»Damit ist es entschieden!« Zelda zieht die kleine Pappschachtel aus dem Regal und stellt sie auf den Couchtisch. Sie hebt den Deckel ab, und zum Vorschein kommt ein Stapel Karten. »So wie ich das verstanden habe, bekommt jeder ein paar Karten, und reihum beantwortet man Fragen, die darauf stehen. Dabei geht es immer um einen der Anwesenden. Uuuuuh, spannend!« Sie wackelt herausfordernd mit den Augenbrauen.

Rhys und Tamsin gesellen sich zu uns. Sie haben unsere Gläser dabei, die sie noch einmal aufgefüllt haben. Zelda sitzt mir gegenüber auf dem Boden, Rhys neben mir auf dem Sofa, und Tamsin hat sich einen Sessel an den Tisch gezogen, sodass sie neben Rhys sitzen kann.

Zelda legt vor jeden von uns einen Kartenstapel. Rhys hebt seinen ungeschickt auf, und eine Karte segelt zu Boden. Ich bücke mich danach, reiche sie ihm, und er schiebt sie ganz nach unten in seinen Stapel.

»Tamsin, du fängst an.«

Tamsin dreht die erste Karte auf ihrem Stapel um und liest sie vor. »In welcher Situation hättest du deinen linken Sitznachbarn gern dabeigehabt und warum?«

Rhys lehnt sich erwartungsvoll zurück und verschränkt die Arme. »Die Frage müsste eigentlich lauten: ›In welcher Situation wärst du ohne ihn besser dran gewesen?‹« Wir lachen alle.

»Also eigentlich hätte ich dich gern in allen Situationen dabeigehabt. Aber ich glaube, bei der Beerdigung meines Großvaters hat mir am allermeisten ein Verbündeter gefehlt. Und nicht nur irgendein Verbündeter, sondern jemand wie du, Rhys, der mich so sieht, wie ich bin.«

»Ooooooh«, sagt Zelda, und Rhys beugt sich zu Tamsin und küsst sie.

»Ich bin dran«, sagt er dann und dreht die erste Karte um. »Wen aus der Runde hättest du am liebsten als Bruder oder Schwester?« Er grinst. »Da bist du schon mal raus, Süße. Hm … Nichts für ungut, Zelda, ich glaube, du wärst eine tolle Schwester, aber ich habe mir immer einen Bruder gewünscht. Einen Bruder, der mit mir gegen den Rest der Welt kämpft. Ich glaube, das kann man mit dir, Malik.«

»Danke für die Blumen«, sage ich. »Kann ich nur zurückgeben.«

»Merkt ihr, wie schön das ist?«, fragt Zelda lächelnd, und ihr Grübchen wird sichtbar. Tamsin nickt.

»Auf meiner ersten Karte steht: Wer ist in der Runde deiner Meinung nach die Person, die am meisten sie selbst ist?«, lese ich. »Das ist leicht. Das bist du, Zelda.«

»Im Ernst?«, fragt sie verblüfft. »Wie kommst du darauf?«

»Du wirkst, als würdest du in jedem Moment genau das tun, was du gerne tun willst.«

»Wow, das ist das schönste Kompliment, das ich je bekommen habe«, sagt sie und schlägt sich die Hand vors Gesicht.

Sie sieht bezaubernd aus, erhitzt wie sie ist. Habe ich das bei ihr hervorgerufen?

»Jetzt ich«, sagt sie. »Für was bewunderst du die Person zu deiner Linken.« Sie blickt ihre Freundin lächelnd an. »Oh, für so viel, Tamsin! Dazu reicht die Zeit nicht. Aber ich kann mal anfangen. Für deine Zielstrebigkeit, für deine Entschlossenheit, für deine Unerschrockenheit, für deine Unabhängigkeit, für deine Liebe. Und für deine Haare. Die sind einfach wunderschön!«

Tamsin wird rot und lacht. »Du bist süß«, sagt sie. »Ich bewundere dich auch. Unter anderem auch für deine Haare.« Sie dreht die nächste Karte um. »Zeige einer Person in der Runde, was sie dir bedeutet.« Sie blickt Rhys an. »Ich glaube, dafür müsst ihr mal kurz wegsehen.« Sie zwinkert Zelda und mir zu und klettert dann auf Rhys' Schoß, um ihn, wie die Geräusche vermuten lassen, leidenschaftlich zu küssen. Zelda und ich haben den Blick abgewandt. Kurz sehen wir uns an, doch wir sind beide zu peinlich berührt, um der Situation standzuhalten.

»Okay, Leute«, sagt Rhys nach einer halben Minute. »Ich glaube, für uns ist das Spiel vorbei.«

Wir lachen, als die beiden sich erheben und uns mit verschleiertem Blick eine gute Nacht wünschen.

»Willst du noch weiterspielen?«, frage ich, als sie weg sind.

»Wenn du auch willst?«

Ich nehme die nächste Karte und lese: »Was bewunderst

du am meisten an der Person, die dir gegenübersitzt?« Ich räuspere mich. Jetzt, da wir nur noch zu zweit sind, ist das Spiel auf einmal noch viel intimer. Ich spüre Zeldas erwartungsvollen Blick auf mir. »Ich bewundere deine ganze Art«, sage ich und schlucke. Ich betrachte konzentriert die Tischplatte. Aus dem Augenwinkel sehe ich, dass Zelda unbeweglich dasitzt. »Dass du so euphorisch bist und ehrliches Interesse an deinen Mitmenschen hast.«

»Danke«, sagt sie leise. Dann etwas fester: »Wenn du nichts dagegen hast, würde ich mich zu dir aufs Sofa setzen. Da ist ja jetzt mehr als genug Platz.« Sie steht auf und setzt sich mir zugewandt ans andere Ende des Sofas. »Welches äußere Merkmal findest du an der Person, die links von dir sitzt, am schönsten? Oha. Jetzt geht's aber richtig zur Sache.« Sie grinst mich an, und in ihrem Blick flackert etwas auf, das ich nicht deuten kann. »Ich glaube, ehe ich die Frage beantworten kann, müssen wir etwas gegen das Licht unternehmen. Denn ich werde gleich irrsinnig rot.«

Sie springt auf und holt die Kerzen vom Esstisch. Dann schaltet sie das Licht in der Küche ein und das im Wohnzimmer aus. Die Kerzen sind jetzt die Hauptlichtquelle und tauchen den Raum in ein warmes, flackerndes Dämmerlicht.

»Okay, jetzt kann ich rot werden. Ich finde, das Schönste an dir sind deine Lippen.« Sie kichert und sieht mich an.

In mir zieht sich etwas zusammen. Ganz eng. Ich sehe, wie sie ihren Blick von meinen Augen zu meinen Lippen wandern lässt. »Deine Augen sind auch schön, so dunkel wie sie sind. Aber definitiv deine Lippen. Wunderbar sinnlich.« Sie schnappt sich ein Kissen und versteckt ihr Gesicht darin. »Wow, das war echt peinlich«, sagt sie erstickt.

»Vielen Dank«, bringe ich hervor. Ich hatte keine Ahnung, dass meine Lippen wunderbar sinnlich sind. Mit meinen Fingern fahre ich schnell darüber und lächle unmerklich. Ohne die nächste Karte umzudrehen, sage ich: »Welches äußere Merkmal findest du an der Person, die rechts von dir sitzt, am schönsten?«

Zelda taucht aus dem Kissen wieder auf. Sie weiß, dass ich nicht meine Karte vorgelesen habe. Mit großen Augen sieht sie mich an.

»Ich finde dein Lächeln am schönsten. Ich weiß, das klingt wie ein Klischee, aber wenn du lächelst, dann lächelt dein ganzes Gesicht. Deine Lippen, deine Wangen, deine Augen, sogar deine Nase.« Bevor ich weiß, was ich tue, strecke ich meine Hand aus und fahre mit meinem Daumen über ihre Wange, dort, wo sich das Grübchen bildet, wenn sie lächelt. Sie schließt kurz die Augen, als würde sie meine Berührung genießen. Als sie sie wieder öffnet, blicken wir uns einen Moment an. Meine Eingeweide verknoten sich, und mein Herz klopft wie verrückt gegen meine Rippen.

Zelda nimmt sich eine neue Karte von ihrem Stapel. »Was wolltest du der Person zu deiner Rechten schon immer gerne sagen?«, liest sie. Nach kurzem Zögern antwortet sie: »Ich möchte gerne Danke sagen dafür, dass du nicht genervt von mir bist. Dass du meine ganzen komischen Ideen einfach so mitgemacht hast, obwohl wir uns kaum kennen. Ich weiß, dass ich anstrengend bin. Danke, dass du mir nicht das Gefühl gibst, *zu* anstrengend zu sein.« Ihre Stimme ist beim letzten Satz ganz leise geworden.

»Machst du Witze?«, frage ich. »Ich finde dich toll, wie du bist!«

»Steht auf deiner Karte, dass du das sagen sollst?«, fragt sie vorsichtig.

»Nein, da bin ich ganz allein drauf gekommen, stell dir vor. So ernst meine ich, was ich sage.«

Obwohl es dunkel ist, sehe ich, wie ihr Hitze ins Gesicht steigt. Sie streicht sich verlegen eine Haarsträhne hinters Ohr, die sich aus dem Pferdeschwanz gelöst hat. »Du bist dran«, flüstert sie.

»Was sollte die Person zu deiner Rechten deiner Meinung nach öfter machen?« Ich muss kurz nachdenken. »Ich finde, du solltest öfter tanzen. Auf Rhys' Party hast du so wild getanzt, das war wunderschön. Ich finde, du solltest jeden Tag tanzen.«

Vor meinem inneren Auge sehe ich sie, wie sie im Schein der Lichterketten auf dem Dach eines leer stehenden Hauses zu allen möglichen Musikstilen tanzt. Wild und ungezügelt und frei. Mit fliegenden Haaren, den Armen in der Luft. In dem Moment habe ich sie das erste Mal bewusst wahrgenommen.

Als ich wieder aufsehe, hat sie ihr Handy gezückt und sucht nach etwas. Dann legt sie es mit dem Display nach oben auf den Tisch. Sie hat einen Song angemacht. *Babies* von Pulp, wie mir das Display sagt. Es beginnt mit Gitarre, Schlagzeug, ein bisschen Synthesizer. Dann setzt eine Männerstimme ein. Zelda erhebt sich und beginnt zu tanzen. Sie hüpft rhythmisch auf und ab, mal auf einem, mal auf zwei Beinen, hierhin, dorthin. Erst langsam, dann immer schneller. Sie tanzt gut, aber es ist kein sexy Tanzen. Sie lässt nicht lasziv ihre Hüften kreisen, fährt nicht mit ihren Händen an ihrem Körper entlang oder wackelt mit dem Hintern. Es ist ein absolut authentisches Tanzen, das ich so noch nie von irgendjemandem gesehen habe. In ihren gelben Leggins und den schwarzen Hotpants ist sie so sehr sie selbst, wie man es nur sein kann. Das ist Zelda. Als sich der Song kurz verlangsamt, breitet sie die Arme aus. Es sieht aus, als würde sie fliegen. Dann wird die Musik wieder schneller, und sie springt auf einem Bein, dann auf beiden, dann wieder auf einem. Sie dreht sich im Kreis, wuschelt durch ihre Haare, die sich beim Tanzen aus dem Pferdeschwanz gelöst haben. Sie blickt mich an und lächelt. Ein bisschen verschämt, aber wunderschön. Sie hört nicht auf zu tanzen, lässt mich jedoch nicht mehr aus den Augen. Obwohl sie sich jetzt der Tatsache bewusst sein muss, dass ich sie ansehe, in ihrer Gänze ansehe, ändert sie an ihrem Tanzstil nichts. Sie bewegt sich frei von jeder Eitelkeit, frei von jedem Wunsch zu gefallen. Das hier ist eigentlich nur für sie. Und ich bin der glückliche Vogel, der ihr dabei zusehen darf. Sie nimmt die Arme in die Luft, springt auf und ab, wirft den Kopf im Takt hin und her, lässt ihre Haare fliegen.

Als das Lied zu Ende geht, wird sie langsamer, bis sie beim Schlussakkord zum Stehen kommt und sich mit einem Knicks verbeugt. Dann setzt sie sich atemlos und leise lachend wieder zu mir. »Meinst du so in etwa?«

»Ja, genau so«, sage ich und merke, dass ich ebenso atemlos bin wie sie.

Sie greift nach einer Karte. »Wie würdest du dein Gegenüber in drei Worten beschreiben«, liest sie, obwohl sie immer noch außer Atem ist. Sie spricht leise und betrachtet den Sofabezug zwischen uns. »Ich finde, du bist schön ... *beau*. Du bist großartig ... *magnifique*. Und du bist bezaubernd ... *envoûtant*.«

»Du kannst Französisch?«, frage ich überrascht.

»Privatstunden«, sagt sie.

»Gib mir mal die unterste Karte von Rhys' Stapel«, sage ich, denn als sie vorhin runterfiel, habe ich gesehen, was darauf steht.

Zelda reicht sie mir, und ich lese: »Was würdest du gerne mit der Person zu deiner Rechten erleben?« Mein Herz rast, und in meinem Bauch passieren die seltsamsten Empfindungen. Es ist wie ein Boxkampf kitzelnder Schmetterlinge, der nicht aufhören will. »Ich würde dich gern küssen, Zelda«, flüstere ich.

Zelda

9 Verrückt. Absolut verrückt. Wie sind wir nur hier gelandet? In einem Moment albern wir beim Gemüseschneiden herum, im nächsten ist die Luft zwischen uns so aufgeladen, dass ich das Gefühl habe, meine Haare müssten vor lauter Elektrizität senkrecht von meinem Kopf abstehen. Wenn meine Eltern mich jetzt sehen könnten, würden sie einen Tobsuchtsanfall bekommen. Was für eine absolut umwerfende Vorstellung.

Malik sieht mich aus seinen dunklen, schönen Augen an, und mein Herz klopft wie verrückt, als mein Blick dem seinen begegnet. In seinem Gesichtsausdruck spiegelt sich Unsicherheit. Und Verlangen. Sanft, fragend. Ich bin überwältigt von all dem hier. Diesem Moment, der Tatsache, dass mein Kopf völlig leer zu sein scheint. Völlig still. Ich bin wie benommen, gehe vollkommen auf in der Faszination der puren Empfindung. Ein Kribbeln breitet sich in meinem Körper aus, als wäre ich innerlich kitzelig. Es fängt in der Brust an und wächst und wächst, bis es sich in meine Gliedmaßen ausgedehnt hat. Kurz blicke ich auf meine Hand, die auf der Sofalehne ruht, als würde ich erwarten, dass sich dieses unfassbare Gefühl auch visuell bemerkbar machen müsste.

Auf Maliks Gesicht breitet sich ein vorsichtiges Lächeln aus. Er erwartet eine Reaktion von mir, das wird mir plötzlich klar. Wie lange ist es her, dass er gesagt hat, er wolle mich küssen? Wie lange sitzen wir schon schweigend hier?

Ich sehe ihn direkt an. Auffordernd, wie ich hoffe. Es kann aber auch sein, dass ich absolut dämlich dreinschaue, so wirr, wie ich gerade bin.

»Ich würde dich auch gern küssen«, sage ich leise und blicke wieder auf meine Hand, weil ich nicht weiß, wohin ich sonst sehen soll.

»Ja?«, raunt Malik und klingt etwas heiser.

»Ja. Ja heißt ja«, sage ich. Dass ich seinen Wunsch erwidere, mit meinem gesamten Körper dessen Erfüllung herbeisehne, überrascht mich ein bisschen, aber ich denke nicht nach. Nicht in diesem Moment. Selbst wenn ich es wollte, ich könnte es nicht. Dass es Dinge in seiner Vergangenheit gibt, die mir vielleicht Angst machen könnten, interessiert mich nicht. Oder dass wir aus völlig unterschiedlichen Welten stammen. Nicht jetzt. Nicht hier. Nicht, während ich unter seinem begehrenden Blick dahinschmelze.

Ganz langsam bewegt Malik sich auf mich zu. Ich rutsche näher an ihn heran. In mir breitet sich eine aufgeregte Wärme aus. Von meinem Bauchnabel aus strahlt sie überall hin, und ich bin froh, dass ich sitze, denn sonst würde ich vermutlich umfallen, so zittrig, wie ich mich fühle.

Als unsere Gesichter nur noch ungefähr zehn Zentimeter voneinander entfernt sind, halten wir beide in der Bewegung inne. Wir sehen uns an – sehen uns einfach nur an, als könnten wir kaum genug voneinander bekommen. Zumindest gilt das für mich. Aber in Maliks Blick liegt eine solche Zärtlichkeit, dass ich mir sicher bin, ihm geht es nicht anders. Seine glatte Haut, seine schönen Lippen, die dunklen Augen, die unter langen – unfassbar langen –

Wimpern glitzern, sein kräftiges Kinn, die Konturen seiner Wangen. Ich kann seinen Atem auf meinen Lippen spüren, so nah sind wir uns inzwischen. Ohne, dass mein Gehirn dazu den Befehl gegeben hätte, wandert meine Hand zu Maliks Gesicht. Ich lege sie auf seine Wange und schließe die Augen. Die Wärme seiner Haut vermischt sich mit dem Kribbeln in meiner Hand und wird zu etwas ganz und gar Unbegreiflichem. Als er seine Hand ebenfalls auf meine Wange legt, atme ich geräuschvoll aus. Mit der anderen Hand umfasst er leicht meinen Hinterkopf. Seine Hände sind so groß, dass ich das Gefühl habe, er könne meinen ganzen Kopf darin halten. Es ist ein Gefühl der absoluten Geborgenheit.

Mit geschlossenen Augen lasse ich meinen Kopf ein paar Zentimeter nach vorne sinken. Jeden Moment stoßen unsere Lippen aufeinander, und ich kann es nicht erwarten. Ein süßes Ziehen, eine ungeheure Sehnsucht – dann ist er da. Meine Lippen liegen auf seinen. Wir verharren bewegungslos in dieser Position. Jetzt weiterzumachen wäre zu viel. Wäre unerträglich intensiv. Er hält meinen Kopf immer noch fest in seinen Händen, während ich meine Finger sanft über sein Gesicht gleiten lasse. Ich spüre seine Oberlippe zwischen meinen Lippen, meine Unterlippe zwischen seinen. Langsam wandert meine Hand in seine Haare. Etwas Bekanntes in diesem undurchdringlichen Chaos an Gefühlen, Seltsamkeiten und wunderbarer Überforderung. Genau das Richtige, um sich daran festzuhalten. Die Berührung meiner Finger entlockt Malik ein leises Stöhnen. Das leichte Öffnen seiner Lippen entfacht in mir ein Feuerwerk, und ich erwidere die Bewegung. Wir erkunden mit unseren Mündern die Lippen des anderen. Es ist das Schönste, was ich je gespürt habe. Maliks Lippen sind weich und warm.

Sie nehmen mich in sich auf, küssen alle Gedanken, die sonst meinen bescheuerten Kopf plagen, einfach fort.

Von plötzlichem Übermut gepackt, presse ich mich leicht gegen Maliks großen Körper. Er lässt sich nach hinten sinken, sodass ich nun halb auf ihm liege. Während wir uns unentwegt weiterküssen, wandern meine Hände über seinen Kopf, sein Gesicht, seine starken Arme. Er hat eine Hand in meinem Haar, den anderen Arm schlingt er nun um mich und drückt mich fest an sich. Sein Atem geht schnell, allerdings bin ich mir nicht sicher, was sein Atem ist und was meiner. Ich kann seinen Herzschlag an meiner Brust spüren.

Malik öffnet seinen Mund ein wenig mehr, und ich lasse meine Zunge über seine Lippen gleiten. Seine Finger krallen sich etwas fester in meine Haare, und er intensiviert den Druck auf meinen Körper. Im nächsten Moment spüre ich, wie auch er beginnt, mich mit seiner Zunge zu erkunden. Vorsichtig, wie um auszuprobieren, ob ich es zulasse. Als Antwort werde ich mutiger. Unsere Zungen finden sich, berühren sich, kreisen langsam umeinander. Erst in seinem Mund, dann in meinem. Es ist wie ein feuchter, langsamer Tanz, bei dem wir uns mit der Führung abwechseln.

Ich habe das Gefühl, seine Lippen, seine Zunge, seine Hände sind überall gleichzeitig und setzen mich innerlich in Brand. In einen süßen, mächtigen, märchenhaften Brand, von dem ich nie genug bekommen kann. Mir ist ganz schwindelig vor Verlangen und Glück. So ist das also, wenn man nicht mehr Herr seiner Sinne ist. Wenn man den Verstand verliert.

Malik verlangsamt unseren Kuss, sodass ich etwas zu Atem kommen kann. Mit seinen großen Händen umfasst er mein Gesicht und hält mich fest, schiebt meinen Kopf vorsichtig ein paar Zentimeter nach oben.

»Geht's dir gut?«, fragt er atemlos.

Ich kann nicht antworten. Nur nicken. Er lächelt. Immer breiter. Bis sich ein wunderschönes Grinsen auf sein Gesicht gelegt hat. Es geht mir wirklich gut. Mehr als das. Alle Gedanken an meine zwei Welten, von denen eine das hier verbietet, sind verschwunden. Es gibt nur noch das Hier und Jetzt. Und Malik.

»Hast du es dir so vorgestellt?«, will ich wissen, allerdings versagt meine Stimme, sodass nicht mehr als ein Flüstern aus meinem Mund kommt.

Malik gibt ein heiseres leises Lachen von sich. »Meine Vorstellungskraft reicht hierfür nicht aus«, sagt er und umschließt meine Lippen erneut mit seinen. Er legt nun beide Arme um mich und zieht mich komplett auf sich. Sein Körper ist so groß, dass ich ohne Probleme zur Gänze auf ihm liegen kann. Ich spüre seine Wärme unter mir, seine Arme auf mir, seine Lippen auf meinen Lippen, seinen Atem auf meinem Gesicht.

»Ich weiß nicht, ob ich schon einmal so geküsst worden bin«, sagt er, als er den Kuss ein weiteres Mal unterbricht.

»Ich weiß nicht, ob ich schon einmal so geküsst habe«, erwidere ich und lege mein Gesicht dicht neben seins. Meine Nase liegt an seiner Haut. Ich küsse seine Wange, seine Schläfe, seinen Mundwinkel.

Malik streicht mir mit seinen Fingern Haare aus dem Gesicht. Er dreht seinen Kopf zur Seite, sodass wir uns nun ansehen. Aus allernächster Nähe. Unwillkürlich muss ich lachen. Das hier ist wirklich das Letzte, was ich erwartet hatte. Auch Malik beginnt leicht zu kichern. Ich schlinge meine Arme um seinen Hals. Unsere Gesichter sind so dicht beieinander, dass sein Lachen aus meiner Luft besteht und meins aus der seinen. Es ist ein befreiendes, atemloses, verblüfftes Lachen. Wir wissen beide nicht, wie uns geschieht. Und doch ist es so schön und so aufregend, dass ich mich nicht erinnern kann, wann ich mich jemals so gut und so aufgehoben gefühlt habe.

»Ich würde gern etwas sagen. Irgendetwas, das der Situation gerecht wird. Dir gerecht wird. Aber ich weiß nicht, ob es dafür Wörter gibt. Wenn, dann kenne ich sie nicht.« Malik fährt mit seinen Fingerspitzen über meine Wange, meinen Kiefer, mein Kinn. »Es muss wahrscheinlich etwas Französisches sein.« Er lächelt erneut.

»*Incroyable*«, sage ich. »Das ist, wenn du Gemüse so schneidest, dass es aussieht, als würde ein Einhorn auf einem achteckigen Planeten tanzen, auf dem es Nachtisch regnet.«

»Klingt aufwendig«, lacht Malik.

»Ja, oder? Und wir brauchen nicht mal Gemüse oder Messer dazu.«

»Nur dich …«, sagt Malik und küsst mich auf den Mund.

»… und dich«, sage ich und küsse ihn zurück.

Ein paar Minuten liegen wir schweigend beieinander. Mit gleichmäßigen Bewegungen streichelt Malik über meine Haare. Seine andere Hand fährt über meinen Arm. Meine Augen sind geschlossen, und ich konzentriere mich auf das, was seine Berührungen in mir auslösen, während mein Zeigefinger Maliks Ohr nachzeichnet.

»Schläfst du heute Nacht bei mir?«, frage ich in die Stille hinein.

»Wenn du das möchtest, sehr gern.«

»Nicht dringend. Ich habe für eine Freundin gefragt«, sage ich und lache.

»Dann sollte ich vielleicht als Nächstes deine Freundin kennenlernen.« Malik kneift mich sanft in den Arm.

»Ich möchte sehr gern, dass du bei mir schläfst«, sage ich und drücke ihm einen Kuss auf den Mund.

»Das trifft sich gut, denn ich kann in meinem Zimmer nur in der Mitte aufrecht stehen.«

»Deswegen also der ganze Aufriss hier?«, frage ich und kneife ihn jetzt ebenfalls in den Arm.

»Hey!«, sagt Malik. In einer Bewegung rollt er mich von sich runter und legt sich halb auf mich, sodass ich mich kaum noch rühren kann. »Wenn du willst, können wir zusammen in meinem Zimmer schlafen. Das Bett hat auch eher Zwergengröße. Das wird kuschlig.«

»Warum hast du nicht gesagt, dass du lieber das andere Zimmer hättest?«, frage ich grinsend. »Zwergengröße klingt perfekt für mich.«

»Ich wollte, dass du es schön hast. Und ich wollte dich nicht aufgrund deiner Größe diskriminieren.« In seiner Stimme ist ein Glucksen. Dann senkt er seine Lippen auf meine und küsst mich erneut schwindelig. Das Gefühl, das er dabei in mir auslöst, ist so intensiv und atemberaubend, dass ich fürchte, ohnmächtig zu werden. Und wenn ich richtig deute, was ich durch Maliks Hose hindurch spüre, scheint auch bei ihm das Blut nicht mehr vornehmlich in seinem Kopf zu sein. Es erfüllt mich mit ungeheurer Zufriedenheit, dass das seine Reaktion auf mich ist. Wenigstens verwirrt er mich nicht ohne Konsequenzen dermaßen.

»Wollen wir nach oben gehen?«, fragt Malik atemlos und unterbricht unseren Kuss.

»So, so«, sage ich und grinse.

»Nein, das meinte ich nicht«, beeilt er sich zu sagen. Wie von der Tarantel gestochen setzt er sich auf, um mir zu beweisen, dass es ihm damit ernst ist. »Ich dachte, vielleicht ist es dort für dich bequemer«, fügt er leise hinzu.

»Wir können gern hochgehen.« Um ihn zu beruhigen, schlinge ich meine Arme um ihn.

»Ich habe gehört, du wirst gern getragen«, sagt Malik mit einem Blitzen in den Augen. »Soll ich dich hochtragen?«

»Ja!« Ich setze mich rittlings auf seinen Schoß und versuche zu ignorieren, was sich dort zwischen seinen Beinen abspielt. Er umfasst meinen Körper und steht auf. Ich klammere mich mit meinen Armen um seinen Hals und meinen Beinen um seine Mitte an ihn, doch er hält mich so fest, dass ich schnell locker lasse. Als wäre ich Zuckerwatte oder etwas ähnlich Schwereloses, beugt er sich mit mir im Arm hinunter, um die Kerzen auszupusten. Dann schaltet er das Küchenlicht aus. Im Halbdunkel, das nur vom Mondlicht draußen erhellt wird, geht er langsam zur Treppe. Er verstärkt den Druck auf meinen Rücken und presst mich für einen kurzen Moment ganz fest an sich. Ich erwidere den Druck, lege mein Gesicht an seines und umfasse mit der einen Hand seinen Hinterkopf. Einen Augenblick lang verharren wir in dieser intimen Pose. Dann lockert er seinen Griff wieder und trägt mich ganz behutsam eine Stufe nach der anderen hinauf in mein Zimmer.

Oben legt er mich vorsichtig auf mein Bett, ehe er die Tür schließt. Ich schalte die Nachttischlampe ein. Einen Moment bleibt er bei der Tür stehen. Er betrachtet mich, und seine Mundwinkel zucken kaum merklich nach oben. Dann kommt er langsam auf mich zu.

»Hiermit hätte ich wirklich nicht gerechnet«, sagt er, umfasst meinen Kopf und blickt mich eindringlich an. »Wirklich nicht.« Er küsst mich auf die Stirn.

»Ich auch nicht«, gebe ich zu. Mein Gehirn fühlt sich an, als wäre es in Watte gepackt. Es bringt nichts Sinnvolles zustande, während dieser Kerl mich anblickt. Die freudige Erregung, die mich auf dem Sofa erfasst hatte, kehrt zurück. Ich werde von einem nie gekannten Glücksgefühl erfüllt, einer Wärme, die über Behaglichkeit weit hinausgeht. Maliks Nähe macht etwas mit mir, das ich nicht benennen kann. Er hat recht, es gibt dafür keine Worte.

Wir kuscheln uns nebeneinander unter die große Bettdecke. Ich passe perfekt in seinen Arm. Mein Kopf liegt auf seiner Schulter, und ich atme seinen Duft. Er riecht nach herbem Parfüm und etwas Fremdem, Aufregendem. Ich spüre seine Lippen auf meinem Haar und schließe die Augen.

»Ich bin ganz aufgeregt«, sage ich, obwohl ich eigentlich gar nicht unbedingt will, dass er das weiß.

»Warum?«, fragt er.

»Weil … ähm …« Ich beende den Satz nicht.

»Wir tun nichts, was du nicht willst«, sagt er und zieht mich noch enger an sich.

»Ach was, nein, darum geht es gar nicht. Denk nicht dauernd, ich würde über Sex reden.«

»Um was geht es dann?«

»Na ja, also, es ist schwer zu erklären irgendwie.«

»Probier's trotzdem.«

»Ich bin ein bisschen perplex«, sage ich und drehe meinen Kopf so, dass ich ihn ansehen kann und direkt in sein lächelndes Gesicht blicke. »Du hast es geschafft, dass es in meinem Kopf ganz still geworden ist.«

»Ist das etwas Gutes?« Auf Maliks Stirn bildet sich eine Falte.

»Es fühlt sich gut an. Beruhigend. Richtig.«

»Dann bin ich froh«, sagt er.

»In meinem Kopf ist es still, aber überall sonst in meinem Körper toben die verrücktesten Sachen.«

»Bei mir auch.«

»Das hab ich gemerkt«, sage ich und grinse ihn frech an.

»Und diesmal meinte *ich* etwas anderes«, gibt er zurück. »Dass du mich so erregst, dass es sich körperlich bemerkbar macht, ist dabei nicht das Überraschende.« Er schnippt mir neckend mit dem Finger gegen den Arm.

»Ist es nicht?«, frage ich mit gespielter Verblüffung. Wobei die Verblüffung, ehrlich gesagt, gar nicht so sehr gespielt ist. Aber es schadet sicher nicht, ihn in dem Glauben zu lassen, dass so ein Geständnis für mich normal ist. Man kann gar nicht souverän genug wirken, wenn man mit einem traumhaft schönen Mann im Bett liegt und versucht, sich irgendwie in den Griff zu kriegen.

»Nein, ist es nicht«, sagt Malik und streicht mit seiner Hand an meinem Körper entlang.

Auf einmal reicht es mir nicht mehr, einfach nur neben ihm zu liegen. Langsam richte ich mich auf und setze mich auf ihn. Dann lasse ich meinen Körper auf seinen sinken, meine Lippen auf die seinen. Unsere Zungen finden sich, streicheln sich. Ich erschauere vor Aufregung. Die Weichheit seiner Lippen umfängt mich, und er zieht mich in eine so feste Umarmung, dass ich vor Sehnsucht keuche. Die Härte zwischen seinen Beinen drängt sich erneut in mein Bewusstsein, und ohne unseren Kuss zu unterbrechen, muss ich unwillkürlich lächeln. Auch wenn es ihn nicht überrascht, mich trifft die Wirkung, die unsere Küsse offensichtlich auf ihn haben, völlig unvorbereitet. Mich erregt seine Nähe ebenso – auf eine Art und Weise, die mir neu ist. Aber dass mein Gehirn plötzlich unvorhergesehene Dinge macht, bin ich schließlich gewohnt.

Mein ganzer Körper hat wieder begonnen zu kribbeln. Als würden Tausende von Ameisen durch meine Adern krabbeln. Mein Inneres zieht sich immer wieder sehnsüchtig zusammen. Und zwischen meinen Beinen pocht es wie wild. Ich will ihm näher sein. So nah, wie es nur irgend geht.

»Hast du Kondome dabei?«, frage ich.

»Ja, natürlich habe ich Kondome dabei. Denn wenn ich mit einer Sache gerechnet habe, dann, dass ich bei dir im Bett landen würde.« Er lacht rau und tief. »Nein, ich habe keine Kondome. Aber es ehrt mich, dass du fragst.«

Ich seufze. Vielleicht ist es besser so. Vielleicht sollte ich meinen Kopf erst wieder einen Moment lang eingeschaltet haben, ehe ich mit dem Mitbewohner des Freundes meiner besten Freundin schlafe. Andererseits ... »Glaubst du, Tamsin und Rhys schlafen schon?«

»Willst du rübergehen und sie nach Verhütungsmitteln fragen?« Er klingt ungläubig und amüsiert zugleich.

»Ich würde mich reinschleichen, wenn sie schlafen«, sage ich glucksend.

»In dem Fall würde ich dich nicht davon abhalten.«

»Okay, ich glaube, ich traue mich nicht«, gebe ich zu. Mein Herz klopft immer noch schnell, und die Erregung ist kein bisschen abgeklungen. Was macht er mit mir?

»Wir können uns auch einfach unterhalten«, schlägt Malik vor.

»Na, das ist ja ein toller Ersatz«, lache ich. »Mich interessiert ja zum Beispiel brennend, was deine Lieblingsfarbe ist.«

»Sehr witzig. Ich meine ja nur, wenn wir wollen, muss das schließlich nicht die letzte Gelegenheit gewesen sein.« Er sieht mich erwartungsvoll an. »Und übrigens: Blau.«

Ich grinse. »Schlägst du vor, dass wir uns zum Sex treffen? Das ist ganz schön forsch, meinst du nicht?« Aber ich mag die Idee.

»Nein, ich schlage vor, dass wir uns öfter sehen. Dass wir uns verabreden, um Zeit miteinander zu verbringen und *perplex* zu sein, wie du es ausdrücken würdest. Und wenn wir dann zufällig in einer ähnlichen Stimmung sind wie jetzt, sind wir vorbereitet.«

»Das würde mir außerordentlich gut gefallen«, sage ich. »Ich sollte mir jetzt allerdings vielleicht etwas Bequemeres anziehen, wenn das in Ordnung ist. Und Zähne putzen. Denn, Fun Fact über mich: Ich hasse es, wenn ich es mir gemütlich mache und dann noch mal aufstehen muss.«

»Dann sehen wir uns gleich«, sagt Malik. Er steht auf und geht zur Tür. Dort dreht er sich noch einmal um. »Es ist verrückt, oder?«, fragt er.

»Das ist es«, erwidere ich, dann ist er zur Tür raus.

 *Malik*

10 Beim Zähneputzen blicke ich in den Spiegel. Ich sehe erhitzt aus. Erhitzt und ... vermutlich *perplex*. Was in den letzten Stunden zwischen Zelda und mir passiert ist, war bombastisch. Alles daran, von der ersten Berührung bis zur Erregung bei unserem letzten Kuss, die uns offensichtlich beide überkam, war atemberaubend neu und gut. Allein der Gedanke daran macht, dass meine Eingeweide sich vor Sehnsucht verknoten. Anders kann ich das Gefühl nicht beschreiben. Auch wenn wir uns bislang eigentlich kaum kennen.

Zwischen diese Gedanken schleichen sich nach und nach Fragen. Weiß Zelda über meine Vergangenheit Bescheid? Wenn nicht, würde es etwas ändern? Und wie soll ich mich verhalten? Entweder ich gehe die Sache offensiv an, springe ins kalte Wasser und erzähle ihr, was in den letzten Jahren passiert ist. Oder ich warte, bis sie mich fragt. Denn einen Verdacht muss sie zumindest haben. Wie sonst erklärt sie sich, dass ich in der Wohnung eines Resozialisierungsprogramms lebe? Ich frage mich, ob sie das gemeint hat, als sie sagte, ihr Kopf sei still gewesen. Hat sie ihren Verstand ausgeschaltet? Und was passiert, wenn sie ihn wieder einschaltet? Ich weiß, dass ich ein guter Mensch bin. Dass ich nie ein schlechter Mensch sein wollte. Ich weiß nur nicht, ob das reicht.

Aber sie hat es auch gespürt. Sie hat gefühlt, dass zwischen uns etwas ist. Etwas Besonderes. Etwas, das sich lohnt, erforscht zu werden. Und wir haben darüber gesprochen. Wir wollen uns noch mal treffen, wenn wir wieder zurück sind. Sie will mich noch mal treffen.

»Fuck«, sage ich laut, weil ich vom Chaos, das in mir herrscht, überfordert bin. Ich bin nicht gut darin, Entscheidungen zu treffen. Zeldas fröhliches Gesicht taucht vor meinem inneren Auge auf. Ich will zurück zu ihr. Und alles andere werde ich einfach auf mich zukommen lassen. Eigentlich ist es mit Zelda so leicht und unkompliziert. Bis hierhin zumindest. Sie sagt, was sie denkt, ich muss nichts interpretieren.

Ich spritze mir Wasser ins Gesicht, um mich etwas abzukühlen. Ein erneuter Blick in den Spiegel verrät mir, dass die Hitze aus meinem Gesicht einem leichten Ausdruck der Sorge gewichen ist. Denn hier geht es nicht nur um meine Vergangenheit. Es geht auch darum, dass wir verschieden sind. Aus verschiedenen Welten kommen. Ich weiß nichts über die ihre und vermute, dass sie nicht den blassesten Schimmer von meiner hat. Bringen weiße Mädchen wirklich Ärger?

»Reiß dich zusammen«, sage ich mir. »Es ist alles gut.« Ich atme tief ein und wieder aus.

Dann schleiche ich mich zurück nach unten. Vor ihrer Tür bleibe ich stehen und zögere kurz. Ich will nicht einfach hineinplatzen. Also klopfe ich.

»Komm rein«, sagt sie.

Ich öffne die Tür in dem Moment, als sie sich gerade ihr Oberteil auszieht. Sie sieht mich herausfordernd an. Untenrum trägt sie noch immer ihre gelben Leggins und darüber die schwarzen Hotpants. Doch ihr zierlicher Oberkörper ist nur noch mit einem dunkelroten BH bekleidet.

All meine Gedanken sind verpufft. Mein Kopf ist leicht und leer, dort ist nur noch Raum für Zelda. Als ich merke, dass ich sie anstarre, wende ich schnell den Blick ab und räuspere mich.

»Entschuldige«, sage ich. »Aber das ist nicht gerade fair.«

Sie lacht. »Du brauchst dich nicht zu entschuldigen. Wenn wir uns ohnehin bald wiedersehen, um eventuell Sex zu haben, ist jetzt nicht der Moment, in dem ich anfange, mich zu genieren.«

Sie ist einfach unglaublich. Die Selbstverständlichkeit, mit der sie sie selbst ist, macht mich noch mehr an als alles, was ich sehe.

»Wenn ich dir jetzt zuschaue, wie du dich umziehst, muss *ich* leider zu Rhys und Tamsin gehen …«, sage ich und lasse meinen Blick gesenkt. Ich höre sie kichern.

Nach einer Minute sagt sie: »Okay, du kannst gefahrlos gucken.«

Sie trägt nichts außer ihrem Slip und einem ausgewaschenen Che-Guevara-T-Shirt.

»Lach nicht«, sagt sie. »Das T-Shirt habe ich vom Sohn unseres damaligen Gärtners zu meinem fünfzehnten Geburtstag bekommen. Das einzige Geburtstagsgeschenk, über das ich mich je gefreut habe.«

»Wie bitte?«, frage ich. Wie grauenhaft müssen die Geschenke sein, die sie sonst bekommt?

»Ach, ich mag Geburtstage sowieso nicht.«

»Du magst keine Geburtstage?« Zelda ist der letzte Mensch, dem ich eine solche Aussage zugetraut hätte. Auf mich wirkt sie wie ein Mensch, der dazu gemacht wurde, das Leben zu feiern. »Wann hast du Geburtstag?«

»Das behalte ich für mich.«

»Du willst mir nicht sagen, wann du Geburtstag hast?«
Ich bin ein bisschen verwirrt. Meint sie das ernst?

»Nein, sonst kommst du nur auf die Idee, mir beweisen zu wollen, dass Geburtstage etwas ganz Großartiges sind.«

Wow, sie scheint ein richtiges Geburtstagstrauma zu haben.

Zelda muss meinen verwirrten Blick bemerkt haben, denn sie sagt: »Es ist einfach nicht mein Ding. Weihnachten und Thanksgiving, ja. Halloween, großartig. Das sind Feste, an denen sich die ganze Welt verwandelt. Selbst die schlimmsten Orte werden irgendwie besser. Aber an Geburtstagen kehrt sich immer das Schlechteste nach außen. Zumindest an meinen.«

Die Geburtstage meiner kleinen Geschwister kommen mir in den Sinn. Der Trubel, das Glück, das sie empfinden, wenn sie im Mittelpunkt stehen dürfen. »Haben deine Eltern nie coole Partys für dich geschmissen?«

Sie lacht auf. »Oh, doch. Richtig gute Partys. Mit Geschäftskollegen meines Vaters und deren Kindern. Du kannst dir nicht vorstellen, wie ausgelassen diese Feiern waren. Und die Geschenke erst! Zu meinem sechsten Geburtstag habe ich einen Montblanc-Füller bekommen.«

Das erklärt, warum ihr dieses alte T-Shirt etwas bedeutet. Mein Blick richtet sich wieder auf das stilisierte Gesicht des kubanischen Revolutionärs.

»Damals war das cool«, sagt sie entschuldigend. »Und meine Eltern hat es zur Weißglut getrieben. Irgendwie bin ich nicht mehr gewachsen und trage es jetzt zum Schlafen. Ich konnte ja nicht ahnen, dass du es zu Gesicht bekommen würdest.«

»Ich lache nicht«, erwidere ich. »Allerdings würde ich

den Anblick auch nicht unbedingt als ›gefahrlos‹ bezeichnen.«

Sie sieht einfach umwerfend aus. Ihre Haare sind durcheinander, ihre Wangen gerötet. Die Art, wie sie verlegen den Blick senkt und nur den einen Mundwinkel zu einem Lächeln nach oben zieht, ist absolut bezaubernd.

»Okay, genug geflirtet, Playboy. Jetzt unterhalten wir uns, wie angekündigt.« Mit diesen Worten springt sie ins Bett und ist in Nullkommanichts unter der Bettdecke verschwunden.

Ich ziehe mir meinen Hoodie aus und will mich gerade auch des T-Shirts entledigen, als Zelda »Stopp!« ruft. Ich sehe sie fragend an.

»Erstens kannst du nicht erst rumtun, von wegen ich sei nicht fair, und dann selbst einen Striptease hinlegen. Und zweitens musst du das, wenn schon, langsamer machen.« Sie verschränkt die Arme auf der Bettdecke und sieht mich erwartungsvoll mit einer nach oben gezogenen Augenbraue an.

Ich weiß nicht so recht, was ich tun soll. Mir fällt ihr Tanz von vorhin ein. Also schulde ich ihr wohl etwas. Ganz langsam beginne ich, mein Shirt leicht anzuheben. Meine Bauchmuskeln spanne ich extra an. Ich lasse Zelda nicht aus den Augen. Sie grinst, und bei ihrem Anblick muss auch ich schmunzeln. Mit nur einem Finger schiebe ich den Saum Zentimeter um Zentimeter höher. Zeldas Augen werden größer und größer. Als ich fast meinen gesamten Oberkörper entblößt habe, ziehe ich das T-Shirt über den Kopf.

»Ui«, sagt sie und nickt anerkennend. »Das erklärt, warum du einfach so den ganzen Tag irgendwelche Leute herumtragen kannst.«

Ich ziehe noch schnell meine Jeans aus und schlüpfe zu ihr unter die Decke. Doch Zelda zieht sie sofort wieder herunter.

»Warte mal, ich war noch nicht fertig.«

»Womit?«, frage ich.

»Mit Nachdenken. Irgendetwas muss ich mit dir anstellen«, sagt sie. »Kannst du mal deinen Arm anspannen, und ich pike rein?«

Ich spanne meine Muskeln an, und sie nähert sich ehrfürchtig mit ihrem Finger. Dann pikt sie tatsächlich hinein.

»Ui«, sagt sie wieder. »Jetzt deine Bauchmuskeln.«

Ich spanne lachend meinen Sixpack an, und sie pikt mit dem Finger in jeden einzelnen Muskel.

»Ui. Wie hart die sind! Warum bist du so trainiert?«

Die Frage versetzt mir einen kurzen Stich. Eine Antwort würde definitiv das Gespräch in riskante Bahnen lenken. Aber wir wollten uns unterhalten. Und ich will ehrlich sein. Außerdem ist mit Zelda schließlich alles leicht. Oder?

»Da, wo ich herkomme, wird das Leben einfacher, wenn man stark ist«, sage ich.

»Erzählst du mir, wo du herkommst?«, fragt sie.

Ich seufze. »Aus dem Süden von Pearley«, sage ich nach kurzem Zögern. »Aus dem Teil, der auch ›Poorley‹ genannt wird.«

»Wie ist es dort?«

»Es ist arm, es ist dreckig.« Ich sehe Zelda an. Sie scheint wie das komplette Gegenteil von Poorley. Leicht, sorglos, bunt und fröhlich. Und sie ist das erste Mädchen, das ich geküsst habe, das nicht von dort stammt. Das nichts damit zu tun hat. Und wie ich sie geküsst habe! Mir wird ganz warm, obwohl meine Gedanken sich um die weniger schönen Aspekte meines Lebens drehen.

»Wie sind die Leute?«, fragt Zelda.

Ich muss lachen. »Wie überall sonst gibt es dort gute und schlechte Menschen. Der Unterschied ist nur, dass sie in Poorley fast alle mit mindestens einem Bein im Knast sind.« Der letzte Satz rutscht mir einfach so heraus. Die Bitterkeit in meiner Stimme ist kaum zu überhören, und ich könnte mich ohrfeigen.

Zelda rückt ein kleines Stück von mir weg und sieht mich neugierig an. »Kann ich dich etwas fragen? Ganz direkt?«

Ihr leicht bohrender Blick beschert mir fast eine Gänsehaut. Ich weiß, was jetzt kommt. Es ist meine eigene Dummheit gewesen.

»Frag«, sage ich und ziehe die Decke wie zum Schutz wieder über mich.

»Du warst auch im Gefängnis, oder?« Ihre Stimme ist ganz leise.

Da ist es. Das Ende dieses wunderschönen Abends. Das Unvermeidbare ist also jetzt schon eingetreten. Und ich habe es mir selbst zuzuschreiben. Warum habe ich meine Klappe nicht gehalten?

»Ja, war ich«, sage ich heiser und schlucke schwer. Ich traue mich nicht, sie anzusehen. Sie kommt aus einer Welt, in der so etwas mit Sicherheit nicht vorkommt. Aus einer weißen Welt mit Französischunterricht.

»Warum?«, fragt sie. Wie kann es sein, dass sie so normal klingt? Ist sie eine gute Schauspielerin?

Ich zögere. Es wäre das Beste, einfach reinen Tisch zu machen. Die gesamte ungeschönte Wahrheit jetzt zu erzählen, in der Hoffnung, dass sie mich trotzdem nicht zum Teufel jagen wird. Als ich nicht sofort antworte, pikt sie mich erneut mit ihrem Finger in den Oberarm. Dann rutscht sie wieder näher an mich heran, als wolle sie mir Mut machen. Ich würde so gerne meinen Arm um sie legen, doch ich traue mich nicht mehr. Meine Brust wird ganz eng.

»Malik? Du musst es mir nicht erzählen, wenn du nicht willst.« Sie klingt ein bisschen enttäuscht. Als wäre die Weigerung, meine Vergangenheit mit ihr zu teilen, das Ende dieser Nacht. Und vermutlich ist sie das auch.

Meine Gedanken überschlagen sich. Ich will es ihr erzählen. Sie soll alles wissen. Aber sie soll mich danach nicht anders ansehen. Ich will weiterhin diese Offenheit und Unbefangenheit in ihren blauen Augen sehen. Aber das ist beinahe unmöglich. Ich weiß, dass es zu viel verlangt ist.

»Ist es so schlimm?« Ihre Stimme klingt jetzt etwas höher. Sie ist alarmiert, das ist nicht zu übersehen.

»Nein«, sage ich. Meine Kehle ist eng, und ich räuspere mich. »Es ist nicht so schlimm. Ich werde dir alles erzählen. Und dann gehe ich nach oben.«

»Das entscheide ich«, sagt sie bestimmt – ihre Stimme jetzt wieder fester – und nimmt meine Hand, die absurd groß aussieht verglichen mit ihren zarten Fingern.

»Ich saß bei einem bewaffneten Überfall am Steuer des Fluchtautos. Da war ich fünfzehn.« Ich mache eine kleine Pause, um ihre Reaktion abzuwarten. Aber sie zuckt nicht, versteift sich nicht. »Es ist niemandem etwas passiert«, fahre ich fort, denn das ist immerhin eine gute Nachricht, »aber bewaffnet ist bewaffnet. Danach saß ich zwei Jahre. Wegen guter Führung haben sie mich vorzeitig auf Bewährung entlassen. Ich war so froh, wieder draußen zu sein. Gefängnis ist schlimm. Wirklich schlimm.« Zelda wendet den Kopf und sieht mich an. Ich kann nicht erahnen, was sie denkt, also rede ich einfach weiter. »Aus irgendeinem Grund fand ich es aber auch schlimm, dass meine Schwester zu ihrem dreizehnten Geburtstag nicht das Frisierset bekam, das sie sich gewünscht hat. Ich bin in den Laden gegangen und habe es einfach mitgenommen. Es war total seltsam. Als würden meine Hände etwas tun, ohne dass das Gehirn ihnen den Befehl dazu gegeben hätte. Eine halbe Stunde später stand ein Polizeiwagen bei uns vor dem Haus. Sie haben mich noch mal eingebuchtet. Für zehn Monate.« Ich schlucke. Laut ausgesprochen klingt es noch dämlicher.

»Die haben dich zehn Monate eingesperrt, weil du ein Frisierset geklaut hast? War es aus Gold?«, fragt Zelda und drückt meine Hand.

Ihr Scherz trifft mich völlig unvorbereitet. Ich gestehe ihr, dass ich zweimal im Gefängnis war, und sie reagiert mit einem Witz. Ich muss fast schmunzeln. »Nein, aber wenn du aus Poorley bist und vorbestraft, ist das ziemlich egal.« Ich zucke mit den Schultern.

»So ein Scheiß«, sagt sie. »Und warum hast du das Fluchtauto gefahren? Darf ich das fragen?«

»Du darfst alles fragen«, sage ich, bete aber im Stillen, dass dieses Verhör bald ein Ende haben wird. Ich sehne mich inzwischen danach, mich in mein Bett zu verkriechen und mich selbst zu verfluchen. »Ich hatte Angst, dass mein Cousin erwischt und verhaftet wird, wenn keiner das verdammte Auto fährt.« Ich stoße ein bitteres, frustriertes Lachen aus.

»Okay, wow.« Einen Augenblick ist es still zwischen uns. Dann sagt sie: »Das ist dann wohl, was man ›Ironie des Schicksals‹ nennt.«

»Mhm, das kann man so sagen.«

Ich will mich von Zelda lösen, um sie endlich in Ruhe zu lassen. Doch sie hält mich fest.

»Willst du mich vielleicht wieder ansehen?«, fragt sie vorsichtig.

»Ich glaube, lieber noch nicht.« Ich schließe die Augen, denn ich bringe es noch nicht über mich, den Beweis für das Ende unseres Flirts in ihrem Gesicht zu lesen.

»Aber bleibst du bitte?«

Mein Herz setzt einen Moment aus. Hat sie das gerade wirklich gefragt? »Wenn du das noch willst?«, erwidere ich unsicher.

»Ja, das will ich. Solange du meinen Föhn in Ruhe lässt.«

Sie kichert. Kichert! Nach allem, was ich ihr gerade von mir erzählt habe. Was ist sie nur für ein fantastisches Wesen! Ich kann nicht anders, ich sehe sie an. Blicke in ihr sommersprossiges Gesicht, mit dem sie mich anlächelt. Genau das ist es, was ich vorhin meinte. Ihr ganzes Gesicht lächelt. Es ist verrückt. Nichts an ihrem Blick hat sich durch mein Geständnis verändert. Es ist die gleiche fröhliche Sanftheit wie vorher. Sie nähert sich meinem Gesicht und presst einen Kuss auf meine Lippen. Eine Welle der Erleichterung durchströmt mich, gepaart mit etwas anderem, Süßerem, Dringenderem. Dankbarkeit und Verlangen. Oder so ähnlich. Mein Gehirn ist ganz neblig, doch dieser Nebel ist schön und hell.

»Es tut mir leid«, sage ich. »Du hast dir das hier sicher ein bisschen weniger dramatisch vorgestellt.«

»Das muss dir nicht leidtun.« Sie sieht mir fest in die Augen. »Es ist niemand zu Schaden gekommen. Deswegen ist es egal, was war. Mich interessiert, wer du jetzt bist. Und was ich bisher gesehen habe, finde ich ganz passabel.« Sie boxt mich leicht in die Seite.

Sie hat es geschafft. Sie hat mich nach all dem hier zum Lachen gebracht. »Deine Mutter ist ganz passabel«, sage ich gespielt beleidigt.

»Nein, das ist sie nicht. Aber darüber sprechen wir ein andermal.« Sie presst sich gegen mich und schlingt ihre Arme um meinen Oberkörper. Durch das T-Shirt fühle ich ihre Wärme. Ich wünschte, ich könnte mehr von ihr spüren, aber so richtig traue ich mich nicht. Denn verdient habe ich es sicher nicht. Auch wenn die Erleichterung, die ich empfinde, kaum zu beschreiben ist.

In meinem gewohnten alltäglichen Umfeld wissen alle Menschen über meine Geschichte Bescheid. Weder meine Familie noch Rhys, Tamsin oder Amy haben mir je das Gefühl gegeben, mich zu verurteilen für das, was ich getan habe. Es ist ein Teil meiner Vergangenheit, der auf mein normales Sozialgefüge keinen Einfluss hat. Wenn ich jetzt darüber nachdenke, kann ich gar nicht sagen, ob ich es absichtlich vermeide, meine Komfortzone zu verlassen, um nicht mit dem, was war, konfrontiert zu werden. Vielleicht ist es aber auch reiner Zufall, dass ich mich in diesem Gespräch mit Zelda zum ersten Mal nach außen geöffnet habe.

»Hey«, flüstert Zelda in meinem Arm. »Es ist alles gut. Du musst dich nicht unwohl fühlen. Ich bin ja nicht blöd. Ich kann eins und eins zusammenzählen. Du bist Rhys' Mitbewohner. Ich wusste also, dass du auch in Amys Programm bist.« Sie greift nach meiner Hand und drückt sie. Dann führt sie sie zu ihrem Mund und presst ihre Lippen darauf. »Ganz schön schwielig«, sagt sie.

»Das kommt vom vielen Gemüseschnippeln.«

Ich betrachte die Innenflächen meiner Hände. Die Blasen sind inzwischen dank Lennys Tipp mit dem Tape fast verheilt. Aber die Haut ist an den Stellen rauer und dicker. Ich fahre mit dem Daumen über meine Ballen. Der Beweis für meine harte Arbeit.

Zelda gähnt.

»Willst du schlafen?«, frage ich und erlaube mir, meine Nase für einen kurzen Moment in ihrem Haar zu versenken. Ich atme ihren Duft ein. Fruchtig und bunt.

»Eigentlich nicht«, erwidert sie. »Aber es kann nicht schaden, wenn wir das Licht ausmachen. Dann können meine Augen schlafen, während der Rest von mir wach bleibt.«

Ich muss schmunzeln. Diese Ideen, die sie hat! Wo nimmt sie die nur her? Ich strecke mich, um an den Lichtschalter zu kommen, bin aber sehr darauf bedacht, dass wir keinen Millimeter an Körperkontakt verlieren.

Als das Licht ausgeschaltet ist, dreht Zelda sich auf die Seite, und ich kuschle mich dicht an sie. Ihr Kopf liegt auf meinem Arm, und ich ziehe sie in einer festen Umarmung so nah an mich, wie es nur geht. Ob sie meinen Herzschlag spüren kann? Ob sie merkt, wie aufregend ihre Nähe für mich ist? Ob sie weiß, wie dankbar ich bin, dass sie mich bei sich haben will?

Zelda ∞

11 Wie ein Puzzleteil passe ich perfekt in die Krümmung, die Maliks Körper um meinen Rücken bildet. So muss sich absolute Geborgenheit anfühlen. Während ich hier in Maliks Armen liege, fühle ich mich unbesiegbar. Als könne mir niemals wieder etwas Schlechtes widerfahren.

»Du?«, sage ich in die Dunkelheit.

»Hm?«, brummt Malik an meinem Nacken. Die Vibration seiner Stimme kitzelt angenehm.

»Danke, dass du mir das alles erzählt hast.« Ich weiß, dass es ihm alles andere als leichtgefallen sein muss, einer beinahe Fremden seine Geschichte zu erzählen. Es ist ein ziemlich krasser Vertrauensbeweis, den ich eigentlich erst einmal verarbeiten muss. Aber es ist so schön, so gemütlich mit ihm, dass ich alle Gedanken, die in diese Richtung gehen, auf später verschiebe.

»Danke, dass ich noch hier sein darf«, sagt er. Seine Stimme klingt dabei erstickt. Ich höre ihn schlucken.

»Du?«, sage ich noch mal und drehe mich um, sodass wir nun Gesicht an Gesicht liegen. Doch es ist so dunkel im Zimmer, dass ich ihn nicht sehen kann. Nur fühlen.

»Hm?«

»Es ist ganz schön schön hier mit dir.«

In der Finsternis suchen meine Hände sein Gesicht. Seine Lippen, seine Wangen. Ich betaste ihn vorsichtig und recke meinen Kopf, um ihn küssen zu können. Das Verlangen in mir ist durch nichts, was er gesagt hat, gelindert worden. Wenn ich ehrlich bin, will ich ihn nun nur noch besser kennenlernen. Ihm scheint es genauso zu gehen, denn er seufzt an meinem Mund und zieht mich in eine enge Umarmung. Ich lasse meine Hände über seinen Rücken gleiten. Spüre die angespannten Muskeln an seinem Nacken, seinen Oberarmen, seinen Schulterblättern. Seine Haut ist glatt und heiß. Dennoch bildet sich unter meiner Berührung eine Gänsehaut auf seinem Rücken.

Durch die Dunkelheit sind meine anderen Sinne geschärft. Ich nehme jede Berührung in ihrer Intensität potenziert wahr. Höre jeden Atemzug, jedes leichte Stöhnen so laut, dass Blitze der Begierde durch mein Inneres zucken.

Malik lässt ganz langsam einen Finger unter mein T-Shirt wandern. Er zögert, doch ich intensiviere unser Zungenspiel, stoße tief in seinen Mund vor, um ihm zu signalisieren, dass ich seine Berührung ebenso will. Dadurch angespornt, schiebt er mein T-Shirt nach oben und fährt mit seiner warmen Hand über meinen erschauernden Rücken. Die Anziehung ist so groß, dass sich keiner von uns beiden dagegen wehren könnte.

Alles, was ich denken kann, ist, wie sehr ich ihn will. Ich denke nicht daran, was er in der Vergangenheit getan hat, was in der Zukunft werden wird. In meinem Kopf ist lediglich Platz für den Gedanken, wie sehr ich in diesem Moment aufgehe. Ich drücke meinen ganzen Körper an ihn, spüre, wie erregt auch Malik ist. Jetzt, da zwischen uns nur noch der dünne Stoff seiner Boxershorts und meines Slips ist, ist das Drängen seiner Erektion unmittelbarer, realer und noch beeindruckender. Als ich mich an ihm reibe, stöhnt er auf, und ich weiß genau, welch süße Qualen er gerade erlebt. Denn es ist unbeschreiblich, wie viel Selbstkontrolle es auch mich kostet, ihm nicht noch das letzte bisschen an Kleidung vom Leib zu reißen und die flehende, zerrende Sehnsucht in mir, das Pochen zwischen meinen Beinen, mit seiner Hilfe zu lindern.

»Du«, keucht er. »Du bist so …« Seine heisere Stimme jagt mir einen Schauer über den Rücken.

»Was?«, frage ich atemlos, ohne unsere Leidenschaft für mehr als ein paar Sekunden zu unterbrechen. »Was bin ich?«

»Das … Oooh … Wow.« Mehr als ein Stammeln kriegt er nicht zustande. Und mehr als dieses Stammeln kriegt auch mein Hirn nicht mehr zustande. Mehr könnte es gar nicht verarbeiten in diesem mächtigen Wirbelsturm aus Leidenschaft, echten Gefühlen und Berührungen, die mein Herz jeden Moment aus meiner Brust springen lassen.

Malik drängt sich nun gegen mich, sodass ich mich auf den Rücken rolle und er über mir ist. Seine Hände sind überall: an meinem Haar, auf meinen Wangen. Sie wandern meine Arme hinab, streichen sanft meine Seite entlang, verharren neben meinen Brüsten. Von plötzlichem Übermut gepackt, setze ich mich halb auf und ziehe mein T-Shirt über den Kopf. In der Finsternis kann Malik meinen Körper nicht sehen, was mich jede Scham vergessen lässt. Nicht, dass ich mich für meinen Körper schämen würde. Aber mich völlig zu entblößen gibt mir immer ein Gefühl der Verletzlichkeit. Doch hier in der Dunkelheit mit Malik bin ich unbesiegbar. Er umfasst meine Taille mit seinen großen Händen. Streicht mit seinen Daumen über meinen Bauch und hinauf an meinen Brüsten entlang.

»Wow«, raunt er erneut mit seiner samtigen Stimme, die in den letzten Minuten ungefähr um eine Oktave tiefer geworden ist. Er wird mutiger und lässt die Daumen einen Zentimeter nach oben wandern, sodass sie nun das weiche Fleisch meiner Brüste streifen. Er ist unendlich sanft, beinahe vorsichtig. Während seine Finger meinen Oberkörper erkunden, kann ich einfach nur daliegen – überwältigt von dem Gefühl seiner Hände auf mir.

Ich kann kaum glauben, was ich im Begriff bin, von mir zu geben. So forsch war ich in meinem Leben noch nicht. »Wir können zwar nicht miteinander schlafen«, sage ich gepresst, »aber du weißt, dass wir andere Möglichkeiten haben.«

»Zelda«, flüstert Malik und senkt seine Lippen wieder auf meine, streicht mit seiner Zunge langsam an meiner entlang, saugt leicht an meiner Unterlippe.

Ich lasse meine Hand von hinten in seine Boxershorts gleiten. Sein Hintern ist fest und glatt. Langsam ziehe ich die Shorts über seinen Po. Ich presse mich so gegen ihn, dass er sich auf den Rücken dreht, und hebe den Saum seiner Shorts über seinen zuckenden Penis.

Als ich seine Erektion mit meiner Hand umschließe, stöhnt Malik auf. »Zelda«, sagt er wieder. »Ich kann nicht mehr … Ich glaube …«

Ich bewege meine Hand rhythmisch auf und ab. Erst zaghaft, dann immer schneller. Er bäumt sich mir entgegen. Ein Gefühl der Macht überkommt mich. Ich bringe ihn dazu, meinen Namen zu keuchen, aufzustöhnen, vor Lust zu erzittern.

Malik atmet schnell. Sein Penis in meiner Hand zuckt und vibriert. Er streckt seine Hand nach mir aus und findet meine Brust. In dem Moment, da er sie ertastet und seine Hand darum schließt, bäumt er sich ein letztes Mal auf, und mit einem lauten Stöhnen kommt er.

»Fuck«, sagt er schnaufend. »Sorry, hab ich …?«

»Du hast mich nicht getroffen«, beruhige ich ihn grinsend und küsse ihn sanft – jedoch darauf bedacht, seinem Oberkörper nicht zu nahe zu kommen. »Warte.«

Ich rolle mich auf die andere Seite des Betts und taste nach meiner Tasche, in der sich eine Packung Taschentücher befindet.

»Hier«, sage ich, als ich fühle, wonach ich gesucht habe.

»Danke«, erwidert Malik. Seine Stimme klingt immer noch etwas zittrig.

Den Geräuschen nach zu urteilen, zieht er ein paar Taschentücher aus der Packung und wischt seinen Oberkörper trocken.

»Das war …« Er beendet den Satz nicht. Dann spüre ich, wie er sich zu mir umdreht. »Darf ich …?«, fragt er zögerlich und lässt seine Hand an meinem Oberschenkel entlangwandern.

Was eigentlich wie ein souveränes »Ja« klingen sollte, kommt als lang gezogenes, sehnsüchtiges Seufzen aus meinem Mund. Aber Malik versteht die Botschaft.

Er drückt mich sanft auf den Rücken und küsst mich innig und tief. Das Verlangen ist auch bei ihm immer noch da, obwohl ich ihm gerade Linderung verschafft habe. Mit der einen Hand fährt er sanft über meine Haare, während die andere sich langsam ihren Weg zu meinem Slip sucht. Dabei lässt er sie quälend langsam meine Schultern entlangwandern, über meine Brüste, die er streichelt und sanft drückt. Als er den Saum meines Höschens erreicht, merke ich, dass ich schon vollkommen bereit bin für ihn. Er verharrt einen Moment an dieser Stelle und intensiviert noch mal unseren Kuss. Ich dränge mich ihm entgegen, um ihm zu signalisieren, dass ich nicht mehr warten will. Ich weiß zwar, dass das, was ich jetzt bekomme, nicht das ist, wonach ich mich sehne, aber jede Erlösung ist besser als dieses ungestillte Verlangen, das mein Inneres zu zerreißen droht.

Um Malik meine Ungeduld deutlich zu machen, ziehe ich mir den Slip hinunter und schüttle ihn von den Füßen. Er streicht mit seiner warmen Hand über meinen Flaum, und ich erbebe. Er teilt meine Schamlippen und gleitet mit seinem Finger einmal von oben bis zu meinem Eingang. Ich keuche in freudiger Erwartung, und endlich, endlich, dringt er mit einem Finger in mich ein. Mir entfährt ein tiefes Stöhnen, das Malik mit seinen Lippen erstickt.

Während er seinen Finger in meiner feuchten Vagina auf und ab bewegt, beginnt er gleichzeitig meine Klitoris zu umkreisen, zu massieren und zu reiben. Ich kralle meine Finger ins Bettlaken. Es fühlt sich unglaublich an, Malik so nahe zu sein, ihn in mir zu wissen, auch wenn es nur sein Finger ist. Meine Atmung wird schneller, mein Schnaufen lauter, während er den Rhythmus beschleunigt. Als ich kurz vor dem Höhepunkt stehe, stößt er auf einmal mit zwei Fingern in mich, was mich fast zum Explodieren bringt. Ich stöhne vor Lust laut auf. Alles in mir zieht sich zusammen, und Malik stößt schneller und tiefer in mich. Im nächsten Moment kann ich mich nicht mehr halten, und in einem Schauer der Erlösung und Erleichterung stöhne ich meinen Orgasmus hinaus.

Langsam zieht Malik seine Finger aus mir. Er lässt die Hand noch mal über meine Vulva gleiten und umschlingt mich dann mit seinen Armen. Ich bebe immer noch, und er presst mir einen Kuss auf die Schläfe. In der vollkomme-

nen Dunkelheit liegen wir nackt und befriedigt eng beieinander. Ich merke, dass sich eine erneute Erektion gegen
meinen Hintern drückt, aber Malik sagt: »Ignorier das
einfach. Dein weißer Hintern ist einfach ein bisschen zu
viel für ihn.«

»Ist das denn der erste weiße Hintern für dich?«, frage
ich von plötzlicher Neugier getrieben.

»So unglaublich es klingt, wenn man bedenkt, wie verrückt du mich machst«, sagt er, streicht mir die Haare hinters Ohr und küsst mich dann auf meinen Hals, »dein
Hintern ist tatsächlich mein erster weißer.«

»Und dein Hintern ist mein erster *of colour*«, gebe ich
zu. »Allerdings habe ich gerade das Gefühl, dass mir ganz
schön viel entgangen ist durch meine unbewusste Selek-
tion.« Kurz habe ich wieder meine Eltern im Ohr, wie sie
von ›diesen Leuten‹ sprechen. Aber im nächsten Moment
bin ich wieder ganz bei Malik.

»Hey«, sagt er und hält mir den Mund zu. »Komm bloß
nicht auf die Idee, das jetzt alles nachzuholen. Mein Hintern *of colour* teilt nicht gern.«

Ich beiße ihn leicht in den Finger, und er gibt meinen
Mund wieder frei. »Ich kann ja auch ein bisschen was mit
dir nachholen«, sage ich.

»Das will ich hoffen«, erwidert Malik zufrieden.

Wir kuscheln uns in die Kissen, und Malik zieht die
Decke fest um uns herum. Mit dem warmen, übermächtigen Gefühl einer beseelenden Zweisamkeit und in dem Bewusstsein, dass er immer noch vor Lust vergeht, schließe
ich die Augen und warte auf einen zufriedenen Schlaf, der
mich hoffentlich nicht von Malik fort, sondern noch näher zu ihm tragen wird.

 *Malik*

12 Ein zartes Sonnenlicht, das durch den dünnen Spalt zwischen den Vorhängen fällt, weckt mich. Ich blinzle leicht, ohne meine Augen wirklich zu öffnen. Der Duft von Holz und Kaffee steigt mir in die Nase. Und von etwas anderem. Ich brauche einen Moment, um mich zu sammeln und zu verstehen, wo ich mich befinde. Im Blockhaus. Richtig. Und neben mir liegt … Zelda! Die letzte Nacht, das Spiel, unser Kuss. Auf einmal bin ich hellwach. Wow. Jetzt weiß ich auch, was der unbekannte Geruch in meiner Nase ist. Ihr Haar, das nur wenige Millimeter von mir entfernt über ihr Kissen fließt. Mein Atem beschleunigt sich. In meinem Bauch fängt irgendetwas an, wie wild zu tanzen. Ich bin bis oben hin angefüllt von einem übermächtigen Glücksgefühl, das sich einen Weg nach draußen bahnen will. In Form eines Schreis oder eines Sprungs. Irgendetwas, damit ich nicht platze.

Zeldas nackter Körper ist dicht an meinen geschmiegt. Ich spüre ihre Haut, ihre Wärme. Doch die Decke verhüllt alles unterhalb ihrer Schulter. Ich würde sie gerne genau dort küssen. Auf ihre Schulter.

Die Vorhänge verwandeln das Sonnenlicht in einen rötlichen Schein. In diesem Licht sieht Zelda absolut umwerfend aus mit ihrer sanften Blässe und ihren pinken Haaren, die gerade beinahe lila aussehen.

Mir entfährt ein leises, sehnsuchtsvolles Seufzen, während ich sie von der Seite betrachte – gänzlich unbeweglich, um sie nicht zu wecken. Ich kneife die Lippen aufeinander, damit kein weiteres Geräusch seinen Weg nach draußen findet. Aber glücklicherweise scheint Zelda einen tiefen Schlaf zu haben. Ihr Atem geht weiterhin regelmäßig.

Mit den Fingern fahre ich vorsichtig über ihre Haare auf dem Kissen. Sie sind weich und duften so gut. Zwischen meinen Beinen beginnt es schon wieder zu pochen, und ich schiebe meinen Körper vorsichtig weg von ihr. Das soll nicht das Erste sein, was sie an diesem gemeinsamen Morgen von mir spürt. Es ist seltsam. Obwohl wir letzte Nacht so viel miteinander geteilt haben, bin ich jetzt, da es draußen hell ist, schüchtern.

Ganz vorsichtig schäle ich mich aus dem Bett. Ich versuche, mit so wenigen Bewegungen wie möglich aufzustehen. Sie regt sich kurz, schläft aber weiter. Meine Klamotten liegen neben dem Bett. Ich ziehe mir meine Shorts über und sammle die restlichen Klamotten ein. Mit einem letzten Blick auf die schlafende Zelda und in Vorfreude auf alles, was noch kommt, schleiche ich mich nach draußen und hoch in mein Zimmer.

Unter der Dusche lasse ich meine Gedanken zu letzter Nacht schweifen. Was Zeldas Berührungen in mir ausgelöst haben, ist nach wie vor unglaublich. Ein Feuerwerk an mir bis dahin unbekannten Gefühlen der Erregung, der Lust und der Sehnsucht. Ich schüttle den Kopf, so unbegreiflich ist diese Situation für mich. Ein Lächeln legt sich auf meine Lippen, das sowohl Ausdruck von Faszination als auch von Seligkeit ist.

Ich drehe die Wassertemperatur runter. Eine kalte Dusche ist genau das, was ich jetzt brauche, auch wenn ich mir nicht sicher bin, ob die Lust auf Zelda jemals wieder vergeht. Das Wasser ist so kalt, dass ich keuche, als es auf meinen Körper trifft. Alles an mir zieht sich zusammen, und ich bekomme eine Gänsehaut. Solange es nur irgendwie geht, bleibe ich unter dem Wasserstrahl stehen. Als ich es schließlich nicht mehr aushalte, merke ich, dass ich zittere. Aber die Kälte hat ihren Zweck erfüllt. Ich kann wieder einigermaßen klar denken.

Ich trockne mich ab, ziehe mir meine Jeans und ein T-Shirt an und gehe wieder nach unten. An Zeldas Tür bleibe ich stehen. Ich würde ihr gern einen Kuss geben. Vorsichtig klopfe ich, doch ich erhalte keine Antwort. Ich öffne die Tür einen Spaltbreit, um zu sehen, ob sie noch schläft. Aber das Bett ist leer, und aus ihrem Badezimmer höre ich die Geräusche der Dusche. Ich bin ein bisschen enttäuscht, allerdings ist es meine eigene Schuld. Wenn man sich einfach so wegstiehlt, hat man es nicht anders verdient. Kurz ärgere ich mich über mich selbst. Aber ich hatte ehrenwerte Gründe für mein Verhalten und kann es ihr ja gleich erklären. Ich ziehe die Tür wieder zu und gehe die Treppe hinunter ins Wohnzimmer.

Der Frühstückstisch ist reich gedeckt. Rhys und Tamsin haben wirklich an alles gedacht. Neben Cornflakes gibt es frisches Obst, Toast und Marmelade. Eine Packung Orangensaft steht neben der Kaffeekanne, aus der ein betörender Duft steigt. Tamsin hat ihre Füße auf Rhys' Schoß gelegt.

»Guten Morgen«, sagt Rhys lächelnd. Er sieht glücklich aus, und ich freue mich so sehr für ihn, dass es ihm nach der harten Zeit, die er hinter sich hat, jetzt gut geht.

»Morgen«, sage ich und kann mir ein Grinsen nicht verkneifen. Ich bin unsicher, ob ich Rhys und Tamsin von den

Ereignissen der letzten Nacht erzählen darf. Wahrscheinlich sollte ich das erst mit Zelda bereden. Aber meine gute Laune zu verbergen ist eine völlig unmögliche Angelegenheit.

»Du siehst aus wie neugeboren«, sagt Tamsin. »Das kleine Zimmer scheint dir nicht geschadet zu haben.«

»Was? Ich bin einfach nur froh, dass ich mich endlich wieder komplett aufrichten kann«, sage ich, um abzulenken.

Ich setze mich an den Tisch und schenke mir eine Tasse Kaffee ein. In diesem Moment höre ich Schritte. Ich drehe mich um, und da kommt sie. Erst sehe ich nur ihre Beine, die in eng anliegenden zerrissenen Jeans stecken. Mit jedem Schritt nach unten wird durch die dünnen Streben des Geländers der Blick frei auf mehr von ihr. Mehr von Zelda. Ihre Hand auf dem Geländer, ihr schwarz-weiß-gestreiftes T-Shirt, das so kurz ist, dass es ein paar Zentimeter Haut zeigt, ihr Hals, ihr Kinn, ihre Wangen – dann sehe ich sie zur Gänze, und ich muss kurz die Augen schließen, um die Masse an Gefühl, die mich überkommt, in den Griff zu kriegen.

»Guten Morgen!«, ruft sie überschwänglich und strahlt uns an. Strahlt mich an. Unsere Blicke treffen sich, und mich durchzuckt es.

Die letzten Stufen hopst sie hinunter. Ich wüsste gern, ob sie meinetwegen so gut gelaunt ist oder ob sie morgens immer so viel Energie hat. Vermutlich Letzteres. Ich ziehe ihr den Stuhl zu meiner Rechten zurück, sodass sie sich setzen kann.

»Das ist mal ein Service«, sagt sie. »Gestern die Autotür, heute der Stuhl.« Sie grinst mich an und setzt sich. In ihrem Blick kann ich nichts lesen. Außer guter Laune ist da nichts. Ich runzle die Stirn. Vermutlich brauchen wir einfach einen Moment der Zweisamkeit, um die Dinge zwischen uns zu klären. Was hatte ich erwartet? Dass sie sich auf meinen Schoß setzt und mir ihre Zunge in den Hals steckt? Gehofft vielleicht, aber nicht erwartet.

Zelda schenkt sich Kaffee und Orangensaft ein und lässt ihren Blick über das Frühstücksangebot schweifen. Um von meiner Aufregung abzulenken, nehme ich einen Schluck Kaffee. Ich blicke konzentriert auf meinen Teller und versuche mich normal zu verhalten. Ich würde sie so gern unter dem Tisch berühren. Aber ist ihr das recht? Letzte Nacht war ihr so einiges recht. Aber heute ist heute. Und Tageslicht ändert alles. Als sie nach einer Packung Cornflakes greift, streift sie meinen Arm kaum merklich. Ich genieße die Funken, die Zeldas Berührung auf meiner Haut auslöst. Aber gleich darauf ist der Moment wieder vorbei.

»Ich habe phänomenal geschlafen«, sagt sie. »Ihr auch? Ich glaube, so eine Blockhütte wäre eine lohnende Investition. Schlafstörungen kriegt man hier draußen sicher nicht.«

»Ich habe auch geschlafen wie ein Stein«, sagt Tamsin.

»Wollen wir nach dem Frühstück noch um den See spazieren?« Zelda macht Small Talk, als wäre nichts dabei, während ich kurz davor bin, sie zu packen und zurück ins Bett zu tragen, um dort jede Menge schmutziger Dinge mit ihr anzustellen, weil ich nicht weiß, wohin mit der ganzen Gefühlsladung. Wie kann sie so tun, als wäre nichts gewesen? Hat sie ihren Kopf eingeschaltet und beschlossen, dass es doch keine gute Idee ist, mit einem vorbestraften Fremden aus Poorley rumzumachen?

»Das hatten wir auch schon überlegt«, sagt Tamsin, die

sich gerade eine Scheibe Toast buttert. »Rhys und ich sind auf jeden Fall dabei.«

»Ich auch«, beeile ich mich zu sagen, obwohl ich lieber mit Zelda allein wäre, während Rhys und Tamsin um den See laufen. Ich muss wissen, woran ich bin!

Als wir fertig gefrühstückt haben, macht sich Zelda daran, den Tisch abzuräumen. Tamsin hat noch nicht geduscht und geht nach oben, um sich fertig zu machen.

»Ich bin mal eben vor der Tür. Muss Amy anrufen und fragen, ob ich heute Abend noch vorbeikommen kann«, sagt Rhys. Er zieht sich seine Schuhe an und geht nach draußen.

Zelda steht an der Spüle, ihre beiden Hände in einem Schaumberg versenkt. Nachdem ich mich vergewissert habe, dass wir allein sind, stelle ich mich neben sie. Ich räuspere mich.

»Wegen gestern«, beginne ich, halte dann inne, als sie den Kopf hebt und mich mit ihren klaren blauen Augen ansieht.

»Wegen gestern?«, sagt sie und blickt mich fragend an.

»Ich fand es …« Mir fehlen die Worte, um zu beschreiben, wie umwerfend toll ich es fand.

In diesem Moment geht die Tür wieder auf, und Rhys kommt zurückgestiefelt.

»Mailbox«, sagt er, und ich würde ihn am liebsten wieder zur Tür hinausschieben.

»Ich trockne ab«, biete ich heiser an. Ich bin maßlos enttäuscht, dass wir keine Zeit hatten, miteinander zu sprechen.

Von der Kücheninsel schnappe ich mir ein Geschirrtuch und nehme Zelda den Teller aus der Hand. Aus dem

Augenwinkel sehe ich, wie sie sich auf die Lippe beißt. Ihre Wangen sind rot, und ihr Mundwinkel zuckt nach oben. So, als würde sie versuchen, ein Lächeln zu unterdrücken. Was hat das zu bedeuten?

»Ist ein hammer Tag. Richtig warm«, sagt Rhys und lässt sich in einen der Sessel fallen. »Ich hoffe, Tamsin beeilt sich ein bisschen.«

»Mhm«, sage ich, weil ich damit beschäftigt bin, das Kitzeln und Ziehen in meinem Bauch zu begreifen.

Zelda

13 Es ist tatsächlich ein traumhaft schöner Tag. Die Temperaturen sind bestimmt über zwanzig Grad geklettert. Im leichten Wind kräuselt sich das Wasser des Sees, der in der Sonne glitzert. Das Schilf am Rand wogt hin und her, und ab und zu hört man einen Vogel schreien.

Anders als gestern sind Tamsin und Rhys heute sehr darauf bedacht, mit uns zusammen zu gehen. Vielleicht wollen sie uns nicht das Gefühl geben, dass wir sie stören, vielleicht hatten sie auch wirklich erst einmal genug Zweisamkeit, jedenfalls laufen wir zu viert. Dabei hätte ich gern Gelegenheit, mit Malik zu sprechen. Ich muss wissen, was das zwischen uns ist. War es eine einmalige Sache? Und wenn ja, wie soll das auszuhalten sein? Als er heute Morgen nicht neben mir lag, hatte ich sofort so ein komisches Gefühl. Andererseits war letzte Nacht eigentlich zu toll, um sie nicht wiederholen zu wollen.

Statt mit ihm zu sprechen, erinnere ich mich noch mal an sein Geständnis von letzter Nacht. Bewaffneter Raubüberfall, Fluchtauto. Das sind Begriffe, die bis zu dem Moment, da er sie aussprach, mein Leben niemals berührten. Finde ich es schlimm? Habe ich Angst? Ich versuche in mich hineinzuhorchen, aber eine Sache weiß ich ganz bestimmt: Angst habe ich vor Malik nicht.

Ich bin so in Gedanken, dass ich nicht mitkriege, worüber die anderen reden.

»Alles klar?«, fragt Tamsin auf einmal.

Ich blicke mich erschrocken zu ihr um. »Ja, entschuldige. Ich bin nur in Gedanken«, sage ich. Ein schneller Blick zu Malik sagt mir, dass er es ebenfalls mitbekommen hat.

»Wegen deiner Eltern?«, fragt sie.

»Was ist mit deinen Eltern?«, schaltet sich nun auch Malik ein. Er sieht besorgt aus.

»Nichts. Nein, alles in Ordnung. Es geht um diesen blöden Essay, der mir zu schaffen macht«, lenke ich ab. Tamsin gibt sich damit zufrieden, aber Malik, der ganz genau weiß, was mich beschäftigt, sucht nun immer wieder meinen Blick. Allerdings kann ich seinen Gesichtsausdruck anders als gestern Abend nicht deuten. Es ist nicht so, dass er sich verändert hätte. Wenn er mich ansieht, glaube ich die gleiche Sanftheit zu erkennen. Die gleiche Zuneigung. Und doch bin ich unsicher. Ist er unsicher? Sollten wir unsicher sein? Es hat auf der Welt sicher schon Verbindungen gegeben, die unter besseren Vorzeichen standen als etwas, das zwischen uns passieren könnte.

An einer flachen Stelle am Ufer setzen wir uns. Rhys lässt Steine springen, Tamsin schließt die Augen und neigt ihr Gesicht der Sonne entgegen. Zwischen Malik und mir liegt sicher ein ganzer Meter, und ich versuche, ihn nicht anzusehen. Ich will ihn zu nichts drängen. Wenn er die Schwierigkeiten ebenfalls voraussieht, ist es vielleicht so am besten.

Er räuspert sich, als würde er etwas sagen wollen, doch er bleibt stumm. Plötzlich legt sich eine große, warme Hand auf meine und drückt einmal fest zu. Es ist eine kleine Geste, die doch so viel bedeutet. Ich blicke zu ihm auf, und er lächelt mich an. Und da ist sie wieder: die Anziehung, die wir gestern gespürt haben. Sie ist in seinen Augen, ich kann sie sehen. Sofort sind alle Zweifel, die ich je hatte, wie weggeblasen. Eine ungeheure Erleichterung durchströmt mich. Also ist es nicht vorbei.

Auf dem Rückweg zur Hütte bin ich wesentlich gesprächiger und gelöster, auch wenn ich weiß, dass Malik und ich dringend sprechen müssen.

Es ist eine absolute Schande, dass das Wochenende zu Ende gehen muss. Dieser Ort und alles, was ich damit verbinde, ist so bezaubernd, dass es mir schwerfällt, davon Abschied zu nehmen.

»Sollen wir zusammen zurückfahren, Zelda?«, fragt Tamsin. »Ist vielleicht praktischer.«

O nein, damit hatte ich nicht gerechnet. Ich war davon ausgegangen, dass ich mit Malik auf der Rückfahrt würde reden können. Ich blicke zu ihm, und er schüttelt kaum merklich den Kopf.

»Nein, danke«, sage ich. »Ich fahre mit Malik.«

Er lächelt breit, und mein Herz hüpft.

»Okay?«, sagt Tamsin in fragendem Tonfall. »Mir soll's recht sein.«

Wir beladen schweigend die Autos. Dann verabschiede ich mich von Tamsin und Rhys. Ich bedanke mich für das schöne Wochenende und flüstere Tamsin ins Ohr: »Ich rufe dich nachher an.«

Tamsin wendet meinen Mini. Wir folgen ihr und Rhys über den Waldweg auf die Landstraße.

»Tut mir leid, dass ich heute Morgen nicht geblieben bin, bis du aufgewacht bist«, sagt Malik. »Ich hätte nicht gehen sollen. Das war dumm.«

Ich blicke zu ihm auf. »Das muss dir nicht leidtun.

Wenn du es dir anders überlegt hast, dann verstehe ich das.«

»Wie meinst du das?«, fragt er.

»Na ja, gestern Nacht war toll, aber wahrscheinlich hast du recht. Wahrscheinlich ist es kompliziert.«

»Wann habe ich gesagt, dass es kompliziert ist? Ist es dir zu kompliziert?« Er klingt regelrecht panisch.

»Du hast es nicht gesagt, aber das wäre der einzige Grund, den ich gelten lassen würde«, sage ich entschuldigend.

»Bist du bescheuert? Willst du wissen, was der Grund war? Ich hatte einen Mordsständer, und es war mir peinlich. Deswegen bin ich duschen gegangen. Kalt.«

»Oh«, bringe ich hervor.

»Ich denke nicht, dass es kompliziert ist. Ich denke, dass es sehr schön ist. Aber jetzt bin ich ein bisschen unsicher, um ehrlich zu sein. Ich würde es verstehen, wenn dir meine Geschichte zu viel Ballast ist.«

»Nein!«, sage ich sofort voller Überzeugung. »Es ist mir nicht zu viel Ballast.« Ich bin mir nicht ganz sicher, ob das stimmt, aber es ist mir egal. Ich bin in Maliks Gegenwart so entspannt, dass mich der Ballast mal gernhaben kann. »Bitte entschuldige. Ich war nur verunsichert wegen heute Morgen.«

»Meinetwegen?«, fragt er, während er den Wagen aus dem Wald raus auf die einspurige Asphaltstraße lenkt.

»Ja, deinetwegen. Und wegen der Realität. Weißt du, gestern, da gab es nur uns beide. Ich hatte das Gefühl, dass nichts Schlimmes passieren kann. Jemals. Als wäre das mit uns vakuumverpackt oder so.«

Malik lacht. »Und sobald die Packung Risse bekommt, haben wir ein Ablaufdatum?«, fragt er.

»Hm.« Ich denke einen Moment nach. »Vielleicht ist das die Angst, ja. Die Wirklichkeit neigt dazu, Dinge kaputt zu machen.« Plötzlich habe ich ein ganz seltsames Gefühl. Mir war gar nicht richtig bewusst, was eigentlich mein Problem war. Ich habe meine Unsicherheit auf Maliks Verhalten und seine Vergangenheit geschoben. Aber es ist nicht nur das. Langsam dämmert mir, dass das hier wirklich nicht mit meinem Doppelleben vereinbar sein könnte.

»Wie kommst du denn auf so etwas?«, fragt Malik.

Ich will noch nicht zulassen, dass meine Gedanken zwischen uns stehen. Deswegen sage ich: »Ach, du weißt schon. Alltag und so.«

Ich nehme Maliks große Hand in meine und drücke sie.

»Zelda«, sagt Malik ruhig. »Wir sehen einfach, was passiert, in Ordnung? Wir gehen einen Schritt nach dem anderen. Wann immer dich etwas stört oder bedrückt, reden wir darüber. Ich mache dir keinen Druck.«

Ich blicke ihn an, doch er hat die Augen starr auf die Straße gerichtet. Ich weiß nicht, was ich darauf antworten soll. Alles, was er sagt, ist so großzügig, verständnisvoll und wunderschön zugleich, dass ich das Gefühl habe, zwischen uns könne es gar keinen Platz für Probleme geben. In Maliks Gegenwart schrumpfen alle Sorgen zu etwas komplett Unbedeutendem zusammen. Zu etwas, das man mit dem Fuß vor sich her kicken kann, wie die Kiesel auf unserem Weg.

»Wenn du möchtest, könnte der nächste Schritt beispielsweise sein, dass ich nächstes Wochenende etwas für dich koche«, sagt er nach einer kleinen Weile.

»Das würde mir gefallen«, sage ich. »Mit Nachtisch?«

»Natürlich mit Nachtisch«, erwidert Malik und lächelt. »Hast du Samstagabend schon etwas vor?«

Samstagabend ist das bescheuerte Charity-Event, zu dem mich meine Mutter zwingt. »Verdammter Mist, ja. Ich habe meiner Mom versprochen, mit ihr zu dieser Sache zu gehen.«

»Sonntag?«, fragt er.

»Sonntag klingt perfekt.«

»Dann ist es ein Date«, sagt Malik. Nach einer kurzen Pause fügt er hinzu: »Natürlich nur, wenn du das willst.«

Mir wird ganz warm. »Sehr gerne.«

Malik nimmt meine Hand und führt sie an seine Lippen. Er presst einen Kuss darauf, und meine Haut fängt Feuer.

»O Mann, würde ich dich gern küssen«, sagt er.

Als wir auf den Highway nach Pearley fahren, öffne ich eine Packung Kekse, die noch von der Hinfahrt übrig ist.

»Darf ich dich darum bitten, mir diesmal nichts in den Schoß zu werfen?«, fragt Malik. »Ich glaube nicht, dass ich es jetzt gut verkraften würde.«

»Ich kann mich gerade so beherrschen«, sage ich lachend und schiebe mir einen Keks in den Mund.

Wir fahren eine Weile schweigend, lassen das Wochenende hinter uns. Die Landschaft rauscht an uns vorbei. Nach wie vor folgen wir Tamsin und Rhys, sodass wir uns nicht die Mühe machen müssen, auf die Karte zu sehen.

Ich betrachte Malik aus dem Augenwinkel. Es ist kaum zu glauben, was sich von unserer Anreise bis zu diesem Moment alles verändert hat. Zwischen uns herrscht eine neue Vertrautheit, nachdem wir uns ausgesprochen haben. Nun ist da diese intensive Gespanntheit auf das, was kommen wird. Malik schaut geradeaus, aber ich bin mir sicher, dass er merkt, wie ich ihn ansehe. Ich lasse meinen Blick über sein Gesicht wandern und erinnere mich an das Gefühl seiner Haut unter meinen Fingern. Seine Mundwinkel zucken nach oben, und für einen kurzen Augenblick sieht er zu mir herüber.

»Was?«, fragt er amüsiert.

»Ich sehe dich nur an.«

»Ja, das merke ich. Aber warum?«

»Weil es mich froh macht«, sage ich. Ich bin mir der Tatsache bewusst, dass es seltsam klingt, aber es ist die Wahrheit.

Malik lächelt jetzt breiter. Er tastet mit seiner Hand nach meinem Oberschenkel und lässt sie dort liegen.

Die Stimmung im Auto ist vollkommen friedlich. Wir sprechen nicht viel, sitzen einfach nur selig nebeneinander, überwältigt von unserem Wochenende, von den Gefühlen, die wir füreinander haben. Malik würde vermutlich lachen, wenn ich ihm jetzt sagen würde, dass ich perplex bin. Aber das ist das Wort, das am ehesten beschreibt, wie ich mich fühle. Überrannt von der Schönheit.

Ich wünschte, wir könnten für immer zusammen in Maliks Auto sitzen. Es ist wie ein Kokon, der uns vor der Außenwelt schützt. Nichts Böses kommt hier herein.

Langsam setzt die Dämmerung ein. Die Autoscheinwerfer beleuchten den Asphalt, der sich vor uns erstreckt und den wir Meile für Meile hinter uns lassen.

»Magst du vielleicht noch mal das Lied abspielen, zu dem du getanzt hast?«, fragt Malik irgendwann.

Da es in seinem alten Ford nur ein Kassettenfach gibt, spiele ich den Song von meinem Handy ab.

»Das war ein Moment, den ich nie wieder vergessen werde. Du warst so schön. So sehr du selbst«, sagt Malik.

Ich merke, wie ich rot werde. Es hat mich einiges an

Überwindung gekostet, mich so verwundbar zu machen. Es war ein Risiko, und ich kann mich nicht mehr erinnern, was genau mich dazu veranlasst hat, es einfach zu tun. Wahrscheinlich habe ich in jenem Moment das erste Mal diese innige Verbindung zwischen Malik und mir gespürt. Ich wusste, dass ich ihm vertrauen kann. Den Rest hat dann mein seltsamer Verstand gemacht, der mir spontan Dinge einflüstert.

Der Augenblick, in dem wir die Ausfahrt nach Pearley nehmen, lässt meine Eingeweide einfrieren. Natürlich wusste ich, dass wir nicht für immer in unserem Kokon bleiben würden, aber bald ist das Wochenende vorbei. Und damit die Möglichkeit, all meine Probleme zu verdrängen. Malik bleibt mir, das weiß ich. Aber wie vereinbar ist mein Leben mit ihm? Wie kann ich am Wochenende Perücken tragen und unter der Woche Maliks Freundin sein? Wie kann ich Malik vor meinen Eltern schützen? Vor Menschen, die glauben, nur weil sie hellere Haut haben, sind sie mehr wert? Mir wird ein bisschen schlecht, und ich fahre mir mit der Hand durchs Gesicht. Das sind Dinge, über die ich mir Gedanken machen muss. Tamsin wird mir helfen. Ich brauche ihren schlauen Kopf und ihren Mut.

Nach einer Weile biegt Malik in meine Straße ein. Direkt vor meinem Haus ist ein Parkplatz.

»Das war ein ziemlich tolles Wochenende«, sagt er und dreht sich zu mir.

»Das war es«, erwidere ich. »Ich würde dich gerne fragen, ob du noch mit raufkommst ...«, beginne ich.

»... aber du musst dich erst sortieren, und ich muss morgen irre früh aufstehen, deswegen ist es keine gute Idee?«

»Wenn du es so sagst, ist es wahrscheinlich wirklich keine gute Idee.«

»Es ist die absolut perfekteste Idee, seit es Ideen gibt«, sagt Malik. »Aber wenn du willst, kann ich heute der Vernünftige von uns beiden sein. Unter der Bedingung, dass du das beim nächsten Mal übernimmst?«

»Ich weiß nicht, ob ich dafür die Richtige bin. Aber ich kann versprechen, dass ich es versuche.« In mir zieht es sich schmerzhaft zusammen bei dem Gedanken daran, dass wir uns jetzt verabschieden werden. Es ist nur für ein paar Tage. Und es ist absolut albern, deswegen traurig zu sein. Aber es ist eben mehr als das. Es ist der Moment, in dem die Komplikationen beginnen.

»Du bezauberst mich, Zelda«, sagt Malik sanft und nimmt mein Gesicht in seine großen Hände. »Ich freue mich auf alles, was kommt.«

In meinem Hals bildet sich ein dicker Kloß, den ich versuche hinunterzuschlucken. Ich sehe ihm in die Augen. In seinem Blick liegt so viel. Zärtlichkeit. Neugierde. Hoffnung und Glück. Ich schlinge meine Arme um seinen Hals und ziehe ihn ganz nah an mich. Inhaliere seinen Geruch, versuche mir genau einzuprägen, wie er sich anfühlt. Dann küssen wir uns zum Abschied. Es ist ein langsamer Kuss, ein sehnsüchtiger. Einer, mit dem wir uns versichern, dass diese Sache real ist – und wertvoll.

»Danke«, sage ich, als wir uns voneinander lösen. »Danke für das schöne Wochenende.«

Malik grinst. »Nichts zu danken.«

Wir steigen beide aus. Er hebt meine Tasche aus dem Kofferraum und reicht sie mir. Im Licht der Straßenlaterne vor meinem Haus schimmert sein Gesicht. Seine Augen sind noch dunkler als sonst.

»Wir sehen uns nächsten Sonntag.« Er streckt seine Hand aus und streicht mir sanft eine Haarsträhne hinter das Ohr.

»Ich freue mich auf dich«, sage ich mit fester Stimme und versuche, dabei fröhlich und locker zu klingen.

Malik knallt den Kofferraum fest zu und tritt einen Schritt zurück. »Also dann«, sagt er mit einem Lächeln im Gesicht.

»Also dann.« Ich gehe langsam rückwärts auf meine Tür zu, ohne den Blick von ihm abzuwenden.

»Es hat mich gefreut, Zelda.« Er zieht die Fahrertür auf.

»Es war mir ein Fest, Malik.« Ich stecke den Schlüssel in meine Haustür.

»Bis Sonntag.« Mit diesen Worten steigt er ins Auto.

Als Malik den Motor anlässt, flüstere ich: »Bis Sonntag.« Mit einer für meinen Geschmack etwas zu theatralischen Geste fasse ich mir an meine Brust. Aber nur, weil es dort drin tatsächlich ein wenig sticht.

 *Malik*

14 Es ist noch nicht sonderlich spät, aber ich liege bereits im Bett. Schließlich muss ich morgen wieder in aller Herrgottsfrühe aufstehen. Obwohl ich eigentlich erschöpft bin und erwartet hatte, sofort einzupennen, starre ich mit offenen Augen in die Dunkelheit meines Zimmers. Durch das weiße Stück Stoff, das ich provisorisch vor mein zugiges Fenster gehängt habe, dringen die blassen Lichter der Nacht und lassen mich an Zelda denken. Aber es ist nicht nur mein Kopf, der jede Erinnerung an sie wieder und wieder wachruft, sondern mein gesamter Körper.

Ein Teil von mir hatte gehofft, dass Rhys heute nach Hause kommen würde. Ich hätte ihm gern alles erzählt, um es realer zu machen. Die Tatsache, dass all diese Gefühle nur in mir sind, vermittelt mir den Eindruck, dass es lediglich ein wunderschöner Traum war. Was ich brauche, ist eine Bestätigung. Es laut auszusprechen würde helfen. Denn wenn ich weiter alles in mir halte, sprudle ich irgendwann über.

Ich greife mir mein Handy von der schmucklosen weißen Kommode hinter meinem Bett.

Schläfst du schon?, tippe ich in mein Handy und schicke die Nachricht an Jasmine.

Schön wär's, kommt sofort als Antwort zurück. *Ebony hat Husten, und ich bin aufs Sofa gezogen, damit ich ein bisschen Ruhe habe.*

Bei dem Bild einer schlecht gelaunten Jasmine im Wohnzimmer muss ich schmunzeln. Gleichzeitig sorge ich mich um Ebony. Sie ist oft krank. Es ist nie etwas Schlimmes, aber ihr Immunsystem scheint nicht so gut zu sein wie das der anderen.

Ich muss dir was erzählen, schreibe ich.

Ein Geheimnis?, fragt sie.

Kein Geheimnis, aber du bist die Erste, die es erfährt.

Aufregend! Erzähl!

Ich habe jemanden kennengelernt. Mein Herz schlägt schnell, als ich die Nachricht in mein Handy tippe. Wie automatisch zucken meine Mundwinkel nach oben.

Ooooooooooooh!, schreibt Jasmine und schickt einen anzüglich grinsenden Smiley hinterher. Dann: *Erzähl mir alles. Wie heißt sie? Wie alt ist sie? Wie sieht sie aus? Was macht sie? Woher kennst du sie?* Nicht zum ersten Mal bin ich verblüfft, wie schnell Jasmine tippen kann.

Sie heißt Zelda, schreibe ich. *Sie ist eine Freundin von Tamsin. Rhys' Freundin. Du erinnerst dich?*

Ja. Sie schickt ein Emoji, das die Augen verdreht. Jasmine hat eine kleine Schwäche für Rhys und war gar nicht glücklich, als ich ihr erzählt habe, dass er eine Freundin hat. *Wann stellst du sie uns vor?,* fragt sie.

Wenn ich mir sicher sein kann, dass ihr sie nicht gleich verschreckt, antworte ich.

Witzig, kommt es von Jasmine zurück. *Also nie?* Als ich nicht sofort antworte, beginnt sie wieder zu tippen. Ich warte ab, aber dann hört sie wieder auf. Jetzt schreibt sie wieder. Und erneut bricht sie ab. Als mein Handy schließlich vibriert, steht da: *Bist du glücklich?*

Ich schmunzle. Denn ja, das bin ich. *Sehr glücklich,* schreibe ich.

Dann bin ich auch glücklich, antwortet Jasmine und schickt ein Herz hinterher.

Mein einziger Lichtblick im Hotel ist Lenny, der versucht mir zu helfen, so gut er kann. Aber er wird ebenso wie ich richtig geknechtet. Die Stimmung in der Küche ist gehetzt, unfreundlich und laut. Ich bin schnell, aber oft nicht schnell genug. Die Aufgaben, die mir übertragen werden, sind einerseits einfach, weil sie abgesehen von Schnelligkeit und Geschick mit dem Messer nicht viel erfordern. Andererseits finden Alec und vor allem Clément ständig etwas auszusetzen. Ich bemühe mich, den Ansprüchen gerecht zu werden, aber unter Zeitdruck und mit dem ständigen Gefühl, beobachtet zu werden, passieren mir mehr Ungenauigkeiten als nötig.

Heute ist die Stimmung besonders mies. Eine Lieferung war nicht nach Cléments Geschmack, weswegen das Menü für einen Kongress mit dreihundert Gästen auf den letzten Drücker noch geändert werden musste. Seither kann es ihm niemand mehr recht machen.

»Und welcher Idiot hat die Kartoffeln geschält?«, plärrt Clément jetzt über den allgemeinen Trubel hinweg.

Ich bin jedes Mal heilfroh, wenn nicht ich derjenige war, der einen Fehler gemacht hat. Der Küchenjunge, der den ganzen Vormittag damit verbracht hat, Kartoffeln zu schälen, wird ganz blass. Wir arbeiten alle unter Hochdruck, weil das Begrüßungsbankett heute Abend eine wichtige Angelegenheit ist.

»Schalenreste!«, brüllt Clément. »Bist du blind?« Er pfeffert eine Kartoffel in die Richtung des Jungen. Dieser duckt sich im letzten Moment weg, sodass das Wurfgeschoss eine Delle im Edelstahl des Kühlschranks hinterlässt. Wir anderen sind bemüht, die Szene zu ignorieren. Denn nichts ist schlimmer, als mitleidige Blicke zu bekommen.

»Raus aus meiner Küche! Pfeifen wie dich können wir hier nicht gebrauchen!«, keift Clément. Und als der Junge sich vor Angst nicht vom Platz bewegt, ruft er: »Wird's bald?«, und wirft eine weitere Kartoffel in dessen Richtung.

Der Küchenjunge läuft unsicher auf die Tür zu.

»Lass das Messer da«, bellt Clément. »Und die Schürze ist auch Eigentum des Hotels. Oder sollen wir in dein Arbeitszeugnis neben ›Unfähigkeit‹ auch noch ›Diebstahl‹ schreiben?«

Zitternd geht der Junge zurück zu seiner Arbeitsplatte. Er legt das Messer, mit dem er bis gerade eben noch Petersilie gehackt hat, auf die Arbeitsplatte und löst die Schürze. Dann rennt er hinaus. Ich schließe die Augen. Dass Clément ein Arschloch ist, weiß ich seit dem ersten Tag. Aber seine Ausbrüche sind trotzdem jedes Mal schockierend. Und dass er jetzt auch noch Leute wegen eines einzigen Fehlers entlässt, macht nicht unbedingt Mut.

»Hey, du«, bellt er jetzt in unsere Richtung. Alle Köpfe, die an unserer Protoocheninsel arbeiten, blicken angsterfüllt zu ihm. »Ja, du. *Pain noir*. Kontrollier die Kartoffeln. Und zwar ein bisschen plötzlich, sonst passiert etwas. Und du, *jambon blanc*, übernimmst das Buttergemüse.« Er beginnt zu lachen. Es ist ein abstoßendes Geräusch. »*Pain noir* und *jambon blanc*. Das sind ab jetzt eure Namen. Passt gut. Schwarzbrot und Schinken.«

Lenny wirft mir einen Blick zu, der so viel bedeuten soll wie »Reiß dich bloß zusammen, wenn du deinen Job behalten willst«. Er kommt um die Kücheninsel herum und nimmt mir das Messer aus der Hand.

»Mach kein Fass auf«, sagt er leise durch zusammengebissene Zähne.

Obwohl ich Clément aus tiefstem Herzen verabscheue,
weiß ich, dass Lenny recht hat. Er sitzt am längeren Hebel.
Dieser Job ist meine Chance, es allen zu beweisen. Also
halte ich meinen Mund und mache mich daran, die Tonnen von Kartoffeln auf Schalenreste zu kontrollieren.

Während ich Kartoffel für Kartoffel untersuche und
feststelle, dass sie einwandfrei geschält wurden, versuche
ich meine Gedanken auf etwas Positives und Schönes zu
lenken. Etwas, das mich froh macht. Das mich Clément
und seine Demütigungen vergessen lässt. Zelda.

Zelda

15 »Oh, oh«, sagt Tamsin mit einem Blick auf meine schwarz lackierten Fingernägel. »Was ist los?«

Wir sitzen nebeneinander in unserem Lektürekurs – eine weitere Veranstaltung, für die ich nicht brenne und die ich nur belegt habe, damit Tamsin und ich wenigstens eine Veranstaltung zusammen haben. Ich kann ihn mir nicht einmal anrechnen lassen. Der Lektürekurs am Mittwoch und die daran anschließende halbe Stunde, die wir entweder in einem Café oder einer Bar in der Nähe verbringen, ist der einzig feste Termin, an dem wir uns sehen. Außerdem ist der Dozent McPerfect – der eigentlich Sam McPhearson heißt –, ein ziemlich gut aussehender Doktorand und gleichzeitig Tamsins bester Freund. Zumindest war er das, bis er sie geküsst hat. Seither ist die Stimmung zwischen ihnen ein bisschen unterkühlt. Vor allem, weil er wohl wirklich Gefühle für sie hatte. Aber man merkt, wie es von Woche zu Woche wieder leichter wird.

»Ich mache mir das Leben schwer«, sage ich auf ihre Frage.

In den letzten Tagen habe ich mal wieder mein Studium vernachlässigt und stattdessen viel zu viel über meine Situation nachgedacht. Über meine Eltern und ihre Erwartungen. Über meine Wünsche. Über Malik. Ich habe Listen gemacht, auf deren einer Seite sein Name steht. Und auf der anderen Seite alles, was es unmöglich macht, mit ihm zusammen zu sein. Ich habe Gedanken gewälzt, hin und her überlegt.

»Ist es wegen Malik?«, fragt Tamsin wissend und holt ihre Ausgabe von Bram Stokers *Dracula* aus der Tasche, seit zwei Wochen Gegenstand unserer Diskussionen.

Ich habe ihr bereits am Sonntagabend am Telefon alles erzählt. Von dem Spiel, meinem Tanz, unseren Küssen. Von unserer Nacht und der Unbegreiflichkeit des Glücks, das er in mir hervorruft. Aber auch von der Unmöglichkeit, mit ihm zusammen zu sein. Dafür hatte sie allerdings wenig Verständnis. Vermutlich zu Recht.

»Ich denke seit unserem Abschied an nichts anderes als an ihn«, sage ich. »Ich verstehe gar nicht, was da mit mir passiert. Ohne Witz, Tamsin, das ist das Unglaublichste, was ich je erlebt habe.«

Sie grinst. »Und was ist dann das Problem?«

»Du weißt genau, was das Problem ist. Ich führe ein Parallelleben. Kann sein, dass ich Arush und Leon etwas vorspielen kann. Aber bei Malik will ich das nicht.«

In diesem Moment betritt McPerfect den Raum. Sofort verstummen alle. Nur Tamsin flüstert weiter.

»Das solltest du auch nicht, schätze ich. Das wäre nicht fair.«

»Aber dann muss ich es stoppen. Und die Kraft habe ich nicht.« Allein der Gedanke daran schnürt mir die Luft ab.

»Ich würde an deiner Stelle ein bisschen Druck rausnehmen«, sagt Tamsin leise. »Ihr müsst ja nicht gleich vor den Traualtar treten. Und wenn du feststellst, dass Malik die Liebe deines Lebens sein sollte, kannst du immer noch überlegen, wie du damit umgehst.«

»Tamsin, Zelda, lasst ihr uns an eurem Gespräch teilhaben?«, sagt McPerfect, und wir verstummen sofort. Die anderen Studentinnen sehen uns missbilligend an. Es ist erstaunlich, dass der Lektürekurs so gut besucht ist, obwohl es keine Pflichtveranstaltung ist. Wobei, wenn man bedenkt, dass neunzehn der zwanzig Teilnehmer weiblich sind, ist es vielleicht gar nicht mal so überraschend. Sie wenden sich jetzt wieder mit schmachtenden Blicken Sam zu. Tamsin stöhnt leise und verdreht die Augen. Sie kennt Sam seit ihrer Kindheit.

»Gönn ihm doch die Aufmerksamkeit«, flüstere ich und grinse.

»Es scheint, als würde Zelda uns gerne ihre Gedanken zu *Dracula* erläutern«, sagt Sam und blickt mich streng an. Ich erröte.

Ich weiß, dass wir letztes Mal über *Dracula* als gotischen Roman gesprochen haben. Aber so richtig viel zu sagen hatte ich zu dem Thema nicht.

»Äh«, stottere ich. Ich will mich vor Sam nicht blamieren. Und gleichzeitig soll er auch nicht das Gefühl haben, dass ich mich nicht für seinen Kurs interessiere. »Eigentlich …« Ich weiß nicht, was ich sagen soll, also spreche ich über das Erste, was mir einfällt. »Eigentlich geht es doch vor allem um Sex.«

Hinter mir prustet eine Studentin los. Ein paar andere kichern.

»In welcher Hinsicht?«, fragt Sam.

»Na ja, all das Verbeißen in nackte Frauenhälse. Das Saugen.«

Wieder kichern Studentinnen.

»Da ist auf jeden Fall etwas dran«, sagt Sam und lächelt mir zu. Damit habe ich nun den Neid der anderen auf mich gezogen. Denn mit seinen braunen welligen Haaren, die ihm immer wieder in die Stirn fallen, und der sexy

Dozenten-Brille ist es nicht unbedingt leicht, seinem Charme zu widerstehen.

»An einem Charakter lässt sich dieses sexuelle Selbstbewusstsein besonders gut beobachten«, sagt Sam, und eine groß gewachsene blonde Schönheit vor mir seufzt.

»An Lucy«, meldet sich Tamsin zu Wort. »Solange sie menschlich ist, ist sie der Inbegriff der viktorianischen Tugendhaftigkeit. Aber in ihrer Transformation zur Vampirin entdeckt sie die eigene Lust.«

»Sehr gut, Tamsin«, sagt Sam und schenkt auch ihr ein Lächeln.

»Man könnte doch eigentlich sagen, dass die Szene, in der Arthur Lucy pflockt, die verpasste Hochzeitsnacht zwischen ihnen ersetzt, oder?«, füge ich ein bisschen unsicher hinzu.

»Wie meinst du das?«, fragt Sam.

»Na ja, der Akt des Pfählens an sich …«

»Die Tatsache, dass Lucy aufstöhnt …«, sagt Tamsin und blättert in ihrer Ausgabe, um die Stelle zu finden.

»Sehr gut, sehr gut«, sagt Sam begeistert.

»Dadurch kehrt sich die Sadisten-Rolle des Vampirs um. Lucy kommt mir beinahe masochistisch vor«, sagt Tamsin. »Schließlich ist es offensichtlich, dass sie Lust empfindet.«

»Und Lucys potenzielle Opfer können guten Gewissens ihren Sadismus auskosten, weil sie die Vampirin unschädlich machen«, sage ich.

»Wie praktisch. Die tugendhafte Lucy, die so rein war, erfüllt also am Ende nicht nur die Sehnsucht nach dem braven Frauchen, sondern auch die sadistische Lust«, sagt Tamsin.

Sam grinst. »Will noch jemand etwas zu diesem Thema sagen?«

Nach dem Kurs kommt Sam zu uns. »Geht ihr noch etwas trinken?«, fragt er.

»Wir wollten noch ins *Pearls*«, antwortet Tamsin.

»Wenn ihr nichts dagegen habt, komme ich mit«, sagt Sam.

Tamsin macht große Augen. Das ist das erste Mal seit ihrem Kuss, dass er etwas mit uns trinken gehen will.

»Wie? Du hast heute gar kein Date?«, frage ich herausfordernd.

»Witzig.« Sam tut so, als würde er mir seine *Dracula*-Ausgabe auf den Kopf schlagen.

Kurz darauf betreten wir zu dritt das *Pearls*. Unter den Studenten ist das Campus-Café sehr beliebt, auch wenn es mit den Plastikstühlen und ramponierten Tischen nicht unbedingt das stylishste ist. Aber die Kaffeepreise sind unschlagbar, und abends finden oft Veranstaltungen statt, die auf bunten Plakaten angekündigt werden: Poetry Slams, Jam Sessions, Diskussionen und Konzerte, alle von Studenten organisiert.

Sam besorgt uns drei Gläser der berühmten hausgemachten Limonade, während Tamsin und ich uns an einen Tisch am Fenster setzen, von wo aus man einen Blick über die Wiese vor dem Hauptgebäude hat. Wir nehmen unsere Unterhaltung von vorhin wieder auf.

»Du meinst also, ich soll die Sache mit Malik auf mich zukommen lassen«, fasse ich noch mal zusammen.

»Die Sache mit Malik?«, fragt Sam, der die Getränke auf den Tisch stellt und sich setzt.

»Die Sache mit Malik«, stelle ich sachlich fest und fasse zusammen: »Heißes Rumgeknutsche und Gefühlsverwirrung.«

Bei den letzten Worten blickt Sam kurz zu Tamsin, aber

sie merkt es glücklicherweise nicht. Er reibt sich mit der Hand über seine Bartstoppeln.

»Spannend«, sagt er dann. »Und was tust du gegen die Verwirrung?«

»Wir diskutieren gerade das Druck-Rausnehmen«, sagt Tamsin.

Ich lächle. Druck rausnehmen klingt gut. Genau das hat Malik auch gesagt.

»Gute Methode«, sagt Sam und hält seine Limonade hoch, um mit uns anzustoßen.

Wir lassen die Gläser gegeneinanderklirren.

»Aufs Druck-Rausnehmen«, sage ich so überzeugend, wie ich kann.

Mir ist ein bisschen leichter ums Herz. Tamsin ist einfach ein Phänomen. Sie ist immer der glücklichen Überzeugung, dass sich alles fügt. Nicht, weil sie an Schicksal glaubt, sondern weil sie für sich entscheidet, was für ein Leben sie führen will. Ich wünschte, ich könnte das auch. Wenigstens kriege ich, wie heute, ab und zu eine Portion von ihrem Optimismus ab. Ich krame in meinem Rucksack nach einem Fläschchen mit gelbem Nagellack, mit dem ich meine Sorgen überpinsele.

»Ich sehe, die Laune steigt«, sagt Tamsin und wuschelt mir durch die Haare.

Auf dem Weg nach Hause lasse ich mir alles noch mal durch den Kopf gehen. Nicht unbedingt die Sex-Vampire, aber die Dinge, die Tamsin über mich und Malik gesagt hat. Ich weiß, dass sie recht hat. Ich weiß, dass ich mir keinen Druck machen sollte. Ich kann es genießen, mit ihm zusammen zu sein, ohne dass es Konsequenzen hat. Ohne, dass ich es mir von meiner Familie kaputt machen lassen muss. Das unterscheidet Kalifornien in diesem Jahrhundert vom viktorianischen Zeitalter in Großbritannien. Kurz bin ich versucht, mir zu wünschen, Malik müsste mich einfach nur beißen, um mich von all meinen Verpflichtungen zu erlösen. Aber schnell entscheide ich, dass es besser wäre, einfach meine Familie zu pfählen.

Was Tamsin nicht weiß, nicht wissen kann, ist allerdings, wie ich empfinde. Das Problem an der Sache ist, dass es keine Worte dafür gibt. Ich kann nicht beschreiben, was der Gedanke an Malik in mir auslöst. Und deswegen ist ihr Ratschlag, Druck rauszunehmen und alles auf mich zukommen zu lassen, nur halb hilfreich. Denn wenn ich ehrlich bin, ist es bereits nicht nur auf mich zu-, sondern über mich gekommen.

Ich bin so in meinen Gedanken, dass ich erst merke, dass ich zu Hause bin, als ich die Wohnungstür aufschließe. Ich kann mich kaum daran erinnern, wie ich ins Haus gelangt bin.

Drinnen höre ich Leon und Arush im Wohnzimmer. Der Fernseher läuft.

»Hi, Jungs«, rufe ich.

»Hi, Zelda«, kommt es im Chor zurück, und ich muss grinsen. Nach Hause zu kommen ist schön.

Kurz stecke ich meinen Kopf durch die Tür, um zu gucken, was sie sich ansehen. Es ist eine Tierdokumentation, in der Pinguine auf ihren Bäuchen im Schnee herumrutschen.

»Magst du mitschauen?«, fragt Leon und macht mir auf dem Sofa etwas Platz.

Ich will mich schon setzen, als Arush sagt: »Da ist ein Paket für dich gekommen. Irgendwelche fancy Klamotten. Liegt in deinem Zimmer.«

Innerlich stöhne ich. Es ist sonnenklar, dass es sich dabei um mein Outfit für Samstag handelt.

Als ich die große, flache Box auf meinem Bett sehe, schließe ich für einen kurzen Moment die Augen. Ich wünschte, meine Mutter hätte ein Hobby. Ein zeitintensives. Vielleicht einen jungen Liebhaber.

Ich hebe den Deckel der Box und schlage das knisternde Seidenpapier um. Zum Vorschein kommt ein weicher, dunkelgrüner Stoff. Er fühlt sich zwischen meinen Fingern ganz kühl an. Ich ziehe das Kleid aus der Box und breite es auf dem Bett aus. Es ist ein bodenlanges Kleid im Mermaid-Schnitt. Der V-Ausschnitt der bestickten Korsage sieht irre tief aus. Der fließende Stoff des Rocks ist nach unten hin ausgestellt. Mich gruselt es. Es ist ein wunderschönes Kleid, und doch hasse ich alles, was damit zusammenhängt. Eine Karte ist aus dem Karton gefallen, als ich das Kleid rausgeholt habe. Ich falte sie auf und lese.

Zelda, bitte trage das Kleid zur Forsyth-Gala. Dazu passen deine Versace-Sandalen, die du meines Wissens noch kein einziges Mal getragen hast. Und vergiss bitte nicht die Einlagen. Du willst schließlich etwas herzeigen.

Danke, Mom. So viel Liebe in einer Botschaft. Und was, bitte, für Einlagen? Ich werfe einen weiteren Blick in die Box und finde ein kleines Päckchen. Ich öffne es und ziehe den Inhalt heraus. Sofort lasse ich die weichen, wabbelnden Dinger angewidert auf mein Bett fallen. Push-up-Silikoneinlagen? Das ist ein neuer Tiefpunkt. Dass meine Haare zu bunt sind und mein Gesicht zu sommersprossig, war mir bewusst. Dass ich keine Manieren habe und auf ganzer Linie enttäuscht habe, hat sich auf ewig eingebrannt. Aber dass auch mein Körper offenbar nicht den Ansprüchen der Familie genügt, ist mir neu. Wie zum Schutz verschränke ich die Arme vor meinen Brüsten. Wie kann sie es wagen!

Ich lasse mich auf mein Bett sinken und vergrabe das Gesicht in meinen Händen. Manchmal ist es wirklich schwer, immer wieder vor Augen geführt zu kriegen, wie unzulänglich man ist. Und überhaupt, als wüsste man das nicht selbst.

Ich gebe mir ein paar Minuten. Dann raffe ich mich auf und gehe zu Leon und Arush. Ihre Gegenwart tut mir gut. Wir sehen uns die Pinguin-Dokumentation an, und ich habe das Gefühl, dass ich bei ihnen gut aufgehoben bin.

 *Malik*

16 Der Plan war, den gesamten Samstag zur Vorbereitung für mein Date mit Zelda zu nutzen. Aber der Plan wurde von meiner Familie durchkreuzt. Ma hat mich gebeten, die Zwillinge und Theo aus dem Haus zu schaffen, damit sie sich in Ruhe um die kranke Ebony kümmern kann. Weder Pop, der einen spontanen Elektriker-Auftrag reinbekommen hat, noch Jasmine, die behauptet, bei einer Freundin zu lernen, können helfen.

Also priorisiere ich um. Organisation von unmöglichen Aufgaben ist meine Stärke, weswegen ich immer noch der Überzeugung bin, dass ich in der Küche gut aufgehoben bin. Auch wenn diese Fähigkeit im *Fairmont* bislang noch nicht zum Einsatz gekommen ist. Immerhin habe ich diese Woche ein wenig Zeit gefunden, um anderen Leuten über die Schulter zu schauen und Neues zu lernen.

Als ich bei meinen Eltern vor dem Haus parke, sehe ich bereits Ellies und Esthers Köpfe am Wohnzimmerfenster. Sie winken mir begeistert zu und beginnen auf dem Sofa herumzuspringen. Ich beeile mich, hineinzukommen. Sicher machen sie einen Höllenlärm.

»Endlich!«, ruft Ma über das Kindergeschrei hinweg, als ich die Tür öffne. »Schaff sie raus, Malik, so schnell wie möglich. Sonst platze ich.«

»Keine Sorge, Ma, wir sind sofort weg«, beruhige ich sie und küsse sie auf die Wange. »Wie geht's Ebony?«

»Ich muss dringend zur Apotheke. Sie hat Fieber bekommen. Aber mit dieser Meute schmeißen sie mich da gleich wieder raus.« Ma seufzt.

Unter der Garderobe im Flur lehnen die beiden Kindersitze der Zwillinge.

»Anziehen, Kinder«, rufe ich ins Wohnzimmer. »Und dann schnappt sich jeder seinen eigenen Sitz.«

Das Gejohle beginnt von Neuem.

»Ich danke dir tausendmal, Malik. Ich hoffe, ich habe damit deinen Samstag nicht ruiniert«, sagt Ma.

»Ich integriere die drei einfach in meinen Samstag.« Ich will auf keinen Fall, dass sie denkt, sie würde mir etwas aufbürden. Sie soll immer das Gefühl haben, sich auf mich verlassen zu können.

»Was hast du denn MIT IHNEN VOR? AUSSETZEN?« Die letzten Worte brüllt sie, weil Esther ihren Bruder mit ihrem Schuh gehauen hat.

»Sie werden mir bei etwas helfen«, sage ich, setze mich zwischen die beiden und ziehe Esther ihre Schuhe an.

»Bei was?«, fragt Ellie und blickt mich gespannt an.

»Bei einer Überraschung für ein Mädchen«, sage ich und grinse etwas verlegen.

»Ooooh«, sagt Ma wissend. »Habt ihr gehört, ihr Quälgeister? Ihr solltet euch Mühe geben. Sonst muss sich Malik auf seinen Charme verlassen, und dann wird das nie was.«

»Sehr witzig, Ma. Aber zufälligerweise hat mein Charme schon gewirkt.« Ich lege meinen Kopf in den Nacken, um sie anzusehen.

»Natürlich hat er das«, sagt sie, beugt sich zu mir herab und kneift mich in die Wange. »Und jetzt ab mit euch!«

Unser erster Stopp ist ein großer Supermarkt. Ich habe eine lange Liste an Zutaten, denn ich will für Zelda ein mehrgängiges Menü kochen.

Ich hebe die Kleinen in einen Einkaufswagen, damit sie nicht verloren gehen können, und ermahne Theo, nicht von meiner Seite zu weichen. Dann beginnen wir unseren Weg durch die Gänge.

»Theo, du liest vor, was wir brauchen, und Ellie und Esther, ihr achtet darauf, dass es auch wirklich im Wagen landet«, sage ich, denn ich weiß, wie wichtig es ist, die Kleinen einzubinden. Sonst langweilen sie sich und fangen an zu streiten.

»*Versch Früchte*«, liest Theo von dem Einkaufszettel ab, den ich ihm in die Hand gedrückt habe.

»Das ist eine Abkürzung für ›verschiedene‹«, erkläre ich und schiebe den Wagen in die Obst- und Gemüseabteilung.

Die Zwillinge sind begeistert, als nacheinander Orangen, Kiwis, Äpfel, Bananen und Weintrauben in den Wagen wandern. Ich schiebe sie von einem Gang in den nächsten und begrabe sie langsam unter einer Masse an Lebensmitteln. Die Zwillinge kriegen einen Lachanfall nach dem anderen, weil sie sich kaum noch bewegen können, während Theo seiner Aufgabe mit einem Eifer nachgeht, der seinesgleichen sucht. Zur Belohnung lege ich am Ende für jeden einen Schokoriegel in den Wagen.

Zurück am Auto, fragt Ellie: »Für welches Mädchen kochst du, Malik?«

»Ihr kennt sie nicht«, sage ich. »Sie heißt Zelda.«

»Liebst du sie?«, will Esther wissen.

»Heiratet ihr?«, fragt Ellie.

Ich muss schmunzeln. »Das kann man jetzt noch nicht

sagen«, erkläre ich. »Wir müssen uns erst mal besser kennenlernen.«

»Du kennst sie noch nicht?«, schaltet sich nun auch
Theo ein, der ehrlich schockiert aussieht.

»Ich kenne sie ein bisschen. Und ich kenne sie gut genug, um zu wissen, dass ich mehr über sie wissen will.«

Das stellt die drei offensichtlich zufrieden, denn sie
sind einen Moment lang still. Es kann aber auch daran liegen, dass ich ihnen ihre Schokoriegel gegeben habe.

Zu Hause hilft Theo mir dabei, die Lebensmittel zu ver-
stauen, während Ellie und Esther auf dem Boden in meinem Zimmer Bilder für Zelda malen. Ich weiß nicht, ob
das Gekritzel von zwei Dreijährigen etwas ist, wofür sie
sich begeistert, aber ich bin froh, dass die beiden sich so
gut selbst beschäftigen.

»Malik?«, fragt Ellie, die auf einmal in der Tür zur Küche aufgetaucht ist.

»Was ist?« Ich gehe vor meiner kleinen Schwester in die
Hocke.

»Wie passt du in dein Bett?« Sie kratzt sich am Kopf.

»Hm. Also so richtig passe ich da gar nicht rein. Entweder muss ich mich zu einer Kugel zusammenrollen, oder
meine Füße hängen raus.«

»Zeig mal«, sagt sie.

Sie nimmt mich an der Hand und zieht mich in mein
Zimmer. Ich habe nie darüber nachgedacht, was ich aus
meinem Zimmer machen könnte. Aber als ich jetzt meine
kleine Schwester auf dem dunklen ramponierten Holzfußboden kauern sehe, fällt mir auf, wie beschissen es
hier eigentlich ausschaut. Das schmale Metallbett, die alte
Kommode, der wacklige Tisch mit Farbklecksen am Fens-

ter – es ist absolut trostlos. Und hier soll ich Zelda empfangen?

Ich lege mich auf das Bett und lasse die Füße am einen Ende raushängen.

»Du bist zu groß«, stellt Esther fest. Sie nimmt meinen einen Fuß in die Hand und versucht, ihn aufs Bett zu schieben. Sie kichert, weil ich dagegenhalte. »Hilf mal, Ellie«, sagt sie.

Ihre Schwester eilt sofort zu Hilfe, und gemeinsam versuchen sie, mich in mein Bett zu pressen. Theo steht in der Tür und starrt ins Nichts. Mein kleiner Bruder träumt mal wieder vor sich hin und sieht dabei wahnsinnig niedlich aus in seiner Latzhose und dem ausgeleierten Sweatshirt.

Während die Zwillinge weiter daran arbeiten, meine Füße in mein Bett zu schieben, denke ich nach. Morgen wird Zelda hier sein. Wir haben darüber gesprochen, dass wir miteinander schlafen wollen. Bei dem Gedanken daran kribbelt mein ganzer Körper. Ich weiß nicht, ob ich jemals etwas so sehr gewollt habe. Aber unser erstes Mal kann unmöglich in diesem knarzenden Bett passieren! Es soll verdammt noch mal der schönste Sex werden, den sie je hatte, nicht der ungemütlichste. Oder der, der am lautesten gequietscht hat. Der, bei dem man nicht einmal zu zweit ins Bett passte. Das geht nicht. Das ist eine Zumutung! Wenn man ehrlich ist, sind in diesem Bett die Chancen, dass es überhaupt passiert, gleich null.

»Kinder«, sage ich entschlossen. »Was haltet ihr davon, wenn wir Rhys bei der Arbeit besuchen? Ich lade euch auf Kuchen ein.«

»Jaaaaa«, rufen die drei wie aus einem Mund. Bei dem Wort »Kuchen« ist auch Theo aus seiner Starre erwacht.

Aus den Fenstern des Cafés dringt warmes, freundliches Licht nach draußen. Es ist ein grauer Tag. Die Sonne ist von dunklen Wolken verhangen, die nur darauf warten, sich endlich ausregnen zu können.

Durch das Fenster sehe ich bereits, dass Amy und Jeannie an einem der Tische sitzen. Amy arbeitet am Laptop, während Jeannie ein Buch liest. Ich freue mich, die beiden zu sehen. Anfangs hat Amy mich nervös gemacht. Die Tatsache, dass ich auf ihre Gunst angewiesen bin, hat einen ziemlichen Druck auf mich ausgeübt. Aber inzwischen kommen wir gut miteinander klar. Ich habe verstanden, dass es vollkommen in Ordnung ist, auf die Hilfe anderer angewiesen zu sein und diese auch anzunehmen.

Als wir zur Tür hineingehen, blickt sie von ihrem Laptop auf und winkt uns zu. »Heute mit der ganzen Mannschaft unterwegs, was?«, fragt sie.

Ich helfe Ellie und Esther aus ihren Jacken und hänge sie an die Garderobe.

»Wollt ihr euch zu uns setzen?«, fragt Amy. Ohne eine Antwort abzuwarten, stellt sie zwei Tische zusammen und zieht Stühle hinzu.

»Danke«, sage ich und schicke Theo mit den Zwillingen zu ihr. »Setzt euch schon mal, ich hole was zu trinken.«

»Und Kuchen«, kräht Esther.

»Ja, auch Kuchen.«

Als ich mich an den Tresen stelle, kommt Rhys gerade aus der Küche.

»Eine Sekunde, Malik«, sagt er und trägt die beiden Teller, die er in der Hand hält, zu einem der Fenstertische, an dem zwei ältere Damen sitzen.

Als er zurück ist, bestelle ich Kakao für die Kleinen und drei Muffins. Ich selbst nehme einen Milchkaffee. »Und kann ich dich um einen Gefallen bitten?«, frage ich anschließend.

»Klar, was ist los?«

»Die Lichterketten und Polster, mit denen du das Dach drüben dekoriert hast, kann ich die leihen?«

Als klar war, dass Jeannie bei Amy bleiben würde, hat Rhys eine Willkommensparty für sie geschmissen. Auf dem Dach eines leer stehenden Bürogebäudes gegenüber vom Café. Es sah einfach unglaublich aus. Aus Paletten hatte er Sitzgelegenheiten gebaut, auf denen Decken und Kissen lagen. Die Lichterketten tauchten alles in ein beinahe magisches Licht. Und ich habe die Hoffnung, dass sich damit selbst in meinem Zimmer eine einigermaßen gemütliche Atmosphäre schaffen lässt.

»Die sind alle in einer Kiste neben dem Aufgang zum Dach. Nimm dir, was du brauchst. Aber pass auf, dass du nicht die solarbetriebenen Lichterketten erwischst«, sagt Rhys grinsend. Er kann sich wohl denken, was ich damit vorhabe.

»Danke, Mann, das ist super.«

Während Rhys den Kakao zubereitet, lehne ich mich an den Tresen und beobachte meine Geschwister. Die Zwillinge sind mit ihren Puschel-Zöpfen sagenhaft süß. Und zu Theo hatte ich schon immer ein ganz besonderes Verhältnis. Wahrscheinlich, weil er mein einziger Bruder ist. Ich liebe meine Schwestern über alles und möchte ihnen ein gutes Vorbild sein, aber die Art, wie Theo zu mir aufblickt, spornt mich noch mal zusätzlich an. Er sitzt neben Jeannie und lässt sich das Buch erklären, das sie liest. Ellie und Esther sind in einer angeregten Unterhaltung mit Amy.

»Darf ich deine Haare anfassen?«, fragt Ellie gerade. Sie ist besessen von blonden Haaren und greift, ohne eine Antwort abzuwarten, in Amys Haar. Amy zuckt kurz zurück, lässt es sich dann aber mit einem gequälten Gesichtsausdruck gefallen.

»Du siehst schön aus«, mischt sich jetzt Esther ein. Es geht doch nichts über die direkte Art von kleinen Kindern. Aber sie hat vermutlich recht. Ich habe Amy nie wirklich mit den Augen eines Mannes angesehen. Sie war für mich immer eine Respektsperson und damit uninteressant. Aber wenn ich sie jetzt aus der Ferne betrachte mit ihren langen, blonden Haaren, ihrem Pony, den roten Lippen und der kleinen Zahnlücke zwischen ihren Vorderzähnen, muss ich zugeben, dass sie wirklich hübsch ist.

Rhys kichert. »Deine Schwestern flirten mit deiner Sozialarbeiterin, Alter. Ich weiß nicht, ob das in Ordnung ist.«

»Ich kümmere mich darum«, sage ich und gehe mit den Muffins an unseren Tisch. Wie bei einer Raubtierfütterung sind die Kleinen damit erst einmal beschäftigt.

»Und, Malik? Was gibt es Neues? Wie läuft es in der Arbeit?«, fragt Amy.

»Es ist anstrengend. Aber gut«, erwidere ich. Sie muss nicht wissen, wie schwierig es dort für mich ist. Außerdem habe ich Angst, dass meine Geschwister sonst zu Hause irgendwas fallen lassen. Unter keinen Umständen sollen meine Eltern etwas davon mitkriegen. Sie sollen sich keine Sorgen machen.

»Lernst du viel übers Kochen?«

»Jede Menge«, schwindle ich. »Es macht wirklich Spaß.«

»Malik kocht für ein Mädchen«, sagt Ellie.

»Na, das ist doch mal spannend.« Amy präsentiert grinsend ihre Zahnlücke.

»Besten Dank, Ellie«, sage ich und halte ihr den Mund zu. Sie quietscht und beißt mir in die Finger.

»Wir waren einkaufen!«, ruft jetzt Esther.

Mit meiner anderen Hand versuche ich auch sie zum Schweigen zu bringen. Sie lacht.

»Und? Wann findet das Date statt?«, fragt Amy.

»Es ist morgen«, sage ich und fahre mir etwas verlegen mit der Hand durch die Haare.

»Aufregend«, sagt Amy. »Ist das dein erstes Date, seit du wieder draußen bist?«

»Ähm.« So langsam ist mir diese Unterhaltung wirklich peinlich. »Ja.«

»Bist du nervös?«, fragt Amy.

Ich denke kurz nach. Bin ich? Eigentlich nicht. Voller Vorfreude. Das ja. Auf eine gute Weise aufgeregt, sie wiederzusehen. Aber nervös bin ich nicht. »Nicht so richtig«, gebe ich zu.

»Du kannst wirklich stolz auf dich sein, Malik.« Amy klopft mir über Ellies Kopf hinweg auf die Schulter. »Zwischen dem Kerl, den ich vor ein paar Monaten das erste Mal im PJP besucht habe, und dir heute liegen Welten.«

Ich senke etwas verschämt den Blick. Es macht mich verlegen, Amy so über mich sprechen zu hören. Vor allem erinnere ich mich nicht gern an unser erstes Zusammentreffen. Ihr erster Besuch bei mir war nicht unbedingt ein Erfolg. Der dunkle Nebel, den ich im Knast einfach nicht abschütteln konnte, nahm mir die Luft zum Atmen, sodass ich keinen Ton herausbrachte. Dass sie mir trotzdem die Chance gegeben hat, an ihrem Programm teilzunehmen, war mein Glück.

»Danke«, sage ich leise. »Ohne deine Hilfe hätte ich das nicht geschafft.«

»Das hast du ganz alleine hinbekommen«, sagt sie, und meine Brust quillt fast über vor Stolz.

Zelda

17 Meine Verwandlung ist bereits vollzogen, als Miloš mich um Punkt vier zu Hause abholt.

»Sie sehen umwerfend aus, Ms Zelda«, sagt er und hält mir die Autotür auf.

»Miloš, ich bin doch einfach nur Zelda«, erwidere ich. Jedes Mal muss ich ihn daran erinnern, dass wir Freunde sind.

»›Einfach nur‹ würde ich nicht sagen«, korrigiert er mich und stellt den Rückspiegel so ein, dass er mich sehen kann. Er zwinkert mir zu.

»Danke fürs Abholen.« Die Tatsache, dass Miloš' Gesicht dasjenige ist, das ich auf den Fahrten sehe, erleichtert diesen Ausflug für mich ungemein.

»Keine Ursache«, sagt er und lenkt den Wagen in den Verkehr.

Ich mache es mir im Schneidersitz auf der Rückbank bequem. Meine hochhackigen Sandalen habe ich ausgezogen. Ich lasse mir von Miloš erzählen, was es für Neuerungen auf dem Redstone-Laurie-Anwesen gibt (keine nennenswerten), wie es den anderen Angestellten geht (Gerüchten zufolge ist Agnes in den Gärtner verliebt) und ob seiner Frau die Schwangerschaft zusetzt (nicht mehr als die beiden Schwangerschaften vorher).

»Und wie geht es Ihnen?«, fragt Miloš und blickt mich aus dem Rückspiegel interessiert an.

»Gut, Miloš. Sie kennen mich ja«, sage ich.

»Macht das Studium Spaß?«

»Es macht Spaß, ja«, erwidere ich ein bisschen zögerlich. Doch ich kann ihm nichts vormachen. Er weiß, dass ich ihm etwas verschweige.

»Wollen Sie darüber reden?«

»Sind Sie zufrieden mit Ihrem Job?«, frage ich, statt zu antworten.

»Ich bin zufrieden damit, dass ich heute Abend gleich zweimal Zeit mit Ihnen verbringen darf. Und ich kann meine Familie ernähren. Ich möchte mich also nicht beschweren.«

Jetzt komme ich mir dumm vor. Selbstverwirklichung ist ein Privileg.

»Ich glaube, meine Probleme sind ziemlich egoistisch«, gestehe ich.

»Das ist Ihr gutes Recht«, sagt Miloš. »Wollen Sie mit mir über Ihre egoistischen Probleme reden?«

»Ich weiß einfach nicht, wohin das alles führen soll«, sage ich. »Mich interessiert alles und nichts. Jeder in meinem Umfeld hat eine Leidenschaft, nur ich nicht. Es fühlt sich ein bisschen an, als würde ich durchhängen.«

Er lächelt mich aus dem Spiegel an. »Ich denke nicht, dass Sie sich Sorgen machen müssen. Sie sind so jung. Da bleibt noch jede Menge Zeit, um eine Leidenschaft zu finden. Ich hoffe nur, wenn der Moment kommt, lassen Sie sich von niemandem reinreden.«

Das hoffe ich auch. Ich nicke, habe aber einen fetten Kloß im Hals. Mir kommt alles so falsch vor. Ich verschwende meine Zeit mit Dingen, die mir nichts bedeuten. In diesem Moment begebe ich mich auf ein Date mit einem Unbekannten, damit meine Eltern weiterhin meine Ziellosigkeit unterstützen, obwohl mein Herz beim Gedanken an Malik droht, aus meiner Brust zu springen. Ich hintergehe ihn, mich und meine Eltern. Nur dass Letzteres immerhin nicht auf meinem Gewissen lastet.

»Erinnern Sie sich noch?«, fragt Miloš und schaltet die Anlage des Autos ein. Als die ersten Takte von a-has *Take on me* erklingen, müssen wir beide grinsen. Das war unser Lied. Jeden Tag, wenn Miloš mich von der Schule abholte, hörten wir es in voller Lautstärke und grölten mit. Und genau das tun wir auch jetzt.

Wir kommen im Refrain nie hoch genug, um den letzten Ton zu treffen, aber darum geht es nicht. Es geht darum, gemeinsam herumzualbern und für einen Moment die Schule, familiäre Probleme oder Charity-Galas zu vergessen.

Nach einer halbstündigen Fahrt kommen wir bei der Location an. Es ist ein Fünfsternehotel mitten im Nirgendwo, das so tut, als sei es ein historisches Gebäude.

Miloš steigt aus, läuft um den Wagen herum und öffnet mir die Tür. Mir ist diese Etikette zuwider, aber weder kann ich Miloš davon abbringen, mir diese Aufmerksamkeit zuteilwerden zu lassen, noch will ich eine Szene riskieren. Auf meinen Riemchensandalen stöckle ich den ausgerollten roten Teppich entlang auf den warm beleuchteten Eingangsbereich zu. Es fehlen nur noch Reporter, die meinen Namen schreien.

Ich bin so darauf bedacht, nicht über mein Kleid zu stolpern, dass ich den Blick erst hebe, als es zu spät ist.

»Schwesterherz«, sagt eine mir wohlbekannte Stimme.

Vor der Glastür steht mein Bruder Sebastian und raucht.

»Ich wusste gar nicht, dass du auch hier bist«, sage ich ein wenig überrumpelt. Dass ich den Abend mit meiner Mutter und einem schnöseligen Tischherrn verbringen muss, ist schlimm genug.

»Ich bin Moms Begleitung«, sagt er. »Sie ist ausgeflippt, weil Dad nicht konnte. Oder wollte.«

»Womit hat sie dich bestochen?«, frage ich, weil ich weiß, dass Sebastian niemals etwas aus Barmherzigkeit tut.

Er zieht an seiner Zigarette und grinst. »Sie organisiert mir die Handynummer von Lauren Fitzgerald.«

Ich verdrehe die Augen. Lauren Fitzgerald ist die Model-Tochter von einem entfernten Bekannten meiner Eltern.

»Krasse Brüste«, sagt er dann mit einem Blick auf mein Dekolleté. »Du gehst ja wirklich *all in*.«

»Halt die Klappe«, sage ich und will ihm fast mit meiner Handtasche eins überziehen. Stattdessen schiebe ich mich an ihm vorbei nach drinnen.

»Ja, geh nur rein. Es ist ohnehin unhöflich, seinem zukünftigen Ehemann diesen Anblick zu lange vorzuenthalten.«

In der Eingangshalle folge ich dem großen Schild, auf dem in verschnörkelter Schrift »Forsyth-Charity-Gala« steht.

Ich betrete den großen Ballsaal und muss kurz blinzeln, um mich an das helle Licht zu gewöhnen. Die Dekoration ist ganz in Weiß gehalten. Die runden Tische mit ihren weißen Tischdecken sind verziert mit weißen Blumen und weißen Kerzen in silbernen Kerzenständern. Über den Stühlen hängen weiße Hussen, und auch die paar Stehtische, die am Rand stehen, sind weiß verkleidet. Der helle Holzboden glänzt im Schein der Kronleuchter, und auf der Bühne spielt eine Swingband. So viel Stimmung hätte ich der Veranstaltung gar nicht zugetraut. Ich hätte eher mit einem Streichquartett gerechnet.

Direkt neben der Tür steht auf einer Staffelei der Sitzplan. Es dauert einen Moment, bis ich mich orientiert habe. Die Namen der Gäste sind am Rand alphabetisch sortiert, dahinter steht die Tischnummer. Es sind zwanzig Tische mit jeweils zehn Personen daran. Ein paar der Familiennamen kommen mir beim Scannen der Liste bekannt vor. Die Mitglieder der Familie Redstone-Laurie sitzen an Tisch sieben.

Ich bahne mir meinen Weg zwischen Damen in Ballkleidern und Herren in Smokings hindurch, die begeistert Höflichkeiten austauschen. Schon von Weitem erkenne ich meine Mutter von hinten. Sie hat ihre Haare zu einem aufwendigen Knoten hochgesteckt. Ihr langer dünner Hals ist mit einer Perlenkette behangen. Das enge, schwarze Kleid, das um ihre Taille ebenfalls mit Perlen verziert ist, schmeichelt ihrer schlanken Figur.

»Hi, Mom«, sage ich, als ich an unserem Tisch ankomme.

»War viel Verkehr?«, fragt meine Mutter, indem sie sich umdreht und mich von oben bis unten mustert.

»Nein, eigentlich sind wir gut durchgekommen.«

»Dann hättest du schon vor zehn Minuten hier sein sollen«, sagt sie spitz. »Immerhin hast du, wie ich sehe, meinen Rat befolgt.« Sie nickt zufrieden und lässt ihren Blick für meine Begriffe etwas zu lange auf meinem Ausschnitt verweilen. Mir ist es mehr als unangenehm, dass die Blicke anscheinend automatisch auf meine Brüste gelenkt werden. Ich würde mir gern etwas überziehen.

Über dem Stuhl links neben meiner Mutter hängt bereits ein Sakko, der Platz daneben ist meiner. Das bedeutet, dass »Sakko« mein Tischherr sein wird. Das Date, das meine Mutter für mich ausgesucht hat.

Bevor ich einen Blick auf seine Tischkarte werfen kann, wird der Stuhl zurückgezogen. Ich blicke auf, und mir bleibt das Herz stehen.

»Jason?« Mein persönlicher Intimfeind, mit dem ich fast jede Woche einen Streit über politische Themen beginne, setzt sich in diesem Moment neben mich.

»Hi«, sagt Jason und grinst. »Du ... siehst verändert aus.«

Ebenso wie mein Bruder und meine Mutter vor ihm lässt auch er nun seinen Blick langsam von meinen Haaren über mein Gesicht zu meinem Ausschnitt wandern, wo er einen Moment verharrt.

»Kann nicht sagen, dass es mir missfällt«, sagt er.

»Kann nicht sagen, dass mich das interessiert«, erwidere ich und greife zu meiner Champagnerflöte, die dankenswerterweise gerade vor mich gestellt wurde.

»Hey«, sagt er und hält mir sein Glas zum Anstoßen hin, »sei mal nicht so kratzbürstig. Auf einen schönen Abend.«

»Cheers«, sage ich und nehme einen tiefen Schluck. Ich kann nicht glauben, dass Jason mein Date sein soll. Dass sich mein Studentenleben und mein Familienleben auf diese Weise vermischen, verursacht mir Übelkeit. Er weiß nun eindeutig zu viel über mich. Wie zum Teufel hat er Verbindungen zu meiner Mutter?

»Ihr kennt euch schon?«, mischt sie sich in diesem Moment ein.

»Ich studiere ebenfalls an der Pearley University. Wir haben einen Kurs zusammen«, sagt Jason. »Sie hält mich ganz schön auf Trab.« Bei diesen Worten legt er mir eine

Hand auf die Schulter und grinst. Mir fallen seine perfekten Zähne auf. Er ist eindeutig zu nah.

»Das glaube ich Ihnen, Jason«, lacht meine Mutter. »Zelda ist sehr ... originell.«

Ich nehme noch einen Schluck Champagner, und Jason wiederholt: »Originell, in der Tat.« Er gluckst, als würde er meine Mutter nicht ernst nehmen. Immerhin.

»Wie kommt es, dass Sie in Pearley gelandet sind?«, fragt meine Mutter nun.

»Sie meinen, der Sohn meiner Eltern sollte auf eine bessere Universität gehen?«, fragt Jason, und es gefällt mir beinahe, dass er sie so direkt konfrontiert. »Pearley hat eine exzellente College-Footballmannschaft. Das hatte bei der Wahl oberste Priorität.«

Meine Mutter nickt. »Interessant«, sagt sie. Dann: »Ihr entschuldigt mich einen Moment.« Sie hat wahrscheinlich irgendeine ihrer unerträglichen Freundinnen gesehen, der sie unter die Nase reiben wird, dass sie wieder ein paar Kilo abgenommen hat.

»Darf ich Ihnen noch mal nachschenken?«, fragt ein Kellner hinter uns.

»Jederzeit«, erwidere ich. »Sie müssen nicht fragen. Einfach immer vollmachen.«

»Wissen Sie was?«, sagt Jason. »Lassen Sie die Flasche doch einfach da.« Er nickt dem Kellner freundlich zu, als dieser uns nachschenkt und die Flasche danach zwischen uns stellt.

»So viel vorausschauendes Handeln hätte ich dir gar nicht zugetraut. Sonst bist du ja immer eher der Typ für kurzfristige Gedankenfürze.«

»Merk dir eins, Zelda, unterschätze mich niemals.« Er lächelt, und wir stoßen ein weiteres Mal an. »Also erzähl, was hat es mit deinem Look auf sich? Warum siehst du an der Uni aus wie eine Obdachlose, die in einen Farbtopf gefallen ist?«

»Um den allgemeinen Frieden am Tisch aufrechtzuerhalten, werde ich einfach mal darüber hinweggehen, wie unglaublich unverschämt deine Frage ist – und wie daneben die Formulierung. Das hier, Jason, ist so weit von meiner Persönlichkeit entfernt wie ein bedingungsloses Grundeinkommen von deinen Idealen. Lass uns bitte diesen Abend irgendwie rumbringen und dann vergessen, dass wir uns jemals hier getroffen haben.«

Er sieht mich verblüfft an. »Sorry, war echt nicht böse gemeint. Ich wollte einen Witz machen. Kam wohl nicht an. Meinetwegen müssen wir nicht vergessen, dass wir uns hier getroffen haben. Meinetwegen können wir es auch nett miteinander haben.«

»Das werden wir sehen«, erwidere ich und genehmige mir noch einen Schluck Champagner. Ich denke an Malik, an unser Date morgen. Ich muss nur bis Mitternacht ausharren, dann bringt Miloš mich nach Hause.

Als die Vorspeise aufgetragen wird, finden sich alle an ihren Tischen ein. Meine Mutter und Sebastian sind in eine oberflächliche Unterhaltung über sein Studium vertieft. Die anderen Leute an unserem Tisch, die ich noch nie gesehen habe, die meine Mutter jedoch zu kennen scheint, stellen sich kurz vor, wenden sich dann aber ihren jeweiligen Begleitungen zu. Mir bleibt nur Jason als Gesprächspartner. Allerdings erweist sich dieser als deutlich unterhaltsamer und netter als vorher angenommen. Er ist witzig und charmant, sodass wir uns schon bald mit den langweiligsten Events, auf denen wir je waren, zu übertrumpfen versuchen. Er gewinnt eindeutig mit einer Geschichte über einen Kaffeeklatsch bei seiner Großmutter, die mit ihren Freundinnen in einer Tour über Dienstboten hergezogen hat, bis Jason am Teetisch einschlief. Ich verschlucke mich vor Lachen beinahe an meiner Entenleberterrine mit Trüffelmarinade.

»Ich hoffe, du bereust es nicht allzu sehr, dass du den Abend mit mir verbringen musst«, sagt Jason plötzlich während des Hauptgangs. »Du sahst ganz schön geschockt aus, als ich mich neben dich gesetzt habe.«

»Äh«, mache ich verlegen. »Nein, das ist schon in Ordnung. Ich war nur nicht darauf vorbereitet, dich hier zu sehen.«

Ich merke, wie ich rot werde. Es ist mir unangenehm, dass ich so blöd zu Jason war. Andererseits konnte ich nun wirklich nicht wissen, dass er auch nett sein kann. Bislang hat er sich schließlich immer als großkotziger Volltrottel präsentiert.

»›In Ordnung‹ ist wohl besser als nichts«, sagt er und zwinkert mir zu.

»Nein, so war das nicht gemeint. Es ist nur, ich hasse diese Veranstaltungen.«

»Warum gehst du dann hin?«, fragt er, und ich habe das Gefühl, er ist ehrlich interessiert.

»Konfliktvermeidung, schätze ich.« Jason nickt wissend.

Zum Nachtisch gibt es, wie könnte es bei meinem Glück anders sein, Sorbet. Mango-Wodka-Sorbet mit schwarzem Pfeffer.

»Das ist nicht einmal ein ehrliches Sorbet«, sage ich laut. »Das ist auch noch eines, das sich wie etwas Besseres vorkommt.«

»Wie bitte?«, fragt Jason.

»Ach, nichts«, erwidere ich, mache mir aber eine geistige Notiz, Malik davon zu erzählen. Im nächsten Moment wird mir schmerzlich bewusst, dass ich sorgfältig werde auswählen müssen, was ich ihm erzähle, wenn ich ihn nicht verletzen will.

»Hast du Lust zu tanzen?«, fragt Jason mich, nachdem die Dessertschalen abgeräumt sind.

»Werde ich das bereuen?«, frage ich ihn.

»Das findest du nur heraus, wenn du es probierst.« Er grinst mich mit seinem Playboy-Grinsen an. Dann steht er auf und streckt mir seine Hand hin.

Die Band spielt gerade *La Vie en Rose*. Mit eleganten Schritten zieht Jason mich sanft auf die Tanzfläche, auf der unter anderem auch meine Mutter und ein Anwalt-Freund meines Vaters tanzen.

Jason führt mich, und ich muss sagen, er weiß, was er tut. Seine Bewegungen sind gekonnt, seine Hüfte ist beweglich, und er wirkt, als würde es ihn keinerlei Konzentration kosten. Völlig nonchalant dreht er mich erst links herum, dann rechts herum. Sein Griff auf meinem unteren Rücken ist fest, aber nicht unangenehm.

»Wow«, sage ich. »Hätte nicht gedacht, dass du tanzen kannst.«

»Tja. Ich stecke eben voller Überraschungen.«

Meine Vorbehalte Jason gegenüber haben sich beinahe in Luft aufgelöst. Fast empfinde ich es als befreiend, dass es jetzt jemanden gibt, der mein Geheimnis kennt und selbst Teil beider Welten ist. Auch wenn Jasons Welten sich vermutlich nicht so fundamental voneinander unterscheiden. Ich habe auf jeden Fall das Gefühl, dass ich ein wenig mehr ich selbst sein kann in dieser Umgebung, in der nur der Schein zählt.

Wir tanzen noch zwei weitere Songs lang, und es macht wirklich Spaß, auch wenn ich sonst eigentlich eher diejenige bin, die wild herumspringt, statt sich von einem Typen führen zu lassen.

Als die Band eine langsame Version von *Dream a little Dream of me* anstimmt, will ich mich eigentlich wieder setzen. Einen Schluck Wein trinken. Wieder etwas Abstand zwischen Jason und mich bringen. Doch er zieht mich enger an sich heran. Ich schließe kurz die Augen, frage mich, ob ich das möchte. Aber es fühlt sich gut an. Und es ist nur ein Tanz. Trotzdem versuche ich, unsere Körper ein bisschen weiter auseinanderzubringen. Doch nach der ersten langsamen Drehung sind sie wieder eng aneinandergepresst.

»Das ist zu nah«, sage ich.

»Ach was, das muss bei langsamen Stücken so«, sagt Jason und lächelt mich an.

Ich spüre den Wein. Nicht stark. Ich bin nicht betrunken. Aber ich habe den Verdacht, dass ich, wäre ich komplett nüchtern, schon längst wieder am Tisch sitzen würde.

»Aber das ist der letzte Tanz«, sage ich. »Danach brauche ich eine Pause.«

»Alles, was du willst«, sagt Jason und lässt seine Hand ein wenig tiefer meinen Rücken hinabwandern.

»Was soll das?«, frage ich leicht genervt.

»Was meinst du?« Er blickt mich mit gespielter Unschuld an.

»Du weißt genau, was ich meine«, zische ich. »Deine Hand.«

»Meinst du die hier?«, fragt er keck und lässt sie noch weiter hinunterwandern. Langsam und sinnlich. So, wie er sonst bei vermutlich allen anderen Tanzpartnerinnen landet.

»Nimm sie von meinem Hintern, oder ich trete dir in die Eier«, sage ich ruhig durch zusammengebissene Zähne.

Er lässt mich los, tanzt zwei Schritte zurück und macht wackelnde Jazz-Hände, sodass ich lachen muss.

»Weißt du, was dein Problem ist, Jason?«, sage ich, als seine Hand wieder auf meinem Rücken zu liegen kommt, wo sie hingehört.

»Was?«, fragt er.

»Dass du ein arroganter Drecksack bist, der nie Grenzen aufgezeigt bekommen hat.«

»Außer von dir«, sagt er an meinem Ohr, als ich nach einer Drehung wieder in seinen Armen lande.

Ich bin froh, als das Lied vorbei ist. Ich löse mich sofort aus Jasons Armen und laufe zum Tisch zurück.

»Ihr seid ein schönes Paar«, sagt meine Mutter mit einem Lächeln auf ihren Lippen, das vor Selbstzufriedenheit nur so strotzt.

»Werd nicht übermütig, Mom«, empfehle ich und nehme einen Schluck Wein.

Als sich der Abend dem Ende zuneigt und das Ehepaar Forsyth eine einschläfernde Rede zu ihrer Stiftung gehalten hat, schicke ich Miloš eine Nachricht. Er wird mich in fünf Minuten vor dem Eingang abholen. Ich bin mehr als erleichtert, dass dieser Albtraum vorbei ist. Meine Füße haben überall Blasen, und mein Kopf juckt unter der Perücke.

Ich verabschiede mich von meiner Mutter und Sebastian, der kaum Notiz von mir nimmt, weil er sich gerade mit einer Blondine unterhält, an deren Gesicht nichts mehr natürlich aussieht.

»Ich bringe dich nach draußen«, sagt Jason.

»Nicht nötig, ich komme schon klar.«

»Das weiß ich. Aber als dein Tischherr würde ich gern dafür sorgen, dass du nicht allein in der Kälte stehen musst, für den Fall, dass draußen eine lange Schlange ist und es dauert, bis dein Fahrer vorfahren kann.«

Widerwillig lasse ich mich von Jason am Ellbogen nach draußen führen. Dort ist es tatsächlich ziemlich kühl, und er legt mir sein Sakko um die Schultern.

»Danke«, murmle ich. Ich halte nach Miloš Ausschau, aber Jason hatte recht. Einige andere Gäste haben ebenfalls beschlossen, vor dem offiziellen Ende zu gehen.

»Hör zu, Zelda«, sagt er. »Das mit vorhin tut mir leid. Ich wollte dir nicht zu nahe treten. So bin ich sonst nicht. Das Tanzen mit dir hat mich irgendwie übermütig werden lassen.«

»Und wie bist du sonst?«, frage ich mit hoffentlich genug Desinteresse in der Stimme.

»Ich könnte es dir zeigen«, sagt er und grinst.

In diesem Moment fährt Gott sei Dank Miloš vor, und ich gebe Jason sein Sakko zurück.

»Das ist keine gute Idee«, erwidere ich, als Jason mir die Autotür aufhält.

»Und warum nicht?«, fragt er.

»Ich habe morgen ein Date«, sage ich.

»Oh. Ach so. Schade.« Er sieht ehrlich enttäuscht aus. »Dann hoffe ich, der Typ stellt sich als Idiot heraus.« Mit diesen Worten gibt er mir einen Kuss auf die Wange. Ob er absichtlich meinen Mundwinkel streift, weiß ich nicht, aber ich denke nicht weiter darüber nach.

»Ich hoffe, Ihr Date stellt sich nicht als Idiot heraus«, sagt Miloš, als ich die Autotür geschlossen habe. »Ich hoffe, Sie haben morgen einen bezaubernden Abend.«

»Danke«, sage ich. »Er hat sich schon als das genaue Gegenteil herausgestellt.« Ich lächle verträumt beim Gedanken an Malik.

Innerhalb von dreißig Sekunden habe ich mich auf dem Rücksitz meiner Sandalen und meiner Perücke entledigt. Ich verwuschle meine Haare, und Miloš lächelt mich aus dem Rückspiegel an.

»Schön, Sie wiederzusehen«, sagt er. »Hatten Sie einen guten Abend?«

Ich schnaube. »Lassen Sie uns noch mal singen«, schlage ich vor. Und genau das tun wir.

 *Malik*

18 Schon den ganzen Vormittag laufe ich mit einem absolut dämlichen Grinsen durch die Wohnung. Ich habe letzte Nacht noch eine Nachricht von Zelda bekommen, in der sie auf unvergleichliche Art und Weise ihre Vorfreude zum Ausdruck gebracht hat. *Morgen!*, stand da, mehr nicht.

Weil Sonntag ist und das bedeutet, dass ich relativ früh ins Bett gehen muss, um fit zu sein für den Montagshorror im Hotel, haben wir uns darauf geeinigt, den Nachmittag zum Abend zu machen.

Nun stehe ich schon seit Stunden in der Küche, um ein absolut perfektes Essen für Zelda zuzubereiten. Rhys habe ich ausquartiert, damit ich meine Ruhe habe. Er war fast so aufgeregt wie ich, steckte alle fünf Minuten seinen Kopf durch die Tür und gab mir Tipps, von denen ich sicherlich keinen einzigen beherzigen werde. Beim ungefähr zehnten Mal erklärte ich ihm in angemessener Deutlichkeit, dass uns beiden geholfen wäre, würde er sich für eine Weile allein beschäftigen. Nachdem er drei weitere Male genervt hatte, habe ich ihn freundlich rausgeschmissen und ihm unmissverständlich klargemacht, dass er bis morgen früh nicht mehr willkommen ist.

Als die Vorbereitungen für den letzten Gang abgeschlossen sind, ziehe ich mich um. Mein Kleiderschrank gibt nicht viel her, aber einigermaßen modische Jeans und ein weißes Hemd werden es schon tun. Ich will mich nicht verstellen, glaube außerdem, dass es nicht nötig ist. Aber Zelda soll wissen, dass ich mir Mühe gebe – nicht nur in der Küche, in der der Tisch feierlich gedeckt und mit einer orangefarbenen Rose geschmückt ist, sondern auch mit mir selbst. Als letzten Feinschliff stelle ich die Uhr in der Küche vier Stunden vor, sodass es scheint, als würde unser Date ganz normal um halb acht anfangen.

Bereits eine Viertelstunde bevor sie hier sein soll, sitze ich unruhig auf einem der Küchenstühle und wippe mit dem Fuß. Es ist erst eine Woche her, dass wir uns gesehen haben, aber sie kam mir vor wie eine Ewigkeit. Es ist nicht direkt so, dass ich Angst habe, zwischen uns könnte sich etwas verändert haben. Dazu war zu eindeutig, wie wir empfanden. Aber trotzdem bleibt ein leiser Zweifel. Je länger ich hier sitze, ohne etwas zu tun zu haben, desto ungeduldiger pocht mein Herz. Meine Handinnenflächen werden langsam feucht, und ich gehe noch mal ins Badezimmer, um meine Hände zu waschen. Ich werde sie einfach, bis Zelda hier ist, mit dem Handrücken nach unten auf den Tisch legen. Ich will sie nicht mit klammen Händen begrüßen.

Als es schließlich an der Tür klingelt, springt mein Herz beinahe aus meiner Brust. Ich schlucke, atme einmal tief durch und öffne dann die Tür. Mit jedem Schritt, den sie weiter nach oben kommt, werde ich noch aufgeregter. Ich kann es nicht erwarten, sie endlich zu sehen. Sie läuft um eine Ecke und steht unten am Treppenabsatz, der zu unserer Wohnung führt. Fast bleibt mir der Atem weg, als sie den Kopf hebt und ich sie endlich wiedersehe. Sie grinst mich etwas verschämt an, sodass sich das Grübchen auf ihrer Wange bildet. Ihre Haare sind leicht zerzaust vom Wind, aber sie hat sich die Mühe gemacht, einen Teil ihrer

Haare in zwei unordentlichen Zöpfen links und rechts an ihrem Kopf entlangzuflechten, sodass der Blick auf ihr Gesicht frei ist. Es sieht bezaubernd aus. Unter ihrer Lederjacke trägt sie ein schwarz-weiß kariertes, weites Hemdkleid. Ihre Beine stecken in pinken Leggins, die perfekt zu ihren Haaren passen.

»Hi«, sagt sie von unten und fährt sich mit der Hand leicht verunsichert durch die Haare.

»Hi«, erwidere ich und merke, wie mein gesamtes Gesicht zu strahlen beginnt. »Willst du nicht hochkommen?«

»Ich überlege noch, wie«, sagt sie, und ich schüttle amüsiert den Kopf. »Darf ich nach oben rennen und in deine Arme springen?«

»Du darfst alles«, sage ich, während mein ganzer Körper von einer ungeheuren Zärtlichkeit für ihren Wahnsinn erfüllt wird.

»Okay, los geht's!«, sagt Zelda mit einem Lächeln auf den Lippen und lässt ihren Jutebeutel von ihrer Schulter auf den Boden gleiten.

Sie tritt zwei Schritte zurück, um Anlauf zu nehmen, und rennt dann kichernd die zehn Stufen bis zu mir nach oben. Mit einem Satz fliegt sie auf mich zu und landet in meinen Armen. Noch während ich sie auffange, bin ich verblüfft, dass ein so kleiner Mensch derart hoch springen kann. Sie schlingt ihre Beine um meinen Körper, die Arme um meinen Hals. Von ihrem Sprint ganz atemlos, presst sie ihren Kopf gegen meinen. In dieser völligen Umklammerung stehen wir einen Moment unbeweglich im Treppenhaus. Ich schließe die Augen und spüre ihren Herzschlag, der noch schneller geht als meiner. Ich drücke sie mit der einen Hand fest an mich. Die andere lasse ich langsam über ihren Rücken wandern.

»Ich bin froh, dich zu sehen«, sagt sie mit den Lippen an meinem Ohr. Ihr schneller Atem kitzelt meinen Hals.

»Du siehst mich doch gerade gar nicht«, gebe ich zu bedenken.

»Verrückt, wie froh mich dein Rücken macht, oder? Wenn ich dich von vorne sähe, würde ich vielleicht platzen.«

Ich drehe meinen Kopf zur Seite und vergrabe meine Nase in ihren Haaren. Der Duft ist betörend, und ich sauge ihn gierig ein. Jede Sorge, dass die Anziehung zwischen uns nach einer Woche der Sehnsucht nicht mehr so stark sein könnte, wird durch Zeldas Überschwang im Keim erstickt. Stattdessen ist da wieder eine uneingeschränkte, geradezu wilde Zuneigung, die beinahe wehtut, so stark ist das Ziehen in meinem Bauch.

Langsam löst sie die Umklammerung meines Halses und bewegt ihren Kopf endlich wieder in mein Sichtfeld. Sie strahlt mich an, und ihre blauen Augen spiegeln genau wider, was ich fühle: Glück, Verblüffung, Sehnsucht und unbegreifliche Verbundenheit. Sie legt ihr Gesicht an meines. Ihre Nase berührt sanft mein geschlossenes Auge, ihre Lippen presst sie vorsichtig an meine Nase. Dann löst sie auch ihre Beine um meine Mitte, und ich lasse sie langsam zu Boden gleiten.

»Schön, dass du da bist«, sage ich, während ich innerlich noch immer bebe.

»Vielen Dank für die Einladung«, erwidert sie.

Sie läuft wieder die Treppe hinunter, um ihren Beutel zu holen, und streckt mir dann eine Flasche Rotwein entgegen.

Mit einer einladenden Geste bedeute ich ihr, in die Wohnung zu treten. Ich lotse sie direkt in die Küche. Zelda lässt einen Blick durch den kleinen, etwas schmucklosen Raum schweifen. Ich kratze mich unbeholfen am Kopf, weil die Küche trotz meiner Bemühungen mit fremden Augen immer noch ziemlich ärmlich wirkt.

»Das sieht schön aus«, sagt sie jedoch und fährt mit der Hand über die grobe weiße Tischdecke, die ich aus Rhys' Dach-Fundus habe.

»Willst du einen Aperitif?«, frage ich. Ich habe die Hoffnung, dass ein Glas, an dem ich mich festhalten kann, meine Aufregung überdeckt.

»Gern.«

Da ich keine passenden Gläser habe, schenke ich den Sekt, den ich mit etwas Pfirsichlikör verfeinere, in normale Longdrink-Gläser. Ich reiche ihr eines davon, und wir stoßen an.

»Darauf, dass du da bist«, sage ich.

»Darauf, dass *du* da bist. Sonst käme ich mir ziemlich bescheuert vor – so ganz allein in einer fremden Küche.«

Wir trinken einen Schluck. Der Sekt kribbelt angenehm, obwohl Schaumwein sicher nicht zu meinen Lieblingsgetränken zählt. Zusammen mit dem Pfirsichlikör schmeckt er aber etwas interessanter.

Ich nehme Zeldas Hand, die in meiner riesigen Pranke absurd klein wirkt, und führe sie an ihren Platz. Dort ziehe ich den Stuhl zurück, sodass sie sich setzen kann.

»Autotüren, Stühle, du bist wirklich ein Gentleman«, sagt Zelda glucksend.

»Mach du nur Witze. Solange du dich nicht beschwerst, gehe ich davon aus, dass es dir gefällt«, gebe ich zurück.

»Das ist eine gute Regel«, sagt sie und wackelt anzüglich mit einer Augenbraue. »Die können wir auch für später so übernehmen.«

Ich verschlucke mich beinahe an meinem Drink. Natürlich haben wir letztes Wochenende darüber gesprochen. Aber dass sie jetzt so offensiv ist, lässt meinen gesamten Körper kribbeln, als hätte ich unter der Haut ein ganzes Ameisenvolk.

»Erzähl mir von deiner Woche«, sagt sie dann. »Nein, warte, erzähl mir alles über dich.«

Ich lache. »Du willst alles wissen?«

»Alles. Von deiner Zeugung bis zu diesem Moment.«

»Chronologisch?«

»Das darfst du dir aussuchen. Solange ich am Ende alles weiß.«

»Meinst du nicht, dass es langweilig ist, wenn ich dir gleich alles beim ersten Date erzähle?«, werfe ich ein.

»Das hängt davon ab, wie spannend du in der Gegenwart bist. Das kann ich aber erst beurteilen, wenn ich den Rest kenne. Irgendwie muss ich es ja in Relation setzen. Und nachdem ich dich schon deutlich spannender finde als alle anderen, zu denen ich es in Relation setzen könnte, bleibst nur du selbst.« Sie zuckt mit den Schultern, als wäre das nicht das Seltsamste, was jemals nüchtern gesagt worden ist.

Ich beginne, ihr von meiner Familie zu erzählen, weil ich das Gefühl habe, dass das ein guter Start ist, um mich kennenzulernen. Von Ma und Pop, meinen Geschwistern. Jasmines Unzufriedenheit, in die Schule zu müssen, Theos Vorliebe für Kieselsteine, die er mit zwei Jahren entdeckt hat, Ebonys Intelligenz. Ich erzähle ihr, dass Theo und die Zwillinge mir beim Einkaufen geholfen haben.

»Ellie wäre bestimmt begeistert von deinen Haaren«, sage ich schließlich. »Haare, die nicht kraus und schwarz sind, üben eine ungeheure Faszination auf sie aus. Ges-

tern hat sie Amy gefragt, ob sie ihre Haare anfassen darf.«
Ich lache und greife über den Tisch, um Zeldas Haar zu berühren. Ich streiche es ihr sanft hinter das Ohr und lasse
meine Hand einen Moment auf ihrer warmen, leicht ge-
röteten Wange verharren. Ihre Haut fühlt sich ungeheuer
zart und weich an. »Hast du Hunger?«

»Immer«, gibt sie zurück und legt ihre Hand auf meine,
wie um sicherzugehen, dass ich sie nicht wieder wegziehe.
Sie schließt kurz die Augen.

»Ich habe ein komplettes Menü für dich zubereitet«,
sage ich. »Es gibt sechs Gänge.«

»Wow!« Sie kriegt ganz große Augen. »Du hättest nicht
so einen Wirbel veranstalten müssen.«

»Das sagst du nur, weil du nicht weißt, was es gibt«,
erwidere ich voller Vorfreude. »Zur Vorspeise gibt es
Frucht-*Concassée* mit *Chaudeau*.«

»Wie bitte?«, fragt Zelda.

»Fancy Obstsalat mit Weinschaumcreme.« Ich grinse.

»Das gefällt mir. Nachtisch als Vorspeise«, sagt sie, und
ich gratuliere mir im Stillen zu meiner fantastischen Idee.

Zelda

19 Malik steht mit dem Rücken zu mir an der Anrichte. Ich betrachte seine beeindruckende Gestalt. Seinen breiten, muskulösen Rücken. Ich würde ihn gern anfassen, habe aber das Gefühl, dass es vor der Vorspeise nicht so recht schicklich ist. Als er sich umdreht und meinen Blick bemerkt, fühle ich mich ertappt. Ich räuspere mich und grinse den Teller an, den er vor mich stellt. Der Obstsalat ist bunt. Orangen, Kiwis, Äpfel, Bananen und Weintrauben kann ich auf den ersten Blick identifizieren. Daneben ist eine weiße, appetitliche Pfütze aus Weinschaum. Malik öffnet eine Flasche Weißwein. Als er den Korken herauszieht, spannt er seine Armmuskeln an, und sie treten unter seinem Hemd beeindruckend hervor. Ich merke, dass ich starre.

»Das sieht toll aus«, sage ich deswegen mit dem Blick auf meine Nachtisch-Vorspeise.

»Der Obstsalat? Oder meinst du etwas anderes?«, fragt Malik keck, und ich versuche ihn unter dem Tisch sanft ans Schienbein zu treten. Doch er klemmt gekonnt meinen Fuß zwischen seinen Waden ein.

»Keine Chance«, sagt er. »Wer so viele kleine Geschwister hat, weiß vorher, was unter dem Tisch passiert.«

Er schenkt uns Wein ein, und wir stoßen erneut an.

»Darauf, dass du kochen kannst«, sage ich.

»Darauf, dass du Essen magst«, sagt er.

Wir blicken uns in die Augen, und tief in meinen Einge-
weiden sticht mich etwas.

Ich probiere seinen fancy Obstsalat. »Mmmmmmmh«,
entfährt es mir, und ich schließe kurz die Augen, um die
verschiedenen Geschmäcker zu genießen.

Malik fährt mit seiner Erzählung fort. Ich bin ganz ge-
plättet davon, wie ernst er mich anscheinend nimmt. Niemand sonst, den ich kenne, würde mir ein vollständiges
Bild von seinem gesamten Leben vermitteln, selbst wenn
ich bettelte. Er spricht über die wenigen Möglichkeiten,
die sie als Kinder hatten.

»Aber wir haben trotzdem in allem einen Abenteuer-
spielplatz gesehen«, sagt er.

Dann erzählt er von der Schule. Von tollen Lehrern, die
ihn inspirierten, Klassenkameraden, die zu Freunden oder
Feinden wurden.

»Ich glaube, der einzige Unterschied zu einer Schule
außerhalb von Poorley war, dass man schon im Alter
von fünf Jahren jeden Morgen nach Waffen durchsucht
wurde.«

»Echt?«, frage ich perplex. »Haben sie welche gefunden?«

»Manchmal. Hier und da ein Klappmesser. Selten mal
eine Schusswaffe.«

Ich muss wohl schockiert aussehen, denn Malik lacht.
»Ich schätze mal, beim Privatunterricht gab es das nicht?«

Es ist beinahe ungeheuerlich, wie unterschiedlich wir
aufgewachsen sind. Und dennoch sitzen wir hier zusammen und fühlen uns so gut miteinander, dass mich das
Glücksgefühl, wenn ich Maliks Blick auf mir spüre, von innen zu sprengen droht.

»Als zweiten Gang gibt es heute Crème brûlée mit Himbeer-*Fumet* und Pfirsich-*Brunoise*«, sagt er breit grinsend, als wir beide aufgegessen haben.

»Es gibt auch als zweiten Gang Nachtisch?«, frage ich und sehe ihn ganz selig an. »Hast du mir ein Menü aus Nachtischen gemacht?«

»Mach dir keine Hoffnungen«, erwidert er lächelnd, als er den nächsten Teller vor mich stellt.

Das wäre natürlich zu schön gewesen. Auch der zweite Gang sieht toll aus. Neben der Crème brûlée, die zur Hälfte mit einer dunkelroten Flüssigkeit übergossen ist, liegt ein kleines Häufchen aus winzig gewürfelten Pfirsichstückchen.

»Erzähl weiter«, sage ich und knacke mit dem Löffel die Kruste meiner Crème.

Malik fährt fort, und ich hänge an seinen Lippen. Es ist nicht nur der Inhalt, der mich fasziniert, während er darüber spricht, wie er in die Pubertät kam und seine Familienmitglieder immer zahlreicher wurden. Vor allem seine warme, tiefe Stimme, die mir einen wohligen Schauer über den Rücken jagt, zieht mich in ihren Bann. Es ist, als würde ich von innen vibrieren, während er spricht.

»Warst du eifersüchtig, weil immer mehr Geschwister kamen? Meine Brüder haben mich gehasst, weil sie plötzlich die Aufmerksamkeit des Kindermädchens durch vier teilen mussten.«

»Nein, gar nicht. Ich fand es schön. Mir kam es so vor, als würde die Familie immer vollständiger werden. Bis es dann irgendwann mit mir schwierig wurde«, sagt er und bricht ab. Er blickt auf seinen leeren Teller. Nach einer kurzen Pause sagt er: »Der erste Hauptgang heute Abend besteht aus Pannacotta mit Erdbeeren *en julienne* und einer moussierten Orangen-Reduktion.« Er steht auf und holt zwei Teller aus dem Kühlschrank.

Auf meinem Gesicht bildet sich ein strahlendes Lächeln. »Du bist ja verrückt«, sage ich und jauchze regelrecht, als er mir die Pannacotta vorsetzt.

»Ich fürchte, die Verantwortung dafür trägst zu großen Teilen du«, erwidert Malik, woraufhin ich wieder dieses Stechen und Ziehen spüre, das macht, dass ich ihm näher sein will, als je ein Mensch einem anderen war.

Die Pannacotta ist cremig und weich und zergeht auf der Zunge. Mit den schmalen Erdbeerstreifen, die daneben zu einem wunderhübschen Häufchen aufgetürmt sind, ist es eine Offenbarung fürs Auge und für die Geschmacksnerven. Das Orangenmousse bildet dabei einen angenehmen Kontrast.

»Erzählst du mir von deiner Familie?«, fragt Malik.

Ich seufze. »Viel zu erzählen gibt es nicht«, sage ich und versuche damit, das Thema abzutun.

»Ach, komm. So uninteressant kann niemand sein.«

»In meiner Familie mag man sich nicht besonders. Das Zusammenleben besteht vor allem darin, die anderen spüren zu lassen, wie unzulänglich sie sind«, sage ich. Ich will auf jeden Fall vage bleiben, um zu verhindern, dass Malik mich mit anderen Augen sieht.

Als er merkt, dass ich nicht darüber reden kann, lässt er es auf sich beruhen. Stattdessen sagt er: »Es gibt jetzt einen kleinen Zwischengang. Sei nicht enttäuscht. Es ist ein Sorbet.«

Ich stöhne gespielt auf. »Und ich dachte schon, ich hätte den Jackpot gewonnen!«

»Aber«, fährt er fort, »damit es schnell weg ist, habe ich es aufgetaut und sozusagen eine *Consommé* daraus gemacht.« Er grinst mich triumphierend an und stellt ein Shotglas vor mich, das eine grüne Flüssigkeit enthält.

»Melone«, erklärt Malik und hebt seinen Sorbetshot.

Da fällt mir der Quatsch von gestern Abend ein. »Stell dir vor«, sage ich mit einem Kichern in der Stimme, »ich war doch gestern bei diesem Charity-Event mit meiner Mutter.« Meine Kehle wird plötzlich eng, weil mit dem Gedanken an gestern auch Jason wieder in mein Bewusstsein drängt. Und damit die Tatsache, wie falsch ich mich verhalte, indem ich nicht die Wahrheit sage. Aber es ist so schön, ich zu sein. Einfach nur ich. Ohne diesen Ballast meiner Herkunft. Also schlucke ich. »Da gab es Wodka-Mango-Sorbet. Mit schwarzem Pfeffer. Als Nachtisch!« Ich versuche meine Empörung echt wirken zu lassen, aber Maliks Grinsen bringt mich zum Lachen.

»Wie schrecklich«, sagt er. »Mein Beileid.«

»Dafür werde ich ja jetzt mehr als entschädigt.« Ich proste ihm mit meinem Shotglas zu. »Auf deine Nachtische.«

»Auf deinen Magen«, erwidert er. »Ich hoffe, er packt das alles.«

Wir exen den Sorbetshot hinunter. Er schmeckt lecker. Frisch und fruchtig. Malik hat recht: Als Zwischengang kann man das durchaus mal machen.

Je länger wir uns gegenübersitzen und miteinander reden, desto größer wird meine Sehnsucht nach Berührung. Es ist schön, so ungezwungen mit ihm zusammen Nachtische in mich hineinzustopfen, aber sein Geruch, seine Statur, einfach alles an ihm weckt die Erinnerungen an unsere gemeinsame Nacht in der Blockhütte. An seine glatten Muskeln unter meinen Fingern, seine Lippen auf mir, seine Finger in mir. Der Gedanke entfacht ein Pochen zwischen meinen Beinen und lässt meinen Körper erschauern.

»Bist du bereit für den zweiten Hauptgang?«, fragt Malik.

Statt einer richtigen Antwort kommt mir nur ein dünnes »Mhm« über die Lippen, weil ich mir der Nähe zwischen uns in diesem Moment viel zu bewusst bin.

»Halt dich fest«, sagt er, als er beginnt, Schüsseln mit geschnittenem Obst, Keksen und seltsam aussehenden Bällchen auf den Tisch zu stellen. »Die zweite Hauptspeise des Abends ist Käsekuchenfondue.«

»Meinst du Käsefondue?«, frage ich verwundert.

»Nein, ich meine Käse*kuchen*fondue. Meine eigene Erfindung.«

Ich sehe zu ihm auf, und unsere Blicke treffen sich. Er grinst mich breit an, und ich bin so gerührt davon, dass er mir ein Menü nur aus Nachtischen gezaubert hat, dass es in mir ganz warm ist. Immer wärmer wird. Denn jetzt neigt Malik seinen Kopf kaum merklich ein Stück nach unten. Mit einer Hand stützt er sich auf dem Tisch ab, mit der anderen umfasst er meine Wange. Sein Gesicht nähert sich meinem, und in mir drin kribbelt und zieht es, wie ich es noch nie gespürt habe. Mein Herz pocht wild, und ich schließe meine Augen in dem Moment, als er mir sanft einen Kuss auf die Lippen drückt. Meine Oberlippe ist eingerahmt zwischen seinen vollen, warmen Lippen, die er erst leicht gespitzt hat, doch dann ein kleines Stück weit öffnet, wie um mehr von mir zu schmecken. Gerade, als ich beschließe, dass mir das noch nicht reicht, löst er sich von mir und macht sich am Herd zu schaffen. Er rührt in einem Topf, der in einem Topf steht.

»Was machst du da?«, frage ich.

»Ich schmelze die Käsekuchenfüllung und weiße Schokolade in einem *Bain-Marie*. Erinnerst du dich? Das Wasserbad.«

Wenige Minuten später platziert er ein Stövchen in der

Mitte des Tisches, zündet die darin befindlichen Kerzen an und stellt den Topf mit dem Fondue darauf. Ich beobachte jeden seiner Handgriffe fasziniert.

Dann setzt er sich wieder. Er lächelt still vor sich hin, als er sein Weinglas erneut hebt.

»Auf dich«, sagt er. »Darauf, dass du mir den Atem raubst.«

Ich werde rot. Spüre unseren Kuss wieder auf meinen Lippen. »Auf dich«, erwidere ich leise. »Und darauf, dass ich dir beibringen werde, ohne Luft zu leben.«

Malik erklärt mir, dass es sich bei den kleinen Kugeln um rohe Teigbällchen und Cake-Pops handelt, die wir zusammen mit dem Obst und den Keksen in die Käsekuchen-Creme tunken. Ich probiere es aus, und ... Ich glaube nicht, dass ich jemals etwas Vergleichbares gegessen habe. Die Teigbällchen zergehen auf der Zunge. Und zusammen mit der geschmolzenen Creme sind sie so süß, dass sich mein Mund vor Wonne zusammenzieht.

»Wow«, bringe ich mit vollem Mund hervor, und Malik grinst zufrieden.

Das cremige Fondue tropft von Früchten und Cake-Pops auf die Tischdecke. Aber wir sind beide viel zu sehr damit beschäftigt, uns anzusehen, wenn wir denken, der andere bemerkt es nicht. Immer wieder kommen wir uns mit unseren Gabeln im Topf in die Quere, lächeln uns an, schieben uns Teigbällchen, Obst und all den anderen Kram in den Mund. Dieser Moment ist absolut perfekt. Der süßeste Nachtisch der Welt, den der großartigste Mann, den ich je getroffen habe, für mich erfunden hat. Das pure Glück.

»Ich bin wirklich gespannt, was es als Nachtisch gibt«, sage ich, als ich den letzten Cake-Pop aufspieße und ins Fondue tunke. »Roast beef?«

»Ist dir nach etwas Salzigem nach all dem Süßkram?«

»Ist mir danach, mein Lehrbuch der betriebswirtschaftlichen Grundlagen auswendig zu lernen?«

»Ich weiß nicht. Ist dir danach?«, fragt Malik.

»Definitiv nicht«, erwidere ich mit Nachdruck in der Stimme.

»Dann wirst du dich über den Nachtisch freuen.«

Malik räumt die Teller ab und stellt sie zum restlichen Geschirr in und neben die Spüle. Er räuspert sich, als wolle er etwas sagen. Doch wir schweigen.

Nach einem kurzen Moment fragt er: »Wie ist es, an der Uni zu sein?«

Während er den Nachtisch anrichtet, erzähle ich ihm von meinen Kursen. Von überheblichen Studenten, langweiligen Professoren. Und von meiner Unfähigkeit, mich zu hundert Prozent für etwas zu begeistern. Erst bin ich unsicher, ob ich es ihm sagen soll. Schließlich kennen wir uns noch nicht so gut, dass ich ihm unbedingt die ungeschönte Wahrheit über mich erzählen will. Aber ich vertraue ihm so vollkommen, dass es wie automatisch aus mir heraussprudelt.

»Es ist nicht so, dass mich nichts von dem interessiert, was ich belegt habe. Aber wenn ich mir andere Leute in meinem Alter ansehe, Tamsin, Sam, meine Kommilitonen, dann haben die alle irgendwas, wofür sie brennen.«

»Ich bin kein Experte auf dem Gebiet«, sagt Malik, »aber ich schätze mal, du hast einfach noch nicht das Richtige gefunden.«

»Woher wusstest du denn, dass du kochen willst?«, frage ich.

»Hm.« Malik zögert. »Das hat was mit meiner Vergangenheit zu tun.«

»Erzählst du es mir?«

»Als sie mich zum zweiten Mal eingesperrt haben … da hatte ich eine schwierige Zeit. Ich war ziemlich erschrocken über meine eigene Dummheit. Irgendwie konnte ich nicht begreifen, wie mir das schon wieder hatte passieren können. Ich lag nächtelang wach mit dem enttäuschten Gesichtsausdruck meines Vaters vor Augen. Sobald es um mich herum still wurde, habe ich meine Mutter und Jasmine schluchzen gehört. Es war schlimm.« Er hält inne. Bisher hatte er mir den Rücken zugewandt, doch jetzt dreht er sich um und lehnt sich gegen die Anrichte. »Es wurde besser, als ich dem Küchenteam zugeteilt wurde. Mit meinen Händen zu arbeiten hat meinen Kopf irgendwie ruhiggestellt. Kochen hat für mich etwas Meditatives. Man hat nicht viel Zeit nachzudenken, weil man seine Finger koordinieren muss. So etwas in der Art. Das hat mich gerettet. Und es hat mir eine Perspektive gegeben.« Er zuckt mit den Schultern.

Ich nicke langsam.

»Darf ich Ihnen den Nachtisch servieren, junge Dame?«, fragt er dann in einem völlig unbeschwerten Ton. Es ist faszinierend, wie er in einem Moment intime Details vor mir ausbreitet und im nächsten wieder vollkommen gelassen ist. »Es gibt Schokoladenkuchen, farciert mit flüssigem Schokoladenkern und mit Aprikosen-Reduktion nappiert.« Er grinst mich an, als er einen Teller vor mir abstellt.

»Das ist mit Abstand das beste Abendessen, das ich in meinem Leben hatte«, sage ich und meine es wirklich so.

Als ich den kleinen, runden Schokoladenkuchen, der mit einer Aprikosencreme überzogen ist, mit meinem Löffel zerteile, fließt tatsächlich flüssige Schokolade heraus.

Der Teig ist weich und saftig. Ich muss die Augen schließen, so gut schmeckt er. Ich bin tief bewegt davon, dass Malik für mich ein Menü nur aus Nachtischen gezaubert hat. Nie hat irgendjemand etwas Vergleichbares für mich getan. Dieser Mann, in dessen Gegenwart ich mich so wohlfühle wie sonst eigentlich nur mit mir selbst und der in meinen Augen so schön ist, dass ich gern meine Hände die ganze Zeit über sein Gesicht gleiten lassen würde, um sicherzugehen, dass das alles echt ist, hat mir an nur einem Abend gezeigt, dass ich wertvoll bin. Ohne Perücke, hochhackige Schuhe oder Silikoneinlagen. Es ist vollkommen egal, welche Vorbehalte ich irgendwann einmal gehabt habe. Mein Herz ist für Malik so weit geöffnet, wie es nur sein kann. Ich bin drauf und dran, mich völlig an ihn zu verlieren, und will mich mit keiner Faser meines Körpers dagegen wehren. Ich will mich fallen lassen, hier und jetzt und mit ihm zusammen.

20 Zelda sieht glücklich aus. Bei jedem Bissen Schokoladenkuchen, den sie sich in den Mund schiebt, schließt sie genüsslich die Augen. Ein Tropfen flüssiger Schokolade tropft von ihrer Lippe.

»Ups«, sagt sie und versucht ihn mit der Zunge zu erwischen.

Diese kleine Geste macht mich maßlos an. Noch weiß ich nicht, wohin dieser Abend – denn es ist inzwischen tatsächlich Abend – führen wird, aber ich weiß, dass ich wohl nicht derjenige sein kann, der sich zurückhält, wenn es darum geht, vernünftig zu sein. Und was ist schon vernünftig? Wir sind jung, wir fühlen uns offensichtlich zueinander hingezogen. Was auch immer zwischen uns passiert, verdient es nicht, als »unvernünftig« bezeichnet zu werden. Und warum soll es auch nicht funktionieren mit uns? Ja, wir kommen aus verschiedenen Welten. Ja, ich habe nicht die leiseste Ahnung, wie ihr Studentenleben funktioniert. Aber ich will es lernen. Ich will wissen, was sie tut und womit sie ihre Zeit verbringt. Ja, verdammt, ich will dabei sein, wenn sie ihre wahre Leidenschaft entdeckt. Denn ich bin mir sicher, das wird sehenswert. Sie hat jetzt schon so viel Energie. Wie muss es sein, wenn sie wirklich, wirklich für etwas eintritt?

»Soll ich mich um den Abwasch kümmern?«, fragt sie mit Blick auf den Geschirrberg in und neben der Spüle.

»Äh, nein, das musst du wirklich nicht«, sage ich schnell, aber sie ist schon aufgestanden und hat das Wasser angedreht.

Ich will nicht, dass sie den Abwasch macht. Das hier ist mein Abend für sie. Alles Nebensächliche kann warten. Ich stehe ebenfalls auf und stelle mich hinter sie. Ihre Hände sind bereits nass, doch ich halte sie am Handgelenk fest und lasse unsere Hände dann sinken. Nicht grob, aber bestimmt. Dann drehe ich das Wasser wieder ab.

»Malik«, sagt sie in leicht vorwurfsvollem Ton. »Lass mich das doch schnell machen. Das ist das Mindeste, was ich tun kann, nachdem du mich so phänomenal bekocht hast.«

»Es gibt andere Dinge, die wir tun könnten«, sage ich und fühle mich seltsam forsch dabei. Ich schätze, ich bin nicht unbedingt der geborene Romantiker. Außerdem ist in meinem Kopf kein Platz für etwas anderes als den Wunsch, sie endlich, endlich in die Arme zu schließen und zu küssen. Ich lasse langsam ihr Handgelenk los, doch sie macht keine Anstalten, sich wieder dem Abwasch zu widmen. Mir wird warm, und mein Herzschlag beschleunigt sich. Wir sind uns so nah, ihr Körper an meinem ist zart und warm. Ich lege langsam meine Arme um sie und ziehe sie in eine Umarmung. Als ich etwas schüchtern beginne, ihren Hals zu küssen, stöhnt sie genüsslich auf und lehnt sich gegen mich.

In einer fließenden Bewegung dreht sie sich zu mir um und schlingt die Arme um meinen Hals. Ich spüre, wie das Spülwasser meinen Rücken hinunterrinnt. Unsere Lippen finden sich. Es ist die gleiche Leidenschaft, die uns letztes Wochenende übermannt hat. Das Gefühl meines Mundes auf ihrem ist unbeschreiblich schön. Es fühlt sich an wie nach Hause zu kommen. Vertraut, geborgen. Und doch ist es so viel mehr. Die Sehnsucht, das Verlangen – beides möchte so unbedingt gestillt werden, dass ich seufze. Unsere Zungen treffen erst vorsichtig und sanft, dann in einem immer wilder werdenden Kampf aufeinander. Ich dringe tief in ihren Mund vor. Es ist, als würden wir uns gegenseitig von einem Mund in den anderen treiben. Vor und zurück. Unsere Zungen reiben sich aneinander, ebenso wie sich Zeldas Körper an meinem reibt. Sie vergräbt ihre Finger in meinen Haaren, und ich hebe sie hoch. Sie ist federleicht. Ich setze sie auf die Anrichte neben der Spüle und dränge mich zwischen ihre Beine. Unser Kuss wird immer forscher und leidenschaftlicher. Meine Hände krallen sich in ihr Haar, während sie sich beinahe verzweifelt an meinem Rücken festklammert.

Atemlos lassen wir den Kuss langsamer werden und unterbrechen ihn schließlich in stillem Einklang.

»Du bist wunderbar«, flüstert Zelda.

»Und du schmeckst so gut«, sage ich und senke meine Lippen erneut auf ihre. Ich sauge leicht an ihrer Unterlippe, und sie stöhnt leise.

»Ich schmecke nach deinem Essen«, sagt sie und kichert. »Das ist also im Grunde genommen Eigenlob.«

»Nicht nur«, erwidere ich und lehne meine Stirn an ihre. »Denn du schmeckst auch hier gut« – ich küsse sie auf die Schläfe – »und hier« – ich presse einen Kuss auf ihren Hals, und sie neigt genussvoll den Kopf. »Und hier« – meine Lippen wandern über ihr Schlüsselbein.

Zelda lässt ihre Hände unter mein Hemd wandern und tastet vorsichtig an meinen Hüften entlang. »Das wollte ich schon die ganze Zeit tun«, sagt sie leise. »Deine Haut berühren.«

Ich lege meine Hände links und rechts neben ihre Oberschenkel und genieße das Gefühl ihrer Hände auf mir. Sie ist zaghaft, sanft. Ihre Finger hinterlassen auf meiner Haut ein Kribbeln, das sowohl Genuss als auch süße Qual bedeutet. Mit meinen Daumen beginne ich, ihre Oberschenkel zu streicheln. Ich senke meine Lippen erneut auf ihre und lasse mich hinwegspülen von den Empfindungen, die ihre Berührungen in mir hervorrufen. Als ihre Hände den Druck auf meinen Körper verstärken, umfasse ich vor Lust ihre Oberschenkel. Kurz bin ich über die Kraft erschrocken, mit der ich ihr begegne, aber sie rutscht nur näher an mich heran, reckt mir ihr Becken entgegen, sodass meine heiße, pochende Erektion auf ihre Mitte trifft. Meine Finger wandern unter ihr Kleid. Ich verstärke den Druck nicht mehr, knete aber ihr weiches, wunderbares Fleisch, das mich vor Verlangen beinahe vergehen lässt. Mit den Daumen fahre ich zwischen ihren Beinen entlang und spüre ihre feuchte Hitze durch die Leggins und ihre Unterwäsche hindurch. Es bringt mich fast um den Verstand, sie nicht hier und jetzt auf der Stelle zu nehmen, ihr zu zeigen, wie sehr ich sie brauche. Ihr zu geben, was sie offensichtlich ebenfalls will.

»Ich habe etwas mitgebracht«, sagt sie atemlos.

Ich stoße ein amüsiertes und zugleich frustriertes Lachen aus. Uns jetzt zu unterbrechen! Das bringt nur Zelda zustande. Ich weiche zurück, und sie hopst einfach so von der Anrichte. Sie nimmt meine Hand und zieht mich hinter sich her.

»Weißt du noch, dass wir gesagt haben, wir wären beim nächsten Mal gern vorbereitet?«, fragt sie.

»Ja«, sage ich heiser, denn ich bin nicht mehr Herr über meine Sinne.

»Ich wollte nichts dem Zufall überlassen. Deswegen habe ich das hier mitgebracht.«

Aus ihrem Jutebeutel zieht sie eine Schachtel Kondome. Es ist nicht irgendeine Schachtel, sie sieht aus wie ein Jahresvorrat und ist identisch mit der Packung, die ich besorgt habe. Ich muss lachen und beuge mich zu ihr hinab, um sie erneut stürmisch zu küssen. Ich presse sie gegen die Wand, die Hand um ihren Hinterkopf gelegt, damit sie sich nicht stößt.

»Okay, komm«, sage ich, weil ich nicht mehr lange an mich halten kann.

Ich ziehe sie an der Hand hinter mir her in mein Zimmer. Es ist dunkel. Statt das Licht anzuschalten, lasse ich sie kurz los und stecke einen Stecker in die Steckdose. Im selben Moment erleuchten Lichterketten von Rhys' Dachgarten mein Zimmer und das Lager, das ich extra für uns gebaut habe.

Mein Blick kehrt zu Zelda zurück. In ihren Augen sehe ich Überraschung. Und Faszination. Sie strahlt.

»Wow«, haucht sie. »Es ist wunderschön.«

»Na ja«, sage ich ein wenig verlegen. »Mein Bett ist klein und knarzt. Ich musste mir etwas überlegen, das unseres ersten Mals würdig ist.« Und an ihrem Blick sehe ich, dass mir das gelungen ist. Ich habe aus Polstern und Decken ein Liebesnest gebaut und durch zwei Lichterketten eine wunderschöne, warme Atmosphäre geschaffen. Es gefiel mir schon vorhin, als ich alles ausprobiert habe, doch nun Zeldas Reaktion darauf zu sehen übertrifft meine Erwartungen und versetzt meinen Körper in eine kribbelige Vorfreude. Es wird passieren. Ich werde mit Zelda schlafen. Es ist, als würden sich auf Anhieb alle Sehnsüchte, die ich je in meinem Leben verspürt habe, auf einmal erfüllen.

Im Schein der kleinen Lämpchen glüht Zeldas Haut regelrecht, und der Anblick erinnert mich an den Abend, an dem wir uns zum ersten Mal begegneten. Damals war es zwischen uns anders, aber ich ahnte bereits, wie besonders und spektakulär sie war – und ist.

»Zieh mich aus«, sagt sie mit großen Augen, aus denen auf einmal pure Ernsthaftigkeit spricht.

Ich gehe auf sie zu. Meine Finger zittern, und mein ganzer Körper bebt. Ich ziehe ihr Kleid ein wenig hoch und lasse meine Hände darunterwandern. Doch statt es ihr auszuziehen, nehme ich den Saum ihrer Leggins zwischen die Finger und ziehe sie langsam hinunter. Ich knie mich vor sie und stelle ihr linkes Bein auf meinen rechten Oberschenkel. Meine Augen sind die ganze Zeit auf ihr Gesicht gerichtet. Keine Sekunde unterbrechen wir unseren Blickkontakt. Ganz langsam rolle ich die Leggins hinunter, während ich meine Finger über ihre seidige Haut fahren lasse. Dasselbe wiederhole ich mit ihrem anderen Bein. Zelda zieht mich wieder hoch, und ich taste an ihrem Nacken nach einem Reißverschluss. Ganz langsam öffne ich ihn. Das Geräusch jagt mir Schauer der Erregung über den gesamten Körper, und in meiner Hose zuckt mein Penis, der langsam droht die Kontrolle über mein Denken zu übernehmen.

Ich fahre unter das Kleid. Umfasse ihre schmale Taille mit meinen großen Händen. Dann schiebe ich das Kleid höher und höher, fahre dabei mit den Händen an ihrer Haut entlang. Wir sehen uns immer noch an. Ihre Lippen sind leicht geöffnet, und sie erbebt, als ich mit meinen Daumen am oberen Rand ihres BHs entlangfahre. Langsam hebt sie die Arme, und ich ziehe ihr das Kleid über den Kopf. Ich schlucke beim Anblick ihres nur noch mit Unterwäsche bekleideten Körpers. Sie ist so schön. So schön!

»Weiter«, flüstert sie, und ich lasse mich nicht zweimal bitten.

Mit hektischen Bewegungen löse ich ihren BH. Sie lässt die Träger von ihren Schultern gleiten, sodass der gesamte Stoff langsam von ihren Brüsten rutscht. Vorsichtig bedecke ich sie mit meinen Händen, die mir auf einmal viel zu grob vorkommen für so ein zartes, zauberhaftes Wesen. Zelda hat etwas Elfenhaftes, wie sie hier so entblößt vor mir steht.

Offensichtlich geht es ihr zu langsam, denn im nächsten Moment schüttelt sie ihren schwarzen Seidenslip von ihrer Fußspitze. Ich keuche. Für einen kurzen Moment muss ich innehalten, einen Schritt zurücktreten, sie in ihrer Gänze betrachten. Im Schein der Lichterketten wirkt ihre Haut nahezu golden. Ihre Brustwarzen sind steif, und sie hat eine leichte Gänsehaut. Ich ziehe sie eng an mich, um sie zu wärmen. Doch sie ist nicht kalt. Es muss die Erregung sein.

»Du bist dran«, raune ich, und sie macht sich sogleich daran, die Knöpfe meines Hemdes zu öffnen. Einen nach dem anderen, quälend langsam. Ich streife das Hemd von meinen Schultern und presse sie im nächsten Atemzug eng an meine Brust. Ich kann nicht widerstehen, muss ihre Haut auf meiner Haut spüren, weil ich das Gefühl habe, dass ich sonst vor Sehnsucht vergehe. Ihre perfekten Brüste federn gegen meine harten Bauchmuskeln, und mein Kopf schaltet sich aus. Ich küsse sie auf den Mund, auf ihre wunderschönen Lippen, auf ihren Mundwinkel. Meine Lippen finden ihren Hals und saugen leicht daran. Meine Hände verschränken sich mit ihren, und ich führe sie beide nacheinander zu meinem Mund und presse einen Kuss darauf, während ich tief in ihre Augen blicke. Als ich meinen Kopf zwischen ihre Brüste lege und mich langsam auf die Knie sinken lasse, um eine Spur aus Küssen von ihren Brüsten über ihren Bauchnabel bis zu ihren Hüften zu ziehen, beginnen ihre Beine zu zittern. Als Nächstes küsse ich den Flaum zwischen ihren Beinen, und Zelda entfährt ein leises Wimmern.

Langsam lässt auch sie sich auf die Knie sinken. Genauer gesagt, auf meine Knie. Sie presst ihre Lippen fest auf meine und stößt mit ihrer Zunge tief in meinen Mund. Mit ihrem nackten, makellosen Körper auf meinem Schoß lasse ich mich zurücksinken, bis wir gemeinsam in unserem Liebesnest zum Liegen kommen. Ohne den Kuss zu unterbrechen, macht sie sich an meinem Gürtel und meinem Jeansknopf zu schaffen, doch ich halte es nicht länger aus. Mit schnellen Bewegungen entledige ich mich meiner Hose und meiner Boxershorts. Einen kurzen Moment lang ist mir die Größe meiner Erektion, die zwischen meinen Beinen aufragt, nur allzu bewusst, aber im nächsten Moment rolle ich mich auf die Seite und ziehe Zelda ganz dicht an mich. Unser beider Nacktheit erregt mich – wenn es denn überhaupt möglich ist – noch mehr, und mein Penis zuckt an ihrer Hüfte. Ich fahre mit der Hand über ihren Körper, küsse ihre Brüste, sauge an ihren Brustwarzen, weil ich sie überall spüren muss. Sie bäumt sich mir entgegen, keucht sehnsüchtig und umklammert meinen Rücken in heißer Verzweiflung. Meine Haut ist vor Lust ganz empfindlich. Jede ihrer Berührungen nehme ich mit doppelter Intensität wahr, und es kostet mich eine ungeheure Anstrengung, nicht auf der Stelle fest und tief in sie einzudringen. Während wir uns keuchend küssen und den Körper des anderen erfühlen, merke ich, wie Zelda mit einer Hand ein Kondom aus der Pappschachtel kramt.

Ich muss an ihrem Mund lächeln, so sehr freue ich mich auf sie. Gleichzeitig überkommt mich eine entfernte Sorge, dass ich ihr wehtun könnte. Sie ist tough, aber jetzt, da sie nackt neben mir liegt, wirkt sie zerbrechlich, so als könnte ich sie kaputt machen.

»Ich werde ganz vorsichtig sein«, sage ich. »Um dir nicht wehzutun.«

»Ein kleines bisschen darfst du mir auch wehtun«, flüstert sie und lächelt. Es ist das Schönste, was ich je zu Gesicht bekommen habe. Dieses auffordernde, gespannte Lächeln auf ihrem warmen Gesicht.

Ich ziehe mir das Kondom über. Meine Hände zittern so sehr, dass ich kurz Sorge habe, es könnte mir misslingen. Schließlich ist es einige Zeit her, seit ich mit einem Mädchen intim geworden bin. Die letzten anderthalb Jahre habe ich wie ein Mönch gelebt. Erst gezwungenermaßen, dann freiwillig. Doch dieses Gefühl von Sicherheit und Geborgenheit, das ich in Zeldas Anwesenheit spüre, lässt mich meine Scheu vergessen.

Ich rolle mich auf sie, allerdings bin ich sehr darauf bedacht, sie nicht zu zerquetschen. Ich stütze mich mit den Ellbogen auf, sodass sie nicht meine komplette Last zu spüren bekommt. Mit einer Hand streiche ich über ihr Haar. Ich küsse sie auf die Stirn, die Schläfe, die Nase.

»Gott, bist du schön!«, entfährt es mir.

Um zu sehen, wie bereit sie ist, fahre ich mit meinem Zeigefinger an ihrer Spalte entlang. Sie ist heiß und feucht und stöhnt, als ich meinen Finger in ihre Wärme hineingleiten lasse. Ich kann mich nicht länger beherrschen und bringe mich in Position. Meine Spitze liegt an ihrem Eingang und wartet nur darauf, endlich in sie eindringen zu können.

Zelda

21 Malik küsst mich, hungrig und drängend. Ich schiebe ihm mein Becken entgegen, weil ich es nicht mehr aushalte, ihn immer noch nicht in mir zu haben. Er ist groß, aber ich vertraue Malik vollkommen. Langsam, ganz langsam dringt er in mich ein. Er zieht die Luft geräuschvoll durch die Zähne, als seine Spitze in mir ist. Ich muss mich erst daran gewöhnen, wie breit er ist, aber nach einem kurzen Moment ist es nicht mehr unangenehm, sondern einfach nur schön und perfekt, und Malik wagt sich weiter vor. Er schiebt sich Zentimeter für Zentimeter in mich hinein. Zunächst liege ich einfach nur da, überwältigt von der Empfindung, ihn in mir zu haben. Er zieht sich wieder leicht zurück und stößt dann ein wenig weiter vor.

»Ist das okay?«, fragt er besorgt.

»Es ist mehr als okay«, flüstere ich. »Es ist … unglaublich! Du bist unglaublich.«

Er schmunzelt auf eine wahnsinnig sexy Weise und zieht sich wieder zurück. Dann dringt er das erste Mal komplett in mich ein, und ich keuche. Er berührt mich an einer Stelle, an der vor ihm noch nie irgendjemand war. Er ist so tief in mir, dass ich Sterne sehe. Ich schließe die Augen und konzentriere mich auf das Gefühl, das er in meinem Inneren auslöst, einfach nur, indem er sich auf und ab bewegt. Zögerlich und vorsichtig. Ich gewöhne mich langsam an ihn, bin jedoch noch unfähig, mich zu rühren.

Mein ganzer Körper kribbelt und zittert. Nachdem er sich noch ein wenig in mir bewegt hat, kann ich schließlich seinen Rhythmus erwidern – wenn auch zunächst zaghaft. Er verschränkt unsere Hände miteinander. Ein leichter Schweißfilm bildet sich auf seiner Haut, vermutlich, weil es ihn so eine Anstrengung kostet, sich zurückzuhalten.

Unsere Bewegungen werden mutiger. Ich werde mutiger. Er stößt ein wenig fester, und mein Gehirn versagt seinen Dienst. Noch fester und noch fester. Ich bewege mich mit ihm, gegen ihn, höre das Geräusch von Haut, die auf Haut trifft. Ich kann an nichts denken als an die süße Empfindung, die er in mir auslöst. Ich merke, wie ich mich um ihn zusammenziehe. Bisher wusste ich gar nicht, dass der Punkt in mir, den er gerade stimuliert, überhaupt existiert. Die Intensität ist beinahe unerträglich. Sie ist köstlich. Sie ist zu viel. Er stöhnt, ich keuche. Mit ein paar weiteren festen, tiefen Stößen bin ich so weit. Ich bäume mich auf und erschaudere, als sich eine zitternde Wärme in mir breitmacht und jeden Millimeter meines Körpers mit kalten Flammen überzieht. Im nächsten Moment erlebt auch Malik seinen Höhepunkt, den er mit weiteren Stößen zur Vollendung bringt. Wir kommen beide so heftig, dass er danach auf mir zusammenbricht und sich nicht mehr bewegt. Ich habe mich vollkommen aufgelöst. Malik hat mich in meine Einzelteile zerlegt.

Wir sind beide nass geschwitzt und vollkommen befriedigt. Nach einer Weile rollt Malik sich neben mich, entledigt sich des Kondoms und sieht mich direkt an. In seinem Blick liegt Ungläubigkeit.

»Ich ... das ...«, stammelt er.

»Ich weiß«, erwidere ich und streiche mit meinen Fingerkuppen über seinen Rücken.

»Ich habe so etwas noch nie gespürt«, sagt er.

»Ich auch nicht«, gestehe ich.

»Ist alles okay bei dir?«, fragt er dann mit einer Sorgenfalte zwischen den Augenbrauen. »Ich wollte nicht so ... so grob ... aber es ging nicht. Ich konnte mich nicht zurückhalten.«

»Es ist alles gut«, sage ich und schenke ihm zum Beweis ein vollkommen glückliches Lächeln. »Es war perfekt.«

»Das war es«, erwidert er, und doch wirkt er nicht so entspannt wie ich.

»Was ist los?«, frage ich deswegen.

»Ich ... ich versuche nur irgendwie zu verstehen, was zwischen uns passiert ist.«

»Ich weiß, was du meinst.« Denn auch ich habe noch nicht ganz begriffen, wie man sich von einem Moment auf den anderen so sehr mit einem Menschen fallen lassen kann.

»Erst ist da nichts. Und plötzlich ...«, sagt er.

»... plötzlich ist da alles«, beende ich seinen Satz.

Malik nickt langsam. Er lässt den Blick langsam über meinen nackten Oberkörper wandern. Mit einiger Genugtuung merke ich, dass seine Augen in der Bewegung innehalten, als sie an meinen Brüsten ankommen. *In your face*, blöde High Society. Niemand braucht schreckliche Silikoneinlagen, um schön zu sein! Dann sieht Malik mich direkt an.

In seinem Blick erkenne ich Verblüffung und noch etwas anderes. Ist es Zärtlichkeit? Ich streiche ihm langsam über die Wange. Malik zieht mich in seine Arme und hält mich fest. Ich spüre seinen starken regelmäßigen Herzschlag. Mit seinen rauen Fingern streicht er sanft über meine Haut. Eine gefühlte Ewigkeit bleiben wir in dieser

Pose. Eng beieinander, vertraut und doch eigentlich noch immer unbekannt. Ich genieße seinen Duft, und auch er atmet tief ein. Es ist ein Zustand der absoluten Entspannung und des gleichzeitigen Festhaltens aneinander.

»Ich wünschte, ich könnte für immer in dieser Position bleiben«, sage ich in die Stille hinein.

»Ich würde dich für immer halten«, gibt er zurück und klingt absolut ernst. Wenn ich einen Wunsch frei hätte, würde ich in diesem Moment genau darum bitten. Dass er mich nie wieder gehen lassen muss. Dass ich für immer mit ihm verbunden bin. Ich weiß, dass es ein naiver Gedanke ist, aber das Gefühl von meinem Körper in seinen kräftigen, muskulösen Armen erfüllt mich sowohl mit dem unbändigen Drang zu leben als auch mit einer Ruhe, die sich wie ein Schutzmantel um uns hüllt. Es ist, als gäbe es außer uns nichts mehr auf dieser Welt. Jeder andere Gedanke ist auf unbestimmte Zeit in weite Ferne gerückt.

»Weißt du was?«, sage ich, weil mein Kopf langsam wieder beginnt, zu seinen normalen Fähigkeiten zurückzufinden. »Wir hätten uns den Nachtisch für jetzt aufheben sollen.«

Malik gluckst. Seine Augen sind geschlossen. »Das kann nicht dein Ernst sein. Wie viel Zucker verträgt ein Mensch?«

»Das sollten wir vielleicht mal in einem Experiment herausfinden. Du schüttest ihn in mich hinein, und ich sage Stopp, wenn die Obergrenze erreicht ist.«

»Falls sie jemals erreicht wird, meinst du.« Er küsst mich auf den Kopf und umfasst mich mit seiner Hand. »Ich habe drei kleine Kuchen gebacken. Einen wollte ich Rhys übrig lassen, aber ich finde, du solltest ihn haben, wenn du ihn wirklich willst.«

Ich mache ganz große Augen. »Und ich dachte, du könntest gar nicht mehr wundervoller werden! Wie man sich täuschen kann!«

Er löst sich von mir und steht leicht schwankend auf. Der Sex ist offensichtlich an uns beiden nicht spurlos vorübergegangen. Ich ziehe eine der Wolldecken zu mir, und als Malik wiederkommt, habe ich sie um mich gewickelt.

»Hey«, sagt er. »Den Kuchen gibt's nur, wenn die Decke wieder verschwindet.« Er setzt sich mit einem Teller neben mich. »Es ist nichts, was ich nicht schon gesehen hätte. Oder berührt hätte. Oder geschmeckt hätte.«

»Man soll für den anderen geheimnisvoll bleiben«, erwidere ich frech. »Weiß jedes Mädchen ab vierzehn. Das kannst du in rosafarbenen Magazinen nachlesen. Außerdem darin: Zwischen zu dick und zu dünn gibt es nur eine Handvoll südamerikanischer Schauspielerinnen, deren Kurven an genau der richtigen Stelle sind, Cellulite ist das Ende von allem Lebenswerten, und wenn du willst, dass er wirklich auf dich steht, sei bloß nie du selbst.«

»Was ist das denn für Bullshit?«, fragt Malik und steckt mir eine Kuchengabel in den Mund.

»Das sind wertvolle Tipps, die uns fürs Leben mitgegeben werden. Klasse, oder?«, sage ich mit vollem Mund und verdrehe die Augen.

»Bitte sei immer du selbst«, sagt Malik und schiebt mir weiter Kuchen in den Mund.

Als wir gemeinsam aufgegessen haben – denn ein bisschen was musste ich ihm natürlich abgeben –, zupft Malik an der Decke. Ich lasse sie sinken, sodass er mich wieder ansehen kann. Es scheint ihm so ein großes Vergnügen zu bereiten, dass ich ganz rot werde. Zwischen seinen Beinen regt sich bereits wieder eine Erektion, und ich muss schmunzeln. Obwohl ich eigentlich noch völlig befriedigt bin, werde ich beim Gedanken an eine zweite Runde mit Malik schwach und angle nach einem weiteren Kondom.

Diesmal brauche ich nicht so lang, bis ich mich an ihn gewöhnt habe. Es ist, als hätte sich mein Körper nun auf ihn eingestellt. Wir sind weniger hungrig, konzentrieren uns stärker aufeinander als auf das, was mit uns passiert. Wir sehen uns die ganze Zeit an, während wir uns langsam hin und her wiegen. Es ist ebenso intensiv wie beim ersten Mal, ebenso bombastisch. Aber wir scheinen uns einander nun sicherer zu sein. Die Bestätigung, dass wir uns nah sind, brauchen wir nicht so dringend wie zuvor. Es ist mehr Gewissheit zwischen uns, mehr Sicherheit. Es ist so schön, dass ich kurz überlege, ob ich weinen darf, als ich komme. Aber ich schlucke die Tränen des Glücks und der Hingabe hinunter.

Nach der zweiten Runde sind wir so ausgelaugt, dass wir uns Arm in Arm in die Decken kuscheln. Ich habe das Gefühl, dass von mir nur noch eine Hülle übrig ist. Eine platte, zufriedene, glückliche Hülle, die nichts anderes braucht als Malik.

Am nächsten Morgen klingelt Maliks Wecker, als es noch dunkel ist.

»Entschuldige«, sagt er. »Schlaf weiter. Ich muss mich leider fertig machen.«

»Nein«, krächze ich. »Du musst hierbleiben.«

»Ja, das muss ich. Ich weiß. Aber es geht nicht. Komm her«, schiebt er hinterher und zieht mich in seine Arme. Er ist warm und groß. Er strahlt Geborgenheit aus. Und er duftet nach Sex und Malik.

Er schaltet die Lichterketten ein, sodass wir uns ansehen können.

»Hi«, sage ich ein bisschen schüchtern, als sich unsere Blicke treffen. Es ist nicht das erste Mal, dass ich neben einem Kerl aufwache, aber es ist definitiv schon eine Weile her. Und überhaupt bin ich noch nie neben einem Kerl aufgewacht, der mich auch nur ansatzweise so umgehauen hätte wie Malik.

»Guten Morgen«, erwidert er mit seiner dunklen Morgenstimme. Er lächelt mich ein bisschen unsicher an.

Wir scheinen uns beide nach der Intensität der letzten Nacht heute Morgen ein bisschen fremd zu sein. Aber das ist nichts, worüber ich mir Sorgen mache. Ich schmiege mich eng an ihn und genieße die letzten Minuten, die wir miteinander haben, ehe er in die Arbeit muss.

»Bevor ich es vergesse«, sagt er. »Meine kleinen Schwestern haben Bilder für dich gemalt.«

Er streckt sich nach der Kommode hinter ihm und tastet nach etwas. Dann präsentiert er mir zwei Kinderbilder.

»Ich glaube, das hier ist ein Hund«, sagt er und deutet auf das eine Bild. »Und das hier bin ich mit meinen Schwestern, schätze ich.« Er lächelt. »Du musst sie nicht mitnehmen, aber ich habe Ellie und Esther versprochen, dass ich sie dir gebe.«

»Bist du verrückt?«, frage ich voller Rührung. »Die sind großartig! Natürlich nehme ich sie mit!«

Er löst sich mit einem Seufzen von mir, um duschen zu gehen, und ich beschließe, dass ich keine Lust habe, hier alleine zu liegen. Also ziehe ich mir mein Kleid über und tapse barfuß in die Küche, wo ich mich doch noch um den Abwasch kümmere.

Als er – nur mit einem Handtuch bekleidet und noch

feucht glänzend – an der Küche vorbeiläuft, hält er inne und schüttelt den Kopf.

»Du bist verrückt«, sagt er lächelnd.

»Ja, das kann schon sein«, erwidere ich. »Aber auf eine gute Art.«

»Definitiv auf eine gute Art«, sagt Malik und beugt sich zu mir herunter, um seine warmen Lippen auf meine zu legen.

Den ganzen Tag bin ich wie in Trance. Einerseits hängt es damit zusammen, dass ich nicht genug geschlafen habe. Andererseits ist mein Kopf ganz still nach letzter Nacht. Ich kann nur dämlich vor mich hin grinsen, verträumt an meinen Stiften herumkauen und daran denken, wie perfekt Malik und ich zusammen sind. Als wären wir füreinander bestimmt – um mal etwas grausig Kitschiges zu sagen. Zwischen meinen Beinen brennt es ein wenig, weil ich wund bin, aber selbst dieses Gefühl erfüllt mich mit einem so ungeheuren Glück und einer wunderbaren Ruhe, dass ich es kaum fassen kann. Ich weiß nicht, ob ich diesen Zustand der völligen körperlichen, aber vor allem auch emotionalen Entspannung je schon einmal gespürt habe. Ich würde mal auf Nein tippen. Es ist, als wäre die Welt heute nur für mich da. Die Farben, die Geräusche, die Düfte. Ich habe den Eindruck, ich bin ihr Mittelpunkt und alles andere zieht einfach so an mir vorbei. Die Welt ist berückend schön.

Am Abend bin ich in der WG und kann immer noch nicht verbergen, wie glückselig ich bin. Arush und Leon werfen sich vielsagende Blicke zu. Sie wissen beide, dass ich gestern ein Date hatte.

»Habt ihr Lust auf Teil zwei der Pinguin-Doku?«, fragt Arush, und ich laufe einfach dämlich hinter ihnen her ins Wohnzimmer, weil ich zu mehr nicht in der Lage bin. In Gedanken bin ich nur bei Malik. Wo ist er? Wie war sein Tag? Geht es ihm so gut wie mir? Ich schreibe ihm eine Nachricht.

Ohne, dass ich wirklich begreife, was die Pinguine machen, starre ich auf den Fernseher. Sie haben Junge bekommen, die sich zu einem einzigen Flaumball zusammengedrängt haben, um sich vor einem Schneesturm zu schützen.

Mein Handy vibriert. Es ist eine Nachricht von Malik! Sofort setze ich mich auf.

Was machst du heute noch? Hast du Lust, mich zu sehen?, steht da auf meinem Display, und sofort beschleunigt sich mein Herzschlag. O Gott, verdammt noch mal, ja, ich habe Lust, ihn zu sehen!

Ja!, antworte ich sofort. Und ein debiles Grinsen tritt auf mein Gesicht, das auch Leon und Arush nicht entgeht.

»Wann lernen wir ihn kennen?«, fragt Leon.

»Ja, wann stellst du uns deinen Zukünftigen vor? Wir müssen doch schließlich wissen, ob er gut genug für dich ist«, sagt Arush, und ich zeige ihnen meinen Mittelfinger.

»Charmant wie eh und je«, witzelt Leon.

Keine zehn Sekunden später vibriert mein Handy erneut. *Wann würde es dir passen?*

Der frühest mögliche Zeitpunkt wäre jetzt, schreibe ich.

Bei dir?, fragt er.

Komm vorbei, wann du willst, tippe ich in mein Handy.

Ich bin, ehrlich gesagt, schon vor deiner Tür, schreibt er und schickt einen Smiley hinterher.

Mein Herz beginnt zu rasen, und ich springe auf.

»Ihr könnt ihn *jetzt* kennenlernen«, sage ich. »Aber nur, wenn ihr euch benehmt.«

»Wann haben wir uns jemals nicht …«, sagt Arush, aber ich bin schon zur Tür raus. Ich laufe in den Flur und drücke den Türöffner. In mir tobt es. Vor Freude und Aufregung. Als ich die Wohnungstür öffne, höre ich seine Schritte auf den Treppenstufen knarzen. Er geht schnell, nimmt immer zwei Stufen auf einmal. Als er die letzte Treppe erreicht hat, sieht er auf. Unsere Blicke treffen sich, und ich kann nicht anders, als breit zu strahlen. Auch sein Mund verzieht sich zu einem Lächeln. Mein Kopf, der den ganzen Tag ohnehin nur auf Sparflamme gearbeitet hat, schaltet sich komplett aus, und ich bin nur noch in der Lage zu fühlen, nicht mehr zu denken. Ich trete an die oberste Stufe, und als unsere Köpfe auf gleicher Höhe sind, lasse ich mich in seine Arme sinken.

Er hält mich ganz fest, umfasst meinen Kopf und drückt ihn gegen seinen.

»Zelda«, flüstert er. »Zelda.«

»Ich bin froh, dich zu sehen«, sage ich und fahre durch seine Haare.

»Und ich erst!«, sagt er. Er drückt meinen Körper an sich.

»Du hast es nicht ausgehalten.« Meine Stimme ist leise.

»Was meinst du?«

»Du hast es nicht einen Tag ohne mich ausgehalten.«

Ich nehme ihn an der Hand und führe ihn in die Wohnung. Ich versuche den Flur mit seinen Augen zu sehen. Was denkt er wohl beim Anblick der Konzertkarten und Fotos, die an der Wand hängen?

»Der indische Zorro?«, fragt er amüsiert, als er das Poster erblickt, das immer noch an der rot gestrichenen Wand hängt.

»Großes Kino«, sage ich amüsiert und will ihm gerade von Arushs Aversion erzählen, als mir auffällt, dass wir bislang noch gar nicht über meine Mitbewohner gesprochen haben.

Wie aufs Stichwort ruft Leon aus dem Wohnzimmer: »Nicht gleich in deinem Zimmer verschwinden!«

Malik blickt mich fragend an.

»Ich muss dich wohl vorstellen«, sagt Zelda. »Sonst sorgen sich meine Mitbewohner.«

Ich hoffe, ich überrumple Malik nicht. Aber er kommt hinter mir her ins Wohnzimmer.

»Leon, Arush, das ist Malik«, sage ich und ziehe Malik hinter mir in den Raum. Es ist mir etwas unangenehm, wie die beiden ihn mustern, aber dann benehmen sie sich doch.

»Hi, Malik«, sagt Arush und streckt ihm die Hand hin.

»Freut mich«, sagt Leon und reicht ihm ebenfalls die Hand.

»Magst du Pinguine?«, fragt Arush und deutet auf den Fernseher.

»Äh. Ja, ich denke schon.« Malik klingt etwas unsicher.

»Dann setzt euch zu uns. Diese Doku ist der Wahnsinn. Ein Babypinguin hatte sich verlaufen. Aber seine Mutter hat ihn gerade wiedergefunden. Puh.«

»Fünf Minuten, Jungs«, verkünde ich. »Dann will ich ihn für mich haben.« Ich drücke Maliks Hand.

Arush setzt sich neben Leon und macht so eins der Sofas für uns frei. Ich setze mich auf Maliks Schoß.

»Ist das okay für dich?«

Er nickt und legt die Arme um mich.

»Kennt ihr euch aus der Uni?«, will Leon wissen.

»Ähm, nein.« Malik räuspert sich, als würde er sich auf einmal nicht mehr wohlfühlen.

Ich werfe Leon einen genervten Blick zu, doch der zuckt nur unbeholfen mit den Schultern.

»Ich studiere nicht. Ich mache eine Ausbildung zum Koch«, sagt Malik.

»Das ist ja cool.« Arush klingt ehrlich begeistert. »Wenn du Versuchsobjekte für deine Kochkünste brauchst, weißt du ja, wo du uns findest.«

»Wir wissen nicht einmal, ob unser Herd funktioniert«, gebe ich zu bedenken. »Oder ob es sicher ist, ihn zu benutzen.« Es könnte lebensgefährlich sein, den Herd anzuschalten. Zumindest sieht er so aus.

»Wir sind sehr wohl in der Lage, Reste in der Mikrowelle aufzuwärmen. Gibt es manchmal Reste?«, fragt Leon.

»Okay, das war's«, sage ich. »Fünf Minuten sind um.« Sonst vergraulen sie ihn noch.

»Hat mich gefreut, Malik«, sagt Arush, und Leon schiebt ein »Bis bald!« hinterher.

Mein Zimmer ist nicht sehr ordentlich. Es ist eigentlich das genaue Gegenteil von ordentlich. Selbst die Wände sind chaotisch. Ich habe sie mit Postern von Filmen und Bands tapeziert, dazwischen hängen kleine Zeitungsausschnitte oder Fotos, unter denen die Wand völlig verschwindet. Die beiden Bilder von Maliks Schwestern habe ich auch schon aufgehängt. Als er sie sieht, lächelt er. Mein Kleiderschrank steht offen, und über die Tür habe ich Klamotten geworfen. Schals, Kleider, Hosen, was auch immer. Mein Schreibtisch, der neben dem Fenster steht, ist über und über mit Kram bedeckt. Kleine Schmuckschachteln neben Nagellackfläschchen. Stapelweise Bücher, Hefter und lose Blätter. Auf einer dunkelbraunen Kommode mit passendem Spiegel verteilt sich mehr Schmuck und Make-up. Plastikblumen in Glasvasen stehen zu beiden Seiten des Spiegels, von dem bunte Ketten herabhängen. In diesem Moment ist es mir ein bisschen peinlich, dass ich derart chaotisch bin. Aber es ist ja nicht gerade so, als hätte ich viel Zeit gehabt aufzuräumen.

»Wow«, sagt Malik. »Das ist ein ausgefallenes Zimmer.«

»Findest du?«

»Ich stelle mir vor, dass es ungefähr so in deinem Kopf aussieht.«

»Ja, ungefähr. Wahrscheinlich komme ich deswegen nie zur Ruhe. Zu viele Eindrücke.« Ich zucke mit den Schultern und lasse mich auf das große Doppelbett sinken, das in die Mitte des Raums ragt. Eine gebatikte Tagesdecke liegt darüber. Stimmt es? Ist mein Zimmer wirklich der Spiegel meines Kopfs? Der Gedanke fasziniert mich.

»Also, erzähl«, sage ich lächelnd. »Was bringt dich her?«

»Ich hatte einen schlimmen Tag. Und ich wusste, das Einzige, das ihn noch retten kann, bist du.«

»Jetzt bin ich unschlüssig, ob ich mir wünschen soll, dass du immer schlechte Tage hast, wenn das bedeutet, dass du dann herkommst.« Ich muss grinsen, aber Malik versteht, was ich sagen will.

 *Malik*

22 Während der nächsten Tage ist es, als würde ich schweben. Wir verbringen jede freie Sekunde miteinander, was einerseits dazu führt, dass ich konstant übermüdet bin. Andererseits macht es mich so glücklich, dass ich nicht im Traum darauf käme, es mir anders zu wünschen.

Nach meiner anfänglichen Schüchternheit gegenüber Leon und Arush verstehe ich mich mit den beiden inzwischen ziemlich gut. Sie haben mir sogar vorgeschlagen, einen Trash-Film für ihren wöchentlichen DVD-Abend auszusuchen. Laut Zelda eine ungeheure Ehre. Leider hatte ich Spätschicht und musste absagen.

Es ist nicht nur unendlich schön, mit Zelda zusammen zu sein, es ist auch aufregend und witzig. Es ist alles, was ich mir je vom Zusammensein mit einem anderen Menschen erträumt habe. Zelda ist mein Anker. Mein Zuhause. Mit ihr bin ich sicher. Selbst Cléments Ausbrüche ertrage ich mit einer Gelassenheit, die mir Lennys grenzenlose Bewunderung einbringt. Es zahlt sich aus, denn als eine Küchenhilfe ausfällt, bin ich derjenige, der gefragt wird, ob er Carl, dem *Hors-d'œuvier*, assistieren möchte. Und ob ich möchte! Alles fügt sich. Auch wenn es mit den Wochenendschichten, die ich ab und zu schieben muss, ziemlich anstrengend ist.

Doch Zelda verbringt ohnehin viele Wochenenden mit ihrer Familie, was sicher gut für sie und das Verhältnis zu ihren Eltern ist. Sie erzählt nicht viel über ihre Eltern und Brüder und ist somit das genaue Gegenteil von mir. Nicht, dass es mich stört. Aber ich wünsche mir, dass sie, was auch immer vorgefallen ist, aus der Welt schaffen kann.

Heute habe ich endlich die Gelegenheit, Zelda an der Uni zu besuchen. Ich werde sie abholen, und dann gehen wir zusammen zu einer Open-Mic-Session in einem der Studenten-Cafés. Ich bin ein wenig nervös, weil ich nicht weiß, was mich erwartet. Die Universität ist für mich etwas Fremdes, ein Luxus, der nie zur Debatte stand. Erst recht nicht nach meinen katastrophalen Jahren als Teenager. Ich fühle mich ein wenig außen vor, als könnte man mir ansehen, dass ich nicht Teil davon bin. Deswegen bin ich ziemlich froh, dass Jasmine heute mitkommt. Sie möchte dringend meine Freundin kennenlernen, und auch Zelda freut sich schon.

Von ferne habe ich den Campus bereits gesehen, aber wir befinden uns nun in einem Teil von Pearley, in dem ich nie viel Zeit verbracht habe. Ich weiß nicht, ob Jasmine überhaupt schon einmal hier war.

»Wow«, sagt sie, als wir um eine Ecke biegen und den ersten richtigen Blick auf das alte Hauptgebäude werfen können, das sich inmitten von Wiesen beeindruckend gegen den blauen Himmel abhebt. »Hier geht man also hin, wenn man ein Superhirn ist.«

»Oder Geld hat«, sage ich. Denn aus Zeldas Erzählungen weiß ich, dass hier sicher nicht jeder ein Superhirn ist.

»Siehst du sie?«, fragt Jasmine.

Ich blicke mich um. Über die Wiese verstreut sitzen viele Studentengrüppchen. Einige lesen, andere unterhalten sich. Weiter hinten werfen ein paar Kerle eine Frisbee hin und her. Alles wirkt friedlich und entspannt. Niemand ist gehetzt. Das genaue Gegenteil von meinem Arbeitsplatz also.

»Ist sie das?«

Ich folge Jasmines Blick und sehe Zelda, die aufgestanden ist und winkt.

»Ja«, sage ich mit einem Lächeln auf den Lippen. Ich winke zurück.

Zelda kommt uns entgegen. Auf halber Strecke treffen wir uns.

»Hi«, sagt sie und küsst mich. Dann wendet sie sich an Jas. »Du musst Jasmine sein. Ich bin Zelda.« Kurz entschlossen zieht sie meine kleine Schwester in eine Umarmung.

»Hi«, sagt Jasmine und legt ihre Arme um Zelda, die sie mit ihren fünfzehn Jahren schon um gut zehn Zentimeter überragt.

Wir setzen uns zu Zeldas Kommilitonen, und erleichtert stelle ich fest, dass es sich um Tamsin und einen Kerl namens Sam handelt, den ich von Rhys' Party kenne.

Ich bin ganz begeistert, wie gut sich meine kleine Schwester in die Gruppe einfügt. Ohne jede Scheu fragt sie Sam, was er studiert und wo er herkommt. Sie wird nur kurz ein bisschen leiser, als sie merkt, dass Tamsin Rhys' Freundin ist. Aber Tamsin ist so nett, dass Jasmine nicht lange eifersüchtig sein kann.

»Lackierst du deine Nägel selbst?«, fragt sie dann an Zelda gewandt.

»Ja«, erwidert Zelda und blickt auf ihre orangefarbenen Nägel.

»Ganz schön gut«, sagt Jasmine. »Ich kriege das nie so hin.«

»Jahrelange Übung.« Zelda zieht zwei Fläschchen Nagellack aus ihrer Tasche. »Willst du?«, fragt sie.

»Gern«, sagt Jasmine und sucht sich das etwas konservativere Lila aus.

Es macht mich froh zu sehen, dass Jasmine und Zelda sich annähern. Nicht, dass ich Angst gehabt hätte, sie könnten sich nicht mögen. Trotzdem ist es beruhigend zu wissen, dass Zelda zu meiner Familie passt. Ich wüsste nicht, wie ich meiner Familie gegenübertreten sollte, wäre das nicht der Fall.

»Zu Hause habe ich ungefähr jede Farbe, die du dir vorstellen kannst. Wenn du willst, kannst du mal vorbeikommen, dann lackiere ich dir einen ganzen Regenbogen«, bietet Zelda an, und Jasmine strahlt. »Malik soll dir meine Nummer schicken.«

»Cool, danke«, sagt Jasmine. »Die Mutter von meiner besten Freundin hat ein Nagelstudio. Da möchte ich gern arbeiten. Wenn ich mit der Schule fertig bin«, schiebt sie schnell noch hinterher, als sie meinen Blick sieht.

Die Open-Mic-Night findet in einem Café statt, das sich auf dem Campus befindet. Als wir eintreffen, ist der Raum bereits gut gefüllt, aber wir ergattern noch einen Tisch neben der Eingangstür relativ weit entfernt von der Bühne.

»Ich hole die erste Runde«, verkündet Sam. »Was wollt ihr?«

Alle äußern ihre Getränkewünsche. Jasmine versucht auch ein Bier zu bestellen, aber ich schüttle den Kopf.

»Also gut, dann nehme ich eine Cola«, sagt sie und streckt mir die Zunge heraus.

»Ich helfe dir tragen«, biete ich an und folge Sam an die Theke.

Während wir darauf warten, dass wir an der Reihe sind,

unterhalten wir uns. Er ist echt nett, gibt mir keine Gelegenheit, mich unwohl zu fühlen.

»Deine Schwester ist witzig«, sagt er, als wir ein bisschen weiter vorrücken. »Voll in der Pubertät, oder?«

»Mittendrin«, bestätige ich. »Ist nicht immer ganz leicht.« Ich grinse beim Gedanken an Ma und Jasmine, die sich heftige Wortgefechte über Kleinigkeiten liefern.

Meine Anspannung von vorhin ist beinahe verflogen. Die Universität mag vielleicht unbekanntes Terrain für mich sein, aber die Stimmung ist gelöst und freundlich. Das Publikum ist ohnehin bunt gemischt, sodass niemandem auffällt, dass Jasmine und ich keine Studenten sind. Ich merke, wie meine Schultern lockerer werden, und lasse meinen Blick durch das Café schweifen. Einige der Studenten haben Gitarren mitgebracht. Eine junge Frau, die offensichtlich hier arbeitet, geht mit einer Liste von Tisch zu Tisch und fragt, ob noch jemand einen Slot zum Auftreten will.

Als wir an unseren Tisch zurückkehren, erläutert Zelda gerade die Vorzüge des WG-Lebens, und Jasmine bekommt ganz große Augen.

»Ich möchte mit meiner besten Freundin zusammenziehen. Endlich weg von meinen kleinen Geschwistern.«

»Ich konnte auch nicht schnell genug von zu Hause wegkommen«, sagt Zelda. »Auch, wenn meine Brüder alle schon ausgezogen waren. Aber es geht nichts über Unabhängigkeit, finde ich.«

»Ich liebe es, dass ich selbst bestimmen kann, was in meinen Kühlschrank kommt. Das ist das Beste!«, sagt Tamsin und lacht.

Ich lehne mich zurück, trinke einen Schluck von meinem Bier und genieße es, alles auf mich wirken zu lassen. Unter dem Tisch streicht Zelda mit der Hand über mein Bein. Sie lässt die Finger immer weiter wandern, bis sie sich einer empfindlichen Stelle nähert. Sie grinst mich an, wohl wissend, wohin sich meine Gedanken bewegen. Ich verschränke unsere Hände miteinander, damit sie mich nicht weiter necken kann. Dies alles hier, das unbeschwerte Leben, mein Glück mit Zelda, die Gesellschaft meiner Schwester, macht mich unheimlich froh und dankbar. Dass es eines Tages so leicht sein würde, hätte ich mir nie träumen lassen.

Der erste Act wird angekündigt. Es sind zwei Studentinnen mit ihren Gitarren, die zweistimmig Folksongs singen. Obwohl es eigentlich nicht meinen Musikgeschmack trifft, ist es schön, und ich merke, wie ich immer weiter in diese Blase aus Glück hineingesogen werde. Die beiden spielen zwei Songs und eine Zugabe.

Als Nächstes steht eine A-cappella-Gruppe auf der Bühne. Auch sie sind gut – und vor allem witzig. Ihre Interpretationen von Popsongs sind wirklich gelungen.

Auf einmal tritt ein Kerl hinter Zelda und hält ihr die Augen zu. Er hat ein paar Kumpels im Schlepptau, die im Hintergrund herumlungern. Er selbst hat die Statur eines Football-Spielers und ein Gesicht, das mir nicht unbedingt sympathisch ist. Er wirkt auf den ersten Blick etwas überheblich.

»Hey!«, sagt Zelda und versucht sich umzudrehen.

»Wer bin ich?«, sagt der Typ, und mir wäre es lieber, er würde Zelda nicht auf diese Art anfassen. Denn offensichtlich ist es ihr auch unangenehm.

»Jason«, sagt Zelda in einem leicht genervten Ton. »Wer sonst würde ungefragt in meinen persönlichen Raum eindringen?«

Er lacht und grüßt in die Runde. Dann zieht er einen Stuhl heran und setzt sich zwischen Zelda und mich.

»Na, Hübsche?«, fragt er. »Wie ist die Stimmung?«

Ich runzle die Stirn. Aber wahrscheinlich ist es einfach seine Art. Kerle wie er vermitteln oft den Eindruck, als gehöre ihnen die Welt. Ich kenne das und will mich nicht davon einschüchtern lassen.

»Bombastisch. Die Jungs sind echt gut«, sagt Zelda. »Aber ich schätze, ihr solltet euch einen anderen Tisch suchen. Deine Entourage hat hier leider keinen Platz mehr.«

»Keine Sorge«, sagt er. »Wollte nur kurz hören, wie es meiner Tischdame geht.«

Ich blicke Zelda fragend an, aber sie sieht nicht her.

»Sehr gut«, sagt sie. »Noch besser, wenn ich mich jetzt wieder meinen Freunden widmen kann.«

Bei diesen Worten dreht sich Jason zu mir um und reicht mir die Hand. »Hi, Freund von Zelda. Ich bin Jason. Es stört dich doch nicht, wenn ich hier sitze?«

Ich bin etwas überrumpelt und sage nur: »Nein, schon in Ordnung.« Irgendetwas an seiner Art stört mich inzwischen gewaltig. Es ist die Mischung aus der Selbstverständlichkeit, mit der er Zelda für sich beansprucht, und der Unhöflichkeit uns anderen gegenüber.

»Es stört *mich*, Jason«, sagt Zelda jetzt. »Du drängst dich auf. Das mag ich nicht.«

»Ich dachte, du hast ein Herz für die Armen, Vernachlässigten unserer Gesellschaft.« Er legt seinen Arm über ihre Stuhllehne.

»Du bist weder arm noch vernachlässigt.« Zeldas Ton ist bestimmt und definitiv nicht mehr freundlich.

Von hinten meldet sich jetzt einer von Jasons Freunden. »Hey, Mann, lass uns woandershin gehen. Das hier ist echt lahm.«

Jason ignoriert ihn und beginnt, mit Zeldas Haaren zu spielen. »Ich bin arm, weil du mich vernachlässigst«, sagt er.

Dass er sich an meine Freundin ranmacht, passt mir ganz und gar nicht. »Es wäre besser, du würdest mit deinen Kumpels woandershin gehen«, sage ich deswegen. Ich will nicht der Freund sein, der eine Szene macht, aber was Jason hier abzieht, ist unerträglich.

»Und warum interessiert mich, was du sagst?«, fragt er an mich gewandt.

»Warum bist du so unhöflich?«, schaltet sich jetzt Sam ein. »Warum gehst du nicht mit deinen Kumpels woandershin?«

»Keine Sorge, Alter«, sagt Jason. »Ich wollte nur kurz Hi sagen. Sind schon weg.« Mit diesen Worten erhebt er sich. Dann verlassen sie das Café.

»Wer war das denn?«, fragt Tamsin.

»Dieser Idiot aus meiner Politik-Übung, mit dem ich immer aneinandergerate.«

»Aaaah«, sagt Tamsin wissend. »Wow. Was für ein unangenehmer Typ.«

»Er kann auch nett sein«, sagt Zelda, und ich verstehe nicht, warum sie ihn verteidigt. »Aber meistens ist er ein Arsch. Und er war schon ganz schön betrunken. Hatte eine fiese Fahne.« Sie verzieht das Gesicht.

Ich bin kurz unschlüssig, ob ich überhaupt fragen soll, weil ich nicht eifersüchtig wirken will. Aber dann siegt die Neugier. »Warum hat er dich seine ›Tischdame‹ genannt?«

Zelda sieht mich direkt an. »Er saß bei diesem Charity-Event zufällig neben mir«, sagt sie. Ihr Blick ist klar und offen, und ich komme mir albern vor, dass ich gefragt habe.

Zelda

23 »Kann ich mich im Auto umziehen, Miloš?«, frage ich auf dem Rückweg von meinen Eltern. Die Straße vor uns ist in der Schwärze der Nacht vollkommen verlassen. Es ist, als wären wir die einzigen Menschen auf der Welt. Ein seltsam beruhigendes Gefühl. Die Autoscheinwerfer beleuchten in runden Kegeln den Asphalt vor uns – mehr sieht man nicht.

Da ich keine Lust hatte, die Nacht in meinem alten Kinderzimmer zu verbringen, hat Miloš angeboten, mich zu fahren. Er hat gesagt, zu Hause würde er ohnehin wieder aufs Sofa ausquartiert werden, da er schnarcht und seine hochschwangere Frau einen zu leichten Schlaf hat. Ich bin ihm irre dankbar für das Angebot, denn nach diesem Abend ist der Gedanke, bei meinen Eltern zu bleiben, unerträglich.

»Kein Problem, Ms Zelda. Meine Augen sind auf die Straße gerichtet«, sagt Miloš.

Ich mache mich daran, das enge dunkelrote Cocktailkleid auszuziehen. Es ist umständlich, weil mein Bewegungsradius auf der Rückbank doch deutlich eingeschränkt ist. Trotzdem gelingt es mir, mich aus dieser fremden Hülle zu befreien, und nach ein paar Minuten fühle ich mich mit meinem kurzen lila Rock und dem *Punk's not dead*-T-Shirt fast wieder wie ich selbst. Meine Abendgarderobe und die Perücke stopfe ich lieblos in eine Plastiktüte.

»Ich wünschte, meinen Eltern wäre es egal, wie ich aussehe«, sage ich frustriert. Es ist ein bisschen seltsam, mit Miloš darüber zu reden, aber ich habe Wein getrunken, und der ganze Abend war so unschön, dass es einfach so aus mir herausprudelt. Die konstante Ablehnung, die ich in Gegenwart meiner Familie verspüre, geht eben nicht spurlos an mir vorbei.

»Ich wünschte, Ihre Eltern würden die Person sehen, die unter der Hülle verborgen ist«, sagt Miloš.

Ich schlucke schwer. Die missbilligenden Blicke meiner Mutter waren heute Abend mal wieder nicht zu übersehen. Mein Vater versuchte, höflichkeitshalber ein wenig Konversation mit mir zu machen. Der Schein will schließlich gewahrt werden. Außerdem war Ruben, mein Date für heute Abend, so langweilig, dass ihm wenig anderes übrig blieb.

Zum Essen beehrte uns dann noch mein ältester Bruder Elijah. Er ist genauso arrogant und schnöselig wie die anderen beiden. Der einzige Grund, warum ich mich in seiner Gegenwart nicht ganz so unwohl fühle, ist der, dass er nicht viel sagt. Er ist der König der Einsilbigkeit. Wenn auch ein hagerer König. Aber ansonsten ist er wie Sebastian und Zachary. Auf die Karriere fokussiert, der Stolz meiner Eltern, ein durch und durch langweiliger reicher Spießer. Ein Jurist mit maßgeschneiderten Anzügen und öden Krawatten.

Um die Katastrophe dieses Abends perfekt zu machen, eröffnete meine Mutter mir bei unserer Verabschiedung, dass sie eine Geburtstagsfeier für mich ausrichten würden. »Eine tolle Gelegenheit, alte Bekanntschaften aufzuwärmen und neue zu knüpfen«, sagte sie mit einem falschen Lächeln. Den einzig erträglichen Moment des gesamten

Abends bescherte mir unfreiwillig dann doch noch Elijah, der offensichtlich schon nach Ausreden suchte, um nicht auf die Party kommen zu müssen. Doch meine Mutter ließ ihm keine Chance. »Familie, Elijah«, sagte sie, mehr nicht. Anhand seines genervten Gesichtsausdrucks konnte man erkennen, dass wir verwandt sein müssen.

»Wenn ich Sie um etwas bitte, Miloš, könnte das unter uns bleiben?«, frage ich, um die Geister des Abends zu vertreiben.

»Immer, Ms Zelda.«

»Könnten Sie mich nicht nach Hause zurückfahren?«

»Wo möchten Sie denn hin?«

»Zu meinem Freund«, sage ich, und mein Herzschlag beschleunigt sich. Auch wenn ich Miloš absolut vertraue, ist es ein Risiko, ihn in mein Leben einzuweihen.

Aber Miloš lächelt mir aus dem Rückspiegel zu. »Selbstverständlich, Ms Zelda. Meine Lippen sind versiegelt.«

Meine Kleider und die Perücke lasse ich im Auto. Ich kann nicht riskieren, dass Malik sie findet.

Er hat Rhys' Schlüssel heute früh in meinen Briefkasten geworfen, damit ich, egal zu welcher Uhrzeit, in die Wohnung kann, ohne ihn zu wecken. Denn nach einem anstrengenden Tag in der Küche braucht er viel Schlaf.

Ich kann es nicht erwarten, zu ihm zu kriechen, als ich den Schlüssel in die Wohnungstür stecke. Drinnen riecht es vertraut. Nach der stundenlangen Selbstverleugnung dieses Abends bin ich mehr als erleichtert, endlich hier zu sein. Hier, wo ich so sein kann, wie ich bin. Wo das, was anderswo als Fehler gilt, den man verbergen muss, geschätzt wird.

Maliks Tür ist angelehnt, und ich schiebe sie einen

Spalt auf. Er liegt auf dem Bauch, sein Gesicht mir zugewandt. Ein Bein hat er angewinkelt, das andere hängt – wie auch sein einer Arm – aus dem Bett heraus. Er atmet regelmäßig. Sein nackter Rücken sieht im Zwielicht der Nacht stark und wunderschön aus.

Ich ziehe die Tür vorsichtig zu und setze mich noch einen Moment in die Küche, um ein Glas Wasser zu trinken. Ich habe das Gefühl, mich auch von innen reinigen zu müssen, ehe ich Maliks Frieden mit meiner Anwesenheit störe. Ich will so wenig Redstone-Laurie-Schwingungen in sein Leben bringen wie möglich. Dass diese Menschen Teil meines Lebens sind, ist schlimm genug. Das Gefühl, Malik zu hintergehen, ihm wehzutun, macht mir zu schaffen. Ich sollte ehrlich sein, sollte keine Geheimnisse vor ihm haben. Aber ich weiß, wenn ich es ihm erzähle, wird es zwischen uns nie wieder so sein, wie es jetzt gerade ist. Nicht mehr so leicht, so sorglos. Und ich möchte nicht, dass er meinetwegen seine Fröhlichkeit verliert. Ich kann nicht diejenige sein, die ihn enttäuscht. Das bringe ich nicht übers Herz. Und doch muss etwas geschehen.

Nachdem ich mein Gesicht gewaschen habe, schleiche ich auf Zehenspitzen in sein Zimmer. Er atmet immer noch tief und regelmäßig und sieht dabei so friedlich aus, dass ich einen leichten Stich in meinem Inneren spüre. Ob ich je so entspannt aussehe? Ich fühle mich nicht entspannt. Mein ganzer Körper scheint aus einer einzigen Verkrampfung zu bestehen. Außer ich bin bei Malik. Er entspannt mich, meinen Körper und meine Seele. Er ist meine Energiequelle. Ich ziehe mich aus und lasse mich vollkommen nackt auf sein Bett sinken, weil ich seine Haut an meiner spüren muss. Unter meinem Gewicht knarzt sein Bett kurz, sodass er für einen Moment wach wird.

»Du bist da!«, murmelt er verschlafen und zieht mich in eine Umarmung. Er ist warm, und der Druck seines Arms auf meinem Körper beruhigt mich, erdet mich. Malik gibt mir das Gefühl, dass alles in Ordnung ist. Vom ersten Moment an hat er mir diese Leichtigkeit vermittelt, ohne die ich – glaube ich – nicht mehr sein kann. Er vergräbt sein Gesicht in meinen Haaren und küsst mich auf den Hinterkopf. In seinem Bett ist es eng, aber das ist genau das, was ich brauche.

»Ja, das bin ich«, sage ich und presse mich dicht an ihn. Ich bin da. Vollkommen. Bei ihm.

Malik

24   Mein Leben ist ein Traum. Meine Arbeitswoche war gut. Ich bin mit der fantastischsten Frau der Welt in meinen Armen aufgewacht. Bei ihr fühle ich mich so sicher und geborgen wie noch nie in meinem Leben. Mit ihr an meiner Seite habe ich vor nichts Angst. Meine gesamte Zukunft erscheint mir wie eine bunte Verheißung. Jede Sorge wird durch Zelda weggewischt.

Heute lernt sie meine Familie kennen. Endlich. Wir sind dort zum Essen eingeladen. Und ich weiß wirklich nicht, wann ich zu einem solchen Glückspilz geworden bin.

»Ich würde für deine Mom gerne noch einen Blumenstrauß besorgen. Als Dankeschön für die Einladung«, sagt Zelda, als wir uns auf den Weg machen.

Ich habe den Eindruck, dass sie etwas nervös ist, obwohl ich ihr mehrfach versichert habe, dass meine Eltern sie lieben werden. Menschen, die Zelda nicht lieben, hassen wahrscheinlich auch Hundewelpen, Sommernächte und Nachtisch.

Wir gehen zu Fuß, weil es ein wunderschöner Frühlingstag ist, auch wenn die Gegend, durch die wir müssen, nicht unbedingt der romantischste Ort für Spaziergänge ist. Nach einem kleinen Umweg über den Blumenladen überqueren wir eine größere Straße und sind jetzt eindeutig im Süden von Pearley. Man erkennt es an den Schlaglöchern und Rissen im Asphalt, an den Graffitis und den verwahrlosten Vorgärten mit windschiefen, rostigen Gartentoren. Hinter einer Ecke lungern ein paar Jugendliche herum, rauchen und kiffen. Aus einem Gettoblaster ertönen harte Beats. Ich bin froh, dass Zelda die Szenerie nicht kommentiert. Sie scheint mit dem Kopf irgendwo anders zu sein.

»Ist alles in Ordnung?«, frage ich. »Du hast es dir ein bisschen wohnlicher vorgestellt, oder?«

»Was? Ach, nein. Entschuldige.« Sie nimmt meine Hand.

»Du benimmst dich ein bisschen komisch«, sage ich grinsend. »Schon seit heute Morgen.«

»Es ist nichts. Keine Sorge. Ich bin nur in Gedanken.«

»Was kann ich tun, um die Gedanken in schönere Bahnen zu lenken?«, frage ich und stelle mich ihr in den Weg. Ich breite meine Arme aus und ziehe sie an mich. »Du hast mal gesagt, ich könnte deinen Kopf zum Schweigen bringen«, sage ich und presse meine Lippen auf ihre.

Anfangs ist sie noch ein bisschen steif, aber je intensiver unser Kuss wird, desto mehr gibt sie nach, lehnt ihren schmalen Körper gegen meinen und entspannt sich.

»Besser?«, frage ich, als wir uns voneinander lösen.

»Viel besser«, sagt sie lächelnd.

In dem Moment, da ich die Haustür meiner Familie öffne, werfen sich drei kleine Monster auf mich. Ellie und Esther klammern sich an meine Beine, und Ebony, der es zu meiner Erleichterung wieder gut geht, umarmt mich ungestüm. Theo steht ein bisschen unschlüssig am Fuß der Treppe und wartet, bis sich der erste Trubel gelegt hat. Dann klatschen wir ab.

»Kommt rein, kommt rein«, sagt Ma geschäftig und

drückt mir einen Kuss ins Gesicht. »Schön, dich zu sehen, mein Junge.« Sie tätschelt meine Wange, was mir vor Zelda ein bisschen unangenehm ist.

»Hi«, sagt Zelda ein bisschen schüchterner, als ich es von ihr erwartet hätte. Aber ich kann verstehen, dass sie aufgrund der schieren Masse an Menschen, die auf einmal um uns herumwuselt, ein bisschen überfordert ist. »Freut mich, Sie kennenzulernen. Die hier sind für Sie. Als Dankeschön für die Einladung.« Sie streckt Ma die Blumen hin.

»Vielen Dank, das ist wirklich sehr aufmerksam«, sagt Ma. »Ich muss eben nach dem Hackbraten sehen.« Mit diesen Worten läuft sie zurück in die Küche und ruft auf dem Weg: »Jasmine, Terrance! Malik und seine Freundin sind da!«

Sofort hört man oben Bewegung, und Jasmine kommt die Treppe heruntergesprungen.

»Hi!«, ruft sie überschwänglich und fällt erst mir, dann Zelda um den Hals. »Schön, dass ihr da seid!«

Auch Pop kommt von oben herunter, klopft mir auf die Schulter und gibt Zelda die Hand.

»Setzen wir uns erst mal ins Wohnzimmer«, schlägt er vor. »Wollt ihr etwas trinken?«

Ich ziehe Zelda neben mich auf ein Sofa und lege den Arm um sie. Jasmine strahlt uns an, und die Zwillinge rangeln um den Platz auf meinem Schoß.

»Wir sind ganz schön viele, oder?«, fragt Jasmine an Zelda gewandt.

»Ja, aber das ist schön«, sagt sie vergnügt strahlend.

»Kann ich vielleicht auf *deinen* Schoß?«, fragt Ellie, die den Kampf verloren hat. Sie starrt fasziniert auf Zeldas Haare.

»Klar«, sagt Zelda und klopft auf ihre Oberschenkel.

»Darf ich deine Haare anfassen?«, fragt Ellie.

»Natürlich.« Zelda grinst mich an. Ich hatte sie vorgewarnt.

Pop kehrt mit Getränken zurück und lässt sich in einen Sessel fallen.

»Alles klar bei euch?«, frage ich.

»Alles wie immer, Sohn.«

Wir sitzen einen Moment schweigend beisammen, während Ellie ohne großen Erfolg versucht, Zelda Zöpfe zu flechten. Ich bin mir nicht einmal sicher, ob sie weiß, wie das funktioniert. Aber sie ist hoch konzentriert und sieht echt niedlich dabei aus.

»Also, Zelda«, sagt Pop schließlich. »Ist das dein erstes Mal in dieser Gegend?«

»Äh, ja«, erwidert Zelda. »Ich bin aber auch erst seit letztem September in Pearley. Ich bin ursprünglich nicht von hier.«

Pop nickt und fragt: »Und was hat dich hierher verschlagen?«

»Das Studium.« Zelda räuspert sich. »Ich bin hier an der Uni angenommen worden.«

»Deine Eltern waren sicher stolz«, sagt er. »Das freut mich für dich.«

»Na ja, ehrlich gesagt, sind meine Eltern nie sonderlich stolz auf mich.« Sie wird ein bisschen rot, und ich hoffe, Pop drängt sie nicht, darüber zu reden.

»Unsinn, alle Eltern sind doch irgendwie stolz auf ihre Kinder.«

»Von wegen«, sagt Jasmine, und Pop wirft ihr ein Kissen an den Kopf.

»Malik?«, ruft Ma aus der Küche. »Hilfst du mir den Tisch decken?«

»Äh«, stottere ich und blicke fragend zu Zelda.

»Keine Sorge, ich komme schon klar«, sagt sie und nickt mir ermunternd zu. »Ich lasse mich hier frisieren und unterhalte mich.«

Ich wundere mich zwar, dass Jasmine das nicht erledigen kann, aber natürlich helfe ich meiner Ma.

»Und? Was meinst du?«, frage ich, während ich Besteck auf den großen Esstisch lege.

»Zelda wirkt nett«, sagt Ma. Sie ist heute ein bisschen einsilbig. Ob sie sich mit Pop gestritten hat?

»Ja, das ist sie auch«, sage ich und lächle, als ich einen Blick ins Wohnzimmer werfe. Inzwischen spielen beide Zwillinge an Zeldas Haaren herum.

Ma räuspert sich, und ich blicke auf. Die Stimmung in der Küche ist merkwürdig. *Wirklich* merkwürdig. »Malik, du weißt, wir unterstützen dich bei allem …«, sagt Ma, und obwohl sie offensichtlich noch etwas sagen möchte, hält sie inne.

»Ja, das weiß ich«, erwidere ich und runzle die Stirn. Irgendwas ist hier im Busch.

»Pop und ich … Es fällt uns nicht leicht, weißt du?«

»Was fällt euch nicht leicht, Ma?«, frage ich.

»Wir wissen, wie glücklich du bist. Und wenn man euch zusammen erlebt, ist es offensichtlich, wie verliebt ihr seid.« Ma blickt mich nicht an, als sie mir einen Stapel Teller reicht.

»Sag, was du zu sagen hast.« Meine Stimme klingt alarmiert.

»Wir machen uns Sorgen«, sagt sie leise.

Mein Herzschlag beschleunigt sich. Warum spuckt sie es nicht einfach aus? Langsam stelle ich einen Teller nach dem anderen auf den Tisch.

»Diese Beziehung, die ihr habt ...«, beginnt sie.

»Was soll damit sein?« Ich werde langsam ungehalten. Mein Blick wandert vom Tisch zu Ma. Sie sieht schuldbewusst aus.

»Ihr macht euch einfach keine Vorstellung, wie kompliziert das alles ist«, sagt sie. Sie hat mir nun den Rücken zugewendet und klammert sich mit beiden Händen an der Arbeitsplatte fest. »Wir wollen nur das Beste für dich, Malik. Das Beste für euch. Und wir haben die Befürchtung, dass ihr euch nicht darüber im Klaren seid, wie unterschiedlich die Welten sind, aus denen ihr kommt.«

»Kannst du vielleicht einfach sagen, was du zu sagen hast, statt irgendwelche Andeutungen zu machen?«, frage ich. Meine Stimme ist lauter, als ich es beabsichtigt hatte.

»Hör zu, Malik«, sagt sie. »Ihr seid noch ganz am Anfang. Noch seht ihr alles durch eine rosarote Brille. Aber schon bald wird euch die Realität einholen. Zelda ist an der Universität, du kommst aus Poorley.«

»Willst du sagen, ich bin nicht gut genug?« Ich kann nicht fassen, was Ma da von sich gibt.

»Nein, Malik. Niemals würde ich so etwas auch nur denken. Du bist ein so großartiger Mensch. Natürlich bist du gut genug. Ich will dich nur schützen.«

»Mich schützen? Wovor denn?« Ich gebe mir Mühe, nicht zu brüllen. Ich will nicht, dass Zelda von unserem Gespräch etwas mitbekommt.

»Davor, dass du verletzt wirst. Davor, dass ihr irgendwann feststellt, dass eure Welten nicht vereinbar sind. Davor, dass dir das Gleiche widerfährt, was Lucas James passiert ist.«

Es ist unglaublich, dass Ma Zeldas und meine Beziehung mit dieser alten Geschichte vergleicht. Lucas war der

Sohn unserer Nachbarn. Er datete ein paar Monate lang irgendein stinkreiches Mädchen aus der Oberschicht. Als ihre Eltern es herausfanden, zeigten sie ihn wegen sexuellen Missbrauchs an. Sie stellten es so dar, als hätte er sich an ihre Tochter herangemacht.

»Das ist doch etwas vollkommen anderes!«, sage ich. »Zeldas Eltern werden nicht …«

»Malik, sei nicht naiv. Das kannst du nicht wissen.« Jetzt klingt sie streng, aufgebracht. »Niemand kann abschätzen, was passieren wird. Aber die Wahrscheinlichkeit, dass du der Leidtragende bist, wenn es schiefgeht, ist extrem hoch. Davor haben wir Angst.«

»Du bist verrückt«, sage ich. »Das ist Wahnsinn. Was du redest!«

Unsere Blicke treffen sich. Ich sehe Schmerz in ihren Augen. Schmerz und Angst.

»Wir wollen dich sicher nicht verletzen. Wir lieben dich, Malik. Über alles. Wir wollen nur das Beste für dich. Das musst du mir glauben.« Mas Stimme ist flehend.

»Haltet euch aus meinen Angelegenheiten raus«, sage ich.

Aus dem Wohnzimmer hört man Lachen. Dann ruft Jasmine: »Können wir bald essen?«

Ma seufzt. »Es tut mir leid, Malik. Ich weiß, dass du das alles nicht hören wolltest. Aber ich bin eine Mutter. Ich muss meine Kinder schützen. Das ist mein Job.« Dann geht sie ins Wohnzimmer, um die anderen zum Essen zu holen.

Als wir alle sitzen, schenkt Pop den Erwachsenen einen Schluck Wein ein. Sie haben sich wirklich ins Zeug gelegt für den heutigen Tag. Nur leider musste Ma alles kaputt machen. Jasmine zieht eine Schnute, weil Pop ihr Glas ignoriert. Unter dem Tisch taste ich nach Zeldas Hand und drücke sie fest. Sie hat keine Ahnung, was zwischen Ma und mir vorgefallen ist. Aber plötzlich habe ich das unbedingte Bedürfnis, sie zu berühren. Als müsste ich mir selbst beweisen, dass alles in Ordnung ist.

»Also dann«, sagt Pop mit feierlicher Stimme. »Auf euch.« Er prostet uns zu. »Schön, dass wir dich endlich mal kennenlernen, Zelda.«

Es nervt mich ungeheuerlich, dass er so tut, als wäre alles in Ordnung. Er muss doch wissen, dass Ma mit mir gesprochen hat. Heuchler, alle beide.

»Vielen Dank für die Einladung. Ich freue mich wirklich sehr!« Zelda lächelt in die Runde. Sie sieht bezaubernd aus mit ihren leicht zerzausten Haaren. Ellie und Esther haben wirklich ganze Arbeit geleistet. Es tut mir im Herzen weh zu wissen, dass meine Eltern gegen uns sind.

Zelda

25 Der Hackbraten ist köstlich. Einfache Hausmannskost mit Liebe zubereitet. Ich kann mich nicht erinnern, dass meine Mutter auch nur ein einziges Mal gekocht hätte.

»Es schmeckt fantastisch«, sage ich.

»Das freut mich zu hören.« Jade, Maliks Mutter, lächelt mich freundlich an.

Malik benimmt sich während des Essens seltsam. Er sagt kaum etwas. Immer wieder greift er nach meiner Hand und drückt sie. Einmal quetscht er sie so fest, dass ich sie zurückziehe.

»Entschuldige«, murmelt er. »Ich wollte dir nicht wehtun.«

Ich sehe ihn an, und er lächelt bemüht.

»Zelda hat angeboten, mir die Nägel zu machen«, erzählt Jasmine. »Sie kann das richtig gut.«

Ich werde ein wenig rot. »Nagellack ist irgendwie mein Ding«, erkläre ich.

»Zeig mal deine Nägel«, fordert Jasmine mich auf.

Ich lege meine Hand auf den Tisch, sodass sie das dunkle Rot begutachten kann. Zu den Besuchen bei meinen Eltern traue ich mich nicht, etwas Auffälligeres aufzutragen.

»Das sieht schön aus«, sagt Ebony, die sich auf ihren Stuhl gestellt hat, um besser sehen zu können.

»Wirklich schön«, sagt Jade.

Nachdem wir aufgegessen haben, drängt Malik zum Aufbruch. Ich verstehe nicht, warum er schon gehen will, und auch seine Geschwister sind traurig.

»Warum müsst ihr schon los?«, fragt Theo.

»Müssen wir einfach.« Maliks Tonfall ist ein wenig genervt.

Ich blicke in Jasmines Gesicht. Sie zuckt mit den Schultern. Anscheinend wundert sie sich auch.

»Es hat mich sehr gefreut, Sie kennenzulernen«, sage ich an Maliks Eltern gewandt. »Vielen Dank für das tolle Essen.«

»Jederzeit«, sagt Maliks Vater und umarmt mich zum Abschied.

»Ruf an, wenn du reden willst«, sagt Jade zu Malik, doch er dreht sich um und verlässt wortlos das Haus.

»Auf Wiedersehen«, sage ich und hoffe, dass Maliks seltsames Benehmen nichts mit mir zu tun hat.

Die Kleinen winken, und ich lächle noch einmal in die Runde. Dann gehe ich Malik nach, der mit großen Schritten die Treppe hinunter und durch den Vorgarten läuft.

Er bleibt erst in der Mitte der Straße stehen, reibt mit den Händen durch seine Haare. Er saugt scharf die Luft ein.

»Was ist los?«, frage ich besorgt. »Bist du böse auf mich?«

»Auf dich?« Malik lacht.

»Ist etwas passiert?«

»Das kannst du laut sagen. Ma ist übergeschnappt.«

»Auf mich wirkte sie eigentlich nicht übergeschnappt«, sage ich verwundert.

»Du hast keine Ahnung.«

»Willst du mir sagen, was los ist?« Ich gehe zu ihm und nehme seine Hände.

»Sie hat Sachen gesagt. Über uns …« Er wirkt, als würde ihm das Sprechen schwerfallen. »Dass du mich verletzen würdest. Dass unsere Welten zu unterschiedlich seien. Dass deine Eltern gegen uns seien. All so einen Schwachsinn.«

All so einen Schwachsinn. Die Worte hallen in meinem Kopf nach.

»Aber du musst dir keine Sorgen machen«, sagt er. »Ich habe ihren Quatsch nicht so stehen lassen, das kannst du mir glauben.«

»Ist schon okay, Malik.« Ich schlinge meine Arme um seinen Bauch, und er legt seine Arme um mich und streicht in langsamen Bewegungen über meinen Rücken. Sein Kinn hat er auf meinen Kopf gestützt.

»Weißt du«, fährt er fort, »es ist eben nicht okay … solche Dinge zu sagen. Ich weiß nicht, was in sie gefahren ist. Sie haben keine Ahnung. Sie wissen nicht, was wir miteinander haben. Ich wähle dich, Zelda, nur dass du es weißt. Ich wähle immer dich.«

Ich schweige. Ich denke. Ich sehe in Maliks Gesicht, und in meinem Hals bildet sich ein fetter Kloß. Er sieht verletzt und enttäuscht aus. Aber auch entschlossen.

»Ist schon gut, Malik. Wirklich. Sie ist deine Mom und hat es sicher nicht böse gemeint. Ihr solltet euch nicht streiten. Du hast eine so tolle Familie. Und es ist die einzige, die du hast.« Der Vergleich meiner Katastrophe von Eltern und Brüdern mit Maliks bezaubernder Familie ist schon fast absurd.

Er blickt mich beinahe entsetzt an. »Du musst ihr Verhalten nicht entschuldigen. Ich will nicht, dass du sie in

Schutz nimmst.« Er schluckt schwer. »Es steht Ma einfach nicht zu. Nichts von dem, was sie gesagt hat, steht ihr zu.«

»Sei nicht sauer, Malik. Bitte. Sie macht sich Sorgen. Das ist doch normal.« Meine Beine fühlen sich auf einmal schwer an. Mein ganzer Körper wird schwer. Es ist, als würde auf einmal ein ungeheures Gewicht auf mir lasten.

»Sie machen sich Sorgen? Du hast ihren Unsinn ja nicht gehört. Sich Sorgen zu machen ist eine Sache. Aber uns zum Essen einzuladen, auf heile Familie zu machen und mir dann so zu kommen!« Er ist richtig wütend und verletzt. Das merke ich jetzt erst.

Wir machen uns langsam auf den Weg. Malik geht ein paar Schritte, ich folge.

»Ich fasse es nicht. Wie können sie es wagen. Du bist das Beste, das Allerbeste, was mir je hätte passieren können. Die Sache mit uns beiden – nichts hat mich jemals so glücklich gemacht. Und sie treten es mit Füßen.«

»Das haben sie doch gar nicht«, sage ich leise, aber er hört es nicht, weil er weiter schimpft. Ich will ihn verstehen. Ich will zu hundert Prozent auf seiner Seite sein. Aber ein klitzekleiner Teil in mir weiß, dass seine Mom nicht ganz unrecht hat. Wenn ich mir vorstelle, was passieren würde, wenn meine Eltern von meiner Beziehung zu Malik Wind bekämen …

Wie aufs Stichwort sagt Malik nun: »Es tut mir leid, dass sie auch über deine Eltern so einen Blödsinn geredet hat. Sie hat wirklich keine Ahnung.«

Auf einer Treppe vor einem Reihenhaus sitzen zwei Kinder und spielen mit kleinen Spielzeugautos. Sie blicken neugierig auf.

Fuck. Ich weiß nicht, was ich tun soll. Ich will, dass der fröhliche Malik von vorhin zurückkommt. Ich will zu ihm gehen, ihm sagen, dass alles gut wird. Aber gleichzeitig kann ich das nicht. Ich kann ihn nicht länger belügen. Die Reaktion seiner Mutter hat etwas in mir aufgeweckt. Etwas, von dem ich gehofft hatte, dass es sich in Luft auflösen würde. Natürlich wusste ich, dass eines Tages etwas unsere Blase aus Glück zerplatzen lassen würde. Aber ich habe mich geweigert, diese Möglichkeit wirklich ernst zu nehmen. Ich habe nicht auf mich selbst gehört, sondern bin auf einen schönen Traum reingefallen. Den schönsten.

»Malik«, sage ich zögernd, und er bleibt stehen und dreht sich um. »Was, wenn sie recht haben?« Ich kann nicht glauben, dass ich das sage. Es fühlt sich gleichermaßen befreiend und herzzerreißend an. Wie ein Verrat. Das wird mir beim Blick in Maliks Augen klar. Ein Verrat an uns. Es soll nicht wahr sein, es darf nicht wahr sein. Aber wann, wenn nicht jetzt, ist Zeit für Ehrlichkeit? Bevor er seine leichtsinnige Ankündigung wahr macht und sich von seiner Familie abwendet, muss ich ihm alles sagen.

»Wie meinst du das?«, fragt er mit gerunzelter Stirn. Beinahe bedrohlich kommt er einen Schritt auf mich zu.

»Ich meine, vielleicht haben sie recht. Vielleicht sind wir zu verschieden. Vielleicht kann es nicht funktionieren.«

»Du bist verrückt.« Malik stößt einen Laut aus, der einem Lachen ähnelt und doch nichts damit gemein hat. »Es funktioniert doch bereits. Du weißt, was wir haben. Du weißt, dass es etwas durch und durch Gutes ist. Das findet man nicht an jeder Straßenecke.« Er verzieht das Gesicht zu einem Lächeln und greift nach meiner Hand. »Lass dir das nicht von ihnen erzählen.«

Ich nehme seine Hand nicht, und er sieht mich fragend und verwirrt an.

»Malik«, beginne ich etwas heiser. Ich schlucke, weil ich

das Gefühl habe, dass der Kloß in meinem Hals mir die Luft abschneidet. »Es gibt nichts, was mich so glücklich macht wie du ...«

»Ich weiß. Es gibt auch nichts, was mich so glücklich macht wie du.« Wieder greift er nach meiner Hand, wieder rühre ich mich nicht.

»Aber es gibt Dinge, die ich dir noch nicht erzählt habe. Dir noch nicht erzählen *konnte*.«

»Was redest du?« Er klingt panisch.

»Mein Leben ist kompliziert.«

»Jedes Leben ist kompliziert.«

»Okay, ja, aber ich habe zwei davon. Ich habe zwei Leben, die einander nicht berühren dürfen. Ich habe dieses perfekte wunderschöne Leben mit dir, in dem ich sein kann, wer ich bin. Und dann sind da die Wochenenden. Hast du dich nie gefragt, warum ich so viel Zeit mit meiner Familie verbringe, obwohl ich sie nicht ausstehen kann?« Ich muss kurz Luft holen. Malik weicht einen Schritt zurück. »Ich sage es dir. Weil meine Eltern alles daran setzen, mich mit irgendeinem reichen Erben zu verkuppeln. Wenn sie wüssten, dass ich mit dir zusammen bin, würden sie mir verbieten, weiterhin auf die Uni zu gehen. Sie würden mich zu sich zurückholen. Deswegen gehe ich, wann immer sie es verlangen, zu ihnen, um potenzielle Ehemänner kennenzulernen.« Ich schlage die Augen nieder. Was ich gesagt habe und dass ich all das vor ihm geheim gehalten habe, beschämt mich zutiefst.

»Wie bitte?«, sagt Malik. »Du bist ja komplett irre.«

Ich kann den Schmerz in seinem Gesicht kaum ertragen. Malik so zu sehen tut mehr weh als alles, was ich selbst zu spüren imstande bin.

»Du verarschst mich, oder?« Er weicht noch einen

Schritt zurück. »Sag, dass das ein Witz ist. So was macht doch keiner ...«

»Es tut mir leid«, murmle ich leise. Mir steigen Tränen in die Augen, doch ich schlucke sie hinunter. Nicht ich bin diejenige, die am Boden zerstört sein darf. Nicht nach allem, was ich ihm gerade gesagt habe. Ich muss versuchen, stark zu bleiben – für uns beide.

»Nein ... nein. Das stimmt nicht. Das kann nicht sein. Du datest am Wochenende irgendwelche Männer und tust unter der Woche so, als ob ...« Er bricht ab. Dann sagt er: »Und deinen Eltern hast du nicht einmal von uns erzählt!«

»Ich habe keine Wahl.«

»Jeder hat eine verdammte Wahl!«, blafft er. »Du hast eine Wahl. Du hast die Wahl, ob du ehrlich bist oder nicht. Zu mir und zu deinen Eltern. Aber du hast dich dagegen entschieden und belügst uns alle?« In sein Entsetzen mischt sich Ungläubigkeit.

Mich zerreißt es innerlich fast. Für ihn muss es aussehen, als hätte ich mich für meine Eltern und gegen ihn entschieden. Genau das Gegenteil von dem, was er mir gerade versprochen hat. *Ich wähle immer dich*, hat er gesagt. Aber es war nie eine Entscheidung gegen ihn oder gegen uns. Im Gegenteil, ich habe ihm alles gegeben, was ich konnte. Und mehr. Aber natürlich sieht es nicht danach aus. Ich bin das absolut Letzte.

»Malik ...!«, flehe ich. »Lass es mich erklären.«

»Was gibt es denn da zu erklären?«, fragt er. Er will sich abwenden, doch ich gehe einen Schritt auf ihn zu.

Er fährt sich mit den Händen durchs Gesicht. Ganz langsam lässt er sich auf den Randstein sinken. Für eine gefühlte Ewigkeit sagt er kein Wort. Er starrt einfach nur vor sich hin. Atmet geräuschvoll ein und aus. Dann blickt er mich an.

»Okay«, sagt er schließlich. Ich sehe, dass es ihn eine ungeheure Anstrengung kostet, ruhig zu bleiben. »Erkläre es mir.«

Grenzenlose Erleichterung durchströmt mich. Ich lasse mich neben ihn auf den Randstein sinken.

»Meine Eltern sind nicht wie deine Eltern«, beginne ich. »Die Welt, aus der ich komme, ist tatsächlich fundamental anders als alles, was du gewohnt bist.«

»Das weiß ich.«

»Meinen Eltern ist es vor allem wichtig, dass ich standesgemäß heirate.« Ich sehe zu Malik, der schluckt. »Mein Schulabschluss war ziemlich schlecht, weil ich keine Lust hatte, meinen Eltern in irgendeiner Weise zu gefallen. Dass ich deswegen nicht an einem Ivy-League-College angenommen wurde, hat sie extrem wütend gemacht. Der Deal war, dass ich in der Nähe bleiben muss, wenn ich studieren will. Und mich ihrem Wunsch beuge, passende Männer kennenzulernen.«

Malik schnaubt. »Das ist doch absolut krank.«

»Ich weiß«, erwidere ich. »Ich hatte die Hoffnung, dass ich an der Uni etwas finde, in dem ich richtig, richtig gut bin. Wie meine Brüder. Ich dachte, wenn ich ihnen beweise, dass sie auch auf mich stolz sein können, verwerfen sie ihre absurden Pläne und lassen mich mein Leben leben. Irgendwie habe ich diese Hoffnung nicht aufgegeben, auch wenn es vielleicht naiv ist.«

»Könntest du nicht mit ihnen reden?«, fragt Malik.

»Mit meinen Eltern kann man leider nicht reden. Eher wächst das Ozonloch wieder zu. Die interessieren sich nur für Ergebnisse.«

»Das tut mir leid, Zelda.« Seine Stimme ist wieder sanfter. Die Kälte ist fast vollständig verschwunden.

»Na ja, ich habe mich irgendwie arrangiert.«

Für einen kurzen Moment sagt keiner von uns ein Wort. Dann durchbricht Malik die Stille. »Aber das reicht nicht, Zelda. Sich zu arrangieren. Das reicht für dich nicht.«

Ich verstehe nicht, was er meint, und blicke ihn fragend an.

»Du bist niemand für irgendwelche Arrangements. Du bist jemand für hundert Prozent. Für alles oder nichts. Du musst dir sicher sein.« Nach einem kurzen Moment sagt er: »Auch mit mir.«

Wie bitte? Ich glaube, ich habe mich verhört. »Das bin ich, Malik. Ich bin mir mit dir sicher.«

»Aber warum dann die Lügen? Du hast deinen Eltern nichts erzählt. Wie sich das für mich anfühlt, kannst du dir vielleicht vorstellen. Du hast mir einen wichtigen Teil deines Lebens verschwiegen.«

»Ich weiß. Das war dumm. Es tut mir leid. Ich wollte einfach nur Schönheit. Mit dir. Ich wollte jede Sekunde ausnutzen und genießen. Irgendwie hatte ich das Gefühl, es sei keine Zeit.«

Malik nimmt meine Hand in seine. »Dann werde ich dir genau das geben, Zelda. Zeit. Ich gebe dir Zeit, um über alles nachzudenken. Dein Leben, mein Leben in deinem Leben. Ohne Druck. Ohne Erwartung. Nimm dir ein paar Wochen, einen Monat. Ich warte auf dich. Und wenn du dann bereit bist für *unser* Leben, finden wir zusammen für alles eine Lösung.«

»Ich will keinen Monat«, sage ich bestimmt. »Ich will das Hier und das Jetzt und das Alles.«

»Ich will das auch.« Er lächelt müde. »Aber es ist nicht richtig. Nicht auf diese Weise. Nicht, wenn wir gegen meine Eltern und deine Eltern kämpfen müssen. Nicht, wenn wir allen die ganze Zeit beweisen müssen, dass wir gut füreinander sind. Dann sollten wir beide, du und ich, uns absolut sicher sein. Ich bin mir sicher. Aber ich bin mir nicht sicher, dass du dir sicher bist.«

»Das kannst du aber!« Ich werde leicht panisch.

»Bitte, Zelda.« Malik führt meine Hand zu seinen Lippen und presst einen Kuss darauf.

Ich kann nicht glauben, was er vorschlägt. Was er von mir verlangt. Eine Pause. Ich blicke in seine flehenden Augen. Und da verstehe ich es. Er braucht Sicherheit. Mit meinem Geständnis habe ich alles ins Wanken gebracht.

Ich atme tief ein und schließe die Augen. Dann sage ich: »Ich werde es dir beweisen. Was ist schon ein Monat? Ein Monat ist nichts!«

Malik lächelt dankbar. »Und dann werden wir es allen zeigen«, sagt er mit mehr Optimismus in der Stimme, als in seinem Gesicht zu sehen ist. Er lässt meine Hand los.

Ich nicke. Obwohl ich alles an der Vorstellung, ihn einen Monat lang nicht mehr zu sehen, hasse, weiß ich, dass er recht hat. Er muss sich mit mir sicher sein können. Die Tatsache, dass ich ein Doppelleben führe, hat ihn verunsichert. Aber ich werde es ihm beweisen. Ihm und allen anderen.

Ich erhebe mich langsam. Dann lächle ich ihm aufmunternd zu. »Du wirst schon sehen, was du davon hast. Ich werde so eine Sehnsucht haben, dass ich dich auffresse, wenn der Monat vorbei ist.«

»Ich kann es jetzt schon kaum erwarten.«

»Ein Monat. Und dann haben wir das Jetzt und das Hier

und das Alles. Ich verspreche es.« Mit diesen Worten drehe ich mich um und verlasse ihn. Wie er es von mir möchte. Nach allem, was ich vor ihm geheim gehalten habe, ist es das Mindeste, was ich für ihn tun kann. Auch wenn es sich falsch anfühlt.

 *Malik*

26 Ihre Schritte entfernen sich. Erst zögerlich, dann rascher. Es tut weh zu wissen, dass ich sie für eine lange Zeit nicht mehr sehen werde. Es tut sogar höllisch weh. Meine Eingeweide verknoten sich in mir. Ich fühle einen stechenden Schmerz und schließe die Augen. Was habe ich mir nur dabei gedacht?

Aber ich weiß, dass es richtig war. Sie braucht Klarheit. Und ich auch. Obwohl ich ihr so gerne glauben möchte, dass sie sich sicher ist. Die Tatsache, dass sie mich aus ihrer einen Welt und diese Welt aus meinem Leben herausgehalten hat, bedeutet etwas. Auch wenn sie es vielleicht nicht so sieht. Ich bin froh, dass sie sich darauf eingelassen hat. In einem Monat weiß ich, woran ich bin. Und dann kann ich meinen bescheuerten Eltern entgegentreten und all ihre dämlichen Sorgen und Vorbehalte mit einem Fingerschnippen aus der Welt schaffen.

Ich habe keine Ahnung, wie lange ich schon allein hier sitze, als mein Handy ausdauernd in meiner Hosentasche vibriert. Auf dem Display steht Jasmines Name. Erst bin ich mir nicht sicher, ob ich gerade mit irgendjemandem sprechen möchte. Aber dann gehe ich doch dran. Schließlich ist es meine Schwester.

»Hi, Malik«, sagt Jasmine. »Ich wollte hören, ob alles in Ordnung ist. Du warst ziemlich merkwürdig vorhin. Hat Ma mit dir gesprochen?«

Ich schweige.

»Ich habe ihr gesagt, sie soll es nicht tun!«

»Du wusstest davon?«, frage ich und merke, dass ich schon wieder wütend werde.

»Sie haben mich ausgequetscht, nachdem ich Zelda kennengelernt hatte. Aber ich habe nur Gutes über sie gesagt! Das musst du mir glauben!«

»Natürlich glaube ich dir.« Wenn es einen Menschen gibt, dem ich zu hundert Prozent vertraue, dann ist es Jasmine.

»Du sollst wissen, dass ich nicht so denke, Malik. Ich bin auf eurer Seite. Ich habe euch zusammen erlebt und bin so froh, dass du sie gefunden hast.«

Ich bringe es nicht übers Herz, ihr zu sagen, dass wir soeben beschlossen haben, eine Pause einzulegen.

»Ma und Pop werden das sicher auch noch sehen. Du musst ihnen nur Zeit geben. Wirst schon sehen. Weißt du noch, als Theo Whinnie angeschleppt hat?« Whinnie, das Meerschweinchen. »Ma hat einen Anfall gekriegt. Sie wollte nicht noch mehr Dreck im Haus haben. Aber am Ende war sie diejenige, die geweint hat, als sich herausstellte, dass wir sie wieder weggeben müssen, weil Ebony allergisch war. Sie brauchen einfach eine Weile. Das verspreche ich dir. Du musst keine Angst haben, Malik.«

Ich schlucke. Dass Jasmine sich so sicher ist, rührt mich ungemein.

»Und dann können wir alle zusammen sein«, fährt sie fort. »Du und Zelda und wir. Das wird wunderschön. Du musst nur noch etwas Geduld haben. Ich helfe euch. Ich rede mit ihnen. Du kennst mich, ich kriege doch immer alles, was ich will.« Sie kichert.

Fast alles, füge ich in Gedanken hinzu. Ich bin meiner

Schwester so dankbar in diesem Moment. Das Gefühl der Einsamkeit wird durch sie ein wenig abgemildert.

»Kannst du mir einen Gefallen tun?«, frage ich sie.

»Alles!«

»Du musst mich bei ihnen entschuldigen. In der nächsten Zeit habe ich keine Lust auf Familienessen. Ich glaube, ich brauche etwas Abstand nach der Sache heute.« Das ist nur die halbe Wahrheit, aber mehr soll Jasmine nicht wissen.

»Ich sage ihnen Bescheid.«

»Danke, Jas.«

Danach unterhalten wir uns noch ein bisschen. Es tut gut, ihre Stimme zu hören. Sie erzählt mir von den Veränderungen, die sie in ihrem und Ebonys Zimmer vornehmen will. Von der Schule, ihrer besten Freundin, die verliebt ist in einen Vollidioten, wie Jasmine es nennt. Ich höre ihr zu. Sie zeigt mir ein paar Songs, die ich absolut grauenhaft finde, was sie mit Sicherheit weiß. Kurz ist Ebony im Hintergrund zu hören, aber Jasmine sagt ihr, dass sie ihre Ruhe haben will. Vor meinem inneren Auge sehe ich Ebony vor mir, wie sie enttäuscht abzieht, weil ihre Schwester nicht mit ihr spielt. Obwohl der Gedanke mich traurig macht, bin ich doch froh, dass Jasmine am Telefon bleibt.

»Weißt du was? Ich fand Zelda heute umwerfend«, sagt Jasmine nach einer Wutrede über die Ungerechtigkeit, dass sie am Wochenende um zehn zu Hause sein soll. »Wie sie mit den Kleinen umgegangen ist. Und auch danach mit Ma und Pop. Wirklich stark. Es ist sicher nicht leicht, das erste Mal in unsere Familie zu kommen.«

Ich muss unwillkürlich lächeln. Sie hat recht. Zelda *war* heute umwerfend. Beinahe bereue ich, dass ich diese blöde Pause vorgeschlagen habe. Aber ich bin mir sicher, dass es die richtige Entscheidung war. Trotzdem schnürt mir die Erinnerung an Zelda mit den Zwillingen die Kehle zu.

»Ich muss aufhören, Jas«, sage ich, weil ich nicht will, dass sie etwas merkt.

»Alles klar, Malik. Ruf mich an, wenn du reden willst. Nur weil du nicht zu uns kommst, heißt das ja nicht, dass wir uns nicht sehen können, oder?«

»Wir können uns immer sehen!«, sage ich.

»Ich hab dich lieb.«

»Ich dich auch.«

Dann legt sie auf, und ich mache mich endlich auf den Heimweg.

Zu Hause lasse ich mich emotional ausgelaugt auf mein Bett fallen. Was für ein Tag! Meine Eltern sind gegen die Beziehung zu dem Mädchen, das mich glücklicher macht als alles andere auf der Welt. Das Mädchen, das mich glücklicher macht als alles andere auf der Welt, hat einen großen Teil ihres Lebens vor mir geheim gehalten. Es ist nicht das erste Mal, dass ich das Gefühl habe, die Welt hätte sich gegen mich verschworen. Aber im Unterschied zu früher versuche ich, besonnen mit der Situation umzugehen. Es ist nichts verloren. Ich bin mir sicher, dass ich Zelda vertrauen kann. Das zwischen uns ist echt. Es ist großartig. Nur muss unsere Beziehung mit unser beider Leben vereinbar sein. Wir werden das hinkriegen, wenn wir uns bewiesen haben, wie sehr wir es wollen. Und bei Gott, ich will es, mit jeder Faser meines Körpers.

Nach einer Weile höre ich, wie Rhys nach Hause kommt.

»Hi«, ruft er und beginnt in der Küche zu rumoren. »Malik? Bist du da?«

Obwohl ich erschöpft bin, raffe ich mich auf. Die

Freundschaft zu Rhys ist etwas Konstantes, Stabiles. Ich erinnere mich daran, wie hilflos ich mich fühlte, als er sich vollkommen vor mir zurückzog und versuchte, mich aus seinem Leben rauszuhalten. Das will ich ihm nicht antun.

»Hi«, sage ich und setze mich zu ihm in die Küche.

»Ich habe aus dem Café Sandwiches mitgebracht. Magst du auch?«, fragt er.

»Hab keinen Hunger«, sage ich.

»Ach ja, richtig, ihr wart ja heute bei deinen Eltern zum Essen. Wie ist es gelaufen?«

»Nicht so gut«, erwidere ich. »Meine Eltern machen sich wegen unserer Beziehung Sorgen.«

»Warum das denn?«, fragt er mit vollem Mund.

»Sie sagen, wir kommen aus unterschiedlichen Welten.«

»Das tun Tamsin und ich auch. War nie ein Problem bei uns.« Er zuckt mit den Schultern.

»Dachte ich auch. Aber ich habe offensichtlich unterschätzt, wie unterschiedlich unsere Welten sind.«

»Was meinst du?«

»Zeldas Eltern wissen nichts von mir.« Ich schlucke. Es tut mehr weh, als ich mir eingestehen will. »Sie hat ihnen nichts von uns erzählt. Ich habe eine Beziehungspause vorgeschlagen, bis sie sich im Klaren darüber ist, was sie möchte.«

»Krass, Alter«, sagt Rhys. »Also seht ihr euch erst einmal nicht mehr?«

»Einen Monat«, erwidere ich.

Rhys nickt. »Ist sicher nicht leicht.«

»Nein. Aber es ist das Richtige.«

Zelda

27 Ich erblicke Tamsin und Sam sofort an einem der hinteren Tische, als ich das *Vertigo* betrete, eine Studentenkneipe im Ausgehviertel von Pearley. Die Straße ist hier gesäumt von Bars und Vintageläden, deren Leuchtreklame die Gehwege in bunten Farben erhellt. Die Bar ist eine gemütliche Mischung aus ramschig und traditionell. Die Wände sind über und über mit Metallschildern behangen, die lackierten Holztische glänzen im schummrigen Licht, und aus den Boxen ertönt Rockmusik.

Tamsin sieht mich und winkt. Doch ich mache einen kurzen Umweg über die Bar und bestelle mir ein Bier. Das Beste am *Vertigo* ist, dass man hier kaum je nach dem Ausweis gefragt wird. Und ich habe die Hoffnung, dass ein kleiner Schwips vielleicht helfen könnte, die lauten Gedanken in meinem Kopf zum Schweigen zu bringen.

»Sorry, dass ich euren Abend crashe.« Ich hatte eigentlich gehofft, mit Tamsin allein reden zu können, aber sie war bereits mit Sam unterwegs, als ich anrief.

»Kein Problem«, sagt Tamsin. »Es klang am Telefon so, als hättest du Gesellschaft dringend nötig.«

Ich nehme einen Schluck aus der Flasche und spüre Tamsins Blick auf mir, starre aber auf das Etikett, als handle es sich dabei um eine wirklich interessante Lektüre.

»Also«, sagt sie. »Willst du darüber reden?«

Ich blicke unsicher zu Sam. »Ähm ...«

»Ihr entschuldigt mich kurz?«, sagt Sam, der wissend lächelt und schon aufstehen will. Doch ich halte ihn zurück.

»Nein, bitte. Ist schon in Ordnung. Es ist nur manchmal einfach seltsam, weil du Tamsins bester Freund und gleichzeitig unser Dozent bist.«

Sam lächelt. »Vielleicht wäre es besser, wenn ihr in Zukunft nicht mehr in meine Kurse kommt. Dann könnten wir ganz normal befreundet sein.«

»Und wer beteiligt sich dann an der Diskussion?«, fragt Tamsin und lacht.

»Okay, vielleicht solltet ihr doch kommen. Ich würde euch aber trotzdem jetzt mal kurz allein lassen.« Er steht auf und läuft Richtung Toiletten.

»Ich bin froh, dass ihr beschlossen habt, wieder normal miteinander umzugehen«, sage ich. »Ist alles wieder in Ordnung?«

»Ich hoffe es sehr. Es wird auf jeden Fall von Treffen zu Treffen leichter. Ich glaube, für ihn auch. Aber jetzt erzähl! Was ist bei dir los?«

Ich berichte ihr von meinem Tag. Vom Essen bei Maliks Eltern und den Sorgen, die sie sich machen. Von unserer Auseinandersetzung und meinem Geständnis.

»Und jetzt haben wir eine Beziehungspause, damit ich mir klar werde, was ich will. Als wüsste ich das nicht!«, sage ich schließlich. Mit meinen Zeigefingern wische ich unter meinen Augen entlang, um die Tränen, die auf einmal hinter meinen Augen brennen, am Hinunterfließen zu hindern.

»O weh.« Tamsin drückt meine Hand. Obwohl ich die Geste zu schätzen weiß, macht sie mich nur noch trauriger. Ihre Hand ist die falsche. Malik fehlt mir jetzt schon.

»Ich bin aber auch selten blöd.« Ich versuche mich an einem Lächeln, das nur halb gelingt. »Irgendwie dachte ich einfach, ich könnte beides haben. Glücklich sein und den Schein wahren. Typisch Redstone-Laurie. Da kommen die Gene durch.«

Ich bin wirklich wütend auf mich selbst. Es ärgert mich, dass ich nur mir allein die Schuld an dem Schlamassel geben kann, in das ich uns gebracht habe. Es gibt keine Entschuldigung für mein Verhalten, und ich kann noch froh sein, dass Malik so verständnisvoll und reif reagiert hat.

Als Sam zurückkommt, wechseln wir das Thema. Sam und Tamsin erzählen Anekdoten aus ihrem Heimatort Rosedale. Anscheinend konnten Sam und Tamsins Ex-Freund sich nicht leiden.

»*Literatur ist eine Träumerei, Sam*«, sagt Sam mit nasaler Stimme. »*Ich würde dir raten, frühzeitig in Immobilien zu investieren.*«

Tamsin kichert und boxt ihn in die Seite. »Du bist unmöglich. Ja, Dominic war vielleicht nicht die beste Wahl. Aber es hat auch nicht geholfen, dass du dir nie Mühe gegeben hast, ihn kennenzulernen.«

»Hey, das ist unfair«, sagt Sam. »Ich habe mir sehr wohl Mühe gegeben. Die ersten paar Male. Und dann habe ich versucht, ihn mit seinen eigenen Waffen zu schlagen.«

»Wie sah das aus?«, frage ich.

»Ich habe es einfach auf die Spitze getrieben. Wenn er davon erzählt hat, dass er Tamsin seinen BMW nicht fahren lässt, weil sie nicht sanft genug damit umgeht, habe ich gesagt, dass ich mein Auto manchmal stundenlang streichle, bis es eingeschlafen ist.« Er gluckst, und auch Tamsin ist kurz davor loszulachen, obwohl sie sich dagegen wehrt.

»Einmal hat Dominic davon geredet, wie sehr er meinen Dad dafür bewundert, dass er alles am Haus selbst repariert. Er hat gesagt, mein Dad sei ein richtiger Mann.« Sie verdreht die Augen.

Sam kann sich kaum halten vor Lachen. »Ich habe ihm daraufhin die Geschichte erzählt, wie Tamsins Dad einen Hirsch niedergerungen hat.«

»Und du hast die Geschichte so ausgeschmückt, dass er dir geglaubt hat!«

»Das war wirklich der allergrößte Unsinn, den ich ihm aufgetischt habe. *Einen Hirsch niedergerungen.* Hat man je etwas Unglaubwürdigeres gehört?«

Nach dem zweiten Bier verabschieden wir uns. Tamsin muss noch etwas für die Uni tun, und Sam hat andere Pläne. Date-Pläne wahrscheinlich, wie beinahe jeden Abend.

»Meinst du, du kommst klar?«, fragt Tamsin, als wir uns vor der Bar verabschieden.

»Muss ja«, sage ich. Wir umarmen uns. Tamsin hält mich einen Moment länger fest, als sie müsste. Ich lehne mich an sie und denke an Malik.

»Du meldest dich, wenn du was brauchst. Ansonsten sehen wir uns am Montag.« Sie winkt mir zu und geht dann in Richtung ihrer Wohnung davon.

»Musst du auch hier lang?«, fragt Sam und deutet die Straße hinunter.

Ich nicke.

»Dann gehen wir noch ein Stück zusammen.«

Auf den Gehwegen sammeln sich Gruppen junger Menschen, die in die Bars gehen oder gerade herauskommen, um weiterzuziehen. Sie sind gut gelaunt und laut, klatschen sich ab, klopfen sich auf den Rücken, umarmen einander. Die Sorglosigkeit versetzt mir einen Stich.

»Was machst du jetzt noch?«, frage ich Sam, um ein bisschen Konversation zu machen.

»Ich gehe ins Kino.«

»Mit wem?« Ich sollte nicht so neugierig sein. Im schlimmsten Fall kenne ich das Mädchen aus der Uni.

»Ich gehe allein.«

»Allein?«, frage ich überrascht.

»Das mache ich oft«, sagt er und zuckt mit den Schultern.

»Du gehst oft allein ins Kino? Fühlst du dich da nicht … einsam?«

»Nein, ehrlich gesagt, nicht. Ich mag es, wenn ich nach dem Film nicht direkt darüber reden muss. Es ist seltsam zu erklären. Ich fühle mich nach einem guten Film immer ein bisschen verletzlich. Als hätte ich etwas sehr Intimes erlebt. Ich habe gern Zeit, über die Eindrücke nachzudenken, bevor ich das mit jemandem teile.«

Ich bin mir nicht sicher, ob ich verstehe, was er meint. Aber Menschen haben eben seltsame Angewohnheiten. Wir laufen einen Moment schweigend nebeneinander her.

»Magst du mitkommen?«, fragt er dann.

»Ich dachte, du willst allein gehen?«

»Ich kenne den Film sowieso schon. *Die Spur des Falken.* Humphrey Bogart. Ein Klassiker.«

»Ich würde sehr gerne mitkommen«, sage ich. Hauptsache, *ich* muss nicht allein sein. Denn im Gegensatz zu Sam bin ich nicht sonderlich gut darin.

Das Kino ist in einer Seitenstraße, in der ich noch nie zuvor war. Sam bleibt vor einem weiß gekachelten Dreißigerjahre-Gebäude stehen. Die Leuchtschrift, die in großen Lettern vom Dach des Gebäudes bis auf die Höhe des ersten Stockwerks reicht, verkündet, dass das Kino *Electric* heißt. Darunter befindet sich eine oldschool Anzeigetafel mit schwarzen, austauschbaren Lettern.

Sam öffnet eine der Schwingtüren, und ich trete hindurch. Ein warmes, schummriges Licht empfängt mich. Der rot-grün gemusterte Teppichboden riecht leicht muffig, aber nicht wirklich unangenehm. An den Wänden hängen Filmplakate. Allerdings sind keine neueren Blockbuster dabei, wie mir auffällt, als ich meinen Blick durchs Foyer schweifen lasse. Die meisten Filme sagen mir etwas, aber bis auf *Das Schweigen der Lämmer*, *Casablanca* und *Fight Club* habe ich keinen der Filme gesehen. Vielleicht sollten wir unsere Filmabende in der WG doch wieder ein bisschen ernster nehmen.

»Hi, Norman«, begrüßt Sam einen alten Mann, der hinter einer Glasscheibe sitzt. »Zwei Karten heute.«

Der alte Mann macht große Augen. Dann verzieht er sein Gesicht zu einem Grinsen und zeigt seine nur noch zur Hälfte erhaltenen Zahnreihen. Ich bin einigermaßen überrascht von Normans Reaktion. Erstens, weil er anscheinend denkt, dass ich Sams Date bin, und zweitens, weil Sam offensichtlich noch nie eins seiner zahlreichen Dates mit in dieses winzige, alte Kino genommen hat.

»Popcorn?«, fragt Sam an mich gewandt.

Als ich begeistert nicke, erhebt Norman sich mühsam und kommt nach einer gefühlten Ewigkeit an die kleine Theke neben dem Ticketschalter.

»Süß oder salzig?«, fragt er.

»Süß!«, sage ich bestimmt. Dann blicke ich zu Sam. »Ist das für dich in Ordnung?«

»Klar«, sagt er.

Aus der Popcornmaschine befüllt Norman wie in Zeitlupe eine gelb-rot gestreifte Papiertüte und reicht sie mir mit einem weiteren zahnreduzierten Lächeln.

»Das geht aufs Haus«, sagt er und zwinkert Sam zu.

Wir bedanken uns und gehen dann in den Kinosaal. Die Wände sind rot gestrichen und werden von fächerförmigen Lampen angeleuchtet. Außer uns ist niemand hier. Sam lotst mich in eine der mittleren Reihen, und wir setzen uns.

»Du kommst oft hierher, oder?«, frage ich.

»So oft ich kann.«

»Warum?«

»Ich finde, es ist ein toller Ort. Es existieren nicht mehr viele Kinos wie dieses hier. Irgendwann wird es nur noch Multiplex-Kinos in großen Malls geben. Das *Electric* ist aus der Zeit gefallen. Hier bekommt man einen Eindruck, wie besonders es früher war, ins Kino zu gehen.«

Ich nicke. Es gefällt mir, wie aufmerksam Sam durch die Welt geht.

»Ist alles in Ordnung bei dir?«, fragt er dann.

»Hm«, mache ich. »Kommt drauf an, auf was sich die Frage bezieht. Körperlich bin ich jedenfalls unversehrt. Und Ablenkung ist gut. Danke, dass du mich mitgenommen hast.«

»Sehr gern«, sagt Sam und setzt sich seine Brille auf.

»Und was ist mit dir? Bist du in Ordnung?«, frage ich, als das Licht ausgeht und die Fanfaren des *Warner Brothers*-Jingles beginnen.

»Ich bin in Ordnung«, sagt er und lächelt mich im Schein der Leinwand an.

28 Jeden Morgen, wenn ich aufwache, gilt mein erster Gedanke Zelda. Was tut sie? Denkt sie an mich? Vermisst sie mich? Uns? Sie fehlt mir so sehr, dass ich beinahe physische Schmerzen habe. Aber ich bin stark. Ich werde sie nicht unter Druck setzen, sondern mich ablenken. Mich unabhängig von allen anderen neu definieren. Dafür kann ich die Zeit nun nutzen. Ich muss mir in den nächsten Wochen wieder vor Augen führen, wer ich bin. Was meine Ziele sind. Wo ich hinkommen will. *Jasmine, Theo, Ebony, Ellie und Esther.* Was im Gefängnis als Tauschgedanke nicht funktioniert hat, gibt mir nun die Kraft, die ich brauche, um mit neuer Energie durchzustarten.

Nach und nach erlange ich eine neue Entschlossenheit, mit der es mir gelingt, mich auf mein eigentliches Ziel zu konzentrieren: auf die Arbeit, meine Ausbildung, den Traum, Koch zu werden. Auf das, was zählt. Es gilt, meinen Geschwistern zu zeigen, dass sie alles schaffen können. *Jasmine, Theo, Ebony, Ellie und Esther.* Sie sollen in dem Bewusstsein leben, dass ihre Herkunft nicht zwingend bestimmt, welchen Weg sie einschlagen. Der Gedanke an sie peitscht mich regelrecht an. Der Wunsch, ihnen zu beweisen, dass sie ihres Glückes Schmied sein können, wenn sie sich nur anstrengen.

Mein erster Gang nach meinem Entschluss führt mich zu Clément.

»Haben Sie einen Moment für mich?«, frage ich kurz vor Beginn der Schicht. Ich weiß inzwischen, dass er vor Arbeitsbeginn immer eine Zigarette raucht. Er braucht genau vier tiefe Züge, dann beginnt sein Arbeitstag. Als er jetzt eine Zigarette aus der Packung zieht, bin ich bereit und halte ihm ein Feuerzeug hin.

»Hast du sonst niemanden, den du behelligen kannst?«, fragt er gelangweilt.

»Nein, ehrlich gesagt, können nur Sie mir helfen.«

Clément blickt auf die Uhr und seufzt theatralisch. »Zwei Minuten«, sagt er.

Ich hole tief Luft. »Hören Sie, Clément. Ich bin sehr dankbar für die Chance, die Sie mir hier geben. Ich weiß, dass ich privilegiert bin, überhaupt eine Stelle im *Fairmont* erhalten zu haben.« Ich mache eine kurze Kunstpause. Clément hat seine Augenbrauen nach oben gezogen und sieht mich erwartungsvoll an. »Aber ich bin auch hier, um etwas zu lernen«, fahre ich mit Nachdruck fort. »Und genau das möchte ich tun.« Erneut halte ich inne, um anhand seiner Reaktion meine Chancen abschätzen zu können. Dann sage ich: »Ich weiß, dass ich Talent habe. Ich kann eine Bereicherung für Ihre Küche sein, wenn Sie mich lassen.«

Clément kichert unangenehm, während er Rauch ausstößt. »Talent, ja? Zur Bescheidenheit auch?«

»Alles zu seiner Zeit«, entgegne ich mit mehr Überzeugung in der Stimme, als ich empfinde. Aber der Eindruck, den ich hinterlasse, ist alles, was zählt. »Und die Zeit hier im *Fairmont* möchte ich nicht verschwenden.«

Clément drückt seine Zigarette aus. Er schweigt, was mich verunsichert. Das Gespräch ist bis hierhin zwar besser gelaufen, als ich angenommen hatte, denn er hat nicht

Nein gesagt, mich nicht ausgelacht. Aber ob er mich ernst nimmt?

»Also, hör zu«, sagt er, als seine Hand bereits auf dem Türknauf liegt. »In zwei Wochen übernehmen wir das Catering für eine private Party. Niemand ist scharf darauf, eine Extraschicht zu arbeiten. Wenn du mein Springer bist, *pain noir* für alles sozusagen ...«

»Ich bin Ihr Mann«, sage ich schnell. »Sie können sich auf mich verlassen.«

Clément brummt noch irgendetwas Unverständliches und geht hinein.

Habe ich den Job? Ich bin verwirrt. Beinahe will ich ihn noch mal fragen, aber dann überlege ich es mir anders. Besser, ich überspanne den Bogen nicht.

In der Küche stelle ich mich an Alecs Arbeitsinsel, an der Lenny bereits Pastinaken in gleichmäßige Streifen schneidet.

»Morgen«, sage ich und beginne ein paar der weißen Wurzeln zu schälen, ehe ich von Alec den ersten Arbeitsauftrag entgegennehme.

»*Pain noir*«, erschallt Cléments Stimme durch den langsam anschwellenden Lärm, während sich jeder, der an der Zubereitung des Mittagessens beteiligt ist, an seinem Platz einfindet. »Was machst du da?«

Ich blicke auf und sehe, dass Clément mich zu sich winkt. Mit einem Stirnrunzeln zucke ich die Achseln, als ich Lennys fragendes Gesicht sehe.

»Hast du was angestellt?«, fragt er leise.

»Ich hoffe nicht!«, gebe ich zurück, wische mir die Hände an einem Küchentuch ab und laufe unter Beobachtung der gesamten Mannschaft durch die Küche zu Clément.

»Du arbeitest in den nächsten Tagen Paco zu.« Mit einem Wedeln der rechten Hand bedeutet er mir, an eine der Arbeitsplatten in der Nähe zu gehen.

Paco ist der sogenannte *Gardemanger*. Er ist vermutlich nicht älter als dreißig, und ich weiß kaum etwas über ihn, außer, dass er für das Vorbereiten von Fisch und Fleisch zuständig ist.

»Malik, richtig?«, fragt er, als ich an seine Arbeitsplatte herantrete, an der außer ihm noch zwei Küchenhilfen arbeiten, die gerade dabei sind, Fische auszunehmen.

Ich bin überrascht, dass er meinen Namen kennt, und nicke.

»Pass auf, Malik. Wenn jemand zum ersten Mal bei mir dabei ist, gebe ich ihm eine halbe Stunde, um sich zu akklimatisieren, Fragen zu stellen und zu beobachten. Solange du aufpasst, dass du nicht im Weg herumstehst, erkläre ich dir, was unsere Aufgaben sind und was in den nächsten Tagen auf uns zukommt.«

Wieder nicke ich. Diesmal allerdings mit mehr Selbstbewusstsein. Ich bin begeistert. Genau so hatte ich es mir vorgestellt. Lernen, verstehen, machen.

Paco erklärt, dass er zwar für die Vorbereitung von Fisch, Meerestieren und Fleisch verantwortlich ist, aber auch für die gesamte kalte Küche – vom Zubereiten von Pasteten und Terrinen bis hin zum Anrichten.

»Für heute Abend steht eine Waldpilz-Terrine auf dem Speiseplan, die wir noch zubereiten müssen. Außerdem werde ich nach der Schicht eine Liste mit kalten Speisen und Fingerfood für ein Event zusammenstellen. Wenn du dafür noch bleiben willst, kannst du mir gern über die Schulter schauen.«

»Sehr gern«, sage ich und werde ganz aufgeregt.

Nach ungefähr einer halben Stunde erhalte ich meinen ersten Arbeitsauftrag. Ich soll Garnelen schälen und entdarmen.

»Das ist nicht die spannendste Aufgabe«, sagt Paco. »Aber du musst die Handgriffe perfektionieren, ehe ich dir mehr Verantwortung geben kann. Sobald einer von uns etwas macht, was du lernen solltest oder wovon ich denke, dass es interessant für dich sein könnte, unterbrichst du und schaust zu. In Ordnung?«

»Absolut in Ordnung«, sage ich und beobachte, wie Paco mit einer Schere den Panzer einer Garnele aufschneidet. Erst oben, dann unten.

»Der dunkle Faden, der sich hier gelöst hat, ist der Darm. Den entfernst du, denn der schmeckt oft bitter«, erklärt Paco. »Dann ziehst du den Panzer ab. Achte darauf, dass das Schwänzchen hinten dran bleibt, dann sieht es auf dem Teller später hübscher aus.«

Er reicht mir eine Schere, und ich tue es ihm nach.

»Ausgezeichnet«, sagt er, nachdem ich meine erste Garnele geschält habe.

Ich kann kaum glauben, dass ich für einen einfachen Handgriff Lob bekommen habe, und mache mich mit Eifer an meine Aufgabe.

Als ich nach Hause komme, bin ich immer noch vollkommen euphorisiert. Ich habe heute so viel gelernt wie seit meinem ersten Tag im *Fairmont* zusammengenommen. Paco ist großartig. Er erklärt viel, ohne dabei Zeit zu verlieren. Er ist schnell und konzentriert bei der Sache und plant minutiös im Vorfeld, sodass unsere Arbeit perfekt aufeinander abgestimmt ist.

Ich bin so motiviert, dass ich für Rhys und mich koche. Nichts zu Aufwendiges, denn dafür fehlt mir die Kraft, aber für ein Risotto mit Meeresfrüchten, die Paco mir mitgegeben hat, weil sie sonst im Müll gelandet wären, reicht es. Mein Tatendrang hat natürlich nichts damit zu tun, dass ich mich auch abends von Zelda ablenken will, sage ich mir. Auch wenn ich mir sehr wohl der Tatsache bewusst bin, dass das Kochen mich bereits einmal gerettet hat.

Es fühlt sich angenehm normal an, mit Rhys in der Küche zu sitzen und über Alltagsthemen zu sprechen. Ich berichte begeistert von meinem Tag, Rhys ist genervt von Liz und Ollie, den beiden Studentinnen, die im Café arbeiten.

»Ich hätte nicht gedacht, dass es so anstrengend ist, die Schichtpläne zu machen«, sagt er. »Als Malcolm mich gebeten hat, das zu übernehmen, war mir nicht bewusst, auf wie viele Befindlichkeiten man achten muss.«

»Aber es ist toll, dass du mehr Verantwortung kriegst, oder? Das bedeutet doch, dass Malcolm dir vertraut.«

»Ja, natürlich. Aber es fühlt sich an wie eine sehr langweilige erwachsene Form von Tetris.« Rhys lacht. Dann wird er wieder leise, und eine Sorgenfalte bildet sich zwischen seinen Augenbrauen. »Es gibt übrigens einen Gerichtstermin für Amy und Jeannie. In nur einem Monat soll darüber entschieden werden, ob meine Schwester dauerhaft bei Amy bleiben kann.«

Ich verschlucke mich beinahe am Risotto. »In einem Monat schon?«, frage ich.

»Jetzt geht alles schnell«, sagt Rhys. »Aber es ist gut so. Dann hat diese Ungewissheit endlich mal ein Ende. Und Amy hat wohl einen ganz guten Anwalt an der Hand. Sie ist vorsichtig optimistisch, wie sie es selbst ausdrückt. Vor allem, weil sich Jeannies Vater immer noch nicht gemeldet hat.«

»Das klingt doch dann alles ganz gut«, sage ich.

»Sie arbeiten gerade an einer Strategie. Noch ist nicht klar, ob ich auch aussagen soll.«

»Aber du würdest, oder?«

»Selbstverständlich. Ich würde alles tun, um dieses Aas von meiner Schwester fernzuhalten. Aber ich bin mir nicht sicher, wie gut sich die Aussage eines jugendlichen Straftäters macht.« Rhys zuckt mit den Schultern. »Mal sehen.«

Nach dem Essen sitzen wir noch eine Weile zusammen. Rhys' Gesellschaft tut mir gut. Ich schätze, ebenso wie ich genießt auch er, dass wir miteinander vollkommen ehrlich sein können. Wir haben ähnliche Erfahrungen gemacht, wir müssen uns voreinander für nichts, was in der Vergangenheit liegt, schämen. Diese Art der Freiheit ist viel wert.

Zelda

29   Vier Wochen. Vier elend lange Wochen, in denen ich Malik vermisst habe, mir sicher war, mich nach ihm verzehrt habe. Vier Wochen, in denen meine Gedanken nicht einen Moment lang zur Ruhe kamen, hin und her und im Kreis rasten. Ich sehne mich nach der Ruhe, die ich nur habe, wenn ich bei ihm bin. Ich kann nicht glauben, wie viel Zeit wir verloren haben. Aber Malik zuliebe würde ich noch ganz andere Sachen tun. Ich weiß das, und nun wird er mir endlich glauben. Ich muss nur noch dieses eine Wochenende überstehen, dann melde ich mich bei ihm. Und was sind schon zwei Tage, verglichen mit allem, was danach folgt?

Allerdings ist dies nicht irgendein Wochenende. Es ist mein Geburtstagswochenende, das ich am liebsten verfluchen würde. Immerhin ist Pearley geburtstagsfreie Zone, denn ich habe niemandem erzählt, was heute für ein Tag ist.

Sobald ich also diesen vermaledeiten Geburtstag hinter mich gebracht habe, werden Malik und ich einen Plan schmieden. Ich werde mir Hilfe holen von Tamsin, meiner Dozentin Miranda, Amy, wenn es sein muss. Starke Frauen, die ihren Weg gehen, ohne von anderen abhängig zu sein. Ich kann es lernen, das weiß ich. Ich muss nur noch dieses eine Wochenende überstehen, ohne meine Eltern misstrauisch zu machen. Wenn ich heute ein letztes

Mal das brave Püppchen spiele, können sie in der kommenden Woche beruhigt nach Europa fahren – und ich habe einen ganzen Monat, um mein Chaos zu beseitigen, mein Leben neu zu ordnen, mit Malik an meiner Seite.

Ich traue mich nicht, wirklich optimistisch zu sein. Denn natürlich kann es schiefgehen. Aber ich muss es versuchen. Richtig versuchen. Das habe ich heute Morgen begriffen, als ich von meinem Radiowecker mit Etta James' *At last* aus dem Schlaf gerissen wurde. Die sehnsüchtigen Streicher, das sanfte Klavier im Hintergrund und Ettas starke, sinnliche Stimme haben mich wach gerüttelt und in mir die Überzeugung zum Leben erweckt, dass auch ich ein Ende meiner einsamen Tage verdient habe, dass auch mein Leben wie ein Song sein sollte. Auch über mir kann der Himmel wieder blau sein (wie mein Nagellack, der heute bei der Maniküre entfernt und durch irgendetwas Konservatives ersetzt wird), wenn ich nur Glück habe und es richtig anstelle.

Diesmal hat meine Mutter mir kein Kleid geschickt, sondern einen Fahrer, der nicht Miloš ist, weil dessen Frau in den Wehen liegt. Er heißt Axel und gratuliert mir natürlich brav zum Geburtstag. Er kann schließlich nicht wissen, dass dieser Tag für mich nur mit negativen Erinnerungen verknüpft ist. Nie fühlt man sich so fehl am Platz wie auf einem Business-Meeting zu seinem eigenen Geburtstag. Ich bedanke mich trotzdem brav, als er den Wagen startet.

Während der Fahrt nach Paloma Bay gebe ich es schnell auf, mich mit Axel unterhalten zu wollen. Er ist einsilbig und macht einfach nur einen Job, was in seinem Fall bedeutet, ein reiches Mädchen durch die Gegend zu kutschieren.

»Sie treffen Ihre Mutter beim Stylisten«, sagt er kurz

vor dem Ortseingang, und der Klang seiner Stimme erschreckt mich beinahe, so sehr war ich in Gedanken.

Ich seufze innerlich. Natürlich lässt sie mich für ihre große Party heute Abend nach ihrem Geschmack stylen. Das ist keine Überraschung. Aber die Tatsache, dass die Pflicht zur Selbstverleugnung immer näher rückt, ist sicher kein Grund für Jubelschreie. Beim Gedanken an den Urlaub meiner Eltern entspanne ich mich wieder.

Axel parkt den Wagen vor dem teuersten Schönheitssalon der Stadt. Meine Mutter ist hier Stammkundin und wird mir heute die gleiche Behandlung angedeihen lassen, der sie sich sonst unterzieht. Ich kann es kaum erwarten.

»Ms Redstone-Laurie«, säuselt sofort eine junge Mitarbeiterin mit langen Fingernägeln und perfekt getrimmten Augenbrauen. »Wir freuen uns, Sie hier im Beauty-Club *Diamond Lounge* begrüßen zu dürfen.« Ihr Lächeln ist so breit, dass ich Sorge kriege, ihre Mundwinkel könnten einreißen. »Mein Name ist Elena, und ich kümmere mich darum, dass es Ihnen bei uns an nichts fehlen wird.«

»Äh, danke, Elena«, sage ich und fühle mich fundamental unwohl. Nur noch heute, rufe ich mir in Erinnerung, um dem Fluchtinstinkt entgegenzuwirken.

»Na, kommen Sie. Ihre Mutter bespricht hinten schon alles mit Luna und Christian. Sie hat wirklich einen tollen Geschmack.«

Mir entgeht nicht, dass Elena mich bei ihrem letzten Satz von oben bis unten mustert. Und auch wenn sie sich bemüht, sich nichts anmerken zu lassen, sehe ich doch ganz deutlich, dass ihr Lächeln gefriert. Da ich wusste, was mich erwarten würde, habe ich mir nicht die Mühe gemacht, mich schick anzuziehen. Jeans, eine schlabbrige Kapuzen-Jacke, Chucks.

Ich folge Elena ins Hinterzimmer. Dort sitzt meine Mutter mit einer Frau und einem Mann auf einer opulenten Couch. Sie blättern Kataloge durch und trinken Champagner. Die eine Seite des Raums ist komplett verspiegelt, davor stehen schwarze Designer-Ledersessel, in denen man sich der Expertise von Luna und Christian ergeben muss. Der dunkle Holzfußboden reflektiert das Licht der modernen Kronleuchter, die von der Decke hängen und mit ihrer schmucklosen Schlichtheit die Idee des Luxus-Minimalismus ad absurdum führen. Das hier ist also die *Diamond Lounge*.

»Zelda«, ruft meine Mutter und beeilt sich, mich in ihre liebenden Arme zu schließen. »Alles Gute zum Geburtstag, mein Schatz.«

Elena schenkt mir ein Glas Champagner ein, und Christian und Luna beginnen zu singen. Es ist für mich ein absoluter Albtraum-Moment.

»Ich freue mich auf die Herausforderung«, sagt Christian und reibt sich die Hände. »Wir haben uns schon einmal Gedanken gemacht, was zu deiner großen Party heute Abend passend wäre. Aber natürlich ist es *dein* Geburtstag.« Von wegen. Dann wendet er sich meiner Mutter zu. »Rosa, möchten Sie Ihrer Tochter unseren Favoriten zeigen?«

Meine Mutter lächelt. Sie nimmt einen der Kataloge und zeigt mir das Model, dessen Style sie für mich ausgesucht haben. Mir ist es egal. Keine der Frisuren, die zur Auswahl stehen, beinhaltet, dass ich meine Haarfarbe behalten kann. Ich blicke nur halbherzig auf das kantige Gesicht, das mir von dem Foto entgegenblickt. Die Haare sind blond, das Make-up aufwendig, aber dezent.

»Was meinst du?«, fragt meine Mutter, die offensichtlich der Ansicht ist, dass wir uns heute wie Mutter und Tochter verhalten.

»Okay«, sage ich, weil Diskussionen ohnehin keinen Zweck haben. Ich setze mich mit meiner Champagnerflöte auf einen der Sessel.

»Na, dann wollen wir dich mal geburtstagsfertig machen«, scherzt Christian und beginnt mit seiner Arbeit.

Meine Haare werden gewaschen, die Spitzen geschnitten. Dann pinselt Christian Farbe darauf. Währenddessen huscht Elena um uns herum und fragt meine Mutter und mich abwechselnd, ob sie uns noch etwas bringen kann. Meine Mutter wählt mit Luna eine Hochsteckfrisur für sich selbst aus, beobachtet aber mit Verzücken in den Augen, was Christian meinen Haaren antut.

Während die Farbe einwirkt und Christian sich meiner Mutter zuwendet, macht sich Elena an meinen Fingernägeln zu schaffen.

»Wir haben uns für French Nails entschieden, Ms Redstone-Laurie«, sagt Elena, der offensichtlich noch das nötige Selbstverständnis in den gehobenen Kreisen von Paloma Bay fehlt, um fremde Leute gleich beim Vornamen zu nennen. »Ist das in Ihrem Sinne?«

Ich nicke müde, und sie macht sich sogleich ans Werk. Sie entfernt den alten Lack, schneidet die Nägel, feilt, schiebt Nagelhaut zurück. Da meine Fingernägel, ebenso wie meine Haare, immer schon Ausdruck meiner selbst waren, könnte ich das, was Elena da an meinen Händen macht, vermutlich genauso gut. Nagellack trage ich im Schlaf auf – ob mit meiner linken oder rechten Hand, spielt dabei keine Rolle.

Als die Frisur meiner Mutter zu ihrer Zufriedenheit sitzt, beginnt Luna mit ihrem Make-up. Es ist verblüffend zu beobachten, wie meine Mutter sekündlich jünger wird.

Christian widmet sich wieder meinen Haaren. Ich traue mich kaum, in den Spiegel zu blicken, und schließe deswegen vorsichtshalber die Augen. Christian macht sich mit Föhn, Schaum, Sprays und weiß der Geier was noch allem daran, meine Haare in eine Form zu bringen, die meine Mutter beglücken wird.

Luna löst ihn ab und macht sich an meinem Gesicht zu schaffen. »Wenn ich mit dir fertig bin, wirst du dich nicht mehr wiedererkennen. Du wirst aussehen wie ein Topmodel«, sagt sie und glaubt wohl, das sei etwas, das jede Frau tief in ihrem Inneren begehren müsse.

»Yay«, sage ich und gebe mir Mühe, nicht allzu sarkastisch zu klingen.

Als Christian, Luna und Elena nach stundenlanger Arbeit schließlich alle einen Schritt zurücktreten, um mich zu betrachten, wird meine Mutter auf einmal ganz aufgeregt.

»Sieh mich an, Zelda«, sagt sie und macht dann große Augen, als ich ihr einen Blick auf mich gewähre. »Oh, Zelda!« Ihre Stimme bebt beinahe, und sie presst sich eine Hand aufs Herz. »Du bist ... wunderschön!«

Ich kann es mir nicht verkneifen, die Augen zu verdrehen, aber erst, als ich mich wieder von ihr abwende. Nun muss wohl auch ich einen Blick in den Spiegel wagen. Die drei Künstler, die das Kompliment meiner Mutter eindeutig freudiger empfangen als ich, treten beiseite, damit ich mich selbst bewundern kann.

Die Person, die mir entgegenblickt, hat mit mir selbst eigentlich nichts mehr zu tun. Wären es nicht meine Augen, die mich aus dem Spiegel anschauen, würde ich mich selbst nicht erkennen. Meine hellblonden Haare wurden zu eleganten Wellen geföhnt und gesprayt. Eine perlenbesetzte Spange hält sie auf einer Seite zusammen. Mein Gesicht ist vollkommen eben. Die Wangen und Lippen sind rosig, während dezenter Lidschatten und dichte falsche Wimpern meine Augen einrahmen.

»Was sagst du?«, fragt Luna mit leuchtenden Augen. Sie ist offensichtlich mehr als zufrieden mit dem Ergebnis ihrer Arbeit.

»Ich sehe völlig anders aus«, sage ich, weil ich nicht in der Lage bin, Begeisterung zu heucheln, während ich mich so fremd fühle.

»Nicht wahr?«, sagt meine Mutter. »Es ist fantastisch, was man mit ein bisschen Mühe erreichen kann.«

Ich balle meine Hände zu Fäusten und versuche mich mit aller Macht gegen die aufkeimende Wut zu wehren. Es ist nur dieses eine Wochenende. Eigentlich sogar nur dieser eine Tag, sage ich mir immer wieder. Dann werde ich eine Lösung finden. Nur noch ein paar Stunden.

Axel fährt uns nach Hause, wo eine Überraschung auf mich wartet, wie meine Mutter mir mit glänzenden Augen erzählt. Sie ist wie auf Drogen. Ich habe sie noch nie so euphorisch gesehen. Besonders mir gegenüber. Sie plappert in einer Tour. Darüber, dass Zachary leider nicht extra von der Ostküste herfliegt, dass aber Elijah und Sebastian zur Party kommen. Wie märchenhaft die Dekoration ist. Dass mein Vater sich in sein Arbeitszimmer zurückgezogen hat, aber sicher bald herauskommen wird, um mir zu gratulieren. Ich lasse sie reden, da ich mit meinen Gedanken ohnehin woanders bin.

Es ist mein großer Vorteil, dass ich schon vor Jahren mit

dem Thema Geburtstag abgeschlossen habe. Denn wenn ich geglaubt hätte, es würde auch nur eine Sekunde lang darum gehen, was ich mir wünsche, wäre ich nun schon wieder bitter enttäuscht. Die Überraschung meiner Mutter stellt sich als mein Outfit für den Abend heraus und widerspricht in allen Belangen meinem Geschmack. In meinem alten Kinderzimmer hängt ein glamouröses Metallic-Abendkleid, das auf der linken Seite von einer strassbesetzten Brosche zusammengerafft wird. Darunter befindet sich ein elend langer Gehschlitz, bei dem ich mir nicht sicher bin, ob er jugendfrei ist. Das Kleid schimmert und glitzert und sieht schrecklich unbequem aus. Man muss wirklich hoffen, dass ich nicht von Elstern attackiert werde. Meine Mutter klatscht in die Hände. Ich bin mir nicht sicher, ob sie meinen entsetzten Blick wirklich für das Ergebnis einer gelungenen Überraschung hält oder ob sie für ihren eigenen Seelenfrieden einfach nur so tut, als würde ich mich freuen.

Ich entledige mich vorsichtig meiner bequemen Klamotten, um die Frisur nicht zu ruinieren, und lasse mich von meiner Mutter in das silberne Ungetüm zwängen. Schwarze Riemchensandalen mit beängstigend hohen Absätzen machen meinen persönlichen outfitgewordenen Albtraum perfekt. Ich habe das Gefühl, als würde ich bei jedem Schritt Blicke auf Körperteile gewähren, die ich lieber nicht präsentieren würde. Der tiefe Wasserfallausschnitt tut sein Übriges. Natürlich sind meine Brüste wieder nach oben geschnallt und mit Einlagen auf die richtige Größe gebracht worden. Ich hasse alles an dem Anblick, der sich mir in dem Ganzkörperspiegel an meinem alten Schrank bietet. Doch dann straffe ich die Schultern und atme langsam aus. Ich werde mitspielen. Ich werde meine Eltern in

Sicherheit wiegen. Und wenn ich mich so betrachte, muss ich sagen, dass eigentlich ja nicht einmal ich es bin, die all das hier mitmacht. Es ist eine funkelnde blonde Schönheit, die äußerlich perfekt in diese reiche, makellose Welt passt. Ich wage den Versuch, mich in sie hineinzuversetzen. Sie ist selbstbewusst, eitel. Sie ist sich ihrer Reize bewusst, ihrer Wirkung, die sie auf Männer hat. Sie lächelt immer, doch sie lacht niemals zu laut. Für die nächsten Stunden bin ich sie.

»Dann wollen wir mal nach unten gehen«, sagt meine Mutter.

Lasset die Spiele beginnen.

In der Eingangshalle haben sich die Angestellten versammelt, als ich hinter meiner Mutter die Treppe hinunterschreite. Denn man kann es nur »Schreiten« nennen. Etwas anderes ist in den Schuhen nicht möglich. Bei jedem Schritt mit meinem linken Bein bin ich mir der Tatsache bewusst, dass man beinahe meine Unterwäsche sehen kann.

Als ich unten angekommen bin, tritt Agnes vor. »Ms Zelda, im Namen von uns allen möchte ich Ihnen gerne unsere herzlichsten Glückwünsche aussprechen. Das gilt auch für das Team vom *Fairmont Hotel*, das uns heute mit dem Catering unterstützt.«

Agnes schüttelt mir die Hand, und die anderen klatschen. Es sind sicher zwanzig Leute, die sich heute um das Wohlergehen der Gäste kümmern.

»Vielen Dank«, sage ich erst an Agnes gewandt, dann in die Runde. »Und vor allem danke ich Ihnen allen für Ihren Einsatz heute.« Ich lasse meinen Blick über bekannte und unbekannte Gesichter wandern. Ich erkenne

Aleda, die Köchin meiner Eltern, Rory, unseren Pförtner, Axel, der für Miloš eingesprungen ist, Brandon, der meiner Mutter bei großen Festlichkeiten mit der Organisation hilft. Dann sind da ein paar Leute, die ich aus dem *Fairmont* kenne. Alle lächeln mich an. Auch diejenigen, die ich heute zum ersten Mal sehe. Ein rotgesichtiger, pausbäckiger Junge, der nicht älter aussieht als siebzehn, eine Gruppe junger Kellnerinnen und –

Mein Herz setzt aus. Mir wird heiß und kalt. Eine Welle der Zärtlichkeit überrollt mich, gleichzeitig kriege ich Panik. Malik! Er steht ganz hinten und überragt trotzdem alle anderen. Ich habe Schwierigkeiten zu atmen. Die Sehnsucht ist so groß, und doch ist er unerreichbar. Ich muss ruhig bleiben. Darf mir nichts anmerken lassen. Niemand darf wissen, dass ich ihn kenne. Und er ... er sollte mich nicht so sehen. Nicht in diesem Aufzug. Das bin nicht ich. Ich würde mir das Kleid am liebsten einfach vom Leib reißen, weil es mir alles abschnürt. Er starrt mich mit weit aufgerissenen Augen an. Ich wünschte, ich wüsste, was in diesem Moment in ihm vorgeht. Freut er sich, mich zu sehen? Ist er angewidert von all dem hier? Ich könnte es ihm nicht verübeln. Was für ein bitterböser Streich des Schicksals, dass wir uns nach einem Monat ausgerechnet hier wiedersehen, wo wir uns nicht nah sein können.

Während alle anderen freundlich lächeln, ist Malik der Einzige, dessen Mimik völlig ausdruckslos bleibt. Ich will auf ihn zugehen, will seine Hände in meine nehmen. Aber ich darf mir nichts anmerken lassen. Das wäre das Ende meines Plans. Das dumpfe Wummern meines Herzens erschüttert meinen Körper. *Bumm, bumm, bumm.* Es dröhnt, und eine unangenehme Hitze breitet sich weiter in mir aus. Ich fixiere Malik immer noch. Sein wunderschönes Gesicht. Mein Blick bleibt an seinen Lippen hängen, und ich hoffe für den Bruchteil einer Sekunde, den Anflug eines Lächelns auf ihnen zu erkennen. Aber nichts dergleichen geschieht.

Ich trete einen Schritt zurück, um am Treppengeländer Halt zu finden. Mit zitternden Beinen auf Absätzen zu balancieren ist eine Kunst, die ich nicht beherrsche. Räuspernd bedeutet meine Mutter dem Personal, dass es Zeit für die abschließenden Vorbereitungen ist. Als es mir gelingt, den Blick wieder zu heben, ist Malik der Erste, der sich abgewendet hat und zurück zur Küche läuft. Es fühlt sich an, als würde man mir das Herz mit einem stumpfen Messer aus der Brust sägen.

Malik

30 In acht großen Schritten bin ich an der Tür, die von der Eingangshalle in den Dienstbotengang führt. Ich öffne sie und durchquere den Korridor. Hitze steigt in meinen Kopf, und meine Beine fühlen sich wackelig an. In der Küche stütze ich meine Hände auf die Anrichte. Ich kralle mich regelrecht an der Edelstahlplatte fest, um nicht das Gleichgewicht zu verlieren. Das kann nicht wahr sein. Es darf nicht wahr sein. Und doch weiß ich, dass es stimmt. Dies ist das Haus von Zeldas Eltern. Heute ist ihr Geburtstag. Auch wenn sie nicht aussieht wie sie selbst, sich nicht verhält wie sie selbst – es besteht kein Zweifel, dass sie es ist. Ihr Blick! Eine Mischung aus Trauer, Sehnsucht und – ja – Entsetzen. Das ist der Blick, den man bekommt, wenn man eine vier Wochen lange Beziehungspause einfordert und dann plötzlich in ihrem Elternhaus steht, in einer albernen Kellneruniform, bestehend aus schwarzer Hose, schwarzer Weste, weißem Hemd und schwarzer Fliege. Was für einen erbärmlichen Anblick ich geboten haben muss. Nicht, dass es darauf ankäme.

Ich könnte schwören, sie ist unter der dicken Schicht Make-up, die ihre Sommersprossen verdeckt, bleich geworden. Für einen kurzen Moment geriet sie ins Straucheln, ehe sie am Treppengeländer Halt fand. Ich greife mir ein herumliegendes Messer und beginne planlos Petersilie zu hacken, die neben einem Brett liegt. Es ist nicht so, dass ich wirklich begreife, was ich tue. Wichtig ist nur, dass ich meine Finger beschäftige. Langsam füllt sich die Küche um mich herum wieder mit arbeitssamen Menschen, aber ich nehme von nichts richtig Notiz. Ich bin viel zu sehr damit beschäftigt, zu atmen und mich auf den Beinen zu halten. *Jasmine, Theo, Ebony, Ellie und Esther*, denke ich. *Jasmine, Theo, Ebony, Ellie und Esther.*

Ich atme tief durch, aber es hilft nicht. Zeldas Anblick hat mich alles an Kraft gekostet, und die Party hat noch nicht einmal angefangen. Ich werde sie den gesamten Abend von ferne sehen. In diesem Aufzug, der nichts mit ihr zu tun hat. Sie sieht aus wie ein anderer Mensch, obwohl ich mir sicher bin, dass sie noch genau die Zelda ist, die ich kennengelernt habe. Obwohl ... Leiser Zweifel mischt sich in meine Gedanken. Habe ich ihr zu viel zugemutet? Habe ich die Tiefe ihrer Gefühle überschätzt? Hat sie sich am Ende für ihre Familie entschieden? Am liebsten würde ich einfach abhauen, aber mein Deal mit Clément darf nicht platzen.

Es verursacht mir regelrecht physische Schmerzen, an Zelda zu denken, zu wissen, dass sie in meiner Nähe ist – beinahe greifbar. Und doch ist sie weiter weg als in den letzten Wochen. *Jasmine, Theo, Ebony, Ellie und Esther*, denke ich. Sei stark, Mann. Für sie.

»Alles klar bei dir?«, fragt Lenny, der sich unbemerkt neben mich gestellt hat.

Ich blicke auf. Sein besorgter Gesichtsausdruck verrät mir, dass ich meine Aufgewühltheit nicht verbergen kann. »Alles gut«, sage ich lahm. Selten habe ich schlechter gelogen.

»Du siehst echt mies aus. Wirst du krank?«

Ich schüttle den Kopf. »Ich glaube, ich gehe noch mal kurz an die frische Luft«, sage ich.

Allerdings habe ich nicht damit gerechnet, dass Lenny mir folgen würde. Als ich gierig frische Luft in meine Lungen sauge, taucht sein roter Schopf in der Dienstbotentür auf. Denn ja, dieses Anwesen hat einen eigenen Eingang für die Angestellten, damit die feinen Herrschaften nicht von Leuten wie uns belästigt werden. Damit Leute wie Zeldas Eltern nicht von Leuten wie mir gestört werden.

»Wenn ich was für dich tun kann, Malik, dann sag's ruhig«, bietet Lenny an. Seine Hartnäckigkeit rührt mich. Aber er kann nichts für mich tun. Niemand kann das. Ich muss diesen Abend irgendwie hinter mich bringen, ohne den Verstand zu verlieren.

»Es geht gleich wieder«, sage ich. Aber wie soll das funktionieren? Wie soll ich hier arbeiten mit Zelda vor meiner Nase? Ich darf meine Zukunft nicht aufs Spiel setzen. Der Monat ist um. Ich kann sie nächste Woche anrufen. Mit ihr sprechen. Aber die Vorstellung, noch länger zu warten, zerreißt mich beinahe.

»Hat jemand was zu dir gesagt? Dich beleidigt?«

»Wie kommst du darauf?«, frage ich.

»Na ja, solche Leute wie die Redstone-Lauries ... keine Ahnung ... sie kommen sich oft wie etwas Besseres vor.«

Langsam dämmert mir, worauf er hinaus will. »Meinst du, meine Anwesenheit könnte ihre perfekte Welt stören?«

Lenny blickt peinlich berührt zu Boden. »Ich weiß nur, dass ein afroamerikanisches Dienstmädchen aus dem *Fairmont* mal hier eingesprungen ist und gesagt hat, man hätte sie ziemlich mies behandelt. Wie einen Menschen zweiter Klasse.«

Ein Schauder läuft mir über den Rücken. Ist es wahr? Kann das sein? Kommt Zelda aus einer Familie von Rassisten? Wow. Ich bin baff. Eigentlich müsste ich mich dringend hinsetzen, aber hier ist weit und breit keine Gelegenheit. Könnte das der Grund sein, warum Zelda ihren Eltern nie von mir erzählt hat? Bei dem Gedanken daran wird mir schlecht. Ist es das, was meine Eltern meinten? Hatten sie recht? Und hatte Zelda recht? Mein Kopf fühlt sich an, als würde er gleich platzen. Aber ich muss mich zusammenreißen. Egal, was das hier für Menschen sind, es ändert nichts an meinem Wert. Und es ändert nichts an meinem Vorhaben, das verdammt noch mal Beste aus meinem Leben und mir zu machen.

»Hör zu, Lenny«, sage ich deshalb. »Es ist alles in Ordnung. Ich wurde nur von etwas überrascht. Von jemandem, um genau zu sein.« Ich blicke ihn forschend an. Er sieht verwirrt aus. Bestimmt liegt ihm eine Frage auf der Zunge, und er traut sich einfach nur nicht, sie zu stellen. Egal. Ich muss mit jemandem sprechen. Und auf einmal sprudelt es aus mir heraus, obwohl ich weiß, dass ich meine Klappe halten sollte. Ich spiele mit dem Feuer. »Die Tochter. Die, die Geburtstag hat. Also …« Ich halte kurz inne, weil ich mir unsicher bin, wie viel ich ihm erzählen soll. Obwohl es sich anfühlt, als würde etwas in mir zerbrechen, sage ich nur: »Ich hatte was mit ihr.«

»Krass!« Lenny macht ganz große Augen. »Mit der Blonden?«

Ich blicke zu Boden und nicke, spare mir jedoch, ihm zu erzählen, dass sie damals alles andere als blond war.

»Du Glückspilz«, sagt Lenny mit Bewunderung in der Stimme. »Sie ist echt heiß.«

Wie automatisch balle ich meine Hände zu Fäusten. Ich will nicht, dass Lenny so über sie spricht. Ich will nicht, dass irgendjemand so über sie spricht. Als mir das klar wird, atme ich noch mal tief ein. Eifersucht ist kein gutes

Zeichen. Es ist ganz im Gegenteil etwas, das ich im Keim ersticken muss, wenn ich es hier einigermaßen unbeschadet rausschaffen will. Ich sollte nicht so fühlen. Darf nicht. Ich muss mich abkühlen.

Lenny grinst blöd und hält mir eine Hand für ein High Five hin. Es ist das Letzte, was ich in diesem Moment machen will, aber wenn Lenny mir glauben soll, dass alles in Ordnung ist, muss ich mitmachen. Ich klatsche mit ihm ab und fühle mich elend.

»Ja, das ist sie«, sage ich leise, um meine Scharade Lenny gegenüber aufrecht zu erhalten. »Und es hat mich einfach nur überrascht, sie hier zu sehen.« Meine Stimme wird wieder fester. »Lass uns reingehen. Und kein Wort zu irgendjemandem«, ermahne ich ihn.

»Selbstverständlich«, sagt er und nickt.

Es fühlt sich gut an, mit Lenny gesprochen zu haben, auch wenn er nicht die ganze Geschichte kennt, nicht weiß, dass ich eigentlich ihr Freund sein sollte, und deswegen das Ausmaß dieser Folter nicht erahnen kann.

Die Geburtstagsfeier für die Tochter der Redstone-Lauries ist ein großes Event. Doch man fragt sich, für wen dieser ganze Rummel veranstaltet wird. Denn die Zelda, die ich kennengelernt habe, macht sich aus all dem hier nichts. Dann fällt mir wieder ein, dass ich mir nicht mehr sicher sein kann, wer die echte Zelda ist. In vier Wochen kann viel passieren. Und das Mädchen, das in glitzerndem Kleid und hohen Schuhen wie ein Abziehbild einer reichen verwöhnten Tochter wirkt, hat nichts mit *meiner* Zelda gemein. Sie sieht absolut atemberaubend scharf aus und doch so falsch.

Langsam finden sich die ersten Gäste auf der Terrasse

und im Garten ein. Die Hüte der älteren Damen allein kosten wahrscheinlich mehr, als ich in einem Jahr im *Fairmont* verdiene. Mehrere weiße Pavillons laden dazu ein, sich niederzulassen. Ohnehin ist Weiß die vorherrschende Farbe. Die Tischdecken, die Blumendeko – alles weiß. Im größten der Pavillons spielt eine Jazzband auf einer erhöhten Bühne. Vor den Musikern ist eine Tanzfläche aufgebaut, die bislang aber noch verwaist ist.

Der Zeitplan sieht vor, dass das Büfett in einer Stunde aufgebaut werden soll. Bis dahin fließt Champagner in Strömen. Die Abmachung mit Clément besagt, dass ich dort bin, wo ich gebraucht werde. Solange es noch kein Essen gibt, helfe ich deswegen an der offenen Bar aus. Jeder, der etwas anderes als Champagner trinken möchte, kann dies bei uns bestellen. Neben mir schüttelt einer der Barkeeper aus dem Hotel seinen Shaker, damit zwei fast identisch aussehende Kerle mit nach hinten gegelten Haaren so tun können, als hätten sie Ahnung von Drinks, indem sie an einem Whiskey Sour nippen.

Nach einer Weile verstummen die Gespräche, die Band stimmt *Happy Birthday* an, und die Aufmerksamkeit der Gäste wird auf das Haus gelenkt. Ich folge den Blicken und sehe Zelda, die am Arm eines älteren Mannes – vermutlich ihr Vater – die Treppe hinunterschreitet. Sie sieht unglaublich aus, wenn auch fremd. Ihr eng anliegendes silbernes Kleid betont ihren wunderschönen Körper, der Ausschnitt gewährt Einblicke, die keiner von den Anwesenden hier haben sollte. Bei jedem zweiten Schritt entblößt sie ihr schlankes Bein, das auf den hohen Schuhen elend lang aussieht, obwohl sie so zierlich ist. Ich wünsche mir die normale Zelda. Ihr buntes Haar, ihr ungezügeltes Wesen. Ihr Lächeln. Denn sie lächelt zwar, aber selbst von hier hinten erkenne ich, dass es ein gequältes Lächeln ist. Ihr Grübchen, das mich normalerweise so verzaubert, ist verschwunden. Sonst scheint allerdings niemandem aufzufallen, dass diese Frau so weit von sich selbst entfernt ist, wie man nur sein kann, denn ein tiefes Raunen geht durch die Menge. Bin ich der Einzige hier, der sie glücklich kennt?

Offensichtlich gefällt den jungen Männern, was sie sehen. Und es sind wirklich viele junge Männer. Beim erneuten Scannen der Gäste fällt mir auf, dass es sogar zu viele sind, als dass es sich um einen Zufall handeln könnte. Was hat Zelda gesagt? Ihre Eltern suchen nach einem Ehemann für sie? Nun, für ihren Geburtstag scheinen sie sich etwas ganz besonders Widerliches ausgedacht zu haben. Einen Menschen so zu präsentieren! In mir brodelt es, obwohl es das nicht darf. So wird es mir nicht gelingen, bis Montag zu warten. Doch das muss ich. Ich *muss*.

Ich sehe, wie sich einige der Kerle Blicke zuwerfen und miteinander flüstern, als Zelda sich nähert. Es fühlt sich an, als würden sie mir alle gleichzeitig ihre Fäuste in die Magengrube rammen.

Ein paar ältere Herrschaften lösen sich aus der Menge und gehen Zelda und ihrem Vater entgegen. Sie begrüßen sich höflich, gratulieren Zelda. Einer der Schleimbolzen, die vorhin an der Bar waren, folgt ihrem Beispiel. Jedoch haucht er Zelda links und rechts einen Kuss auf die Wange. Dann zieht er sie in eine Umarmung. Ich will mich gerade abwenden, weil ich den Anblick nicht ertrage, als sich unsere Blicke treffen. Es ist unerträglich, all die unausgesprochenen Worte in ihrem Blick zu sehen, und ich weiß, dass ich mich abwenden sollte, aber sie hält mich mit ihren blauen Augen fest. Es ist nicht gesund, was wir hier tun. Es drückt auf meine Brust, presst meine Lunge zusammen. Ich sollte mich in erster Linie darum kümmern, dass ich so unbeschadet wie irgend möglich aus dieser Sache hier herauskomme. Doch Zeldas Anblick – auch wenn es ein noch so künstlicher, unechter ist – lässt mich nicht los. Sie verharrt in der Umarmung, lässt jedoch ihre Arme schnell sinken. Und dann, in einem schmerzhaften Augenblick, wendet sie den Blick von mir ab, löst sich von ihrem ersten Gratulanten und wendet sich dem nächsten zu. Es ist, als sei sie aus einer Starre erwacht und hätte jetzt erst gemerkt, was um sie herum passiert. Was hat das zu bedeuten? Es muss Show sein. Wir werden zusammen sein. Etwas anderes ist nicht vorstellbar. Oder?

Ich drehe mich um und tue so, als würde ich Limetten schneiden. Unter meinem engen weißen Hemd spüre ich, wie ich eine Gänsehaut kriege. Wie kann einem ein Mensch auf einmal wieder so nah sein – und gleichzeitig so weit entfernt? Sie geht mir immer noch unter die Haut. Natürlich tut sie das. Sie ist der unglaublichste Mensch, den ich kenne.

Ich schließe für einen Moment die Augen und atme tief durch. Ein paar Stunden nur. Was sind schon ein paar Stunden? Dies hier ist ein Job, und ich werde ihn durchziehen, koste es, was es wolle. *Jasmine, Theo, Ebony, Ellie und Esther*. Montag habe ich Klarheit.

Zelda

31 Als ich das nächste Mal zu Malik blicke, hat er sich abgewandt. Ich muss mich regelrecht dazu zwingen, ihn nicht die ganze Zeit anzustarren. Jetzt, da ich in seiner Nähe bin, wird mir erst so richtig bewusst, wie sehr er mir gefehlt hat. Es ist schmerzhaft und schnürt mir die Luft zum Atmen ab.

Gleichzeitig ist es mir unendlich unangenehm, dass er mich überhaupt in dieser Aufmachung zu Gesicht bekommt. So viele Monate war ich darauf bedacht, meine beiden Leben streng voneinander zu trennen. Dass sie jetzt, einem frontalen Lastwagencrash gleich, aufeinandergeprallt sind, ist an Grausamkeit kaum zu überbieten.

»Zelda«, sagt eine bekannte Stimme neben mir, und ich lenke meinen Fokus auf den jungen Mann an meiner Seite. Ich muss ohnehin aufpassen, dass niemand mitbekommt, dass ich nur Augen für eine Person auf dieser Feier habe.

»Philip!« Es ist das erste Mal an diesem Tag, dass ich mich über einen Gast freue.

»Du siehst aus, als könntest du ein Sorbet brauchen. Oder vielleicht doch lieber einen Drink?« Er grinst und schnappt zwei Champagnerflöten von einem Tablett, das gerade vorbeigetragen wird. »Auf dich, Geburtstagskind.«

Wir trinken einen Schluck. Philips Anwesenheit wirkt seltsam beruhigend auf mich. Vielleicht liegt es daran, dass er keinerlei Absichten hat, mich zu ehelichen. Vielleicht ist es auch einfach nur schön, ein freundliches Gesicht zu sehen.

»Das ist diesmal aber keine Perücke, oder?«, fragt er grinsend.

Ich verdrehe die Augen. »Nein, frisch gefärbt. Leider.«

»Mein Beileid. Es hilft dir vermutlich auch nicht, zu wissen« – Philip beugt sich vor und flüstert mir ins Ohr – »dass der herrschende Konsens ist, du siehst heiß aus.«

Ich remple ihn spielerisch mit dem Ellenbogen an. »Nein, das hilft nicht. Aber danke für die Warnung.«

»Gern geschehen«, sagt Philip.

Mein Blick wandert über die Gäste. Es ist eine langweilige Mischung aus Freunden meiner Eltern, Geschäftspartnern meines Vaters und deren männlichen Nachkommen. Ich kann nicht fassen, dass Malik ausgerechnet dieses Schauspiel miterlebt. Es reicht nicht, dass ich ihn mit meinem Geständnis vor einigen Wochen verletzt habe. Nun muss er die Kuppelei meiner Eltern live beobachten. Eigentlich kann man nur hoffen, dass es ihn so kalt lässt, wie es scheint. Denn er ist an der Bar ziemlich beschäftigt und witzelt gerade mit seinem Kollegen, wie ich aus dem Augenwinkel erkenne. Aber andererseits darf es ihn nicht kaltlassen. Genau genommen sind wir noch ein Paar. Ein Paar auf Abstand zwar, aber das wird sich so bald wie möglich wieder ändern.

»Na, Schwesterherz?«, sagt auf einmal Sebastian in meinem Rücken. »Da ist ja deinetwegen wirklich die Crème de la Crème zusammengekommen. Würde man ja nicht unbedingt mit rechnen, wenn man dich kennt. Happy birthday übrigens.«

»Charmant, Sebastian«, sage ich. »Wäre es nach mir gegangen, wärst du beispielsweise gar nicht eingeladen worden.«

»Wäre es nach mir gegangen, wäre ich nicht gekommen«, erwidert er. Dann fällt sein Blick auf Philip. »Du bist der Englander-Sohn, oder? Ich habe dich an der Uni schon ein paarmal gesehen. Auch Jura, richtig?«

Philip nickt, verpasst es aber, sich gleich aus dem Staub zu machen, sodass ihn mein unsäglicher Bruder in ein Gespräch über Professoren und Vorlesungen verwickelt. Er wirft mir ab und zu einen leidenden Blick zu, den ich nur erwidern kann.

Ich sehe mich nach Malik um, der gerade Gin Tonics mischt. Wäre er nur allein an der Bar, könnte ich vielleicht unauffällig ein paar Worte mit ihm wechseln. Ihm sagen, dass ich mir sicher bin. Mir immer sicher war. Dass er der Einzige hier ist, der mich wirklich kennt, und ich nach allem, was war, so unendlich froh bin, ihn zu sehen. Aber selbst wenn es mir gelänge, ihn kurz für mich allein zu haben, wäre ich wahrscheinlich zu selig, um auch nur ein Wort herauszubringen. Ich würde ihn einfach nur anstarren, glücklich, dass er existiert.

»Zelda, komm, leiste uns Gesellschaft«, sagt mein Vater, der ein paar Meter weiter mit Elijah und zwei jungen Männern steht. Einer von ihnen ist Matthew James Molyneux III., den ich bereits von einem Verkupplungsversuch meiner Eltern kenne. Er war vor ein paar Monaten tatsächlich an mir interessiert, aber ich blockte jeden Annäherungsversuch ab. Den anderen kenne ich nicht.

Alle stoßen mit mir an. Matthew James Molyneux III. mustert mich unverhohlen von oben bis unten, nickt dann anerkennend und prostet mir zu. Seine ganze Art ekelt mich an. Ich bin kein Objekt, das man nach Lust und Laune anstarren kann. Deswegen wende ich mich meinem Bruder zu.

»Und bei dir so?«, frage ich, um irgendwas zu ihm zu sagen.

»Kann nicht klagen«, sagt Elijah. »Du siehst verändert aus.«

»Ja, danke. Das war Moms Plan.«

»Ist ihr gelungen.«

Elijah ist schon immer der Schweigsamste von uns gewesen. Ich kann mich nicht erinnern, dass er jemals von sich aus ein Gespräch begonnen hätte. Es ist mir ein absolutes Rätsel, wie er ein erfolgreicher Anwalt sein kann. Aber vermutlich hat er einfach das richtige Gesicht – und den richtigen Nachnamen. Er sieht streng aus und schlau, als wäre er immer wachsam. Ich bin mir sicher, dass ihm nicht einmal in seinem Rücken irgendetwas entgeht. Von all meinen Brüdern fand ich Elijah schon von klein auf am beängstigendsten. Vielleicht liegt es daran, dass wir am weitesten auseinander sind und nie eine normale Geschwisterbeziehung hatten. Während ich mich mit Sebastian und Zachary bis aufs Blut bekriegte, hielt Elijah sich immer zurück, als sei er uns ohnehin schon meilenweit überlegen.

Ich stehe eine Weile wie das fünfte Rad am Wagen zwischen meinem Bruder und meinem Vater, während sie sich über ihr Golf-Handicap austauschen. Es ist unerträglich langweilig, aber immerhin stehe ich so, dass ich Malik beobachten kann. Er ist konzentriert und arbeitet schnell. Ich sehe, wie sich seine Arme anspannen, während er mit einem Stößel Limetten in einem Glas auspresst. Das weiße Hemd dehnt sich um seine Oberarme. Ich frage mich, ob er absichtlich nicht mehr zu mir sieht. Wahrscheinlich überinterpretiere ich die Situation. Aber ich kann meinen Kopf nicht bremsen. Er malt sich die schönsten Dinge aus: Berührungen, Hoffnung, Küsse.

»Darf ich dich kurz entführen?«, fragt eine männliche Stimme hinter mir und reißt mich aus meinen Gedanken. Wahrscheinlich genau zur richtigen Zeit, denn ich darf Malik nicht vor aller Augen anschmachten. Wenn meine Eltern das mitbekämen …

 *Malik*

32   Beinahe habe ich das Gefühl, Zeldas Blick auf mir spüren zu können. Doch ich zwinge mich, nicht aufzusehen. So schön sie auch ist, Sicherheit geht vor.

Und dann tue ich es doch, wie der bescheuerte Kerl, der ich wohl bin. Ich sehe sie an, und jede Faser meines Körpers sehnt sich nach ihr. Sie steht neben diesem Idioten Jason, der sie neulich Abend in meiner Anwesenheit angegraben hat. Er lacht über etwas, das sie gesagt hat, und Eifersucht übermannt mich. Warum bringt sie ihn zum Lachen? Ich wünschte, sie würde sich abwenden, einfach von hier verschwinden.

Ich bin erleichtert, als ich endlich nach drinnen beordert werde, um beim Aufbau des Büfetts zu helfen. Eigentlich müssen wir nur die vollkommen überladenen Servierwagen nach draußen schieben. Allerdings führt der Weg um das Haus herum, da wir die Treppen umgehen müssen. Immer zwei von uns kümmern sich um einen Servierwagen, einer schiebt, der andere steuert. Nach und nach füllen sich die Tische mit den köstlichen Häppchen. Kanapees mit dem teuersten Kaviar, Lachs, edlen Käsen. Kleine Gläschen mit Venusmuscheln oder Tintenfisch in Senf-Petersilien-Vinaigrette. Löffel mit kleinen Bällchen aus Tatar, garniert mit essbaren Blüten. Tempura-Garnelen, Tempura-Gemüse, Tempura-Alles. Gemüse-Shots und kleine Pasteten. Bis vorhin war ich noch stolz und dankbar, bei diesem Festessen mitgewirkt zu haben. Jetzt, da ich weiß, zu welchem Anlass wir unter Pacos Aufsicht die letzten Abende Überstunden gemacht haben, kommt es mir vor wie ein böser Scherz.

Neben kaltem Fingerfood gibt es außerdem einen Grill, den ich die Ehre habe zu betreuen. Spieße mit Meeresfrüchten in Trüffelmarinade sollen als besonderes Highlight frisch und vor den Augen der Gäste gegrillt werden.

Als alles an seinem Platz ist und alle immer gieriger auf das Büfett stieren, klopft Zeldas Vater mit seinem dicken Siegelring, den ich sogar von hier aus sehen kann, gegen sein Weinglas. Die Unterhaltungen der Gäste werden erst leiser, bis sie schließlich ganz verstummen. Mr Redstone-Laurie streckt die Hand nach seiner Tochter aus, die sich brav neben ihn stellt. Sie sieht überrascht aus.

»Liebe Gäste«, beginnt er und klingt dabei gleichermaßen autoritär und gelangweilt. »Ich freue mich gemeinsam mit meiner Tochter und meiner Gattin, die dieses Fest bis ins kleinste Detail geplant hat, dass Sie alle gekommen sind, um diesen besonderen Tag mit uns zu feiern. Und zu feiern gibt es heute so einiges. Denn nicht nur hat meine Tochter heute Geburtstag …« Er nickt Zelda zu, deren Lächeln zu gefrieren droht. »Ich habe außerdem eine für unsere Familie ausgezeichnete Neuigkeit zu verkünden.« Seine Augen suchen die Menge ab, bis er findet, wen er gesucht hat. »Elijah, komm doch auch kurz her.« Aus der Menge löst sich ein schlaksiger, hochgewachsener junger Mann mit dunklen Locken und schmalem Gesicht. »Unser ältester Sohn, der – und das darf ich in aller Bescheidenheit sagen – uns immer stolz gemacht hat, beginnt ab sofort ein neues berufliches Kapitel. Elijah wird die große Ehre zuteil, als jüngster Partner der Geschichte in die renommierte Anwaltskanzlei *Price & Beauchamps* einzusteigen. Oder besser gesagt *Price, Beauchamps & Redstone*.« Mr Redstone-Laurie klatscht in die Hände. »Herzlichen Glückwunsch, Elijah. Und herzlichen Glückwunsch Allen Price und Robert Beauchamps! Ich freue mich, dass Sie heute hier mit uns feiern.«

Die Gäste beginnen zu applaudieren, während Mr Redstone-Laurie seinem Sohn die Hand schüttelt und dann Zelda etwas unbeholfen die Schulter tätschelt. Ich blicke mich um und versuche, in den Gesichtern der Leute zu lesen, ob noch jemandem aufgefallen ist, dass Zeldas Vater gerade auf ihrer Feier eine Laudatio auf ihren Bruder gehalten hat. Doch niemand scheint wirklich Notiz vom Geburtstagskind zu nehmen. Die Schlange der Gratulanten vor Elijah und seinem Vater wird immer länger, während Zelda unschlüssig daneben steht. Anscheinend ist die Verkündung von einem neuen Partner in einer Kanzlei deutlich wichtiger. Obwohl ich es mir verbiete, sehe ich zu Zelda. In genau diesem Moment hebt sie ihren Kopf, strafft die Schultern und –

Unsere Blicke treffen sich. Wieder durchzuckt mich ein wilder Schmerz, doch noch schmerzhafter wäre es, wegzublicken. Denn ihr Gesicht, das im ersten Moment noch von einer immensen Müdigkeit und beinahe trotziger Gleichgültigkeit erfüllt ist, entspannt sich sofort, als sie meinen Blick auf sich weiß. Sie streicht sich eine blonde Haarsträhne hinters Ohr und verzieht ihre Lippen zu einem kaum merklichen Lächeln. Dieser Augenblick ist so schnell vorbei, so flüchtig, dass ich beinahe denke, ich hätte es mir nur eingebildet. Denn sofort bildet sich eine Traube aus jungen Anzugträgern um sie, um ihr nun doch zum Geburtstag zu gratulieren.

»Das Büfett ist übrigens hiermit eröffnet«, ruft Mr Redstone-Laurie in den allgemeinen Trubel hinein, und ein
paar Gäste lachen.

Ich lege die ersten Spieße auf den Grill, da ich mir sicher bin, dass sie schon bald Abnehmer finden werden.
Und in der Tat dauert es nicht lange, bis die ersten Gäste
kommen. Unter ihnen befindet sich auch Jason, der mich
auffällig lange mustert. Ich bemühe mich, ihn nicht direkt
anzusehen.

»Du kommst mir irgendwie bekannt vor«, sagt er, doch
ich antworte nicht. Ich hoffe, dass er sich nicht erinnert.
Mein Herz klopft schnell, obwohl ich mir nicht einmal sicher bin, wovor ich Angst habe. Vor arroganten Sprüchen?
Davor, dass er Zelda konfrontiert? »Auch egal«, sagt er
dann und wendet sich lachend ab.

Ein paarmal muss ich tief ein- und ausatmen, ehe ich
dem nächsten Gast ruhig gegenübertreten kann, so nervös hat mich die Möglichkeit gemacht, enttarnt zu werden.

Die Party ist in vollem Gange. Es wird gegessen und getrunken. Frauen mit edlen Kleidern stehen in Grüpp-
chen zusammen, ältere Herren in Anzügen tauschen Visi-
tenkarten. Zelda wird von jungen Männern belagert, und
ich habe den Eindruck, dass es ihr immer weniger auszu-
machen scheint. Sie hat sich offensichtlich in ihre Rolle
ergeben. Gut für sie. Gut für mich. Die Jazz-Band spielt
einen weiteren Standard. Ich mag es, die Musiker zu beobachten. Sie lenken mich von anderen visuellen Reizen ab.
Der Schlagzeuger streichelt mit einem Besen über sein Becken. Er und der Kontrabassist sind perfekt aufeinander
eingestimmt. Am liebsten sehe ich dem Pianisten zu, der
gleichzeitig vollkommen in sein eigenes Spiel vertieft ist

und sich trotzdem in ständigem stillem Dialog mit seinen Bandkollegen befindet. Jazz ist wie Kochen, denke ich. Die einzelnen Geschmäcker müssen allein funktionieren, aber nur im Zusammenspiel mit den anderen Aromen entfalten sie ihre wahre Wirkung. Erste Paare finden sich auf der Tanzfläche ein. Es ist vor allem die Elterngeneration – die Damen mit wehenden Blumenkleidern und streng nach oben gesteckten Haaren, die Herren alle im gleichen Anzugmodell –, denn für die zahlreichen jungen Männer gibt es längst nicht genug Tanzpartnerinnen.

Ich wende meinen Blick von den tanzenden Leuten und der Band ab und lege die letzten Spieße auf den Grill. Bald ist meine Arbeit hier getan, dann werde ich mich wieder einem anderen Team anschließen müssen.

Während die letzten Shrimps vor sich hin brutzeln, sehe ich wieder auf. Der Andrang am Büfett ist vorbei. Zwei einsame pummelige Kerle entfernen sich gerade. Was der Hunger der Wohlhabenden zurückgelassen hat, sieht aus wie ein Schlachtfeld. Die weißen Tischdecken sind über und über mit Flecken bedeckt, ein paar Salatblätter liegen verschmäht und welk auf dem feinen Porzellan.

Auf einmal sehe ich, wie sich eine Person aus einer Männergruppe löst und auf mich zukommt. Eine kleine Person. Glitzernd. Ich erstarre in der Bewegung. Mich überkommt eine unbändige Freude. Sie kommt zu mir! Aber ich darf mir nichts anmerken lassen. Also harre ich aus. Zelda kommt näher und näher. Mein Herzschlag geht schnell. Sie sollte das nicht tun. Sollte sich nicht diesem Risiko aussetzen. Wir können hier nicht miteinander sprechen. Schon gar nicht vor all diesen Leuten. Das Stechen in meiner Brust nimmt mit jedem Schritt, den sie näher kommt, zu. Der Standard, den der Pianist nun anstimmt, klingt viel zu fröhlich für diese Situation. Es ist ein leichtes Geklimper, spielerisch, locker. Das genaue Gegenteil von mir. Um Zeit zu gewinnen, drehe ich mich um und tue so, als würde ich Ordnung schaffen.

»Hi«, sagt sie viel früher, als ich es erwartet hätte, in meinem Rücken. Sie räuspert sich. »Gibt es noch Spieße?«, fragt sie dann.

Ich traue meinen Ohren kaum. Ist sie zu mir gekommen, um sich etwas zu essen zu holen? Das kann nicht ihr Ernst sein. Ich drehe mich um und versuche nach wie vor, ihrem Blick auszuweichen. Doch es gelingt mir nur kurz. Denn von ihren glänzenden Hüften wird mein Blick automatisch nach oben gezogen, erst zu ihrem Dekolleté, dann ihren schlanken Hals hinauf zu ihren Lippen, ihrem Gesicht. Meine Brust fängt Feuer, als sich unsere Blicke treffen. Verdammt, verdammt, verdammt.

Sie lächelt mich an, doch ich bin wie gelähmt. Ich lege zwei Spieße auf einen Teller und reiche ihn ihr. »Bitte schön«, sage ich heiser und wünschte, ich würde souveräner, gleichgültiger klingen.

»Ich wollte schon die ganze Zeit mit dir sprechen«, fährt sie fort, ohne den Teller zu nehmen. »Aber wenn meine Eltern herausfinden, dass wir uns kennen …« Sie bricht ab.

Ich nicke. »Ist schon okay. Das hier ist mein Job.« Aber ich muss wissen, was sie mir sagen will!

»Es ist schön, dich zu sehen«, sagt sie leise und versetzt meiner Brust damit einen weiteren Stich. Aber das ist gut. Das bedeutet etwas.

Der Saxofonist, der sich nach einer kurzen Pause wieder auf die Bühne gesellt hat, setzt gerade zu einem Solo an und zieht die gesamte Aufmerksamkeit der Gäste auf sich. Zelda blickt kurz zu den Musikern und wendet sich dann wieder mir zu.

»Ich habe nicht viel Zeit. Es fällt auf, wenn das Geburtstagskind zu lange wegbleibt. Ich wollte dir sagen, dass ich es absolut beschissen finde, dass wir uns hier wiedersehen. Auf diese Weise, meine ich. Das habe ich mir anders vorgestellt, das kannst du mir glauben.« Sie nimmt den Teller entgegen. »Es tut mir so unendlich leid, dass du das hier mit ansehen musst.«

Ich habe den Eindruck, sie würde eine Bewegung auf mich zu machen wollen, um mich zu berühren, doch im letzten Moment besinnt sie sich eines Besseren.

»Kann ich dich heute Nacht, wenn das alles hier vorbei ist, anrufen?« Ihre blauen Augen blicken mich an. Sie sehen so verletzlich aus. »Bitte?«, schiebt sie noch hinterher.

»Ja«, flüstere ich. »Ja, auf jeden Fall.« Ich wische mir meine Hände an einem Geschirrtuch ab, das neben dem Grill auf einem Tisch liegt. »Happy birthday übrigens.«

»Okay«, sagt sie leise. »Ich muss dann mal wieder. Danke für die Shrimps.« Sie verzieht ihren Mund zu einem sanften Lächeln, das ganz anders ist als alles, was ich zuvor bei ihr gesehen habe. Aber wenigstens ist ihr Grübchen wieder da. Was hat das denn nun wieder zu bedeuten? Dann wendet sie sich ab und geht zurück zu ihren Gästen.

Zelda

33 Es ist ein absoluter Albtraum. Mit jedem Schritt, den ich mich weiter von Malik entferne, wird es schwerer. Meine Beine sind müde, mein Herz schmerzt vor Verlangen. Da ich den Schein wahren muss, ziehe ich mit den Zähnen wenigstens einen Shrimp vom Spieß und kaue lustlos darauf herum. Ich habe zu wenig gegessen, aber ich habe das Gefühl, dass ich vor lauter Gefühlschaos ohnehin nichts hinunterkriegen würde. Ich weiß nicht, wohin mit mir. Ein paar Meter weiter sehe ich Elijah, der allein an einem Stehtisch lehnt. Er ist so ungefähr der letzte Mensch, mit dem ich sprechen will, aber in Ermangelung einer wirklichen Alternative stelle ich mich zu ihm.

»Ist alles in Ordnung?«, fragt er, als ich meinen Teller auf den Tisch stelle.

»Ja, warum?«

»Du siehst nicht sonderlich entspannt aus.«

»Oh, wow, du hast wirklich eine beeindruckende Menschenkenntnis. Deine neuen Partner sind echt zu beneiden. Herzlichen Glückwunsch, *by the way*.« Ich habe keine Ahnung, warum ich auf einmal meine Überforderung an meinem Bruder auslasse, aber er ist nun mal da. Und nach der bezaubernden Ansprache meines Vaters hat er es auch ein bisschen verdient.

»Es ist nicht so, als hätte ich Dad darum gebeten, an

deinem Geburtstag eine Rede über mich zu halten«, sagt er und klingt müde. »Alles Gute übrigens.« Ich bin mir nicht sicher, ob Elijah gerade versucht, nett zu sein, aber es ist mir auch egal. Ich stecke mir einen weiteren Shrimp in den Mund und hoffe, dass ich so unsere Unterhaltung im Keim ersticke.

Ich lasse meinen Teller auf dem Tisch zurück und gehe ein paar Schritte. Aber natürlich fällt sofort einigen Männern auf, dass ich allein bin. Wie die Kojoten dem Aas nähern sie sich mir aus verschiedenen Richtungen.

»Da hinten ist ein Tisch. Möchtest du dich kurz setzen?«, fragt einer, dessen Namen ich nicht kenne.

»Okay«, sage ich und lasse mich von drei Kerlen an einen Tisch eskortieren.

Meinen Füßen tut es gut, sich kurz zu entspannen. Ich mustere die Gesichter der jungen Männer. Einer austauschbarer als der andere. Bestimmt ist einer von ihnen ein netter Kerl, aber ich werde nie herausfinden, welcher. Denn er ist nicht *mein* netter Kerl und wird es auch niemals werden.

»Was ist deine Lieblingsstadt in Europa?«, fragt einer und tut so, als würde es ihn brennend interessieren. Noch bevor ich antworten kann, sagt er: »Ich liebe Paris, aber verliebt bin ich in Rom. *Bella Italia*. Das Essen, die Menschen, die Kultur …« Na, wenn das nicht originell ist.

»Laaangweilig«, gähnt ein anderer. »Ich habe Berlin für mich entdeckt. Es kann zwar von der Schönheit nicht mithalten, aber wenn du richtige Partys magst, ist es der beste Ort der Welt. Beats, Drogen, die Nacht zum Tag machen.«

»Was meinst du, Zelda?«, fragt der Dritte im Bunde, und ich bin fast überrascht, dass sie sich noch an mich erinnern.

»Belgrad«, sage ich und freue mich über die verblüfften Gesichter.

»Darf es hier noch etwas zu trinken sein?«, fragt eine Stimme in meinem Rücken, und mir wird ganz heiß. Es ist Malik, das weiß ich, auch ohne mich umzudrehen.

»Immer her damit«, sagt der Berlin-Fan, und Malik tritt neben mich und stellt von einem Tablett Champagnerflöten auf den Tisch. Er ist mir jetzt so nah, so unglaublich nah. Fast streift sein Unterarm den meinen. Ich kriege eine Gänsehaut. Sein Duft ist in meiner Nase, seine warme Haut so dicht an meiner.

Ich blicke auf und sehe direkt in seine schönen, dunklen Augen. Beinahe muss ich keuchen, weil ich das Gefühl, das es in mir auslöst, ihn so nah zu wissen, nicht ertrage.

»Und bei Ihnen?«, fragt er an mich gewandt. Sein Gesicht ist so ausdruckslos, dass ich schlucken muss, ehe ich antworte.

»Ja, gern«, hauche ich.

Vielleicht bilde ich es mir nur ein, aber ich habe den Eindruck, als würde er sich Zeit lassen, die leeren Gläser auf sein Tablett zu stellen. Seine Bewegungen kommen mir quälend langsam vor.

»Ist dir kalt?«, fragt einer der drei Kerle und streicht mit seiner Hand über meinen Unterarm, dessen feine Härchen senkrecht stehen.

»Nein, alles in Ordnung«, sage ich und sehe noch einmal zu Malik. Seine Nasenflügel weiten sich, und ich könnte schwören, dass seine Augen dunkler geworden sind in den letzten Sekunden. Er blinzelt und wendet sich genau in dem Moment ab, als mir der Typ sein Sakko über die Schulter hängt. Es riecht durchdringend nach Herrenparfüm und vertreibt sofort Maliks wunderschönen Geruch, nach dem ich mich so sehr sehne.

Als Malik weg ist, muss ich mich wieder bewegen. Mein Körper ist wie taub. Ich gebe das Sakko zurück und entschuldige mich.

Ich bin wahnsinnig erleichtert, als ich Philips freundliches Gesicht erblicke. Er kommt grinsend auf mich zu.

»Hast du Lust zu tanzen?«, fragt er. »Ich habe deinen Bruder schon gefragt, aber so weit geht seine Begeisterung für mich wohl doch nicht.« Er schiebt beleidigt die Unterlippe vor.

»Wie bitte?«, fragt Elijah, der hinter uns aufgetaucht ist. »Wer bist du, dass du so einen Schwachsinn von dir gibst?«

»Oh, bitte entschuldige«, sagt Philip überrascht. »Philip Englander. Zeldas Bruder hat einen Narren an mir gefressen, seit er weiß, dass wir beide in Berkeley Jura studieren. Das mit dem Tanzen war nur ein Witz.«

Elijah streckt seine Hand aus. »Freut mich, ich bin Elijah Redstone-Laurie.«

»Aaaah«, sagt Philip und erwidert den Händedruck. »Dann bist du der andere Bruder.« Die Band beginnt einen neuen Song, und Philip wendet sich wieder an mich. »Dass ich mit dir tanzen möchte, war allerdings kein Witz.« Er streckt die Hand aus, und noch ehe ich wirklich begreife, was ich tue, lasse ich mich von ihm auf die Tanzfläche ziehen.

Philip ist ein guter Tänzer. Er wiegt mich hin und her, führt mich mit sanften Gesten vor und zurück, dreht mich im Kreis. Es ist unkompliziert, freundschaftlich. Ich bin dennoch darauf bedacht, genug Abstand zu halten. Malik soll nicht denken, dass ich das hier genieße.

»Ich konnte deine gequälte Miene nicht mehr mit ansehen«, sagt er lächelnd. »Das ist hier wirklich nicht deine Veranstaltung, oder?«

»Nein«, sage ich leise. »Wirklich nicht.«

»Dass deine Eltern nicht viel von dir halten, wusste ich ja schon. Aber die Rede von deinem Vater ... Wow.« Er dreht mich erneut, und als ich wieder in seinem Arm ankomme, drückt er meine Hand kurz etwas fester. »Das war wirklich scheiße«, sagt er.

»Ach, ist auch egal«, erwidere ich, während wir uns eine Weile hin und her wiegen. »Es ist nicht so, als hätte ich eine Lobrede auf mich erwartet oder so.«

Als der Song vorbei ist, will ich gerade fragen, ob er etwas mit mir trinken will, als sich jemand zwischen uns drängelt.

»Ich bin dran«, sagt Jason mit einem überheblichen Grinsen im Gesicht.

Der hat mir gerade noch gefehlt. Seit unserem kurzen Gespräch vorhin habe ich jedes Mal die Richtung gewechselt, wenn ich ihn sah, um ihm nicht zu nahe zu kommen. Er sieht auf eine sehr angepasste Weise gut aus in seinem maßgeschneiderten Anzug und den teuren Schuhen. Wie der Frauenschwarm in Teenie-Filmen. Aber es ändert nichts daran, dass er mir unsympathisch ist.

»Du siehst wirklich umwerfend aus«, sagt er, als er ungefragt meine Hand nimmt.

»Danke«, sage ich zu perplex, um etwas Schlagfertiges zu erwidern, obwohl ich es nicht als Kompliment nehmen kann.

Ich blicke Hilfe suchend zu Philip, aber da hat Jason mich schon um die Taille gepackt und beginnt mich im Takt zu führen. Natürlich ist der Standard, den die Band jetzt spielt, langsamer als der davor. Was bin ich nur für ein Glückspilz. Philip zuckt mit den Achseln und lehnt sich mit den Händen in seinen Hosentaschen an eine der Stangen, die das Zelt halten. Ich kann die Schadenfreude in seinen Augen sehen. Fast will ich ihm schon auf sehr wenig damenhafte Weise die Zunge rausstrecken. Umso mehr freue ich mich, als ich sehe, wie sich Sebastian wieder neben ihn stellt und erneut beginnt, ihn mit irgendwelchen langweiligen Jura-Fakten einzuschläfern.

»Dein Bruder Elijah hat echt den Jackpot gelandet«, sagt Jason an meinem Ohr, als er mich etwas zu nah an sich heranzieht.

»Scheint so«, murmle ich und versuche, etwas mehr Abstand zwischen uns zu bringen. Doch Jasons Griff ist fest. Ich bete, dass Malik irgendwo anders beschäftigt ist und uns nicht sieht.

»Sei doch nicht so schüchtern«, sagt Jason jetzt, und ich bin kurz davor, mit meinen Absätzen seine Zehen zu zermatschen.

»Ich bin nicht schüchtern, aber ich habe ganz gern genug Luft zum Atmen.« Mein Ton ist genervt, aber ich spreche leise genug, um keine Szene zu machen.

Jason kichert leise, und ich spüre seinen Atem an meinem Hals. »Du kannst nicht so ein Kleid tragen und dann erwarten, dass Männer wie ich davon nicht angetörnt sind.«

»Es ist mir scheißegal, wie angetörnt du von irgendjemandem bist, solange du es für dich behältst«, sage ich und hoffe inständig, dass der Song bald vorbei ist. Über Jasons Schulter hinweg versuche ich, Malik in der Menge zu finden, stelle aber erleichtert fest, dass er nirgends zu sehen ist.

»Ich verstehe wirklich nicht, warum du dich immer so zierst. Es ist doch nicht so, als würdest du wie eine Nonne leben, oder? Wir wären ein gutes Team. Wir können viel Spaß miteinander haben.«

Ich merke, dass er schon viel zu betrunken ist. Die letzten Worte artikuliert er sehr undeutlich.

»Mit wem ich Spaß haben will, entscheide immer noch ich«, sage ich bestimmt. »Und du bist es nicht, Jason.« In diesem Moment erklingen die letzten Töne des Standards, und ich löse mich aus Jasons Armen. »Ich muss auf die Toilette«, nuschle ich und verlasse mit schnellen Schritten die Tanzfläche.

Malik

34 Ich habe mich nicht im Griff. Ganz und gar nicht im Griff. Die Art und Weise, wie Zelda angetatscht wird, wie diese Kerle ihr über den Arm streichen oder sie beim Tanzen an sich ziehen, macht mich wahnsinnig. Ich ertrage es nicht. Bis zu dem Moment, als ich vorgeschickt wurde, um sie und diese drei Reichensöhnchen zu bedienen, hatte ich es unter Kontrolle. Ich konnte die Eifersucht irgendwie unterdrücken. Aber in ihrer Nähe zu sein – ihren Duft in meiner Nase und besessen vom unbändigen Wunsch, sie in meine Arme zu ziehen und nie wieder gehen zu lassen – macht mich rasend.

Die Schmerzen, die es verursacht, sie in Gesellschaft so vieler Männer zu sehen, sind beinahe unerträglich, und ich kann nur hoffen, dass sie nicht gemerkt hat, welche inneren Kämpfe ich mit mir ausfechten musste, als ich direkt neben ihr stand. Die Erinnerung an ihre weiche Haut, an ihre ungestüme Art, die in einem solchen Kontrast zu ihrer beinahe zerbrechlichen Statur steht, ist lebendiger denn je.

Und dann musste sie unbedingt vor meiner Nase mit einem von diesen Typen tanzen. Sie sah mich nicht an, aber sie wusste mit Sicherheit, dass ich von überall einen guten Blick auf sie haben würde. War es Grausamkeit oder Gedankenlosigkeit? Als sie sich dann von diesem Jason in eine enge Umarmung ziehen ließ, muss es jedenfalls purer Sadismus gewesen sein. Was soll das? Ist das ihre Art, mir mitzuteilen, dass es zwischen uns aus ist? Es zerreißt mich beinahe, mir vorzustellen, wie sie sich an seinen durchtrainierten Körper schmiegt, er sich an ihr reibt, sie im Takt eins werden. Ich würde mich am liebsten übergeben, aber ich trage ein Tablett mit dem teuersten Champagner, den das *Fairmont* zu bieten hat.

»Noch ein Glas, der Herr?«, frage ich einen ältlichen Mann mit Glatze.

»Vielen Dank«, sagt er und stellt sein leeres Glas auf mein Tablett.

Ich setze meinen Weg durch die Partygäste fort und zwinge mich, nicht auf die Tanzfläche zu schauen. *Jasmine, Theo, Ebony, Ellie und Esther.*

Als der Song vorbei ist, wage ich es, meinen Blick wieder in Richtung der Tanzpaare zu richten. Gerade sehe ich noch, wie Zelda sich von Jason löst und in Windeseile von der Tanzfläche verschwindet. Sie läuft über die Wiese und auf die Außentreppe zu.

»Hey«, sage ich zu einer Angestellten des *Fairmont*, die gerade an mir vorbeiläuft. »Kannst du kurz für mich übernehmen?«

Ich drücke ihr das Tablett in die Hand, ohne eine Antwort abzuwarten. Es ist Wahnsinn, was ich hier tue, das ist mir absolut bewusst. Und trotzdem kann ich nicht anders. Es ist, als würden meine Füße mir nicht mehr gehorchen. Als wüssten sie besser, was ich will, als mein Verstand.

Mit großen Schritten durchquere ich den Garten. An der Treppe angekommen, nehme ich immer zwei Stufen auf einmal. Ich weiß ganz genau, dass ich hier eigentlich nicht sein sollte. Mein Platz ist bei den Bediensteten. Die Treppe ist für die Herrschaften. Es ist leichtsinnig, es ist dumm, und doch ist es das Einzige, was ich tun kann – tun will.

Ich trete durch die großen Flügeltüren ins Innere des Hauses. Wie auch in der Eingangshalle ist es hier im hinteren Teil, der offensichtlich der Wohnbereich der Redstone-Lauries ist, opulent, dekadent und schreit nach Reichtum. Doch ich habe keine Zeit, die Gemälde und Wandteppiche zu bewundern. Ich habe nur ein Ziel, und das heißt Zelda. Ich will sie zur Rede stellen, will sie packen. Ich werde sie mit ihren unfairen Spielchen konfrontieren und ihr zeigen, dass sie zu mir gehört.

Was geht nur in mir vor? Ich weiß es selbst nicht mehr.

Orientierungslos trete ich durch die erste Tür und höre Schritte in der Ferne. Sofort nehme ich die Verfolgung auf. Ich will beinahe rufen, aber das wäre eine noch schlechtere Idee, als hier herumzuschleichen. Ich darf nicht gesehen werden.

Der Korridor ist holzvertäfelt, und an den Wänden hängen düstere Gemälde von Vorfahren oder Ähnlichem. Ich bleibe nicht stehen, um die Metallplaketten an den Rahmen zu studieren. Der Gang biegt um eine Ecke, und da ist sie. Sie will gerade eine Tür öffnen, als sie mich erblickt und in der Bewegung innehält.

»Malik«, haucht sie und lässt die Arme sinken. »Was machst du hier?«

»Was ich hier mache? Die Frage sollte eher sein, was du hier machst«, sage ich. Ich weiß selbst, wie hohl das klingt, aber ich bin auf einmal so wütend. Wütend auf sie, weil sie mich eifersüchtig gemacht hat, wütend auf ihre Eltern, die sie dazu zwingen, sich fremden Kerlen an den Hals zu werfen. Wütend auf ihre Welt, auf meine Welt. Wütend auf mich, weil ich so viel Zeit verschwendet habe.

»Wie meinst du das?«, fragt Zelda unsicher.

Ich gehe auf sie zu. In wenigen Schritten bin ich bei ihr.

Sie weicht nicht zurück, aber ich sehe, dass sie überrascht ist. Fast hatte ich vergessen, wie viel größer als sie ich bin. Ich überrage sie um zwei Köpfe und erschrecke fast vor mir selbst. Eigentlich bin ich nicht bedrohlich oder schüchtere irgendjemanden absichtlich ein. Aber die Wut ist stärker als ich.

»Sieh dich doch an!«, sage ich. »Deine Haare, dieses Outfit. Du bist wie eine Puppe, die man anziehen und frisieren kann. Wo bist du, Zelda? Das hier, das bist du nicht.« Die letzten Worte sage ich lauter.

»Ich weiß«, erwidert sie leise und blickt mich an. Sie ist absolut furchtlos.

»Und was soll das Flirten und Tanzen vor meinen Augen? Was willst du damit bezwecken? Ist das deine Art, mir zu sagen, dass du dich gegen uns entscheidest?«

»Wie bitte?«, sagt sie und weicht jetzt doch einen Schritt zurück. »Ich habe nicht geflirtet. Mich interessiert keiner von diesen Kerlen.« Sie schluckt. »Mich interessierst nur du.«

»Dann hast du eine verdammt komische Art, das zu zeigen.« Ich schlage mit der Faust gegen die alberne Holzvertäfelung.

»Es funktioniert nicht, Zelda. Ich bin nicht stark genug.«

»Was meinst du damit?«, sagt sie, und ich habe das Gefühl, dass die Welt um mich herum vibriert. Oder ich bin es selbst. In meinen Ohren dröhnt es, ich atme schnell.

»Ich ...«, beginne ich und mache einen Schritt auf sie zu. »Du ...« Ich dränge sie gegen die Wand. Das ist eine so dumme Idee. Es ist die dümmste Idee, seit ich angefangen habe, Ideen zu haben. Es ist riskant. Es widerspricht jedem Plan, den ich jemals für mich gefasst habe. Und doch fühlt es sich an, als wäre es das einzig Richtige. Als könnte nur Zelda mich ganz machen. Als wäre ich nur ich selbst, wenn sie in meiner Nähe ist. Als wäre dort, wo sie ist, mein Zuhause.

Unsere Körper berühren sich jetzt. Zelda steht ganz steif zwischen mir und der Wand und blickt mich einfach nur an. Es ist, als hätte sie Angst, ich könnte einen Rückzieher machen, wenn sie sich bewegt. Als würde ich dann begreifen, was ich hier tue. Doch das habe ich längst. Ich weiß genau, was das hier bedeutet. Und ich werde keinen Rückzieher machen. Ich will sie. Ich will das hier. Es ist nichts, wogegen man sich wehren kann. Diese Anziehung ist nicht normal. Kein Mensch wäre in der Lage, sich dem zu widersetzen.

Ich spüre ihre Wärme an meiner Brust, meinen Beinen. Ich spüre meine eigene Hitze, die sich in meinem Schritt sammelt. Obwohl sie völlig anders aussieht als das wunderbare Mädchen, in das ich mich so sehr verliebt habe, weiß ich doch, dass sie es ist. Sie duftet nach Zelda, wenn auch ein bisschen künstlicher. Ihr Gesicht ist das gleiche, auch wenn es unter einer dicken Schicht Make-up versteckt ist. Mit meinem Daumen fahre ich ihre Wange entlang, ihren Hals. Sie schließt die Augen. Dann streiche ich mit der anderen Hand durch ihre blonden falschen Haare, die zwar ein Teil von ihr zu sein scheinen, aber nicht zu ihr gehören. Nicht richtig. Nicht so wie ich.

Mit etwas mehr Druck lasse ich meinen Daumen erneut über ihr Gesicht wandern. Ich will ihr Make-up verwischen. Ich will sehen, was darunter ist. Will das Bekannte, das von mir Geliebte sehen. Ihr entfährt ein leises Seufzen, das mich so glücklich macht wie nichts auf der Welt. Ich habe es ihr entlockt. Obwohl ich ein wenig grob war, gefällt ihr meine Berührung.

Ich nehme ihren Kopf in meine Hände und betrachte sie. Es ist so falsch und doch so richtig. Ohne sie loszulassen, beginnen nun meine beiden Daumen, ihr Make-up zu verschmieren. Es ist hartnäckig, es bleibt. Ich kann sie nicht davon befreien. Ein wenig zu fest kralle ich meine Finger in ihr Haar. Als müsste ich mich davon überzeugen, dass es wirklich echt ist. Ihr Kopf zuckt zurück.

»Bitte entschuldige«, flüstere ich und streiche einmal sanft über ihren Kopf, ihre Wange, ihr Schlüsselbein. Ich kann mich nicht bremsen. Meine Finger gleiten über ihren Körper. Über die seltsam rau-metallische Oberfläche ihres Kleides. Ich hatte fast erwartet, es müsste kühl sein. Zumindest sieht es so aus. Aber Zeldas Körper darunter ist so warm, dass ich es durch den festen Stoff hindurch spüre.

Zelda reckt ihren Körper meinem entgegen. Sie presst sich an mich, atemlos, aufgeregt. Meine Finger umfassen ihre Taille dort, wo vorher Jasons Hände waren. Beim Gedanken daran ziehe ich sie noch enger an mich und drücke meine Lenden gegen sie. Sie soll spüren, dass sie die meine ist. Dass kein anderer sie so berühren kann.

Zeldas Augen sind noch immer geschlossen. Ihr Brustkorb hebt und senkt sich schnell, was bewirkt, dass ihre Brüste immer wieder vom engen Stoff des Kleides nach oben gepresst werden. Der Anblick raubt mir den Verstand, und meine Hände machen sich selbstständig. Meine Linke beginnt die eine Brust zu kneten - sie fühlt sich anders an, fremd, größer irgendwie -, während der Daumen meiner rechten Hand am Stoff des Kleides entlangstreicht - genau dort, wo die heiße Haut ihres Brustansatzes sichtbar wird. Sie keucht und öffnet die Augen.

»Malik«, sagt sie mit rauer Stimme.

»Zelda«, erwidere ich flüsternd.

Alles um uns herum löst sich auf, verschwimmt, während wir uns ganz unseren Berührungen hingeben. Denn jetzt beginnt auch Zelda, durch meinen Ausbruch ermutigt, ihre Hände über meine Brust wandern zu lassen. Mein eng anliegendes Hemd kann die Anspannung meiner Muskeln nicht verbergen, und sie fährt mit ihren Fingern die Konturen nach, die sich unter dem Stoff abzeichnen.

Dann schlingt sie ihre Arme um meinen Hals und zieht meinen Kopf zu sich herab. Langsam, ganz langsam senke ich meine Lippen auf ihre. Es ist ein Feuerwerk, das sich in mir entzündet. Alle Alarmglocken schrillen, und doch kann ich nicht aufhören. Ich brauche sie. Muss sie spüren. Kann nicht von ihr ablassen. Ihre Lippen sind weich und heiß und voller Verlangen. Wir pressen unsere Münder aufeinander, und sofort bahnt meine Zunge sich einen Weg in Zeldas Mund. Ich bin wie ausgehungert. So gierig. Ich verschlinge sie beinahe in diesem Kuss, der ganz anders ist als alle Küsse, die wir bisher geteilt haben. Unsere Zähne stoßen gegeneinander, und Schmerz durchzuckt mich, doch es ist mir egal. Zelda beißt mich in die Lippe, und auch diesen Schmerz empfange ich mit ungeheurer Lust. Meine Zunge dringt tief in sie hinein, so tief wie nie zuvor. Zelda stöhnt in meinen Mund, und ich hebe sie hoch. Sie ist so leicht! Ich brauche sie näher, noch näher, viel näher, und weiß doch nicht, wie. Wir pressen unsere Körper aneinander, während unsere Zungen wild zustoßen. Ich presse sie an die Wand und mich gegen sie. Mit meinen Händen schiebe ich ihr Kleid nach oben, sodass sie ihre Beine um mich schlingen kann. Auf der Seite, auf der sich der tiefe Schlitz befindet, ist ihr Bein nun völlig entblößt. Mit meiner Hand knete ich ihr nacktes Fleisch. Ich fasse unter ihr

Kleid und berühre ihren wunderbaren Hintern. Sie stöhnt erneut auf, und in meiner Hose pocht mein steifer Penis wie verrückt. Sie merkt es und schiebt ihren Unterleib vor, um mich zu necken. Ich kann kaum an mich halten, so erregt bin ich.

»Hinter dieser Tür ist ein Badezimmer«, keucht Zelda an meinem Mund. »Ich will dich, Malik. Jetzt.«

Und ich lasse jede Hemmung fallen. Es gibt nur noch Zelda und mich.

Zelda

35 Ich kann kaum glauben, dass ich das gerade wirklich gesagt habe. Aber die Tatsache, dass ich hier in Maliks Armen bin, wir uns mit einer Leidenschaft küssen, die mir den Verstand raubt, und wir jeden Moment entdeckt werden könnten, entfacht eine solche Lust in mir, dass ich es nicht erwarten kann, ihn endlich in mir zu spüren.

Malik packt mein Bein noch etwas fester, was sich absolut fantastisch anfühlt. Roh und wild und zügellos. Die Berührungen unserer Lippen, unserer Zungen, die in einer nie gekannten Heftigkeit miteinander ringen, und seiner starken Arme überall auf meinem Körper lassen die Welt vollkommen in den Hintergrund rücken. Es ist ein Kuss voller verzweifelter Sehnsucht, als würden wir versuchen, die letzten Wochen der Trennung in nur einem Moment ungeschehen zu machen. Die Geräusche unserer Lippen und unseres keuchenden Atems sind alles, was ich noch wahrzunehmen imstande bin. Maliks Wärme und das prickelnde Feuer in mir werden zu einer sengenden Hitze, die alles niederbrennt, was ihr in die Quere kommt. Ich ergebe mich ihr ganz und gar.

»Jetzt, Malik«, flehe ich, als ich ein weiteres Mal spüre, wie sich seine Erektion mir entgegenwölbt.

Ohne mich hinunterzulassen, geht er auf die Tür zu und dreht den Knauf. Unser gieriges Schnaufen hallt im Gang wider. Er drückt mich gegen den Türrahmen und

küsst mich erneut. Wir können einander nicht eine Sekunde widerstehen. Seine Lippen sind überall. Seine wunderschönen Lippen!

»WAS GLAUBEN SIE, WAS SIE DA TUN?«, kreischt
plötzlich eine hysterische Frauenstimme.

Sofort lässt Malik von mir ab. Seine Augen sind weit
aufgerissen, und auch mein Gesicht ist vor Schreck ver-
zerrt. Das darf nicht sein. Das darf nicht sein!

»ZELDA!«, keucht meine Mutter. »DU!«

Sie kommt auf uns zugeeilt. Malik stellt mich auf dem
Boden ab, wagt es jedoch nicht, sich umzudrehen und
meiner Mutter entgegenzutreten. Ich kann es ihm nicht
verdenken. Es ist, als wäre er auf einmal erstarrt.

»Wie können Sie es wagen?«, sagt meine Mutter an Malik gewandt. »Wie kannst du, Zelda, so etwas tun? Hast du
dich nicht schon genug erniedrigt? Hast du nicht schon
genug Schande über die Familie gebracht? Musst du uns
jetzt auch noch vor allen Menschen derart bloßstellen?
Hasst du uns so sehr, dass du es uns auf diese Weise heim-
zahlen musst? Mit einem … einem … von *denen*?«

Malik krallt seine Hände in den Türstock. Sein Blick
ist zu Boden gerichtet. Ich blicke kurz zu ihm auf, doch in
seinem Gesicht sehe ich nur Leere. Ich stelle mich schüt-
zend vor ihn.

»Du hast kein Recht, so zu sprechen, Mutter«, sage ich.
»Malik ist mein Freund, und ich liebe ihn. Dagegen kannst
du nichts tun.«

»WAS?«, kreischt sie. »Sie sind … Sie wollen der Freund
meiner Tochter sein? Sie glauben, Sie sind gut genug für
eine von uns? DASS ICH NICHT LACHE! Eine Redstone-
Laurie wird sich niemals – NIEMALS, HÖREN SIE – mit
Ihresgleichen abgeben.«

Am Ende des Gangs sehe ich, dass sich eine Gestalt hinter einer Ecke versteckt hält. Wir haben also Zuschauer. Als ich ein zweites Mal hinsehe, erkenne ich, dass es Jasons Haarschopf sein muss.

»Was ist denn das für ein Geschrei?«, fragt Elijah, der auf einmal auch im Gang steht. »Man kann euch fast bis nach draußen hören.«

»Deine Schwester …«, sagt meine Mutter an ihn gewandt, als würde das schon alles erklären. »Wäre dieser reizende junge Herr nicht gewesen« – sie meint offensichtlich Jason – »ich weiß nicht, was geschehen wäre.«

Elijah tritt neben sie, und mit einem Blick auf Malik und mich weiß er, was geschehen ist.

»Oh, Zelda«, sagt er gedehnt.

Wenn Blicke töten könnten, hätte mein überheblicher Bruder nicht mehr lange zu leben, so viel steht fest.

»Elijah, tu mir einen Gefallen, und begleite dieses Subjekt von unserem Grundstück. Er hat hier nichts mehr verloren. Und sorge dafür, dass er diese erbärmliche Anstellung, die er offensichtlich in unserem Hotel genossen hat, augenblicklich verliert.«

In diesem Moment zähle ich eins und eins zusammen. Mein umnebeltes Gehirn hat es bis zu diesem Augenblick nicht geschafft, den Schluss zu ziehen. Maliks Ausbildung, seine ganze Zukunft hängt von der Gunst meiner Eltern ab. Den Besitzern des Hotels, in dem er offensichtlich arbeitet. Ich spüre, wie er in meinem Rücken strauchelt.

»Das kannst du nicht machen, Mutter. Das kann nicht dein Ernst sein«, sage ich entsetzt.

»Was ich machen kann und was nicht, werden wir noch sehen. Du jedenfalls wirst dich draußen um *deine* Gäste kümmern. Alles Weitere bespreche ich mit deinem Vater.

Aber du kannst dir sicher sein, Zelda, diesmal wirst du ernsthafte Konsequenzen spüren. Meine Geduld mit dir ist am Ende.«

Ich weiß nicht, was das zu bedeuten hat, aber meine Sorge gilt in diesem Moment ohnehin nur Malik. Gerade will ich mich zu ihm umdrehen, als meine Mutter mich unsanft am Arm packt und davonzieht. Mit schnellen Schritten zerrt sie mich durch den Gang. Ich muss beinahe rennen, um mit ihr Schritt zu halten. Ihre Fingernägel bohren sich schmerzhaft in meinen Arm. Doch ich spüre nichts als den Schmerz für Malik. Als ich den Kopf wende, um ihm einen letzten Blick zuzuwerfen, hat Elijah ihn bereits ebenfalls am Arm gepackt und eskortiert ihn hinaus. Dann hat meine Mutter mich um die Ecke gezogen.

Sie bleibt stehen und sieht mich mit einem Hass und einer Verachtung an, die mich erschrecken. Selbst nach all den Jahren der Kälte und der Vorwürfe gelingt es dieser alten Hexe noch, sich selbst zu übertreffen.

Dann holt sie aus und schlägt mir mit der flachen Hand ins Gesicht. Ich bin wie vom Donner gerührt. Meine Wange brennt, und ich befühle sie vorsichtig mit meiner Hand. Doch meine Mutter stößt sie unsanft weg. Dann zieht sie ein Make-up-Döschen aus ihrer Clutch und deckt die roten Striemen, die ihre Finger hinterlassen haben müssen, ab. Sie hat an alles gedacht.

Ich bin so überwältigt von dieser Katastrophe, dass ich nur noch stumm folgen kann. Mein Gehirn rast, springt hin und her. Ich kann kaum einen klaren Gedanken fassen. Was wird jetzt aus Malik? Was wird aus mir? Meine Mutter hat keinen Zweifel daran gelassen, dass Maliks Zeit im *Fairmont* abgelaufen ist. Es ist schwer vorstellbar, dass wir in all den Stunden, die wir uns unterhalten haben, nicht einmal darüber gesprochen haben, wo er arbeitet. Andererseits gab es eben Wichtigeres als die Arbeit.

Wie kommt er jetzt nach Hause? Mit dem Auto fährt man ungefähr zwanzig Minuten den Paloma Hill hinunter in den Ort. Zu Fuß dauert es sicher einige Stunden. Er hat nichts zu trinken dabei, vermutlich hat er den ganzen Tag noch nichts gegessen. Vielleicht kann ich ihm irgendwie Hilfe zukommen lassen?

Als wir wieder draußen sind, lässt meine Mutter meinen Arm los. »Ich spreche jetzt mit deinem Vater. Lass dir eins gesagt sein, Fräulein, du wirst heute keinen Ärger mehr machen. Ich hoffe, die Warnung ist angekommen. Die Konsequenzen, die ein weiterer Fehltritt für deinen schwarzen Freund hätten, willst du nicht erleben. Noch hat er die Chance auf ein neutrales Empfehlungsschreiben.«

Ich nicke stumm. Ihre Warnung *ist* angekommen. Als ich an einem der Stehtische ankomme, auf dem ich meine Handtasche mit meinem Handy liegen gelassen habe, ist sie nicht mehr da. Aber ich bin mir sicher, dass ich sie hier abgelegt habe. Und unter den Gästen ist mit Sicherheit kein Dieb. Dafür sind sie alle zu reich und zu sehr mit sich selbst beschäftigt. Mal ganz abgesehen von der Tatsache, dass mein Handy nicht gerade das neueste Modell ist.

»Entschuldigen Sie?«, frage ich die ältere Dame, die mir am nächsten steht. »Haben Sie eine kleine silberne Handtasche auf dem Tisch liegen sehen?«

»Hat Ihre Mutter Sie nicht gefunden?«, fragt die Dame. »Sie wollte sie Ihnen bringen.«

Mir rutscht das Herz in die Hose. Sie hat mein Handy! Wie um Himmels willen soll ich Malik jetzt noch helfen?

Mein Blick wandert hektisch über die Partygäste. Mein

Hals ist eng, und ich merke, wie mir Tränen in die Augen treten. Aber ich darf keine Szene machen. Meine Mutter ist zwar eine absolute Idiotin, aber sie sitzt in dieser Welt am längeren Hebel.

Als ich Philip erblicke, fällt mir ein Stein vom Herzen. Ein Verbündeter mitten im Feindesland. Obwohl meine Füße inzwischen an Stellen Blasen haben, von denen ich nicht einmal wusste, dass sie existieren, und meine Beine zittern, bin ich noch erstaunlich schnell zu Fuß.

»Lass uns tanzen«, sage ich atemlos. »Bitte.«

»Okay?« Philips Blick ist fragend.

Ich ziehe ihn hinter mir her auf die Tanzfläche, wo die Band gerade eine Instrumentalversion von *My Baby Just Cares For Me* angestimmt hat. Philip umfasst meine Taille und will wie vorhin ein wenig Abstand lassen. Doch ich stelle mich so dicht an ihn, wie es nur irgend möglich ist.

»Du musst mir helfen«, flüstere ich an seinem Hals, sehr darauf bedacht, dass niemand sonst etwas von dem mitbekommt, was hier gesprochen wird.

»Was ist los?«, fragt er, ebenfalls so leise, dass nur ich es verstehe.

»Es ist eine lange Geschichte, die ich dir irgendwann mal erzähle, falls meine Eltern mir je wieder Kontakt zu einem menschlichen Wesen gestatten ...«

»Wie bitte?«, unterbricht er mich etwas zu laut.

»Schhhhh«, mache ich. »Niemand darf erfahren, dass du mir hilfst. Bitte, Philip.«

»Also gut, was brauchst du?«

Erleichterung durchströmt mich. Pure Erleichterung.

»Ich brauche ein Taxi für einen Freund. Er ist zu Fuß unterwegs nach Paloma Bay. Meine Eltern haben ihn rausgeworfen. Er hat wahrscheinlich nicht einmal Geld dabei.«

»Wo soll es hingehen?«, fragt Philip.

»Ich weiß, es ist eine lange Fahrt, und ich verspreche dir, du bekommst das Geld wieder, sobald ich meine Kreditkarte wiederhabe. Er muss nach Pearley.«

»Ich bestelle sofort ein Uber«, sagt Philip. »Es lebe die bargeldlose Zahlung. Und mach dir keine Sorgen wegen des Geldes.«

Er will sich schon von mir lösen, doch ich halte ihn zurück.

»Nein, halt!«, sage ich panisch und kralle mich an ihm fest. »Nicht bevor das Lied vorbei ist, sonst erregen wir zu viel Aufsehen.«

»Wow, du musst ja wirklich richtig tief in der Scheiße sitzen«, sagt Philip mitfühlend. »Sag Bescheid, wenn ich sonst noch etwas tun kann.« Er drückt aufmunternd meine Hand, was angesichts dieses Super-GAUs das einzig Richtige ist, was er tun kann – auch wenn es nichts hilft.

 *Malik*

36 Was habe ich getan? Was zur Hölle habe ich getan? Es ist, als würde die Zeit stillstehen, als hätte die Welt um mich herum aufgehört zu existieren. Da sind nur noch ich und meine grenzenlose Dummheit. Mein Versagen. Mein Scheitern. Meine Hände kribbeln. Sie erinnern sich an Zeldas Haut. Doch für mich ist es eine Erinnerung, die so fern ist, dass ich kaum noch daran glaube.

Ich setze mühsam einen Fuß vor den anderen. Keine Ahnung, wie lange es dauert, bis ich nach Paloma Bay komme. Wahrscheinlich ist es Mitternacht, bis ich zurück in der Zivilisation bin. Wie ich dann von dort nach Hause kommen soll, weiß ich nicht. Denn Zeldas Bruder gab mir nicht einmal die Möglichkeit, meine persönlichen Gegenstände aus dem Angestelltenraum zu holen. Aber vielleicht ist es ohnehin besser, nicht mehr nach Pearley zurückzukehren. Ich kann meiner Familie nicht mehr gegenübertreten. Oder Amy. Ich habe sie alle enttäuscht. Ich hatte mich nicht im Griff, konnte mich nicht zusammenreißen und habe sie dadurch im Stich gelassen. Ihre Hoffnungen, meine eigenen Träume enttäuscht. Und für was? Für einen Moment der Schwäche. Als hätte es kein Morgen gegeben. Als wäre ein Kuss – und wenn er in diesem Moment noch so lebenswichtig war – eine Entschuldigung dafür, dass ich meine gesamte Zukunft wegwerfe.

Meine Brust ist eng, und ich habe das Gefühl, keine

Luft mehr zu kriegen. Aus meiner Kehle kommt ein Stöhnen, dann ein Schluchzen, während ich an einer weiteren Villa vorbeilaufe, in der weiße, privilegierte Reiche wohnen, die es sich zur Aufgabe gemacht haben, Menschen wie mir und meinen Geschwistern das Leben schwer zu machen. Meine Geschwister! Für sie wollte ich stark sein, etwas aus mir machen. Ich wollte ihnen beweisen, dass man nur hart genug arbeiten muss, um es zu etwas zu bringen. Und ich war auf einem guten Weg. Doch dann habe ich es in einem kurzen Augenblick zerstört.

Ich muss mich auf einen der Leitpfosten am Straßenrand stützen, weil ich Angst habe, dass meine Beine nachgeben könnten. Einatmen, ausatmen. Ganz ruhig. Ich muss mich zusammenreißen. Muss es wenigstens nach Paloma Bay schaffen. Vielleicht finde ich dort einen Ort, an dem ich erst einmal mein Lager aufschlagen kann. Eine Brücke, einen verlassenen Hauseingang. Irgendwas, um meine Gedanken zu sortieren. Um mein Versagen zu verarbeiten. Aber wie soll das gehen? Wie soll ich über das hier hinwegkommen?

Und was, wenn Mrs Redstone-Laurie vielleicht nur geblufft hat? Was, wenn ich meine Stelle noch habe? Ich lache schnaubend auf. Ich habe in meinem ganzen Leben noch nie einen Menschen gesehen, der so wütend, so hasserfüllt war. Ich bin mir sicher, wenn sie könnte, würde sie mir mehr nehmen als nur meine Existenzgrundlage. Sie würde mich zerquetschen wie eine lästige Kakerlake.

Zeldas Worte hallen durch meinen Kopf. *Ich liebe ihn*, hat sie gesagt. Liebe ich sie? Wahrscheinlich. Wahrscheinlich liebe ich sie. Aber was sollen wir für eine Zukunft haben? Was soll ich ihr denn noch bieten?

Ich schleppe mich weiter. Meine Beine sind schwer,

meine Schultern werden von einer unsichtbaren Last nach unten gedrückt. Ich schaffe es gerade mal zum nächsten Leitpfosten, dann muss ich mich wieder abstützen. Ein weiteres Schluchzen entweicht mir. Ich lasse mich in die Hocke sinken, weil das Gefühl, von etwas Schwerem runtergedrückt zu werden, übermächtig ist. Meinen Kopf lehne ich an den Pfosten. Wenn ich nur für einen kurzen Moment die Augen schließen könnte. Mir schöne Gedanken machen könnte.

Mr Brentfords Tauschgedanken, die im Gefängnis so wenig hilfreich waren, sind das Einzige, was ich jetzt noch habe. Ich muss mich fokussieren. *Jasmine, Theo, Ebony, Ellie und Esther. Ma und Pop.* Meine Familie. Alle zusammen. Ein lautes Familienessen. Die Zwillinge auf meinem Schoß. Theos Gesicht. Doch es hilft nichts. Die Schwere nimmt zu. Denn ich kann ihnen nicht wieder unter die Augen treten. Nicht, nachdem ich sie zum dritten Mal enttäuscht habe. Was mache ich mir vor? Auch damals im *PJP* halfen diese Gedanken nicht. Nichts konnte den Nebel wirklich vertreiben. Nichts außer dem Küchendienst, der mich bei Sinnen gehalten hat. Doch das ist jetzt auch weg. Ich habe nichts mehr. Und ich spüre den Nebel wieder. Diesen eisigen Nebel, der mich bald schon wieder komplett umgeben wird. Der in jeden Winkel meines Körpers vordringt, mich lähmt.

Ich nehme von ferne das Geräusch eines sich nähernden Autos wahr. Ein verspäteter Partygast? Die Bewohner der anderen Villa? Übelkeit macht sich in mir breit. Ich zwinge mich, aufzustehen und noch ein paar Schritte zu gehen. Hier kann ich nicht bleiben.

Das Auto biegt um die Kurve. Die Scheinwerfer leuchten mich direkt an, sodass ich mit der Hand meine Augen abschirmen muss. Dann bremst der Fahrer ab.

»Haben Sie ein Uber gerufen?«

Ich bin nicht darauf vorbereitet, mit irgendjemandem zu interagieren, und muss mich räuspern, ehe ich eine Antwort geben kann. »Äh, nein, das war ich nicht«, sage ich.

»Sind Sie der Freund von Zelda?«, fragt er weiter.

Ich schlucke. Hat sie mir ein Taxi gerufen? »Ja, schon«, sage ich.

»Dann ist das hier Ihr Uber«, stellt der Fahrer fest. »Steigen Sie ein.«

Etwas unsicher überquere ich die Straße, öffne die hintere Tür und lasse mich auf den Rücksitz fallen.

»Keine Sorge«, sagt der Mann am Steuer, ein freundlich dreinblickender bärtiger Rentner. »Die Fahrt ist bis Pearley bezahlt.«

Und in diesem Moment ist es, als würde mein Herz wirklich brechen. Ich kann spüren, wie es auseinandergeht. Anders ist der Schmerz nicht zu erklären.

Ich sinke in die kühlen Ledersitze und schließe die Augen. Den Anblick der Welt draußen ertrage ich nicht. Da ist es besser, mit der Dunkelheit in mir allein zu sein. Darauf zu warten, wie der Nebel mich wieder verschluckt. *Ma, Pop, Jasmine, Theo, Ebony, Ellie und Esther.* Ein letztes Mal. Dann bin ich bereit, mich zu ergeben.

»Hatten Sie einen guten Abend?«, unterbricht der Fahrer die Stille.

Ich öffne meine Augen widerwillig. Ich habe Angst, dass ich, wenn ich spreche, ganz kaputtgehe.

»Sie sind nicht gerade gesprächig, oder?«, fragt er.

»Tut mir leid«, zwinge ich mich zu sagen. »Nein, man kann nicht sagen, dass ich … einen guten Abend hatte.« Bei den letzten Worten wird meine Stimme ganz dünn und bricht.

»Na, na«, sagt er. »Morgen sieht die Welt bestimmt wieder ganz anders aus.«

»Bestimmt«, echoe ich und kann nichts dagegen tun, dass meine Unterlippe bebt. Hinter meinen Augen brennt es, und ich bin froh, dass der Fahrer offenbar verstanden hat, dass ich nicht sprechen kann. Ich schließe die Augen wieder. Tränen lösen sich und rinnen meine Wangen hinunter. Was für eine erbärmliche Vorstellung.

Hinter meinen Augenlidern wird es mal heller, mal dunkler, je nachdem, wie gut die Straße beleuchtet ist. Den Weg von Paloma Bay nach Pearley kenne ich auswendig, und so weiß ich meistens, wo wir uns befinden. Ich wünschte, ich könnte ein bisschen schlafen. Nur für ein paar Minuten, um eine Pause zu bekommen. Wenn ich nur kurz meinen Kopf entspannen könnte. Vielleicht würde es mir gelingen, einen neuen Tauschgedanken zu finden. Einen Moment, der mich glücklich gemacht hat. So glücklich wie Zeldas Küsse oder ihr Gesicht.

Wieder laufen Tränen meine Wangen hinunter. Warme, salzige, lästige Bahnen, die noch nie irgendjemandem etwas gebracht haben. Wie soll ich nur über diese Verluste hinwegkommen? Zelda ist niemand, über den man hinwegkommt. Sie bleibt. Für immer. Und wenn auch nur in der Erinnerung.

Als es hinter meinen Lidern wieder heller wird, weiß ich, dass wir nun am Stadtrand von Pearley sind. Die Straßen hier sind so hell beleuchtet, dass es ebenso gut Tag sein könnte. Ich blicke aus dem Fenster. Obwohl ich alles nur verschwommen sehe, weiß ich genau, wie die Häuser hier aussehen.

Zwanzig Minuten später hält der Fahrer vor meinem

Haus. Ich atme einmal tief ein, dann öffne ich die Tür und quäle mich hinaus in die frühlingshafte Nachtluft.

»Vielen Dank«, sage ich und will mich schon abwenden, als der alte Mann das Fenster herunterfährt.

»Sagen Sie Ihren Freunden danke für das großzügige Trinkgeld«, ruft er mir hinterher. »Und Kopf hoch!«

Ich nicke müde.

Durch die Glastür unserer Wohnung fällt Licht, was bedeutet, dass Rhys zu Hause ist. Da ich meinen Schlüssel zusammen mit allem anderen im Haus von Zeldas Eltern zurücklassen musste, ist es mein Glück, dass er da ist. Wobei »Glück« in meiner Situation ein beinahe zynischer Begriff ist. Ich poche mit der Faust gegen die Tür. Im nächsten Moment wird sie geöffnet. Ohne Rhys auch nur eines Blickes zu würdigen, schleppe ich mich an ihm vorbei in die Wohnung und in mein Zimmer. Mit letzter Kraft entledige ich mich meiner Schuhe und der Uniform. Dann lasse ich mich aufs Bett fallen, ziehe mir die Decke bis zum Kinn, drehe mein Gesicht zur Wand und schließe wieder die Augen. Ich weiß, dass ich nicht schlafen werde. Aber ich habe genug damit zu tun, mich ums Atmen zu kümmern, das von selbst nicht mehr funktionieren will. Einatmen, ausatmen.

Zelda

37 Ich sitze allein an einem der Tische. Viele der Gäste sind inzwischen aufgebrochen, und meine Füße pochen so schlimm, dass ich mich kaum noch bewegen kann.

»Ich wollte mich verabschieden«, sagt Philip, der aus dem Lichtkegel vor den Zelten in den Schatten heraustritt.

Dass ich mich in der Dunkelheit befinde, ist mir mehr als recht.

»Und dir sagen, dass der Uber-Fahrer deinen Freund gefunden hat. Er sollte inzwischen sicher zu Hause angekommen sein.«

»Danke, Philip. Ich stehe in deiner Schuld.«

»Ach was, das war doch selbstverständlich. Ich freue mich schon auf die ausführliche Version der Geschichte.« Mit einem Blick auf mein Gesicht fügt er schnell hinzu: »Wenn dir danach ist, natürlich.«

Ich stehe mühsam auf und verziehe vor Schmerz mein Gesicht. »Meine Füße bringen mich um«, erkläre ich. Dann umarme ich Philip zum Abschied. Ich habe das Gefühl, in ihm einen richtigen Freund gefunden zu haben.

»Pass auf dich auf, Zelda«, sagt er.

»Ich versuch's«, erwidere ich. »Ich melde mich, wenn sich die Wogen hier geglättet haben.«

Philip drückt mir einen Kuss auf die Stirn. Dann verlässt er mich, die Party, dieses unglückliche Anwesen und alles, was damit zu tun hat. Fast möchte ich ihn bitten, mich mitzunehmen, aber die Angst vor dem, was meine Eltern dann tun würden, lässt mich zurückbleiben. Vielleicht hat Malik mit einem Empfehlungsschreiben irgendwo die Chance auf eine neue Anstellung.

Die Band hat schon vor geraumer Zeit die Instrumente eingepackt. Abgesehen von meinen Brüdern und meinen Eltern, sind nur noch wenige Gäste da. Ich sitze immer noch an meinem Tisch, habe meine Schuhe ausgezogen und reibe meine schmerzenden Füße. Es ist beinahe friedlich hier draußen, würden mich nicht schlimme Sorgen plagen. Umso ärgerlicher werde ich, als ich den Blick von meinen Blasen hebe und den letzten Menschen erblicke, den ich sehen will.

Mit einem »Darf ich?«, das mehr Floskel als Frage ist und auf das er keine Antwort erwartet, zieht sich Jason einen Stuhl zu mir und setzt sich.

»Tun dir die Füße weh?«, fragt er, als würde ich jemals wieder Small Talk mit ihm machen. »Na komm, ich massiere sie dir.«

Er greift nach meinem Fuß, doch ich ziehe ihn schnell zurück. »Untersteh dich«, fauche ich.

»Schlechte Laune?«, erkundigt er sich.

»Das fragst ausgerechnet du?« Ist das zu fassen? »Deinetwegen hat mein Freund seinen Job verloren, und was auch immer meine Eltern für mich geplant haben, habe ich ebenfalls dir zu verdanken, du mieser Heuchler.«

Er blickt mich verwirrt an, ist aber zu betrunken, um ein guter Schauspieler zu sein. Seine verlogenen Augen verraten ihn.

»Du hast meine Mutter auf mich gehetzt«, helfe ich seiner Erinnerung auf die Sprünge. »Schon vergessen?«

»Ich habe mir Sorgen um dich gemacht. Ein großer schwarzer Mann läuft dir nach, da ist es ja geradezu meine Bürgerpflicht, dafür zu sorgen, dass dir nichts passiert.«

Wieder macht er Anstalten, mich zu berühren, doch ich schlage seine Hand weg.

»Bürgerpflicht? Was weißt du denn von Bürgerpflicht? Als hättest du auch nur die geringste Ahnung davon, was es heißt, menschlich, rücksichtsvoll oder loyal irgendetwas gegenüber zu sein.«

»Woher sollte ich denn wissen, dass du den Typen kanntest?«, fragt er jetzt. In seinen Augen flackert leichte Unsicherheit. Ich kenne diesen Ausdruck. Es ist derselbe, wie wenn ich ihn im Seminar mit Argumenten kleinkriege.

»Weil du ihn mit mir gesehen hast. Im *Pearls*. Erinnerst du dich? Du wusstest ganz genau, was passieren würde.«

»Deswegen kam er mir so bekannt vor! Ich habe ihn gefragt, aber er hat es abgestritten. Selbst schuld.«

»Du bist schuld. Du allein. Weil du ein schleimiger, selbstgefälliger Drecksack bist.« Ich bin so wütend, dass ich kurz davor bin, ihm das Glas Wasser, das vor mir steht, ins Gesicht zu schütten.

»Ja, okay, vielleicht war das nicht meine beste Aktion«, gibt er zu. Doch ich nehme ihm keine Sekunde lang ab, dass er wirklich bereut, was er getan hat. »Vielleicht war ich ja auch eifersüchtig?«, schlägt er vor und zwinkert mir zu.

»Du bist das Allerletzte, Jason. Das Allerletzte. Für mich existierst du nicht mehr. Denn wenn du existieren würdest, müsste ich dir grausame Dinge antun. Und das ist mir für so jemanden wie dich zu viel Aufwand.«

Ich schnappe mir meine Schuhe und lasse ihn allein am Tisch sitzend zurück. Es ist inzwischen so spät, dass ich mich mit Sicherheit zurückziehen darf. Ohne noch einmal zurückzublicken, gehe ich über den Rasen, die Treppe hinauf und ins Haus. Ich durchschreite das Wohnzimmer und gelange in die Eingangshalle. Die geschwungene Treppe führt mich in den ersten Stock, wo sich mein Schlafzimmer befindet. Dort lasse ich mich aufs Bett fallen. Ich mache mir nicht einmal die Mühe, mich aus dem unbequemen Kleid zu schälen, sondern ziehe eine Wolldecke über mich und schlafe sofort ein.

Am liebsten würde ich gar nicht aufstehen. Ich weiß, dass das, was mich unten erwartet, meine schlimmsten Befürchtungen übertreffen wird. Ich wälze mich hin und her, denke an Malik, hoffe inständig, dass es ihm einigermaßen gut geht. Ich würde ihn so gerne anrufen, aber ohne mein Telefon bin ich aufgeschmissen. Was ist nur aus der guten alten Zeit geworden, als man wichtige Telefonnummern noch auswendig konnte?

Es klopft an meiner Tür. Verdammt.

»Ms Zelda?«, höre ich Agnes' Stimme von draußen.

Ich ziehe mir die Wolldecke über den Kopf.

»Ms Zelda, sind Sie wach?«

Ich antworte mit einem Knurren.

»Ihre Eltern warten unten auf Sie. Die Stimmung ist … angespannt.«

Ich bin dankbar für ihre Warnung, auch wenn es natürlich keine Überraschung ist.

»Danke, Agnes«, rufe ich von unter der Decke. »Ich bin gleich da.«

Im Haus herrscht Totenstille. Das einzige Geräusch, das ich höre, als ich frisch geduscht die Treppe hinunterschleiche, ist das Ticken der großen Standuhr in der Eingangshalle.

Ehe ich ins Esszimmer gehe, wo meine Eltern beim Frühstück sitzen, atme ich einmal tief durch.

»Guten Morgen«, sage ich, als ich eintrete.

Die Stimmung ist eisig. Mein Vater schaut kaum von seiner Zeitung auf, und meine Mutter nippt an ihrer Tasse.

»Mmh, der Kaffee duftet toll.« Keine Ahnung, warum ich weiterspreche. Irgendwie versuche ich meine Nervosität zu überspielen.

»Setz dich«, sagt meine Mutter, ohne mich anzusehen, und deutet auf einen Stuhl an der Längsseite des Tischs.

Ich setze mich, lege die Serviette auf meinen Schoß und betrachte den reich gedeckten Frühstückstisch, als hätte ich vor, etwas zu essen. Agnes schenkt mir Kaffee ein, und ich murmle ein »Danke schön«.

Schließlich legt mein Vater die Zeitung zusammen. Er tut es hoch konzentriert, als wäre er bei den Origami-Meisterschaften. Es ist ein langer Prozess. Endlich ist er fertig und blickt von meiner Mutter zu mir. Dann räuspert er sich.

»Zelda«, beginnt er, »deine Mutter hat mich über dein Verhalten gestern informiert. Ich muss dir nicht sagen, dass wir – wieder einmal – enttäuscht von dir sind. Und deshalb sind wir zu dem Schluss gekommen, dass es das letzte Mal war, dass du uns so vorgeführt hast.«

Ich schlucke. »Ich weiß, dass ich mich daneben benommen habe«, sage ich, weil ich irgendwie hoffe, dass ich meine Position wieder stärken kann. »Ich wollte sicher niemandem schaden.«

»Ja, nun, das hast du«, sagt meine Mutter.

»Deine Mutter und ich haben unseren Urlaub abgesagt. Wir werden hierbleiben, bis wir entschieden haben, wie es weitergeht. Und du wirst das auch.«

»Wie bitte?«, frage ich.

»Du hast ganz richtig gehört. Du wirst hier bei uns bleiben, wo wir ein Auge auf dich haben können.«

»Und mein Studium?«

»Das hast du mit deiner Aktion verspielt, Zelda. Glaub mir, ich kann mir auch Schöneres vorstellen, als auf meinen Urlaub zu verzichten, um auf *dich* aufzupassen.« Er spuckt es beinahe aus. »Aber hier geht es um mehr als um dich und mich. Hier geht es um die Familie. Um das Ansehen, das durch dich wieder und wieder in den Dreck gezogen wird. Wir hätten schon viel eher härter durchgreifen müssen. Dass wir es jetzt tun, ist sozusagen die letzte Chance, die du hast.«

»Aber ich will diese Chance nicht!«, rufe ich aus. »Ich habe mein Leben in Pearley. Freunde!«

»Was das für *Freunde* sind, wissen wir ja jetzt«, sagt mein Vater. »Sicherlich kein Umgang für eine Redstone-Laurie. Damit ist jetzt Schluss.«

Meine Mutter verlässt den Raum und kommt kurz darauf mit meinem Handy in der Hand wieder.

»Wir werden eine Nachricht an die Personen schreiben, die sich sonst Sorgen um dich machen würden. Wer wäre das?«

Ich schlucke. »Tamsin«, sage ich. »Und meine Mitbewohner Leon und Arush.« Maliks Namen traue ich mich nicht zu erwähnen. Dann kommt mir eine Idee. »Und Jasmine«, schiebe ich noch hinterher. Vielleicht lässt sie Malik die Nachricht zukommen. Er wird verstehen, was das zu bedeuten hat.

»Entsperre den Bildschirm«, verlangt meine Mutter. Sie reicht mir das Handy, und ich gehorche, wie gelähmt von allem, was ich gerade gehört habe. Sie tippt auf meinem Display herum und spricht laut die Nachricht mit, die sie an meine Freunde schickt. »*Ich bleibe eine Weile bei meinen Eltern. Macht euch keine Sorgen um mich.*« Sie blickt auf und fügt in strengem Tonfall hinzu: »Mehr müssen sie nicht wissen.«

Danach bringt sie das Handy wieder weg. Ich meine zu hören, dass sie es in den Safe legt.

»Das ist doch Wahnsinn, Dad«, sage ich. Ich hoffe, dass es ihn zur Vernunft bringt, wenn ich ihn »Dad« nenne. »Ihr könnt mich hier nicht einsperren!«

»Es ist zu deinem Besten«, erwidert er kalt, während er die Zeitung wieder aufschlägt. Ich will gerade ansetzen, noch etwas zu sagen, doch er hebt den Finger. »Die Unterhaltung ist beendet.«

Ich stehe vom Tisch auf und gehe zurück in mein Zimmer. Dort lasse ich mich aufs Bett fallen. Ich kann nicht glauben, dass sie mir das antun! Sie halten mich hier fest. Ich bin eine Gefangene im Haus meiner Eltern! Ohne mein Handy oder meinen Geldbeutel habe ich keine Chance, an ein Taxi zu kommen. Zu Fuß würde ich es niemals nach Paloma Bay schaffen, ohne dass ihnen meine Abwesenheit auffällt. Ich kann niemanden kontaktieren, der mir helfen würde. Was sollte ich auch sagen? »Meine Eltern haben mich eingesperrt«? Dass ich nicht lache.

Ich hätte nur diesen einen Abend überstehen müssen. Dann wären sie weggewesen, und ich hätte irgendwie mein Leben neu organisieren können. Ich habe es vermasselt. Ich konnte Malik nicht widerstehen, und dadurch habe ich es für ihn und für mich vermasselt.

Mein Herz rast, und meine Gedanken überschlagen sich. Ich muss mich fokussieren, muss irgendwie aus dieser vertrackten Situation rauskommen. Doch ich weiß nicht, wie. Ich kann mich kaum konzentrieren, so wütend und verzweifelt bin ich. Wenn ich wenigstens wüsste, dass es ihm gut geht. Doch die weiße Decke, die ich anstarre, gibt mir keine Antworten.

Malik

38 Ich erwache aus einem unruhigen Schlaf. Mehr als ein paar Stunden des Herumwälzens können es nicht gewesen sein. Aber die Sonne, die schon hoch am Himmel steht und ihr unerbittliches Licht durch mein Fenster schickt, sagt etwas anderes. Ich muss blinzeln, um mich an das Licht zu gewöhnen. Einen kurzen Moment bin ich orientierungslos. Dann fallen mir die Ereignisse des letzten Abends wieder ein, und der Schraubstock, der meine Eingeweide seit gestern zerquetscht, dreht sich noch ein wenig fester.

Aus der Küche dringen Stimmen. Ich halte mir die Ohren zu, um den gedämpften Klang aus meinem Kopf zu verbannen, aber es gelingt mir nicht. Der Gedanke an Rhys' und Tamsins fröhliche Gesichter ist unerträglich, aber aus meiner Zeit im Gefängnis weiß ich, dass es einen Drang gibt, der stärker ist als der Wunsch, liegen zu bleiben. Die Natur schert sich nicht um dunklen Nebel und Schraubstöcke. Selbst für ein bitteres Grinsen über meinen dämlichen Halbwitz fehlt mir die Energie.

Ich richte mich mühsam auf und schlurfe mit hängenden Schultern aus meinem Zimmer. Auf einmal verstummen die Gespräche in der Küche.

»Malik?«, ruft eine Mädchenstimme.

Es ist Jasmine. Was zur Hölle macht sie hier? Haben meine Eltern sie rausgeschmissen? Auf einen Teenager aufzupassen ist im Moment wirklich das Letzte, was ich gebrauchen kann. Ich bleibe stehen und stütze mich an der Wand ab, weil mir kurz schwindelig wird. Wann habe ich das letzte Mal etwas gegessen? Ich erinnere mich nicht. Aber Appetit habe ich ohnehin nicht.

Aus der Küche dringt das Geräusch von Stühlerücken, und ich erwarte jeden Moment Jasmines Gesicht im Türrahmen. Doch stattdessen blickt Lenny um die Ecke.

»Hey, Malik«, sagt er. »Guten Morgen.«

»Was machst du hier?«, frage ich leise. Ich bin verwirrt.

»Komm, setz dich zu uns.« Er macht ein betroffenes Gesicht.

»Bin gleich da«, murmle ich und schiebe mich, ohne einen Blick zu riskieren, an der Küche vorbei ins Badezimmer. Sobald ich die Tür geschlossen habe, höre ich, wie in der Küche das leise Gespräch fortgesetzt wird. Ohne Zweifel sprechen sie über mich. Über das, was ich gestern getan habe. Wäre ich besser nicht nach Hause gekommen. Hätte ich mich nur im Meer ersäuft, wie es sich für ein verschwendetes Leben wie meins gehört. Stattdessen belaste ich meine Freunde und meine Familie schon wieder mit meinem Versagen. Ich bin ein elender Nichtsnutz.

Als ich in die Küche komme, erstarre ich. Drei Augenpaare sind auf mich gerichtet. In allen erkenne ich Verwirrung und Bestürzung. Mein Herz, wenn es überhaupt noch existiert, zieht sich zusammen. Was soll das werden?

»Was macht ihr hier?«, frage ich mit erstickter Stimme.

»Ich kann nur für mich sprechen, aber ich wohne hier«, sagt Rhys und versucht sich an einem Lächeln. »Komm, setz dich.«

Ich gehe zu dem freien Stuhl und lasse mich darauf fallen. Das billige Plastik knarzt unter meinem Gewicht.

»Es tut mir so leid, Malik«, sagt Lenny. »Paco hat mir erzählt, was passiert ist. Er weiß es wohl von Clément. Ich habe echt gern mit dir zusammengearbeitet. Du warst der Einzige in diesem Irrenhaus, der nett war.« Ich höre, wie Lenny schluckt. Ihn anzusehen wage ich nicht. »Clément ist wohl völlig ausgerastet. Du bist fristlos entlassen. Ich habe die Kündigung dabei. Wollte nicht, dass du sie in der Post findest. Dachte, so wäre es besser.«

Ich nicke langsam. »Danke, Mann«, sage ich, und meine Stimme bebt.

»Und ich soll deine Uniform mitnehmen. Du weißt ja, wie sie im *Fairmont* sind ... O Mann, Malik, das ist wirklich bitter. Ich hoffe, du nimmst dir das nicht zu Herzen. Du findest was anderes. Bestimmt.«

Ich bin dankbar für Lennys Worte, auch wenn sie nichts bedeuten. Es war schwer genug, diesen Ausbildungsplatz zu bekommen – mit meiner Vorgeschichte. Ich kann mir nicht vorstellen, dass Amy nach dieser Sache noch mal Klinkenputzen geht. *Du kannst wirklich stolz auf dich sein, Malik*, höre ich ihre Stimme in Gedanken. Und: *Das hast du ganz allein hinbekommen.* Ja, genau. Ich habe es ganz allein verkackt. Jede Chance, die sich mir bislang geboten hat, habe ich verkackt. Eines Tages muss Schluss sein mit neuen Chancen.

»Danke, Lenny«, bringe ich unter größter Anstrengung hervor. Ich muss mich wirklich zusammenreißen, um nicht vor allen loszuheulen. Aber ich kann nicht noch tiefer sinken. Das würde ich nicht aushalten. »Ich packe dir die Uniform ein.«

Ich gehe in mein Zimmer und lege Hose, Hemd, Sakko und Fliege ordentlich zusammen. Dann stopfe ich alles in eine Plastiktüte, die ich an der Garderobe finde. Im Bad liegen eine Kochjacke und zwei Schürzen, die ich eigentlich heute hätte waschen wollen, um sie am Montag zu meiner nächsten Schicht in meinen Spind zu tun. Auch diese Kleidungsstücke wandern in die Tüte.

»Hier«, sage ich, als ich zurück in der Küche bin. »Der Rest ist in meinem Spind.«

»Schreibst du mir deine Zahlenkombination auf?«, fragt Lenny schüchtern. Er wird ganz rot. Ihm ist diese Situation schrecklich peinlich, das sieht man. Allerdings mit Sicherheit nicht so peinlich wie mir. »Falls da noch etwas Persönliches drin ist, bringe ich es dir vorbei. Das ist besser, als wenn sie den Spind aufbrechen.«

Ich nicke und notiere ihm die Zahlen.

»Ach, und bevor ich es vergesse«, sagt Lenny und fischt unter dem Tisch nach etwas, »ich habe deine Wertsachen aus dem Angestelltenraum mitgenommen.«

Aus einer Tasche zieht er nacheinander meinen Geldbeutel, meinen Schlüsselbund und mein Handy. Ich drücke lustlos auf das Display, aber es bleibt schwarz. Bestimmt ist der Akku leer.

»Ich mache mich dann mal auf den Weg. Halt mich auf dem Laufenden, Malik, in Ordnung? Ich fänd's schön, wenn wir in Kontakt bleiben würden.«

Ich nicke.

Zum Abschied klopft Lenny mir auf die Schulter. Es ist eine unbeholfene Geste, aber ich bin dankbar für alles, was er für mich getan hat. Dann geht er.

Jasmine greift nach meiner Hand. »Was ist passiert?«, fragt sie. »Lenny hat uns kaum etwas erzählt. Er meinte, du hättest gestern auf dieser Party zufällig deine Ex wiedergetroffen?« Sie sieht mich fragend an, doch ich kann nicht reagieren. »Rhys hat gesagt, du und Zelda habt eine Beziehungspause gemacht. Stimmt das?«

Wieder nicke ich nur.

»Und du hast mir nichts erzählt?« Ihre Stimme ist jetzt ein bisschen schrill.

»Entschuldige. Ich wollte nicht drüber reden. Nach dem Essen ...«

»Ihr habt nach dem Essen beschlossen, eine Pause zu machen? Wegen dem, was Ma und Pop gesagt haben?« Sie boxt mich unsanft mit der Faust in die Schulter.

»Au!«, sage ich und reibe mir über die schmerzende Stelle.

»Du bist ein Arsch, Malik. Erstens musst du mir solche Sachen erzählen. Und zweitens weißt du sehr gut, dass Ma und Pop unrecht hatten.«

»Wir haben nicht deswegen ...«, beginne ich, doch Rhys unterbricht mich.

»Die Party gestern«, sagt er, weil er die Vorgeschichte bereits kennt. Ich bin froh, dass ich Jasmine gegenüber nicht länger Rechenschaft ablegen muss.

»Es war Zeldas Geburtstagsfeier.«

»Fuck«, sagt Rhys.

»Und ihren Eltern gehört das *Fairmont*.«

»FUCK«, sagt Rhys erneut, diesmal deutlich lauter.

»Wir haben ... wir haben uns geküsst«, bringe ich hervor. Meine Kehle ist eng, und ich kann nicht verbergen, was die Erinnerung an gestern in mir auslöst. »Ihre Mutter hat uns erwischt. Sie hat mich rausschmeißen lassen.«

Für ein paar Sekunden sagt niemand ein Wort. Die Stille ist kaum auszuhalten, und ich würde am liebsten zurück ins Bett kriechen. Dichtmachen. Mich aus dieser Situation befreien und die Welt von mir.

»Ich hab's verbockt«, sage ich dann. »Tut mir leid.« Das Letzte ist an Jasmine gerichtet, obwohl ich sie nicht ansehe.

An sie und Theo, Ebony, Ellie und Esther. An meine Eltern. Es tut mir so unendlich leid für sie.

»Was zur Hölle«, sagt Jasmine. »Was sind denn das für Leute? Du musst dich nicht entschuldigen, Malik. Du bist sicher nicht schuld. Und du bist mein Bruder. Egal, was du machst. Aber kannst du mir noch eine Frage beantworten?«

Jasmines Reaktion rührt mich. Ich weiß, dass sie es absolut ernst meint. Trotzdem kann ich das mulmige Gefühl nicht abschütteln.

»Was denn noch?«, frage ich und wage es das erste Mal, sie direkt anzusehen. Ihre dunklen, wachen Augen blicken mich fragend an. Besorgt. Aber gleichzeitig liebevoll.

»Was hat diese Nachricht zu bedeuten?« Jasmine schiebt mir ihr Handy hin.

Ich starre auf das Display, und die Worte verschwimmen vor meinen Augen. Ich muss mich am Tisch festhalten. Es ist eine Nachricht von Zelda an Jasmine. *Ich bleibe eine Weile bei meinen Eltern. Macht euch keine Sorgen um mich.*

»Hängt das mit gestern Abend zusammen?«, fragt Rhys.

Ich kann nicht antworten. Mit der Hand fahre ich mir übers Gesicht. Sie bleibt bei ihren Eltern. Um Himmels willen. Sie muss die Wogen glätten. Natürlich muss sie das. Es ist ihre Familie. Und egal, wie wenig sie sie normalerweise leiden kann, egal, was es für Menschen sind, sie muss kitten, was zu kitten ist. Was hat sie noch mal zu mir gesagt? *Du hast eine so tolle Familie. Und es ist die einzige, die du hast.* Und auch wenn ihre Familie nicht toll ist oder liebevoll. Es ist die richtige, die logische Entscheidung.

»Das bedeutet wohl …«, sage ich, und meine Stimme bricht. Ich schlucke. Räuspere mich. Atme einmal tief ein.

»Das bedeutet wohl, dass sie sich für ihre Familie entschieden hat.«

Ich nehme meine Sachen, stehe vom Tisch auf und verliere fast das Gleichgewicht. Der Türstock fängt mich auf. Langsam schiebe ich mich um die Ecke. Geldbeutel und Schlüssel lege ich auf die Kommode im Flur, das Handy fällt mir aus der Hand und bleibt auf dem Boden liegen. Ich bücke mich nicht danach, sondern versetze ihm einen Tritt, sodass es unter das Möbelstück rutscht. Mit der einen Hand stütze ich mich weiter an der Wand ab. Mit der anderen fahre ich mir immer wieder durch die Haare. Es ist, als hätte ich keine Kontrolle mehr über meine Gliedmaßen. Dass meine Beine mich zurück in mein Bett tragen, grenzt an ein Wunder.

Nachdem ich mich in mein Bett gelegt habe, schließe ich die Augen. Das Brennen dahinter hat aufgehört. Mein Kummer ist zu stark für eine körperliche Reaktion. Der kurze Hoffnungsschimmer, den Jasmines Reaktion in mir ausgelöst hat, ist tot. Jede Hoffnung ist erstickt. Ich spüre die eisige Kälte, die in meinen Körper dringt, mein Herz lähmt, meinen Verstand betäubt. Ich werde schwer. So schwer, dass ich das Gefühl habe, mich selbst zu erdrücken. Ich sinke, versinke. Um mich herum Dunkelheit und Kälte. Nichts, das mich auffängt, nichts, das die Enge um mich herum aufhält. Kein Licht am Ende des Tunnels. Ich habe alles verloren. Durch meine eigene Dummheit habe ich mich um alles gebracht.

Zelda

39 Die Tage vergehen. Ich erlebe sie in einer Mischung aus Traurigkeit, Sehnsucht und absoluter Langeweile. Zuerst habe ich mich noch ab und zu in der Küche blicken lassen wie früher. Alle waren nett zu mir, aber auch sehr distanziert. Bei meinem letzten Besuch legte Agnes mir nahe, nicht mehr zu kommen. Als ich wissen wollte, warum, druckste sie erst herum. Doch dann sagte sie: »Ihre Eltern sehen es nicht gern. Sie haben uns gedroht. Jeder, der Ihnen hilft, verliert seinen Job. Und Sie kennen uns. Sie wissen, was für uns alle auf dem Spiel steht.« Ich nickte und verließ die Küche in dem Gefühl, keine Freunde mehr auf der Welt zu haben. Mein Herz war ohnehin schon so schwer, wie es nur sein konnte.

Seither wandere ich jeden Tag durchs Haus und durch den Garten. Ich versuche, meinen Eltern aus dem Weg zu gehen. Zu den Mahlzeiten erwarten sie mich im Esszimmer. Meine Mutter versucht Konversation zu machen, mein Vater grunzt, und ich stochere lustlos in meinem Essen.

Ich fühle mich so einsam wie noch nie in meinem Leben. Ich bin eine Fremde in meinem Elternhaus, eine Gefangene ohne jede Möglichkeit, mit der Außenwelt Kontakt aufzunehmen. Meine Gedanken kreisen unaufhörlich um Malik. Wie geht es ihm? Was tut er? Denkt er an mich? Erinnert er sich an unseren Kuss? Diesen wunderschönen Kuss, der so bitter endete? Es wäre naiv zu behaupten, dass ich nichts bereue. Denn alles, was seither passiert ist, gleicht einem Albtraum. Aber wenn ich an Maliks Lippen auf meinen, an seine Hände auf meinen Schenkeln denke, beginnt mein Herz schneller zu schlagen. Die Erinnerung an Malik entfacht in mir einen Kampfeswillen. Ich bin entschlossen, es eines Tages hier heraus zu schaffen. Mir fehlt nur die Gelegenheit.

Da meine Mutter im Salon ist und einen Blick auf die Eingangshalle hat, bleibe ich im ersten Stock. Aber ich kann die Wände in meinem Zimmer nicht mehr sehen. Ich laufe den langen Korridor entlang, links und rechts dunkle, schwere Türen. Der Teppichboden dämpft meine Schritte, und ich bin dankbar für die Tarnung, die er mir verschafft. Vor der Tür zur Bibliothek bleibe ich stehen. Ich drehe den Knauf und trete ein. Der Geruch von alten Büchern, von Staub und Ledereinbänden, von vergilbten Seiten steigt mir in die Nase. Ich war ewig nicht hier. Beim Anblick der hohen Regale muss ich an Tamsin denken. Das hier wäre das Paradies für sie. Ich gehe die Regale ab und fahre lustlos mit meiner Hand an den Buchrücken entlang. Alte Werkausgaben irgendwelcher großer Autoren reihen sich aneinander. Ich kann mich nicht dazu aufraffen, irgendein Buch herauszuziehen, um darin zu lesen.

Auf der Stirnseite des Raums gibt es ein paar Regalbretter mit Büchern, die neuer aussehen. Ich gehe darauf zu, stelle aber schnell enttäuscht fest, dass es sich um juristische Fachbücher handelt. Ein Titel klingt langweiliger als der andere, und ich frage mich ernsthaft, wie irgendjemand seine Zeit mit so trockenen Themen verbringen kann.

Auf einmal erregt ein Buch meine Aufmerksamkeit.

Eine Theorie der Gerechtigkeit steht auf dem Buchrücken. Das klingt gar nicht nach meinen Eltern. Ich ziehe es heraus. Der Autor ist ein gewisser John Rawls. Ich weiß, dass Miranda seinen Namen in unserer Übung ein paarmal fallen ließ, aber ich erinnere mich nicht mehr an den Kontext. Ich blättere zum Inhaltsverzeichnis und lese gespannt. *Die Grundsätze der Gerechtigkeit*, steht da. Oder *Gleiche Freiheit für alle*. Einzelne Stichwörter springen mir sofort ins Auge: *Gleichheit, Toleranz, Selbstachtung, Autonomie, Freiheit, Glück*.

In meinem Kopf ergeben die Worte bereits ein großes Ganzes, ehe ich noch begonnen habe zu lesen. Ich werde ganz aufgeregt und habe auf einmal das Gefühl, einen Verbündeten gefunden zu haben.

Bevor mich jemand entdeckt und mich fragt, was ich hier tue, presse ich das Buch eng an meine Brust und schleiche mich zurück in mein Zimmer. Dort beginne ich zu lesen. Ob es nun der Ablenkung dient oder zu etwas Größerem, ist in diesem Moment egal.

Nicht alles, was Rawls schreibt, verstehe ich sofort. Vieles möchte ich gern googeln, um es besser einordnen zu können. Es ist mit Sicherheit keine leichte Lektüre. Viel trockener können juristische Bücher auch nicht sein, denke ich ab und zu. Und doch bleibe ich dabei. Ich komme nur langsam vorwärts, aber als ich das nächste Mal auf die Uhr blicke, sind schon drei Stunden vergangen. Drei Stunden, die ich mich mit Rawls Theorien zur Gerechtigkeit auseinandergesetzt habe. Wenn ich es richtig verstanden habe, sagt er, dass der Gerechtigkeitssinn ein elementarer Bestandteil der Menschlichkeit ist. Aber nur, wenn die Grundstruktur einer Gesellschaft gerecht ist, können die Mitglieder diesen Gerechtigkeitssinn erwerben. Es ergibt für mich alles Sinn, und ich wünschte, ich würde in so einer Gesellschaft leben. In einer gerechten Gesellschaft. Mein Kopf fühlt sich angenehm müde an. Irgendwie leicht. Und obwohl ich aufgewühlt bin, erfüllt mich doch zum ersten Mal seit Tagen eine angenehme Ruhe. Ich klappe das Buch zu und lege es unter mein Kopfkissen.

Elijah ist zum Abendessen da. Und obwohl ich wirklich kein Fan von meinen Brüdern bin, bin ich doch froh, dass so die Aufmerksamkeit von mir abgelenkt wird. Er macht nicht gerade viel Konversation, aber mein Vater hat ihn gern in seiner Nähe und ist heute Abend tatsächlich umgänglich. Außerdem gibt es einen Aperitif, und zum Essen kriege sogar ich einen Schluck Wein. Selbst Elijah trinkt ein paar Gläser, was eigentlich untypisch ist. Alles, um den Schein zu wahren. Obwohl jeder hier weiß, dass ich eigentlich eine Persona non grata bin und jedes Recht auf Luxus verwirkt habe, tut man für einen Abend so, als wären wir eine normale Familie. Erbärmlich, aber mir soll es recht sein.

Mein Bruder blickt mich kein einziges Mal direkt an. Ich habe wahrscheinlich auch ihn enttäuscht. Immerhin war er beinahe live dabei, wie ich die Familienehre mit Füßen getreten habe. Und das an *seinem* großen Tag. In Anwesenheit *seiner* Partner. Ich würde ihn gern fragen, ob er höflich zu Malik war, verkneife es mir aber.

Als wir fertig gegessen haben, überrascht Elijah mich doch noch. Allerdings ist es keine positive Überraschung.

»Ich glaube, ich habe zu viel getrunken, um heute noch nach Hause zu fahren. Ist es in Ordnung, wenn ich die Nacht über hierbleibe?«, fragt er.

»Aber natürlich, Schatz«, säuselt meine Mutter. »Ich

sage Agnes Bescheid, sie macht dir eins der Gästezimmer fertig. Irgendwelche Präferenzen?«

»Gerne das grüne Zimmer«, sagt er, und ich bin erleichtert, weil das bedeutet, dass Elijah und ich weit entfernt voneinander schlafen werden. Dass ich mit meinen Eltern Tür an Tür wohne, ist schlimm genug.

Während Elijah auf sein Zimmer wartet, sitzen wir im Salon. Die Atmosphäre ist steif. Ich würde mich am liebsten entschuldigen und auf mein Zimmer zurückziehen, doch jedes Mal, wenn ich Anstalten mache, etwas zu sagen, schüttelt meine Mutter den Kopf und sagt etwas wie »Ist es nicht schön, als Familie zusammen zu sein?«.

Als wir endlich ins Bett gehen können, ist es schon nach zwölf, und ich ärgere mich, weil ich viel zu müde bin, um noch komplizierte politische Theorien zu lesen.

Durch die Wand meines Zimmers höre ich meine Eltern leise miteinander sprechen. Nicht zum ersten Mal in meinem Leben frage ich mich, was die beiden wohl für Gesprächsthemen haben. Was für eine traurige Beziehung sie führen. Das brave Vorzeigefrauchen ohne nennenswerte Ambitionen und der strenge Ehemann, der das Geld ranschafft. Eine absolut ungerechte Ehe. Ob meine Mutter schon immer so war? Oder erst durch ihn so konventionell und kaltherzig wurde?

Die Gespräche verstummen, und nach ein paar Minuten ist es, als würde auch das Haus schlafen. Ich lösche das Licht, und meine Augen werden sofort schwer. Es ist kein Geräusch mehr zu hören, und ich bin schon dabei wegzudämmern, als plötzlich …

War das ein Klopfen? Ich muss es mir eingebildet haben. Doch da ist das Geräusch wieder. So leise, dass es eigentlich unhörbar ist. Was hat das zu bedeuten? Auf Zehenspitzen schleiche ich zu meiner Tür. Ich bin mir immer noch sicher, dass ich mir das alles nur eingebildet habe, dass ich langsam den Verstand verliere. Aber als ich den Türknauf drehe und die Tür aufziehe, steht dort Elijah.

Ich will ansetzen, etwas zu sagen, doch er legt mir einen Finger auf die Lippen und bedeutet mir, ihm zu folgen. Obwohl ich wirklich müde bin und eigentlich keine Lust habe, meinem Bruder Rede und Antwort zu stehen, schleiche ich hinter ihm her. Das grüne Zimmer, das seinen Namen der Dschungel-Tapete und den Stühlen verdankt, die mit grüner Seide bezogen sind, ist am anderen Ende des Westflügels, während sich mein Zimmer und das unserer Eltern im Ostflügel befinden. Erst, als er beinahe lautlos die Tür geschlossen hat, wage ich es auszuatmen.

»Elijah, was wird das?«, frage ich leise. Ich traue mich immer noch nicht, laut zu sprechen.

»Setz dich«, sagt er und zeigt aufs Bett.

Ich tue, wie mir geheißen. Einerseits, weil ich zu müde bin, um mich zu widersetzen, andererseits bin ich wirklich, wirklich neugierig, was mein großer Bruder von mir will.

»Ich werde dir jetzt etwas erzählen, Zelda. Dabei gehe ich ein Risiko ein. Wenn du mich kennen würdest, wüsstest du, dass ich nicht unbedingt der Typ für so etwas bin.«

Ich sehe ihn mit gerunzelter Stirn an. Was will er von mir?

»Es geht um etwas, das ich noch nie irgendjemandem erzählt habe – zumindest niemandem in *dieser* Welt.«

In dieser Welt? Was meint er? Gibt es für ihn noch eine andere Welt?

»Ich hoffe, ich schätze dich nicht falsch ein. Ich habe lange hin und her überlegt, ob es das wert ist und ob ich dir vertrauen kann. Aber ich bin zu dem Schluss gekommen, dass ich nicht mehr in den Spiegel schauen könnte, wenn ich einfach tatenlos zusehe, was hier passiert. Du musst mir allerdings versprechen, dass du es für dich behältst. Wenn du mein Vertrauen missbrauchst, gnade dir Gott. Im Gegenzug …« Er bricht ab.

»Warum erzählst du es mir überhaupt, wenn du mir offensichtlich nicht vertraust?«, frage ich leicht säuerlich. Ich verstehe nicht, warum ich hier mitten in der Nacht in seinem Schlafzimmer sitzen muss, um mir anzuhören, dass er mir nicht vertraut. Das ist so typisch!

»Ich erzähle es dir, damit du meine Motivation verstehst«, sagt er. Ich bin fasziniert davon, dass er immer noch kryptischer werden kann.

»Motivation wofür?«, frage ich.

»Ich werde dir helfen.«

Meine Augen fallen mir fast aus dem Kopf. »Was?«, flüstere ich. »Warum?«

»Meine *Motivation*, Zelda. Darüber spreche ich gerade. Hörst du mir jetzt zu oder nicht?«, fragt er und klingt, als würde er langsam die Geduld verlieren.

»Ja, ja, natürlich«, beeile ich mich zu sagen.

Er lässt sich auf einem der grün gepolsterten Stühle nieder und sieht mich aus zwei Meter Entfernung durchdringend an. Dann räuspert er sich.

»Ich bin schwul.«

Mir bleibt der Mund offen stehen.

»Ich bin schwul und führe seit einigen Jahren eine Beziehung. Er ist Architekt. Letzten Herbst sind wir zusammengezogen. Du kannst deinen Mund jetzt zuklappen.«

Wow. Was? Ich bin überwältigt, tue Elijah aber den Gefallen und schließe meinen Mund. Mein Bruder ist schwul.

Er hat eine Beziehung mit einem Mann. Und noch mal wow!

»Warte«, sage ich. »Seit einigen Jahren? Seit wie vielen Jahren?«

»Marcus und ich sind seit vier Jahren offiziell ein Paar«, sagt er.

»Krass«, gebe ich zurück, weil ich nicht weiß, was ich erwidern soll. Auf einmal ergibt alles Sinn. Elijahs Schweigsamkeit, seine Verschlossenheit. Die Tatsache, dass er nie eine Freundin mit nach Hause brachte. Die Sticheleien meiner Brüder deswegen, die stummen Vorwürfe meiner Eltern. Kein Wunder, dass er beinahe verstummt ist!

»Krass? Findest du?«, fragt er und lächelt leicht. Ich kann mich nicht erinnern, jemals eine Emotion in seinem Gesicht gesehen zu haben, die so ehrlich aussah.

»Nein, entschuldige. Es ist natürlich nicht krass. Es ist nur …« Ich bin verwirrt. »Es ist krass, dass du es mir erzählst. Oder vielleicht ist es krass, dass du es *nur* mir erzählst. Ich denke noch nach.« Ich erwidere sein Lächeln.

»Egal, zu welchem Schluss du kommst, du weißt jetzt jedenfalls Bescheid.«

Ich nicke, und einen Moment lang sagt keiner von uns ein Wort. Mich erfüllt ein seltsam warmes Gefühl. Die Tatsache, dass sich mein ältester Bruder mir anvertraut hat. *Mir!* Nicht Sebastian oder Zachary. Es ist schwer zu glauben.

»Ich weiß, wir hatten nie eine wirkliche Beziehung, du und ich«, nimmt er das Gespräch wieder auf. »Das ist vor allem meine Schuld. Ich habe mich in dieser Familie nie sonderlich … wie soll ich sagen … wohlgefühlt. Und ich weiß, dass es dir auch so ging. Geht. Wie auch immer. Es tut mir leid, dass ich nicht eher gesehen habe, dass ich dir helfen muss.«

Er sieht mich aus seinen blauen Augen an, die meinen so ähnlich sind. Es ist das erste Mal, dass mir das auffällt.

»Wenn du diesen Malik liebst. Wenn du mit ihm zusammen sein willst. Wenn du bereit bist, all das hier hinter dir zu lassen – denn das wirst du müssen –, dann helfe ich dir dabei.«

»O Gott, Elijah«, sage ich und merke, wie mir Tränen in die Augen treten. »Ich weiß nicht, was ich sagen soll.«

Es ist für mich sonnenklar, dass Malik alles ist, was ich will. Ich bin bereit, alles andere aufzugeben. Mein Studium, das mir ohnehin noch nichts gebracht hat, meine Familie. Außerdem … habe ich jetzt vielleicht … Ich bin unsicher, ob ich den Gedanken wirklich zulassen kann. Ob das eine Möglichkeit ist. Habe ich womöglich Elijah? Er steht auf und setzt sich neben mich aufs Bett. Dann legt er mir seinen Arm um die Schulter. Es ist ungewohnt und vollkommen überwältigend.

»Ja. Ja, ich will das alles«, sage ich mit so viel Überzeugung wie möglich angesichts der Tatsache, dass ich gerade von sehr fremden Gefühlen übermannt werde. Zum ersten Mal in meinem Leben habe ich einen Bruder. Einen richtigen Bruder. Der Gedanke ist verwirrend und aufwühlend. Und noch wage ich es nicht so recht, der Sache – Elijah und mir – wirklich zu trauen. Aber doch, er ist hier. Und er bietet mir seine Hilfe an.

»Alles klar. Ich dachte mir, dass du das sagen würdest.« In Elijahs Stimme schwingt ein Lächeln mit. Und Stolz. Ich bin mir sicher, ich höre Stolz. Den Stolz eines großen Bruders auf seine kleine Schwester.

»Hier ist ein Handy. Und deine SIM-Karte. Um keinen Verdacht zu erregen, habe ich dein Smartphone im Safe gelassen.«

»Elijah!«, sage ich voller Bewunderung. »Du bist genial!«

»Wart's ab«, erwidert er. »Ich kann dir nichts versprechen. Das meiste muss von dir kommen. Und dein Start wird mit Sicherheit schwieriger als meiner.«

Ich kann nicht anders, ich schlinge meine Arme um ihn und drücke meinen Bruder fest an mich. Oder mich an ihn, wenn man die Größenverhältnisse berücksichtigt.

»Danke, danke, danke«, sage ich, und sein Hemd wird ein bisschen feucht, weil ich meine Tränen kaum zurückhalten kann. Auf einmal dämmert mir etwas. »Hast du absichtlich zu viel getrunken, um nicht mehr fahren zu können?«, frage ich.

Elijah grinst. »Könnte sein«, sagt er. »Es tut mir ehrlich leid, dass es so spät kommt.« Er streicht mir über den Rücken.

»Nein, das muss es nicht. Wirklich nicht.« Ich lasse ihn los und wische mir die Tränen aus dem Gesicht. Dann sehe ich ihn an. »Das hier ist die beste Entschädigung, die ich mir vorstellen kann. Ich habe einen echten Bruder!«

»Und ich eine Schwester«, sagt Elijah und gluckst. Dann schaltet er aus dem Gefühlsmodus um und wird wieder ganz der organisierte Jurist.

»Ich habe mit der Personalabteilung des *Fairmont* gesprochen. Dort sagte man mir, dass Malik eine Ausbildung zum Koch machen wollte.«

Ich nicke.

»Ein Bekannter von mir hat ein ziemlich gutes Restaurant in Pearley. Er ist immer auf der Suche nach guten Mitarbeitern. Es wäre zwar keine Ausbildung, aber vielleicht ein Anfang, um wieder einen Fuß in die Tür zu kriegen. Er ist bereit, Malik eine Chance zu geben.«

»Ernsthaft?«, frage ich.

»Ernsthaft.«

»Du musst dir überlegen, was du willst, Zelda. Du wirst von unseren Eltern keinen müden Penny mehr sehen, wenn du gehst.«

»Das weiß ich«, sage ich. »Mir ist es ganz egal. Ich mache alles.«

»Das sagst du jetzt, aber in ein paar Jahren wirst du dich fragen, ob du im Leben irgendwann mal eine falsche Entscheidung getroffen hast. Es ist mir unangenehm, dass ich das jetzt fragen muss, weil ich es eigentlich wissen sollte. Aber gibt es etwas, worin du wirklich gut bist? Etwas, das du liebst?«

Das ist mein wunder Punkt. Denn genau das frage ich mich schließlich, seit ich nach Pearley gezogen bin. Ich zögere, ehe ich antworte. »Ich bin noch auf der Suche«, gestehe ich.

»Okay. Das ist nicht die Antwort, auf die ich gehofft hatte. Denk nach, Zelda. Für was interessierst du dich? Was erfüllt dich mit einem guten Gefühl? Die Antwort muss nicht Jura oder Medizin sein. Es muss gar kein Berufszweig sein. Vielleicht gibt es etwas, das du noch nie in Erwägung gezogen hast, weil es dir zu banal schien.«

»Ich mag es, mich mit arroganten Typen zu streiten«, sage ich und werde ein bisschen rot. Was für ein Blödsinn. »Und Nagellack. Aber das ist albern.«

»Nein, das ist nicht albern«, korrigiert mich Elijah. »Es gibt Nagelstudios. Beautysalons.«

»Aber ob ich das will?«, frage ich unsicher. »Ich glaube, mir würde etwas fehlen.«

»Das Streiten?«, fragt Elijah und kichert. »Das kann ich verstehen. Deswegen bin ich Anwalt.«

»Kann ich dich etwas fragen?« Es ist ein unsanfter The-
menwechsel, aber ich bin neugierig.

»Nachdem ich dir mein größtes Geheimnis anvertraut
habe, alles.«

»Ich habe in der Bibliothek ein Buch von John Rawls
gefunden. *Eine Theorie der Gerechtigkeit.* Weißt du, wie das
dorthin kommt?«

Elijah lacht. »Das ist meins«, sagt er. »Ich habe neben
Jura auch ein paar Semester lang Vorlesungen in Politikwissenschaft besucht.«

»Das wusste ich gar nicht.« Ich frage mich, wie viel ich
wohl noch nicht über meinen Bruder weiß. »Meinst du,
ich kann es mir ausleihen?«

»Ich schenke es dir.«

 *Malik*

40 Amy ist da. Ich erkenne ihre Stimme. Sie und Rhys sitzen in der Küche, um ein letztes Mal die Strategie für den Gerichtstermin, der morgen stattfindet, zu besprechen. Ich weiß, dass es dabei ums Ganze geht. Um die Zukunft eines Mädchens und um das Glück meines besten Freundes. Mein Verstand ist durchaus in der Lage, die Wichtigkeit des morgigen Tages zu begreifen. Aber ich spüre es nicht. Ich kann es nicht. Wahrscheinlich macht mich das zum miesesten Freund auf der ganzen Welt, aber auch das verstehe ich nur rational.

Ich habe es mit Tauschgedanken versucht. Ich habe es mit Abstumpfen versucht. Aber nichts gelingt. Andere Mechanismen kenne ich nicht. Das Gewicht auf mir, der Nebel in mir und um mich herum, die Schraubzwingen, die mir die Luft zum Atmen nehmen – es lässt sich nicht mehr abschütteln.

Auch Jasmines Besuche helfen nichts. Sie versucht zu kommen, wann immer sie kann. Sie setzt sich an mein Bett, umfasst meine Hand. Sie erzählt mir Geschichten aus der Schule und von zu Hause. Ich höre zu, aber nichts dringt zu mir durch. Nur als sie fragte, ob sie Ma und Pop Bescheid geben soll, wurde ich plötzlich lebendig. Die Antwort war ein klares Nein. Sie sollen nichts von meinem Versagen mitbekommen. Noch nicht. Eines Tages werde ich es nicht mehr verstecken können, aber ich brauche mehr Zeit. Mehr Zeit, um alles zu verdauen. Was auch immer das bedeutet. Es kommt mir gelegen, dass sich unser Kontakt nach dem verpatzten Mittagessen, das im Nachhinein betrachtet der Anfang vom Ende war, auf ein Minimum beschränkt hat.

Ich will Jasmine sagen, dass auch sie nicht mehr kommen soll. Es ist unerträglich, auch noch eine Bürde für meine kleine Schwester zu sein, nach all dem Mist, den sie mit mir durchmachen musste. Aber ich habe nicht die Kraft, sie zu überzeugen. Sie ist zu stur.

Als jemand an meine Zimmertür klopft, rühre ich mich nicht. Ich weiß, dass die Person nicht weggehen wird. Das tun sie nie. Sowohl Rhys als auch Jasmine klopfen höflich, aber das Ausbleiben einer Einladung hindert sie nicht daran, einfach reinzukommen. Und auch jetzt wird meine Tür vorsichtig aufgeschoben. Ich drehe mich zur Wand, wie ich es immer tue. Ich will niemanden sehen. Und ich will vor allem nicht das elende Mitleid in der Stimme meines Besuchers hören.

»Hi, Malik!« Es ist Amy. »Wie geht's?« Nach einer kurzen Pause schiebt sie hinterher: »Das war eine dumme Frage. Entschuldige. Ich bin echt gut darin, blöde Fragen zu stellen. Aber weißt du, Fragen sind wichtig. Auch wenn man keine Antworten erhält, findet man viel heraus.«

Sie klingt nicht, als hätte sie Mitleid mit mir. Eher, als wäre sie müde. Kein Wunder. Sie hat sicher Besseres zu tun. Stattdessen vergeudet sie ihre Zeit mit mir.

»Tut mir leid, dass ich nicht eher gekommen bin. Aber mit dem Gerichtstermin morgen … Rhys hat dir sicher davon erzählt. Ich habe es einfach nicht geschafft.«

Und das war auch gut so, denke ich.

»Ich habe mit Mr Brentford gesprochen«, sagt sie. »Ich

habe ihm beschrieben, was Rhys mir über deinen Zustand erzählt hat. Ich hätte mir gern selbst ein Bild gemacht, aber wie gesagt, ich habe es in den letzten Tagen nicht einmal zum Supermarkt geschafft.«

Wenn sie jetzt mit Mr Brentfords Tauschgedanken kommt, lache ich. Wobei ich bei nochmaligem Nachdenken schnell zu dem Schluss komme, dass ich das sicher nicht tun werde. Lachen. Dazu bin ich nicht in der Lage.

»Aus deiner Akte geht hervor, dass du während deines zweiten Gefängnisaufenthalts depressive Phasen durchgemacht hast«, fährt sie fort. »Laut Mr Brentford war es für dich wichtig, eine Beschäftigung zu haben. Er sagt, die Küchendienste haben geholfen.« Sie macht eine kurze Pause. »Ich bin keine ausgebildete Psychologin. Aber selbst ich kann sehen, dass dein Zustand nicht besser wird, solange du allein in deinem Zimmer liegst.«

Sie legt mir eine Hand auf die Schulter. Es ist rührend, wie sie sich um mich kümmert, und ich frage mich, warum niemand sieht, dass ich ein hoffnungsloser Fall bin. Dass ich immer wieder Mist bauen werde.

»Ich kann dir nicht versprechen, dass ich für dich wieder einen Ausbildungsplatz in irgendeiner Küche finden werde.«

Natürlich kann sie das nicht. Die Chance zu kochen habe ich verspielt. Ein für alle Mal.

»Aber ich will, dass du weißt, dass du nicht allein bist. Ich bin nach wie vor für dich da. Wenn der Gerichtstermin vorbei ist, konzentriere ich mich wieder auf dich.«

Als hätte das einen Sinn. Sie drückt meine Schulter und steht auf.

»Ich gebe dich nicht auf, okay?«

Dieser Satz löst etwas in mir aus, und ich beginne mich

mühsam umzudrehen, um Amy anzusehen. Wie sie da steht in meinem kahlen Zimmer, sieht sie so jung aus. Es ist verblüffend, mit welcher Energie sie sich um andere kümmert.

»Danke, Amy«, sage ich mit rauer Stimme. Seit Tagen habe ich sie nicht mehr benutzt. »Aber vielleicht verschwendest du deine Zeit.«

»Das denke ich nicht«, sagt sie bestimmt. »Ich denke, dass du ein ganz wunderbarer Mensch bist, der einfach mal gezeigt bekommen muss, was andere in ihm sehen.« Dann geht sie.

Was andere in mir sehen ... Dass ich nicht lache. Clément hat in mir eine lästige Schmeißfliege gesehen. Zeldas Eltern haben in mir Abschaum gesehen. Zelda hat sich für ihre Familie entschieden. Ich weiß nicht, was Amy mir zeigen will, aber mir scheint es, als wüsste sie nicht im Ansatz, wer ich eigentlich bin. Außerdem weiß sie ebenso gut wie ich, dass mir die Zeit davonläuft. Ich habe keine Ersparnisse, was bedeutet, dass ich ohne Gehalt am Monatsende meine Miete nicht werde bezahlen können. Und bevor ich meinen Eltern zur Last falle, bin ich lieber obdachlos.

Kämpf, Malik, sagt eine sehr leise Stimme irgendwo in meinem Hinterkopf. Aber sie ist schwach. Und sie sagt mir nicht, *wie.* Wenn es ein Rezept gäbe, wäre ich der Letzte, der es nicht ausprobiert. Aufstehen war schon immer meine größte Stärke. Aber es gibt wohl einen Moment, in dem das Gleichgewicht zwischen eigener Kraft und Scheiße, die die Welt nach einem wirft, so aus der Balance ist, dass man nicht mehr dagegen ankommt.

Zelda

41 Ich kann nicht schlafen, so aufgeregt bin ich. Morgen ist der große Tag. Morgen werde ich von hier abhauen. Mit Elijahs Hilfe. Meine Eltern sind bei der Eröffnung eines Restaurants und haben ihn gebeten, ein Auge auf mich zu haben. Was passieren wird, wenn sie erfahren, dass ich unter seiner Aufsicht abgehauen bin, will ich mir lieber gar nicht vorstellen. Aber Elijah weiß, worauf er sich einlässt. Außerdem ist er ein fantastischer Anwalt. Er kann sich mit Sicherheit aus jeder noch so brenzligen Situation herausdiskutieren.

Seit ich mein Handy wiederhabe, bin ich mit Jasmine in Kontakt. Sie ist meine einzige Verbindung zu Malik, da ich ihn nicht erreiche. Jasmine hat geschrieben, dass niemand an ihn herankommt. Anscheinend geht es ihm ziemlich mies. Deswegen habe ich sie gebeten, ihm nichts davon zu erzählen, dass ich versuche, auszubrechen. Ich will nicht, dass er sich Hoffnungen macht und am Ende doch etwas schiefläuft. Ich kann ihn nicht enttäuschen.

Elijah hat mir per Mail geholfen, Kalkulationen aufzustellen. Wir haben uns überlegt, wie viel ich realistischerweise mit Nebenjobs verdienen kann, und alle laufenden Kosten aufgelistet. Einiges davon werde ich mir nicht mehr leisten können. Ein Auto beispielsweise. Meine Eltern haben den Leasing-Vertrag für meinen Mini ohnehin sofort gekündigt. Aber Pearley funktioniert ohne Auto. Tamsin schafft es schließlich auch. Der größte Posten sind die Studiengebühren. Wie ich die finanzieren soll, ist mir wirklich ein großes Rätsel. Wahrscheinlich muss ich das Studium erst einmal auf Eis legen. Wenn ich ehrlich bin, habe ich dort in den letzten Monaten ohnehin eher meine Zeit verschwendet. Es könnte mir guttun, mich zunächst darauf zu fokussieren, was mir im Moment wichtig ist: meine Unabhängigkeit und Malik.

Beim Frühstück am nächsten Morgen ist die Stimmung seltsam angespannt. Vielleicht kommt es mir auch nur so vor, weil ich weiß, was heute passieren wird. Ich kann es kaum erwarten, dass meine Eltern endlich das Haus verlassen. Bis zur letzten Sekunde befürchte ich, dass sie es sich anders überlegen. Doch als Elijah eintrifft, machen sie sich tatsächlich zum Aufbruch fertig. Mein Bruder würdigt mich keines Blickes, um unsere Eltern nicht misstrauisch zu machen.

»Du bist ja heute mal wieder die Ausgeburt der Ausgelassenheit«, sage ich und versuche, so normal wie möglich zu klingen. »Das wird ein Spaß mit so einem Babysitter.«

Elijah seufzt und verdreht die Augen.

»Danke, dass du uns den Rücken freihältst, mein Schatz«, sagt meine Mutter und haucht Elijah einen Kuss auf die Wange. »Wir wissen, dass du eigentlich Wichtigeres zu tun hast.«

»Kein Problem, Mom«, sagt er. »Ich habe mir Arbeit mitgebracht. Ich hoffe, sie muss nicht unterhalten werden.«

Das wird also sein Alibi. So wird er erklären, warum er nicht mitbekommen hat, dass ich mich aus dem Staub gemacht habe. Wichtige Arbeit. Ich bin wieder einmal voller Bewunderung für seine Voraussicht.

»Keine Sorge, es wäre unterhaltsamer, die Wand in meinem Zimmer anzustarren, als den Tag mit dir zu verbringen. Und das schaffe ich gerade so allein.«

Mit diesen Worten drehe ich mich um und gehe die Treppe hoch, weil ich mir ein Grinsen kaum noch verkneifen kann.

Ein paar Minuten später klopft Elijah an meine Tür.

»Na? Hast du alles?«, fragt er.

Ich hebe mein Handy und das Buch von John Rawls hoch. »Mehr brauche ich nicht. Ich kehre schließlich nach Hause zurück.« Beim Gedanken an mein Zuhause wird mir ganz warm.

»Wir geben ihnen eine halbe Stunde Vorsprung. Ich denke, dann können wir uns sicher sein, dass sie nicht plötzlich zurückkommen, weil sie etwas vergessen haben.«

Wir setzen uns gemeinsam ins Esszimmer und trinken noch einen Kaffee. Elijah hat nicht gelogen. Er hat tatsächlich Arbeit dabei und liest konzentriert in irgendwelchen Unterlagen.

»Was ist das?«, frage ich.

»Verträge«, sagt er.

»Ist es interessant?« Ich bin so aufgekratzt, dass ich nicht aufhören kann zu sprechen, obwohl ich weiß, dass ich meinen Bruder störe.

»Es geht.«

»Woher wusstest du, dass du Anwalt werden willst?«, frage ich.

»Ich wusste es nicht. Ich habe es gehofft.« Er sieht nicht einmal auf.

»Aber dann bist du es geworden, und jetzt gefällt es dir?«

»So ungefähr.«

»Und Sebastian?«, frage ich. »Wie war es bei ihm?«

»Keine Ahnung.« Er blickt von seinen Papieren auf. »Um ehrlich zu sein, ich habe weder zu Sebastian noch zu Zachary ein wirklich enges Verhältnis. Ich weiß kaum etwas über sie.«

»Vielleicht sind sie nett«, überlege ich laut. »Bis vor Kurzem dachte ich schließlich auch, dass du ein Ekelpaket bist. Könnte ja sein, dass ich mich bei Sebastian und Zachary auch geirrt habe.«

»Vielleicht«, sagt Elijah. »Obwohl ich nicht darauf wetten würde.« Er zwinkert mir zu, und mich überkommt ein seltsames Gefühl von Solidarität und Verbundenheit. Das ist alles so neu für mich, dass ich mich noch nicht daran gewöhnt habe, in meiner Familie nicht mehr allein zu sein.

»Weißt du, was witzig ist?«, frage ich, und Elijah legt die Papiere mit einem Seufzen zurück in seine Aktentasche.

»Was?«

»Wenn wir heute Erfolg haben, bist du meine Familie. Aber das war's dann auch.«

»Eine ganz schön große Verantwortung«, sagt Elijah und grinst. »Aber eine Verantwortung, die ich gern wahrnehme.«

»Meinst du, du wirst ihnen irgendwann davon erzählen?«, frage ich.

»Dass ich dir geholfen habe?«

»Nein, von dir und Marcus.«

»Mit Sicherheit. Er liegt mir schon seit einiger Zeit damit in den Ohren, dass er meine Familie kennenlernen will.«

»Ich könnte ihn kennenlernen!«, biete ich begeistert an. »Und alles andere gehst du an, wenn du bereit bist.«

Elijah lächelt. »Du solltest ihn sogar unbedingt kennenlernen.«

Nach einer gefühlten Ewigkeit erhebt er sich.

»So, ich denke, es ist an der Zeit. Und bevor ich es vergesse ...« Er reicht mir die Karte eines Restaurants. »Malik soll sich hier melden. Wenn er sagt, dass ich ihn empfohlen habe, wissen die Bescheid.«

Wir umarmen uns fest.

»Tausend Dank«, sage ich an Elijahs Brust.

»Gern geschehen. Und jetzt ab mit dir! Wir haben kein sehr großes Zeitfenster.«

Er hat recht. Gerade ist von den Angestellten nur Agnes im Haus. Aber in einer halben Stunde kommt der Gärtner. Die Köchin hat den Tag über frei bekommen, und das Pförtnerhaus ist unbesetzt, wenn meine Eltern keinen Besuch erwarten.

Elijah nimmt seine Aktentasche und zieht sich ins Arbeitszimmer zurück. Dann ruft er nach Agnes. Er wird sie so lange ablenken, bis ich mich aus dem Haus geschlichen habe, sodass meine Eltern ihr später nichts vorwerfen können.

Als die schwere Holztür mit einem Klicken hinter mir ins Schloss fällt, atme ich erleichtert aus. Dann springe ich die Stufen hinunter. Ich bin barfuß, weil ich meine Chucks nicht finden konnte. Meine Eltern haben sie vermutlich verbrannt. Aber die Sonne hat die Auffahrt angenehm gewärmt.

Hinter der ersten Kurve wartet das Auto, das mich nach Pearley bringen soll. Elijah hat mir ein Uber organisiert. Doch als ich mich dem schwarzen Subaru nähere, kommt er mir seltsam bekannt vor. Ich beschleunige meine Schritte. Auf einmal geht die Autotür auf, und Miloš steigt aus.

»Ms Zelda!«, sagt er und grinst.

»Miloš«, rufe ich und renne auf ihn zu. In letzter Sekunde bremse ich doch noch ab, weil ich mir nicht sicher bin, wie schicklich es ist, in Miloš' Arme zu springen.

»Was machen Sie denn hier?«, frage ich perplex.

»Ihr Bruder hat mich gebeten, Sie nach Hause zu bringen.«

»Aber Sie werden Ärger mit meinen Eltern bekommen«, sage ich voller Sorge. »Und was ist mit Ihrer Frau? Sollten Sie nicht bei ihr und dem Baby sein?«

»Keine Angst, Ms Zelda. Zwei Stunden kommen die auch mal ohne mich klar. Außerdem habe ich noch eine Woche Urlaub, und das ist mein privater Wagen. Ihre Eltern werden es also gar nicht mitkriegen.«

Ich bin nicht vollkommen überzeugt. Andererseits würde Elijah sicher kein zu großes Risiko eingehen.

»Und Sie wissen doch«, sagt er und zwinkert mir zu, »Top-Secret-Missionen sind meine Spezialität.«

Er hält mir die Autotür auf, und ich klettere auf den Rücksitz. Dann macht er unsere Playlist an, die mit *Take on me* beginnt.

Abwechselnd unterhalten wir uns und singen irgendeinen trashigen Hit mit. Miloš zeigt mir Bilder seiner kleinen Tochter Layla, und ich bin hin und weg, obwohl ich mir eigentlich nicht viel aus Säuglingen mache.

Ich bin völlig überdreht. Habe das Gefühl, dass die Farben der Natur noch nie so kräftig waren wie am heutigen Tag. Die Tatsache, dass ich in ein völlig neues Leben aufbreche, erfüllt mich mit Stolz und Vorfreude. Alles ist möglich.

»Wo soll ich Sie rauslassen?«, fragt Miloš, als wir Pearley erreichen.

»An meiner Wohnung«, sage ich. Als Erstes muss ich mir etwas Normales anziehen und Schuhe finden. Bevor ich Malik gegenübertrete, will ich erst wieder ich selbst sein.

Doch ein paar Kreuzungen weiter kommt mir eine Idee. »Oder könnten Sie mich gleich hier rauslassen?«, frage ich.

Miloš blickt mich fragend an. Aber als er mein grinsendes Gesicht sieht, nickt er. »Selbstverständlich.«

Er fährt rechts ran, und ich steige aus. Miloš kommt zu spät, um mir die Tür zu öffnen.

»Ernsthaft, Miloš, Sie müssen damit aufhören«, sage ich lächelnd. »Es war noch nie nötig, dass Sie mir die Autotüren aufhalten. Aber seit heute gehöre ich nicht einmal mehr zu den feinen Herrschaften.«

Miloš legt mir seine Hände auf die Schultern und betrachtet mich. Dann sagt er: »Wissen Sie, Zelda, für mich werden Sie immer zu den feinsten Menschen gehören. Egal ob herrschaftlich oder nicht.« Dann zieht er mich an sich und drückt mich.

Elijah hat mir ein bisschen Geld gegeben, damit ich die ersten paar Wochen über die Runden komme. Es ist nicht viel, und ich werde sehr sparsam damit umgehen müssen. Aber nie waren vierzig Dollar so gut investiert wie in meine neue Haarfarbe: Blau wie der Himmel über Pearley.

Als ich nun mit kohlschwarzen Fußsohlen in meiner WG ankomme, werde ich von Jubelstürmen begrüßt. Sowohl Leon als auch Arush sind zu Hause, und es wäre die Untertreibung des Jahrhunderts zu sagen, sie freuen sich, mich zu sehen.

Während ich mir im Bad am Waschbecken meine Füße wasche, muss ich ihnen alles erzählen. Sie setzen sich nebeneinander auf den Rand der Badewanne und lauschen gebannt meiner Geschichte. Ich lasse nichts aus, beginne bei meinem Doppelleben, das in meinem Umstyling und der Party gipfelte. Als ich bei Maliks und meinem Kuss ankomme, machen beide ganz große Augen, und bei meiner relativ authentischen Beschreibung der Reaktion meiner Mutter schlägt Arush sich die Hand vor den Mund. Ich erzähle vom Frühstück am nächsten Morgen und von der Nachricht, die meine Mutter verschickt hat.

»Deine Mutter war das!«, sagt Leon überrascht. »Verblüffend! Wir dachten, du wärst völlig durchgedreht.«

Ich öffne den Badezimmerschrank, in dem ich meinen Nagellack aufbewahre, und suche mir zehn verschiedene Farben aus. Jeder Nagel bekommt heute seine eigene Farbe. Ich habe so lange hautfarbene Nägel gehabt, dass ich mich unmöglich für eine Farbe entscheiden kann. Während ich lackiere, berichte ich von Elijah und meiner Flucht.

»Und was hast du jetzt vor?«, fragt Arush, als ich geendet habe.

»Mein Leben leben«, sage ich.

Zum ersten Mal bin ich in Pearley mit dem Bus unterwegs. Und nicht nur mit einem. Ich muss zweimal umsteigen. Aber es macht mich ungeheuer zufrieden, als ich merke, dass alles einwandfrei funktioniert. Im letzten Bus trommle ich ungeduldig mit den Fingern auf der Lehne des Sitzes vor mir. Mit jeder Haltestelle, die wir anfahren, komme ich Malik näher. Mein Herz pocht schnell in meiner Brust, und meine Lippen sind zu einem dämlichen Grinsen verzogen, gegen das ich nichts unternehmen kann. Es ist, als würde die Schwerkraft für meine Mundwinkel nicht mehr gelten. Der Bus fährt immer weiter nach Süden.

Eine alte Dame lächelt mich an. »Sie sind aber gut gelaunt, Kindchen«, sagt sie.

Ich nicke. »Heute ist ein toller Tag.«

»Da haben Sie recht«, sagt die alte Frau und schiebt sich ein Bonbon aus ihrer riesigen Handtasche in den Mund.

Bei der nächsten Haltestelle öffnen sich die Türen des Busses erneut mit einem Quietschen, und es ist, als würde der Bus seufzen. Ich springe von meinem Sitz und nach draußen in die Sonne, die meine Nase kitzelt.

Ich würde am liebsten die fünfhundert Meter zu Maliks Wohnung rennen, aber ich will nicht außer Atem sein, wenn wir uns wiedersehen. Oder verschwitzt.

Als ich endlich an seinem Haus angekommen bin und mich zum wiederholten Mal frage, wie es wohl ist, wenn man längere Beine hat und nicht so elend langsam ist, springe ich die Treppen zur Haustür hinauf. Mir ist nach Tanzen zumute, so sehr liebe ich die Welt gerade.

Ich betätige die Klingel. Nach einer Weile, in der nichts passiert, drücke ich noch mal. Diesmal etwas länger. Doch wieder öffnet niemand. Verdammt! Ist er etwa nicht zu Hause? Ich drücke noch einmal energisch und ausdauernd auf den kleinen schwarzen Knopf. Aber ich habe kein Glück. Das kommt mir falsch vor. Nach allem, was heute schon passiert ist, kann unser Wiedersehen doch nicht an einer so banalen Tatsache scheitern! Mit dem Zeigefinger drücke ich noch mal auf die Klingel. Und noch mal und noch mal. Und noch mal. Und dann einmal sehr lange. Als würde ich es nicht wahrhaben wollen. Als könnte die Klingel durch ihre Lautstärke Malik dazu bewegen, zu Hause zu sein.

 *Malik*

42 Was zur Hölle soll das? Warum hört das verdammte Klingeln nicht auf? Ich presse mir die Hände auf die Ohren, aber das schrille Kreischen lässt nicht nach. Hat Rhys seinen Schlüssel vergessen? Er sollte doch längst im Gerichtssaal sein.

Ich schäle mich mühsam aus dem Bett und wickle mir meine Wolldecke um die Schultern. Dann schlurfe ich in den Flur und betätige den Türöffner. Ich mache die Tür einen Spaltbreit auf und bleibe dahinter stehen, nur für den Fall, dass es nicht Rhys ist. Schnelle Schritte kommen die Treppe hoch. Es klingt nicht nach Rhys, und ich ärgere mich schon, dass ich überhaupt aufgestanden bin.

Doch dann erblicke ich eine kleine Gestalt am Fuß der Treppe, und mir stockt der Atem. Bin ich schon so kaputt, dass ich mir jetzt auch noch Dinge einbilde? Sie blickt nach oben, und ich sehe sie an. Dann geht sie zögerlich ein paar Stufen nach oben. Die Augen fest auf mich gerichtet. Ich öffne die Tür ein paar weitere Zentimeter, um besser sehen zu können. Das kann nicht sein. Zelda ist bei ihren Eltern, wo sie hingehört. Ich werde langsam verrückt.

»Hi«, sagt sie auf einmal, und ich muss schlucken. Es ist ihre Stimme.

Sie kommt die letzten Stufen nach oben und bleibt dann stehen. Ich schüttle den Kopf. Mein Mund steht vor Verblüffung offen. Es ist nicht zu glauben.

»Hi«, sagt sie noch mal und kommt ein Stückchen näher, sodass mich nun nur noch ein Meter von ihr trennt.

»W-Was machst du hier?«, frage ich mit rauer Stimme. Ich benutze sie so gut wie gar nicht mehr. Aber ich muss herausfinden, ob das hier echt ist. Ich räuspere mich.

Sie runzelt die Stirn. »Wie meinst du das?«, fragt sie. »Ich bin deinetwegen hier.«

Meinetwegen. »Ja, aber ...«, beginne ich und klinge immer noch heiser. Ich verstehe nicht.

»Bist du krank?«, fragt sie.

Ich schüttle den Kopf und öffne den Mund, um etwas zu sagen. Doch es kommt kein Laut heraus. Ich starre sie einfach nur ungläubig an. Ist sie wirklich hier? Meinetwegen? Mein Herz beginnt spürbar zu pochen. Sie verzieht den Mund zu einem Lächeln, sodass sich hauchzart und kaum sichtbar das Grübchen auf ihrer Wange zeigt. Dennoch sieht sie besorgt aus.

»Ich dachte ...«, stammle ich, wage aber nicht so recht auszusprechen, was ich sagen will. Was, wenn das hier nur ein Traum ist? »Warum bist du nicht bei deiner Familie?« Ich klinge jetzt fester, aber auch kälter. Ich traue der Sache nicht.

»Weil ich mich davongestohlen habe.« In ihrer Stimme schwingt Stolz mit, aber auch leichte Unsicherheit.

»Davongestohlen«, wiederhole ich. Ich begreife nicht, was das bedeuten soll. Deswegen sage ich noch einmal, diesmal fragend: »Davongestohlen?«

»Hast du geglaubt, ich lasse mich für immer von ihnen einsperren?«

»Einsperren.« Wieder spreche ich ihr nach, wie ein verblödeter Papagei. Was meint sie damit?

»Ich bin abgehauen. Um dich zu sehen. Weil ich mit

dir zusammen sein will. Meine Eltern können mich mal«, sagt sie.

Ich bin wie vom Donner gerührt. In meinem geistig umnebelten Zustand kann ich das alles nicht sofort verarbeiten, aber was ich bislang aus unserem seltsamen Gespräch mitgenommen habe, ist, dass sie meinetwegen hier ist und mit mir zusammen sein will. Mit mir. Zusammen. In meiner Brust löst sich etwas. Es ist, als könnte ich wieder atmen. Nur flach, aber es ist ein spürbares Atmen.

»Ach, und mein Bruder hat dir einen Job in einem Restaurant besorgt.« Sie kramt in ihrer Tasche und reicht mir dann eine Visitenkarte. »Du sollst dich dort melden. Die suchen jemanden für die Küche.«

Ich nehme ihr die Visitenkarte aus der Hand, sehe sie aber nicht an. Mein Blick ist auf Zelda gerichtet.

»Was bedeutet das?«, frage ich, und meine Stimme bricht. Meine Unterlippe beginnt zu beben. Ich bin absolut machtlos dagegen.

»Das bedeutet, dass ich jetzt hier bin. Und nicht mehr weggehe. Und wenn du willst, kannst du wieder in einer Küche arbeiten. Es ist nicht das Gleiche, aber vielleicht ein Anfang«, sagt sie.

Ich lasse beide Hände sinken. Dabei rutscht die Wolldecke, die ich um meine Schultern gelegt hatte, auf den Boden. Zeldas Blick wandert von meiner alten schwarzen Jogginghose zu meinem nackten Oberkörper. Ich kann sehen, dass sie schluckt.

Ich atme noch einmal. Tiefer diesmal. Und irgendetwas scheint sich zu lockern. Es kommt so plötzlich, dass ich ins Schwanken gerate. Ich muss einen Schritt zurücktreten, um nicht das Gleichgewicht zu verlieren. Die Tür, die ich bis eben noch festgehalten habe, geht langsam ganz auf. Ich mache noch einen Schritt nach hinten und lehne mich gegen die Wand. Ich brauche eine Stütze. Auf mein Gesicht legt sich ein vorsichtiges Lächeln, doch meine Lippe bebt wieder. Langsam lasse ich mich an der Wand hinabsinken, weil ich mich nicht mehr auf meinen zitternden Beinen halten kann. Dann beginne ich zu weinen.

»Was ist los, Malik?«, fragt Zelda besorgt.

Doch ich kann nicht antworten. Ich schluchze, und meine Schultern zucken unkontrolliert. Es ist, als wären in mir sämtliche Dämme gebrochen. Ich muss ein erbärmliches Bild abgeben, aber ich kann einfach nicht aufhören.

»O Gott«, sage ich, weil es mir entsetzlich peinlich ist, dass Zelda mich so sieht. Ich reibe mir mit den Handballen über die Augen, um die Tränen am Hinunterlaufen zu hindern. »Entschuldige bitte, ich kann nichts dagegen tun.«

Zelda hockt sich vor mich und legt ihre Hände auf meine Knie. Eine der Tränen, die meine Wange hinunterkullern, wischt sie mit dem Zeigefinger weg. Ihre Berührung ist nur ganz flüchtig, und doch hinterlässt sie ein warmes Gefühl auf meiner Haut, das sich überallhin auszubreiten scheint. Wärme siegt über Nebel. Das Gefühl von Geborgenheit, das ich in Zeldas Gegenwart immer hatte, kehrt langsam zurück. Ich kann es spüren.

»Du musst denken, ich bin vollkommen übergeschnappt«, sage ich und versuche mich an einem Lächeln.

»Ein bisschen«, erwidert sie und nimmt meine Hand.

Mein Schluchzen mischt sich jetzt mit etwas, das eigentlich ein Lachen sein soll, aber es klingt ganz und gar nicht so. Er klingt mehr, als würde ich ersticken. Ich wische mir erneut über die Augen und stoße langsam Luft aus. Dann sehe ich Zelda an. Sehe sie richtig an. Von oben bis unten und von unten bis oben. Mein Blick bleibt an ihren Leggins hängen, auf die kleine Zebras gedruckt sind. Dann fasse ich nach ihren Haaren.

»Blau«, sage ich. »Meine Lieblingsfarbe.«

Sie grinst. Ich berühre ihr Grübchen sanft mit meinen Fingern. »Ich hatte gehofft, es würde dir gefallen.«

Ich nicke. Dann ziehe ich sie in meine Arme, weil ich es keine Sekunde länger aushalte, sie nicht komplett zu spüren. Ich atme ihren Duft ein, meine Nase ist direkt an ihrem Hals. Und schon wieder fangen meine Schultern an zu beben, aber nicht mehr so unkontrolliert wie vorher. Ich weiß nicht genau, ob ich lache oder weine, aber wenn es ein Weinen ist, dann sind es jedenfalls Freudentränen. Ich ziehe sie noch enger in meine Umarmung. Sie fühlt sich so gut an. So vertraut. So sicher.

Auf einmal merke ich, dass auch Zelda weint. Dann lacht sie. Sie lacht und weint, und ich lache und weine mit ihr.

»Weißt du was?«, sagt sie, als wir uns wieder ein bisschen beruhigt haben.

»Was?«, frage ich.

»Wenn man gleichzeitig lacht und weint, sollte es doch eigentlich irgendwo einen emotionalen Regenbogen geben, finde ich.«

Ich muss kichern. So eine Idee kann nur von Zelda kommen. Dann deute ich auf ihre kunterbunten Fingernägel. »Da«, sage ich und verwebe meine Hände mit ihren.

Zelda

43 Wir halten uns eine ganze Weile einfach nur fest. Ich genieße Maliks Wärme um mich herum. Die Ruhe in meinem Kopf. Ab und zu beben seine Schultern, als gäbe es Nachwehen des Kummers, den er meinetwegen hatte. Aber jetzt wird alles gut.

Mein Magen knurrt laut, und mir fällt auf, dass ich seit dem halben Croissant heute Morgen nichts mehr gegessen habe. Ich war viel zu nervös, um auch nur an Nahrungsaufnahme zu denken.

»Hast du Hunger?«, fragt Malik.

»Es scheint so.« Ich grinse ihn an.

»Ich glaube nicht, dass wir viel im Haus haben. Ich war in der letzten Zeit nicht sonderlich ... hausmännisch.«

»Haha, und leisten können wir uns wohl erst einmal auch nichts«, sage ich und lache. »Arm wie die Kirchenmäuse.«

»Komm, wir sehen mal nach, vielleicht hat Rhys eingekauft.«

Wir stehen auf und gehen Hand in Hand in die Küche. Malik öffnet einen Schrank und zieht eine halbe Packung Spaghetti heraus.

»Bingo!«, sagt er und legt die Nudeln auf die Anrichte.

Dann sieht er im Kühlschrank nach, doch er schüttelt sofort den Kopf. »Ein trauriger Anblick.«

Ich stelle mich neben ihn und tatsächlich: Bis auf

eine Dose Bier, Ketchup, Orangensaft und Marmelade ist nichts darin.

»Nudeln mit Ketchup?«, schlägt er vor.

»Und für mich mit Marmelade.« Ich grinse.

Malik zieht mich in eine enge Umarmung, als müsste er sichergehen, dass ich tatsächlich hier bin. Dann hebt er mich auf die Anrichte und setzt Nudelwasser auf.

Als die Pasta fertig ist, befüllt er für jeden von uns eine Schüssel. Seine garniert er mit Ketchup, und ich löffle großzügig Marmelade auf meine Portion. Malik schüttelt ungläubig den Kopf, aber ich weiß, was ich tue.

»Früher habe ich das ab und zu von unserer Köchin bekommen. Manchmal nur mit Butter und Zucker, manchmal mit Marmelade.« Ich wickle ein paar Spaghetti auf die Gabel und schiebe sie mir in den Mund. Wie zum Beweis für die Genialität dieses Rezepts entfährt mir ein »Mmmmh«, und es kommt mir vor wie die beste Mahlzeit, die ich je hatte.

Auch Malik scheint unser karges Essen zu genießen, denn er stürzt sich mit einem Heißhunger darauf, als hätte er die letzten Tage nichts gegessen.

»Es ist unglaublich«, sagt Malik, als unsere Teller leer geputzt sind. »Bist du wirklich zurückgekommen?«

»Nach was sieht es denn aus?«, frage ich und grinse ihn frech an.

»Nach einer Halluzination, wenn ich ehrlich bin.«

»Und wonach fühlt es sich an?«, frage ich und hauche einen vorsichtigen Kuss auf seine Wange.

Statt zu antworten, umfasst er meinen Kopf mit seinen Händen und legt meine Stirn an seine. Dann atmet er tief ein. Wir haben beide die Augen geschlossen und saugen den Duft des jeweils anderen ein. Ich schlinge meine Arme um Maliks Hals und suche mit den Lippen die seinen. Als sie sich treffen, gibt es keine Zurückhaltung, keine Fragen mehr. Es gibt nur noch Malik und mich. Ich habe das Gefühl, das erste Mal seit langer Zeit wieder ich selbst zu sein, und auch mein Herz scheint sich ganz houdinimäßig aus seinen Ketten befreit zu haben.

Unser Kuss ist anfangs nicht so drängend und hungrig wie auf der Party. Es ist ein langsamer Kuss voller Zärtlichkeit. Die Vergewisserung, dass wir uns wiederhaben. Doch bald können wir uns nicht mehr zurückhalten. Ich kralle mich in Maliks Haare und presse meinen Körper an seinen.

»Ich habe sogar an die Kondome gedacht«, sage ich atemlos an seinem Mund.

Malik nimmt den Kuss wieder auf, und ich spüre, dass er breit grinst. Wir schaffen es nicht einmal aus der Küche hinaus, sondern lassen uns einfach an Ort und Stelle auf den Boden sinken. Ohne unseren Kuss zu unterbrechen, legt er mich ganz vorsichtig auf den Boden. Dann positioniert er sich über mir, und mir entweicht ein Keuchen, als ich seine Erektion an meinem Körper spüre. Ich schließe die Augen und lächle.

»Du bist so schön«, flüstert Malik.

Dann schiebt er mein Oberteil hoch und fährt mit seinen Händen über meinen Bauch. Ich will nicht länger warten, sodass ich mich aufsetze und mir mein schwarzes Top über den Kopf ziehe. Dann lasse ich mich wieder zurücksinken. Malik fährt mit seinen Händen über meine Haare, mein Gesicht, meinen Hals. Er streicht über meine Schlüsselbeine und meine Arme. Es ist, als würde er jeden Teil meines Körpers berühren wollen. Dann lässt er seine Lippen folgen. Er küsst jeden Zentimeter meines Körpers, und ich werde immer erregter. Wie hält er es nur so lange aus?

Endlich zieht er mir meinen Rock, die albernen Zebra-Leggins und meinen Slip aus. Mit seinen kräftigen Armen spreizt er meine Beine und fährt mit dem Finger über meine Schamlippen. Ich recke mich ihm entgegen, doch er hat offensichtlich andere Pläne und kniet sich zwischen meine Beine. Dann senkt er seine Lippen und beginnt mich sanft zu küssen, um dann mit seiner Zunge meine Klitoris zu umkreisen. Ich stöhne auf, als er erst vorsichtig und gleich darauf etwas stärker daran saugt.

»Ich will *dich*«, sage ich.

»Du hast mich«, raunt er, unterbricht dabei sein Zungenspiel nur einen winzigen Moment.

»Nein, ich will dich in mir«, versuche ich es noch mal. Mit geschlossenen Augen ziehe ich Malik zu mir hoch. »Das kannst du gern ein andermal ausgiebig machen, aber jetzt dauert es mir zu lange!«, sage ich und küsse ihn. »In meiner Tasche …«

Mehr brauche ich nicht zu sagen. Mit einem Satz ist er im Flur. Nach ein paar Sekunden ist er wieder bei mir. Er entledigt sich seiner Hose, und sein steifer Penis erhebt sich mächtig über mir. Gemeinsam streifen wir das Kondom über, und in Windeseile ist er auf mir. Ich spüre seine Spitze an meinem Eingang. Beinahe hatte ich vergessen, wie groß er ist. Er will behutsam sein, das merke ich, doch ich möchte nicht, dass er vorsichtig ist. Ich will, dass er endlich, endlich, endlich in mir ist. Ich bäume mich ihm entgegen, um ihm zu signalisieren, wie bereit ich für ihn bin. Durch seine Vorarbeit bin ich längst feucht genug.

Auch Malik kann es nun nicht mehr länger hinauszögern und dringt in einer Bewegung in mich ein. Ich stöhne auf, und auch Malik entfährt ein lustvolles Keuchen.

Dieser Moment ist für mich gleichbedeutend mit Glückseligkeit. Malik auf mir, zwischen meinen Beinen und in mir zu spüren, sich mit ihm im Takt unserer Lust auf und ab zu wiegen ist absolut vollkommen. Ich betrachte durch meine halb geschlossenen Lider seinen wunderschönen Körper, sein in meinen Augen perfektes Gesicht. Ich genieße jede seiner Bewegungen, das Gefühl, von ihm ausgefüllt zu sein. Wir wiegen uns langsam auf und ab. Er ist die Welle, ich bin der Sand. Er rollt über mich, zieht sich zurück und nimmt ein Stück von mir mit. Er kommt und geht, kommt und geht. Bis ich wirklich komme – und er ein paar Augenblicke später.

Wir liegen Arm in Arm auf dem Fußboden in der Küche. Ich lasse meine Finger über Maliks Oberkörper wandern, und er drückt mich fest an sich.

»Du bist ein Wunder«, sagt er.

Ich muss kichern. »Sicher nicht.«

»Doch, das bist du. Um mich herum war alles trüb. Und dann bist du gekommen und hast mich wieder aufgeweckt.«

»Das hättest du auch allein geschafft«, sage ich.

»Diesmal nicht, glaube ich. Ich hätte es nicht gewollt. Nicht ohne dich.«

Ich beuge mich über ihn und küsse ihn auf den Mund.

»Was hast du jetzt vor?«, fragt er dann.

»Mit dir zusammen sein«, sage ich.

Er schmunzelt. »Und deine Eltern?«, fragt er.

»Ich denke nicht, dass wir uns noch mal über den Weg laufen werden.« Es laut auszusprechen macht es real. Aber nicht auf eine erschreckende Weise. Es fühlt sich befreiend an.

»Also werden sie dich auch nicht mehr unterstützen …«

»Nein, sicher nicht«, sage ich und lache laut. »Aber ich habe einen Plan.«

Malik blickt mich neugierig an.

»Ich habe viel mit deiner Schwester geschrieben in den letzten Tagen. Jasmine hat mich der Mutter ihrer besten Freundin empfohlen. Die mit dem Nagelstudio. Ich werde dort noch diese Woche zur Probe arbeiten. Die Bezahlung ist nicht gerade bombastisch, aber es ist ein Anfang.«

»Meine Schwester ist genial«, sagt Malik strahlend.

»Mit Leon und Arush habe ich auch schon geredet. Wir haben vereinbart, dass ich in das kleinste Zimmer der WG umziehen kann. Arush war mehr als bereit zu tauschen. Mit dem Geld vom Nagelstudio kann ich mir also immerhin schon mal die Miete leisten.« Ich denke an Elijahs Tabellen. Anfangs erschien es mir unmöglich, auf eigenen Beinen zu stehen. Aber jetzt kommt es mir vor, als wäre es das Natürlichste überhaupt. »Von was ich mich ernähren soll, wird sich noch herausstellen. Aber ein paar Ideen habe ich schon.«

»Wenn es jemand schaffen kann, dann du«, sagt Malik und zieht mich wieder fest in seine Arme.

Malik

44 Meine Eltern haben sich heute wirklich selbst übertroffen. Es gibt verschiedene äthiopische Eintöpfe, die fantastisch nach Ingwer, Zwiebeln und Knoblauch duften, dreierlei Fleischcurrys und selbst gemachtes Injera-Brot. Alles Lieblingsgerichte meiner Familie, gekocht nach den alten Rezepten von Mas Großmutter. Die improvisierte Tafel im Wohnzimmer, die aus unserem Küchentisch und mehreren kleinen Beistelltischen zusammengestückelt ist, biegt sich unter der Last der Speisen.

Aber wir haben auch allen Grund zu feiern. Nicht nur habe ich mich mit meinen Eltern ausgesöhnt – was auch allerhöchste Zeit war –, Zelda und ich sind außerdem wieder ein Paar. Und zusätzlich habe ich ab nächster Woche einen neuen Job als Küchenhilfe in einem schicken Restaurant in Pearley. Meine Eltern haben sich bei uns entschuldigt. Besonders Ma hat die ganze Sache sehr mitgenommen. Als sie Zelda und mich vorhin begrüßte, umarmte sie uns beide und verdrückte sogar eine Träne.

Wir feiern heute aber vor allem, dass Jeannie seit letzter Woche hoch offiziell bei Amy ein neues Zuhause gefunden hat. Rhys ist seither ein anderer Mensch. Ich habe ihn vorher noch nie pfeifen gehört. Aber jetzt pfeift er andauernd – und ausdauernd –, was mir wahrscheinlich bald schon höllisch auf die Nerven gehen wird. Er sitzt mir gegenüber und grinst vor sich hin. Aus dem schweigsamen, mürrischen Rhys ist ein verantwortungsvoller großer Bruder geworden, der für seine unkonventionelle Familie, bestehend aus seiner Schwester, seiner Freundin und seiner Sozialarbeiterin, alles tun würde. Tamsin sitzt neben Jeannie. Sie unterhalten sich begeistert über ein Kinderbuch.

»Das duftet wirklich köstlich, Jade«, sagt Amy, die sich zuerst nicht sicher war, ob sie die Einladung meiner Eltern annehmen sollte. Aber wir haben so lange auf sie eingeredet, bis ihr kein Grund mehr einfiel, es nicht zu tun. »Vielen Dank für die Einladung.«

»Nach allem, was Sie für unseren Sohn und Rhys getan haben, ist das ja wohl das Mindeste«, sagt Pop und hebt sein Glas. »Auf Sie, Amy.«

Sie wird ganz rot, aber wir erheben alle unser Glas.

»Und auf Rhys und Malik«, sagt Amy – bestimmt, um den Fokus von sich abzulenken. »Ich musste ihnen eigentlich nur einen kleinen Schubs geben.«

»Wie man's nimmt.« Rhys grinst mich verschwörerisch an.

»Jetzt lasst uns endlich essen«, sagt Jasmine, die sich schon seit Stunden darüber beschwert, dass alles viel zu lang dauert.

Teller werden vom einen Tischende zum anderen gereicht, bis jeder von allem etwas abbekommen hat. Einen kurzen Moment herrscht andächtiges Schweigen, nur unterbrochen von zufriedenen *Mmmmhs*.

»Wie lief eigentlich das Probearbeiten?«, fragt Jasmine an Zelda gewandt.

Zeldas Augen beginnen zu leuchten. »Es war großartig!«, sagt sie. »Ich muss noch viel lernen, aber Fiona sagt, dass sie mir eine Chance geben will. Sie hat meine ruhige Hand gelobt.«

»Wie viele Stunden arbeitest du dort?«, fragt Tamsin.

»Zwanzig Stunden pro Woche. Aber weil das Nagelstudio auch am Samstag geöffnet hat, sind es nur zwölf Stunden unter der Woche. Das sollte zu schaffen sein, hoffe ich.«

»Ist aus deinen anderen Plänen noch etwas geworden?«, fragt Rhys.

Ich lächle, als Zelda unter dem Tisch meine Hand drückt. Meine Freundin schafft alles, was sie sich in den Kopf gesetzt hat. Wie ich es gesagt habe.

»Ja, es hat alles geklappt«, sagt sie und wird ein bisschen rot. »Ich kann es noch gar nicht richtig glauben.«

»Was hat geklappt?«, fragt Jasmine neugierig.

»Ich hatte letzte Woche einen Termin bei einer Dozentin von mir. Miranda ist Politikwissenschaftlerin und arbeitet gerade an einer Studie über Chancengleichheit in Kalifornien. Sie hat mich gefragt, ob ich als studentische Hilfskraft bei den Auswertungen helfen will.«

»Oh, Zelda, das ist ja großartig!«, sagt Ma.

»Das ist es wirklich«, sagt Zelda. »Zusammen mit meinem anderen Job komme ich so auf jeden Fall über die Runden.«

»Also hast du dich entschieden, doch an der Uni zu bleiben?«, fragt Tamsin. »Das ist großartig!«

»Ähm, ja, ich glaube, das habe ich. Mit den beiden Jobs werde ich länger brauchen als die Regelstudienzeit, aber das ist es wert. Miranda hilft mir dabei, die Berechtigung zu bekommen, länger zu studieren. Mein Bruder Elijah will mir das Geld für die Studiengebühren leihen. Und ich habe endlich etwas gefunden, wofür ich wirklich, wirklich brenne.«

»Jetzt lass dir doch nicht alles aus der Nase ziehen!«, beschwert sich Jasmine.

»Ich werde mich auf Politikwissenschaft konzentrieren. Ich will das System, in dem wir leben, richtig kennenlernen. Denn man muss schließlich wissen, mit wem man sich anlegt.« Sie grinst. »Ich will versuchen, die Welt ein bisschen fairer zu machen. Und wenn es nur ein ganz kleiner Beitrag ist. Die letzten Monate haben mich irgendwie wachgerüttelt. So wie es im Moment ist, kann es ja wohl schlecht bleiben. Ich habe keine Lust, dabei zuzusehen, wie Leute wie meine Eltern immer reicher werden und andere abgehängt werden. Das ist doch etwas, wofür es sich zu kämpfen lohnt.«

Als sie geendet hat, sind alle einen Augenblick still. Pops Mund steht offen, und auch die anderen machen große Augen. Dann beginnen Tamsin und Amy zu klatschen, und alle anderen stimmen mit ein. Am lautesten applaudieren Ellie und Esther, aber vor allem deswegen, weil sie es lieben, wenn alle zusammen Krach machen.

Ich lehne mich zurück und blicke mit stolz geschwellter Brust von einem Tischende zum anderen. Da sind meine Eltern, die übers ganze Gesicht strahlen. Die Zwillinge, Ebony und Theo, Jasmine – meine bezaubernden Geschwister, die mit ihrer Anwesenheit jeden Tag zu etwas Unvorhersehbarem machen. Rhys, Tamsin, Amy und Jeannie, die sich gerade erst gefunden haben und jetzt schon ein perfektes Team bilden. Und da ist Zelda, meine Zelda, die ich so sehr liebe und die mein Leben erst vollständig gemacht hat. Meine Familie, denke ich voller Dankbarkeit. Und ich darf mittendrin sein. Was für ein unverschämtes Glück.

ENDE

Danksagung

Die Geschichte von Malik und Zelda zu schreiben war komischerweise ganz einfach. Die Handlung ergab sich völlig automatisch, und die beiden haben es mir wirklich, wirklich leicht gemacht, sie kennen und lieben zu lernen. Deswegen hoffe ich sehr, dass es euch, liebe Leserinnen und Leser, ebenso viel Spaß gemacht hat, dieses Buch zu lesen, wie mir, es zu schreiben.

Wie so vieles im Leben geht auch das Schreiben natürlich nicht ganz allein. Und besonders das, was nach dem Schreiben kommt, ist eine komplexe Gemeinschaftsarbeit. Jede Menge großartiger Leute sind beteiligt, und je länger man dabei ist, desto mehr von ihnen lernt man kennen. Schon allein darüber bin ich froh, denn sie alle haben mein Leben bereichert. Doch ganz besonders dankbar bin ich für die Mühe, die sie in dieses Projekt gesteckt haben.

Als Erstes sind da meine fabelhaften Testleserinnen zu nennen: Jennifer, Sabine, Susi, euer schlauer Input ist während des Schreibprozesses die beste Motivation, die ich mir nur wünschen kann. Vielen Dank vor allem Barbara fürs besonnene und ehrliche Sensitivity Reading. Es ist immer eine heikle Sache, wenn man sich eines Themas annimmt, das man nicht selbst am eigenen Leib erfahren hat. Allerdings wäre der Inhalt meiner Romane ziemlich limitiert, wenn ich nur über meine eigenen Erlebnisse schreiben würde. Deswegen bin ich umso glücklicher darüber, dass so viele Leute mich an ihren Gedanken und Erlebnissen haben teilhaben lassen. Ich hoffe, ich bin der Sache gerecht geworden.

Ohne meinen wunder-wunder-wunderbaren Agenten Niclas wäre das alles überhaupt kein bisschen möglich gewesen, deswegen gebührt ihm mein ganz großer Dank. Seine Klugheit und sein literarisches Verständnis verblüffen mich jedes Mal wieder und haben ihm mein grenzenloses Vertrauen eingebracht. Er ist Berater und Beschützer in der verwirrenden Welt der Bücher und Verlage. Und genau das gehört zur wertvollsten Unterstützung für mich als Autorin.

Dann sind da all die tollen Menschen bei meinem tollen Verlag. Allen voran natürlich meine Lektorin Greta, der ich so dankbar bin für ihre behutsamen und sanften Eingriffe in meinen Text. Und für das schönste Lob, das eine Autorin wohl für ein Rohmanuskript bekommen kann: »fast druckreif«. Ich danke außerdem allen anderen Leuten bei Piper, die beteiligt waren und die so viel Arbeit und Liebe in den Erfolg meiner Bücher stecken.

Mein Dank gilt außerdem allen Bloggern, Bookfluencern, Booktubern und allgemein Rezensenten, die sich wahnsinnige Mühe geben, meine Bücher in Szene zu setzen. Das Feedback macht mich irrsinnig froh und gibt mir das Gefühl, mit dem Schreiben etwas richtig zu machen.

Schließlich danke ich meiner Familie und meinen Freunden, dich mich sicherlich schon verfügbarer und sozial verträglicher erlebt haben, als es in den letzten Monaten der Fall war. Ihr Verständnis und ihre Unterstützung bedeuten mir alles. Gleichzeitig freue ich mich maßlos darüber, dass mein Leben nun auch von Autorinnen bereichert wird, deren Herzlichkeit und Input diesen Wahnsinn ein Stückchen normaler machen.

Und last but not least: Maxi. Der mein Leben jeden Tag schöner macht. Der mir Inspiration und Regeneration gleichermaßen ist. Und der gelernt hat, nicht mehr zu pfeifen, während ich im gleichen Raum schreibe. Dafür all meine Liebe und Dankbarkeit.

Zu Besuch bei Kathinka Engel – ein Werkstattbericht

Die Autorin Kathinka Engel ist Büchermensch durch und durch. Sie liest, seit sie fünf Jahre alt ist, hat einen Master-Abschluss in allgemeiner und vergleichender Literaturwissenschaft und arbeitet nach Stationen bei einer Literaturagentur und einem Literaturmagazin seit sechs Jahren als Lektorin. Jetzt ist sie selbst unter die Autoren gegangen. Wir haben sie zu Hause besucht und uns angesehen, wo ihre wunderbar gefühlvollen Geschichten entstehen.

Kathinka Engel empfängt uns in ihrem großen, lichtdurchfluteten Wohnzimmer in der Münchner Au. Hier lebt sie mit ihrem Mann zwischen Jugendstil-Möbeln, Fundstücken vom Sperrmüll und deckenhohen Bücherregalen. »Ein Raum ohne Bücher ist nichts für mich. Wenn ich bei Leuten eingeladen bin, schaue ich immer zuerst, ob es Bücher gibt.«

In ihrem ersten Roman *Finde mich. Jetzt* lässt Kathinka ihre Protagonisten drei Lieblingsbücher aufzählen. Wir fragen nach ihren eigenen Favoriten. »*Die Abenteuer des Huckleberry Finn* ist auf jeden Fall in den Top Drei, weil ich bei der Lektüre zum ersten Mal begriffen habe, wie Charakterzeichnung funktioniert. Außerdem *Sturmhöhe* von Emily Brontë. Es ist einfach so gewaltig, was die Atmosphäre anbelangt, dass ich mich dem nicht mehr entziehen konnte.«

Kathinka überlegt kurz. »Als Letztes muss unbedingt noch Jane Austen in die Reihe, mit *Emma* – dem Roman, der meine Liebe zur Autorin begründet hat, als ich fünfzehn oder sechzehn war. Mister Knightley war außerdem die erste literarische Figur, für die ich geschwärmt habe. Diese Bücher bedeuten mir also viel, weil sie verschiedene Phasen meiner Liebe zur Literatur entscheidend begleitet haben.«

Auf dem Balkon der Autorin entdecken wir ein Insektenhotel mit Mauerbienen. Sie erzählt uns, dass die Bienen auf andere Löcher ausgewichen sind, als alle Röhren besetzt waren. Eine hatte sich das Bambusgestell des Zitronenbaums ausgesucht. »Das wusste ich natürlich nicht«, erklärt Kathinka. »Als ich ihn im Winter reingeholt habe, dachte die Mauerbiene, es sei Frühling. Sie ist geschlüpft, und ich musste sie mit Honig aufpäppeln.« Die Biene durfte in Kathinkas Kühlschrank überwintern, in einem Glas voll Erde. Kathinka verrät uns, dass sie allgemein ein Herz für Tiere hat. »Mein Kater, der mittlerweile leider gestorben ist, war ein traumatisiertes Findelkind aus dem Tierheim. Außerdem hatte ich bis vor Kurzem eine Patenschaft für einen alten Esel namens Gareth.«

Wir laufen zurück zu den randvoll gefüllten Bücherregalen und fragen Kathinka, ob sie schon immer schreiben wollte. »Ich wünschte, ich könnte sagen: Ja, das war schon immer mein Traum. Das würde besser klingen als die Realität. Es ist eigentlich ein bisschen unglaublich, aber vor etwas mehr als einem Jahr war meine Antwort auf die Frage, ob ich selbst schreibe, ein vehementes Nein. Ich dachte, ich hätte keine Inspiration, wüsste nicht, wie ich eine Handlung vorantreiben soll, und so weiter.«

Und wie kam es dann zu ihrem ersten Buch? »Das

ist eine ziemlich verrückte Geschichte. Ich war bei einer Freundin in Berlin. Wir saßen im Biergarten, sprachen über die Liebesromane, die wir gerade gelesen hatten, und fingen an herumzuspinnen. Am Ende des Abends hatten wir einen Plot. Als ich wieder nach Hause kam, setzte ich mich hin und fing an zu schreiben. Und jetzt ...« Sie hält kurz inne. »Na ja, wie sich herausstellt, habe ich sogar jede Menge Inspiration und weiß sehr wohl, wie ich die Handlung vorantreiben kann. Sobald ich die ersten Seiten geschrieben hatte, überkam mich das Gefühl, dass ich das vielleicht schon mein ganzes Leben lang hätte tun sollen.«

Wir wollen wissen, wo Kathinka ihre Inspiration hernimmt. »Es sind meine Figuren selbst. Ich muss nur tief genug in ihre Lebenswelten abtauchen, damit mir Ideen kommen. Es ist ein bisschen wie ein Film, der sich vor meinem inneren Auge abspielt. Ich überlege mir Details, feile herum, entwickle Dialoge.« Kathinka wird kurz nachdenklich. »Oft passiert es auch, dass ich eine Szene schreiben will, mir beim Tippen aber ganz neue, viel bessere Ideen kommen«, erklärt sie. »Wenn ich schreibe, haben alle Gedanken eine Richtung. Ich bin dann viel fokussierter. Wenn ich über meine Geschichten bloß nachdenke, drifte ich schnell ab.«

Kathinka zeigt uns ihren Arbeitsplatz, einen antiken Holztisch mit Schubladen und Türen. An der Wand hängen Kunstdrucke mit Szenen aus London sowie Band-Poster und Bilder von Kathinkas Lieblingsautoren. Überall stehen Bilderrahmen, Briefbeschwerer, hübsche kleine Döschen. Ein Stapel mit Papieren und Notizbüchern liegt auf der einen Seite, auf der anderen Eintrittskarten zu einem Fußballspiel. »In meiner Brust schlagen zwei Herzen«, erklärt Kathinka, als sie unseren fragenden Blick darauf bemerkt. »Ich bin introvertierter Büchermensch, der sich tagelang in fremde Welten zurückzieht. Aber gleichzeitig gehe ich auch gerne mal ins Fußballstadion und schreie mir die Seele aus dem Leib.«

Wir lenken das Gespräch wieder auf Kathinkas Schreiben. Uns interessiert, wie es überhaupt möglich ist, in einem Jahr drei Bücher zu Papier zu bringen, während man Vollzeit arbeitet. »Das frage ich mich auch«, sagt sie. »Es hilft, dass ich eigentlich überall und in jeder erdenklichen Position schreiben kann. Ganz unspektakulär an meinem Schreibtisch, aber auch auf dem Sofa, im Bett, auf dem Boden hockend und liegend. So habe ich früher auch meine Hausaufgaben gemacht.« Die größte Schwierigkeit sei, dass ihre Schreibzeit um ihre regulären Arbeitszeiten herum stattfinden müsse. »Ich wünschte, ich hätte eine geregeltere Routine, wenn es ums Schreiben geht, aber das ist leider im Moment nicht drin. Deswegen schreibe ich einfach in jeder freien Minute. Am schönsten ist es, wenn ich am Wochenende früh aufstehe und mich mit einer frischen Tasse Kaffee an meinen Schreibtisch setze, bevor die restliche Welt wach wird.«

Wir folgen Kathinka zurück ins Wohnzimmer und setzen uns an den riesigen Esstisch. Sie fragt uns, ob wir etwas trinken wollen. Es gibt Kaffee, Saft oder Münchner Leitungswasser. »Das beste auf der Welt. Ihr könnt auch selbst gemachtes Ingwerbier haben. Die Gärung ist noch nicht ganz abgeschlossen, aber zum Probieren reicht's!« Wir sind angenehm überrascht von der erfrischenden Schärfe des Getränks.

Als wir Kathinka fragen, wie es zu ihrer Liebe zur Literatur kam, erzählt sie uns von ihrer Familie. »Meinen Brüdern und mir wurde jeden Abend vorgelesen. Aber das hat mir nie gereicht. Also habe ich mit fünf Jahren lesen gelernt. Und von da an waren die Bücher immer da. Mich faszinieren die Möglichkeiten, die man mit Sprache hat. Die Fähigkeit, Welten zu erschaffen, Atmosphäre zu erzeugen, Leser in einen Text hineinzuziehen, sodass sie ein Zuhause finden, während sie lesen.« Einige Favoriten aus ihrer Kindheit sind bis heute geblieben: »Ich höre zum Einschlafen am liebsten *Die drei Fragezeichen*«, verrät Kathinka.

Und was passiert, wenn sie eine Schreibblockade hat? »Wenn ich mal nicht weiterkomme, bringt es meistens nichts, mich zum Schreiben zu zwingen. Ich verbeiße mich dann, werde schlecht gelaunt, finde alles miserabel, was ich aufs Papier bringe. Da helfen nur noch eine Pause und ein bisschen Abstand. Am besten ist es, wenn ich etwas mit den Händen mache. Zum Beispiel Ingwerbier brauen oder Stühle bemalen.« Kathinka deutet auf einen schwarzen Stuhl, auf dem ein Gedicht von Stephen Crane steht. *Das Herz*, heißt es. Sie hat es selbst vor zehn Jahren mit Ölfarbe daraufgepinselt.

Manchmal geht Kathinka auch spazieren, um auf andere Gedanken zu kommen. »Fun Fact über mich: Im Herbst laufe ich kleine Umwege, um auf besonders schön knisternde Blätter zu treten, weil ich das Geräusch so liebe. Wenn ich mich danach das nächste Mal an den Text setze, bin ich wieder ziemlich zufrieden mit dem, was ich fabriziert habe.«

Wir finden, sie kann mehr als zufrieden mit sich sein, schließlich hat Kathinka den Protagonisten der *Finde-mich*-Reihe mit vielen liebevollen Details Leben eingehaucht. Sie alle wachsen an den Herausforderungen und nutzen ihre zweiten Chancen im Leben und in der Liebe.

Jetzt dürfen die Leser in die wunderbare Welt dieser Reihe abtauchen und dort ein vorübergehendes Zuhause finden. Aber Vorsicht, es besteht Suchtgefahr!

Heartbeats –
BY PIPER

Kathinka Engel
FINDE MICH. JETZT

ISBN 978-3-492-06171-1

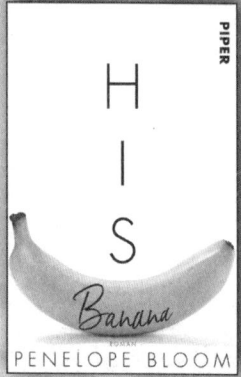

Penelope Bloom
HIS BANANA

ISBN 978-3-492-06174-2

Lauren Rowe
CAPTAIN LOVE

ISBN 978-3-492-06127-8

Erin Watt
PAPER PRINCESS

ISBN 978-3-492-31646-0

lässt Herzen höher schlagen ...